06/2500

Über 40 Jahre
Heyne Science Fiction
& Fantasy

2500 Bände
Das Gesamt-Programm

SCIENCE FICTION

Herausgegeben
von Wolfgang Jeschke

Von **Lois McMaster Bujold** erschienen in der Reihe
HEYNE SCIENCE FICTION & FANTASY:

Die Quaddies von Cay Habitat · 06/5243
Fiamettas Ring · 06/5895

DER BARRAYAR-ZYKLUS:

Scherben der Ehre · 06/4968 ➶ 06/7012
Barrayar · 06/5061 ➶ 06/7013
Der Kadett · 06/5020 ➶ 06/7014
Der Prinz und der Söldner · 06/5109
Ethan von Athos · 06/5293
Grenzen der Unendlichkeit · 06/5452
Waffenbrüder · 06/5538
Spiegeltanz · 06/5885
Cetaganda · 06/6317
Viren des Vergessens · (in Vorb.)

SCIENCE FICTION WARP 7 zum Kennenlernen

herausgegeben von
WOLFGANG JESCHKE

LOIS McMASTER BUJOLD

DER KADETT

ROMAN

WILHELM HEYNE VERLAG
MÜNCHEN

HEYNE SCIENCE FICTION & FANTASY
Band 06/7014

Titel der amerikanischen Originalausgabe
THE WARRIOR'S APPRENTICE
Aus dem Amerikanischen von EDDA PETRI
Das Cover ist von TIBOR SZENDREI
Die Karten zeichnete MIRJAM WEHNER

Dieser Roman erschien
erstmals als Heyne Taschenbuch
unter demselben Titel
mit der Nummer 06/5020

Umwelthinweis:
Dieses Buch wurde auf chlor- und
säurefreiem Papier gedruckt

Redaktion: Wolfgang Jeschke

http://www.heyne.de
Printed in Germany Februar 1999
Umschlaggestaltung: Atelier Ingrid Schütz, München
Technische Betreuung: M. Spinola
Satz: Schaber Satz- und Datentechnik, Wels
Druck und Bindung: Elsnerdruck, Berlin

ISBN 3-453-14907-6

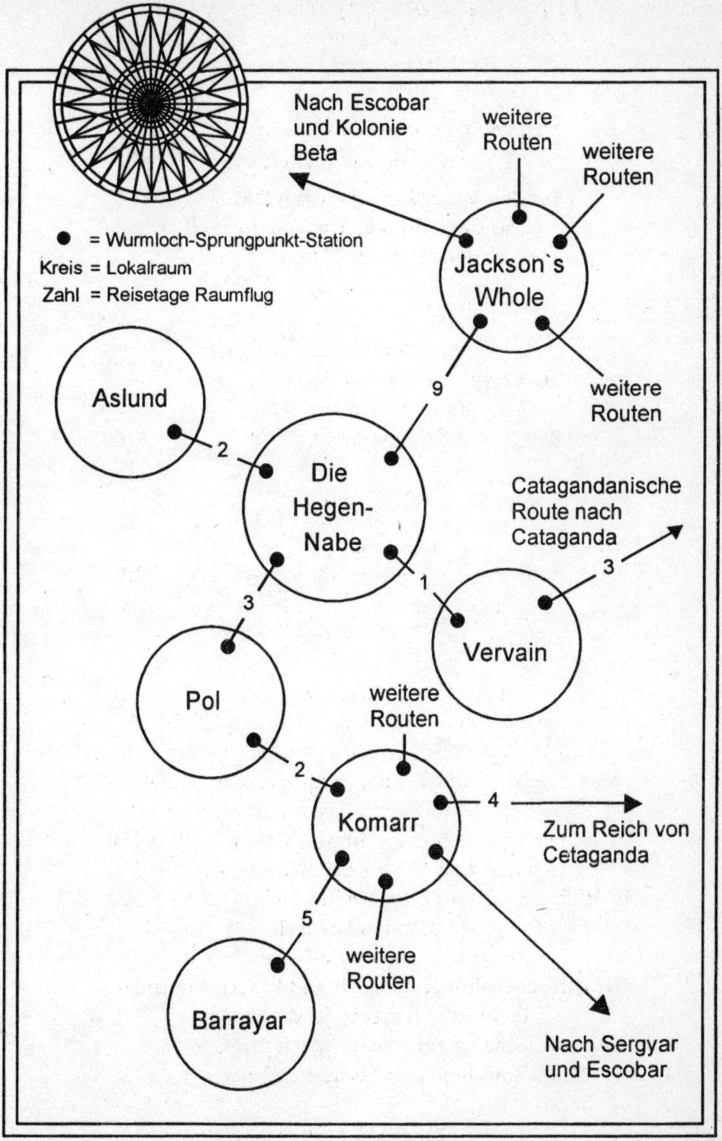

Nach Escobar und Kolonie Beta
weitere Routen
weitere Routen
● = Wurmloch-Sprungpunkt-Station
Kreis = Lokalraum
Zahl = Reisetage Raumflug
Jackson`s Whole
Aslund
9
weitere Routen
2
Die Hegen-Nabe
Catagandanische Route nach Cataganda
3
1
3
Vervain
Pol
weitere Routen
2
Komarr
4
Zum Reich von Cetaganda
5
weitere Routen
Barrayar
Nach Sergyar und Escobar

KAPITEL 1

Der große, mürrische Sergeant trug die kaiserliche Ausgehuniform und trug seine Kommunikationstafel wie einen Marschallstab. Er schlug sie gedankenverloren gegen den Schenkel und musterte die Gruppe junger Männer vor sich voll Verachtung und herausfordernd.

Das gehört alles zum Spiel, sagte sich Miles. Er stand in der kühlen Herbstbrise in kurzen Hosen und Tennisschuhen und gab sich Mühe, nicht zu zittern. Es konnte einen schon aus dem Gleichgewicht bringen, wenn man so beinahe nackt dastand und alles um einen herum für die Parade Kaiser Gregors bereit zu sein schien. Nein, um fair zu bleiben: Die meisten hier waren ebenso wie er gekleidet. Aber der Sergeant, der die Übung beaufsichtigte, kam ihm wie eine große Ein-Mann-Gruppe vor. Miles musterte ihn und fragte sich, welche bewußten oder unbewußten Tricks der Körpersprache dieser Mann einsetzte, um so eisige Kompetenz auszustrahlen. Offenbar konnte man das hier lernen …

»Ihr lauft paarweise«, befahl der Sergeant. Er hob eigentlich nicht die Stimme; aber trotzdem drang jedes Wort bis zum letzten Mann. Noch ein wirkungsvoller Trick, dachte Miles. Er erinnerte ihn an die Angewohnheit seines Vaters, nur zu flüstern, wenn er wütend war. Damit fesselte er die Aufmerksamkeit.

»Die Zeitmessung für den Fünf-Kilometer-Lauf beginnt unmittelbar nach Abschluß der letzten Phase der Hindernisstrecke. Denkt dran!« Der Sergeant rief die Paare auf.

Die Ausscheidungen für die Offiziersanwärter in der Barrayarischen kaiserlichen Armee dauerten eine harte Woche lang. Fünf Tage schriftlicher und mündlicher Examen lagen bereits hinter Miles. Der härteste Teil war vorüber, wie alle sagten. Die jungen Männer um ihn herum wirkten fast entspannt. In der Gruppe wurde geredet und gescherzt. Man übertrieb maßlos bei den Klagen über die Schwierigkeit der Prüfungen, den schwindenden Verstand der Offiziere, welche die Prüfungen abgenommen hatten, das miserable Essen, die Schlafstörungen und die Überraschungsablenkungsmanöver während der Examen. Dies waren alles die selbstgefälligen Klagen der Überlebenden. Sie freuten sich auf den bevorstehenden körperlichen Test wie auf ein Spiel, vielleicht war es direkt Erholung. Der schlimmste Teil war vorbei — für alle, nur nicht für Miles.

Aufrecht, in voller Länge, stand er da — so groß er nun mal war. Dabei reckte er den Kopf, als wolle er mit purer Willensstärke die krumme Wirbelsäule gerade ziehen. Das hochgereckte Kinn schien Mühe zu haben, den zu großen Kopf im Gleichgewicht zu halten. Der Kopf paßte zu einem Mann über einem Meter achtzig, aber Miles war knapp einen Meter fünfzig. Mit verengten Augen blickte er zur Hindernisstrecke hinüber. Erst kam eine fünf Meter hohe Betonwand, mit Eisendornen als Abschluß. Hinaufklettern war kein Problem. Mit seinen Muskeln war alles in Ordnung. Sorge machte ihm das Hinunterkommen. Die Knochen, immer diese verdammten Knochen ...

»Kosigan, Kostolitz«, rief der Unteroffizier, als er an Miles vorbeiging. Miles senkte die Augenbrauen und warf dem Sergeant von unten herauf einen scharfen Blick zu. Dann riß er sich zusammen und schaute nur noch ausdruckslos vor sich hin. Das Weglassen des Ehrentitels vor seinem Namen entsprach dem Reglement und war keine Beleidigung. Im Dienste des Kaisers waren jetzt alle Klassen gleichberechtigt. Eine gute Regelung. Sein Vater unterstützte sie voll und ganz.

Großvater fluchte allerdings pausenlos darüber; aber der nicht-rekonstruierte alte Mann hatte seinen Dienst für den Kaiser begonnen, als die Kavallerie die Hauptwaffengattung war und jeder Offizier die eigenen Kadetten selbst ausgebildet hatte. Hätte ihn damals jemand ohne das ›Vor‹ angesprochen, einfach mit ›Kosigan‹, wäre es wohl zu einem Duell gekommen. Und jetzt bewarb sich sein Enkel um Aufnahme in eine Militärakademie, vom planetenübergreifenden Typ, wo er in der Taktik mit Energiewaffen, Wurmlochausgängen und planetarischer Verteidigung ausgebildet wurde. Und da stand er Schulter an Schulter mit jungen Männern, denen es in der guten alten Zeit nicht einmal erlaubt worden wäre, sein Schwert zu putzen.

Naja, nicht direkt Schulter an Schulter, dachte Miles, als er einen verstohlenen Blick auf die Kandidaten rechts und links von ihm riskierte. Der Kamerad, mit dem er die Hindernisstrecke laufen sollte — wie hieß er gleich wieder? — Kostolitz fing den Blick auf und schaute ihn mit schlecht verhohlener Neugier von oben herab an. Miles Augenhöhe ermöglichte ihm den direkten Ausblick auf den großartig entwickelten Bizeps des Burschen. Der Sergeant gab denen, die nicht sofort am Hindernislauf teilnahmen, die Erlaubnis wegzutreten. Miles und sein Kamerad setzten sich auf den Boden.

»Ich beobachte dich schon die ganze Woche«, sagte Kostolitz. »Was ist denn das für ein Ding an deinem Bein?«

Miles unterdrückte seinen Ärger locker, schließlich hatte er darin Übung. Bei Gott — er fiel in jeder Menge sofort auf, aber besonders hier. Wenigstens schlug Kostolitz nicht gleich einen Hexenabwehrzauber in die Luft, wie dies alte Bauernweib unten in Vorkosigan Surleau. In manchen abgelegenen und unterentwickelten Gegenden auf Barrayar, wie tief in den Dendarii-Bergen im Distrikt der Vorkosigans, war es noch üblich, daß Säuglinge umgebracht wurden, die mit einer Behinderung zur Welt kamen, auch wenn es nur eine Hasenscharte war. Zwar bemühten sich von Zeit zu Zeit die aufgeklärteren Regierungszentren diese Unsitte auszurotten, doch mit wenig Erfolg. Miles schaute hinab zu den glänzenden Metallstäben, die an seinem linken Bein vom Knie bis zum Knöchel auf beiden Seiten angebracht waren. Bis heute hatte er sie unter den Hosenbeinen verbergen können.

»Eine Schiene«, sagte er höflich, aber ablehnend.

Kostolitz starrte das Ding weiter an. »Und wozu?«

»Meine Knochen sind da ziemlich brüchig. Ich muß das Ding tragen, damit sie nicht brechen. Aber nicht für immer. Nur, bis die Chirurgen sicher sind, daß ich nicht mehr wachse. Dann werden die Knochen durch synthetische ersetzt.«

»Komisch«, meinte Kostolitz. »Ist das 'ne Krankheit oder so?« Unter dem Vorwand sein Gewicht zu verlagern, rückte er von Miles ein Stückchen ab.

Unrein! Unrein! dachte Miles wütend. Soll ich mit einem Glöckchen bimmeln? Ich sollte ihnen sagen, daß es ansteckend ist — daß ich voriges Jahr noch zwei Meter groß war ... Er schluckte diesen verführerischen Gedanken hinunter. »Meine Mutter kam mit Giftgas in Berührung, als sie mit mir schwanger war. Sie hat alles ganz gut überstanden; aber dabei ist mein Knochenwuchs kaputt gegangen.«

»Ach was! Haben sie dich denn nicht medizinisch behandelt?«

»Aber klar doch! Die Inquisition war ein Dreck dagegen. Deshalb kann ich jetzt ja auch gehen und muß nicht in einem Eimer herumgeschleppt werden.«

Kostolitz schaute leicht angewidert, versuchte aber nicht mehr von Miles abzurücken. »Wie hast du aber die ärztlichen Untersuchungen geschafft? Ich dachte es gäbe eine Vorschrift über die Mindestgröße.«

»Das wurde zurückgestellt, bis die Testergebnisse vorliegen.«

»Aha.« Das mußte Kostolitz erst mal verdauen.

Miles wandte seine Aufmerksamkeit wieder dem bevorstehenden Test zu. Beim Robben unter Laserbeschuß müßte er Zeit gutmachen. Gut, denn die brauchte er beim Fünf-Kilometer-Lauf. Die fehlende Körpergröße und das ständige Hinken, weil das linke Bein nach unzähligen Brüchen vier Zentimeter kürzer war als das rechte, würde ihn Zeit kosten. Aber das war nicht zu ändern. Morgen sah es besser aus. Morgen kam die Ausdauerphase. Zweifellos würde ihn der Haufen langbeiniger, schlaksiger Kerle um ihn herum im Sprint schlagen. Bei den ersten fünfundzwanzig Kilometern war er mit Sicherheit Schlußlicht, wahrscheinlich auch noch bei der zweiten Etappe; aber nach fünfundsiebzig Kilometern, wenn die Schmerzen den Höhepunkt erreichten, würden die meisten kapitulieren. In Schmerzen bin ich Experte, Kostolitz, sagte er in Gedanken zu seinem Rivalen. Morgen, nach Kilometer einhundert, werde ich dich bitten, deine dämlichen Fragen zu wiederholen — falls du dann noch genug Luft dazu hast ...

Verdammt noch mal! Konzentriere dich auf den Test, nicht auf diesen Idioten! Fünf Meter nach unten — vielleicht wäre es besser, herumzugehen und null Punkte bei diesem Hindernis zu kassieren. Aber sein Gesamtergebnis würde ziemlich mickrig ausfallen. Da wollte er auf keinen Fall einen Punkt unnötig verschenken und schon gar nicht gleich am Anfang. Er brauchte jeden einzelnen unbedingt. Die Mauer auslassen würde die knappe Sicherheitsspanne noch mehr verkleinern.

»Du glaubst also tatsächlich, daß du den körperlichen Test bestehst?« fragte Kostolitz und blickte umher. »Ich meine, daß du über fünfzig Prozent kommst?«

»Nein.«

Jetzt schaute Kostolitz verblüfft drein. »Aber was, zum Teufel, willst du dann hier?«

»Ich muß ihn nicht bestehen, nur ein einigermaßen ordentliches Ergebnis bringen.«

Kostolitz hob die Augenbrauen. »Wem muß man denn den Arsch küssen, um so 'ne Sonderbehandlung zu bekommen? Gregor Vorbarra?«

Die Eifersucht war nicht zu überhören, der Verdacht

eines Klassenbewußten. Miles biß die Zähne zusammen. Über das Thema Väter wollen wir jetzt nicht reden …

»Und wie willst du reinkommen, ohne den Test zu bestehen?« bohrte Kostolitz nach. Seine Augen waren zusammengekniffen, die Nasenflügel bebten beim Geruch von Privilegien wie ein Tier, das Blut riecht.

Sei diplomatisch! sagte Miles zu sich. Diplomatie sollte ihm ebenso im Blut stecken wie Kriegführen. »Ich habe ein Gesuch gestellt«, erklärte Miles geduldig, »daß mein Gesamtergebnis gewertet wird, und ich rechne damit, daß die Theorie die Praxis hochreißt.«

»So weit? Dazu brauchst du aber ein fast hundertprozentiges Ergebnis.«

»Stimmt«, knurrte Miles.

»Kosigan, Kostolitz!« rief ein uniformierter Prüfer. Sie gingen an den Startplatz.

»Für mich ist das ziemlich blöd«, beschwerte sich Kostolitz.

»Warum? Du hast damit doch überhaupt nichts zu tun. Es geht dich gar nichts an«, sagte Miles spitz.

»Wir laufen doch paarweise. Wie soll ich wissen, wie gut ich bin?«

»Ach, du brauchst nicht mit mir Schritt zu halten«, meinte Miles honigsüß.

Kostolitz runzelte verärgert die Stirn.

Man wies ihnen die Startplätze an. Miles warf einen Blick über den Paradeplatz. Auf der anderen Seite stand eine Gruppe von Zuschauern. Einige Verwandte, die ebenfalls Militärs waren, und die Diener in Livree der Handvoll Söhne von Grafen, die heute an der Prüfung teilnahmen. Da standen auch zwei harte Burschen im Blau und Gold der Vorpatrils. Miles' Vetter Ivan mußte irgendwo sein.

Und da war Bothari — groß wie ein Baum und schlank wie ein Dolch — im Braun und Silber der Vorkosigans. Miles hob kaum merkbar das Kinn zum Gruß.

Bothari sah die Geste auch aus hundert Metern Entfernung und zeigte dies durch stumme Paradehaltung.

Mehrere Prüfungsoffiziere, der Sergeant und zwei Lehrgangsausbilder standen in einiger Entfernung als ein Grüppchen. Einige gestikulierten und blickten zu Miles herüber. Anscheinend Meinungsverschiedenheiten. Dann gingen die Prüfer wieder auf ihre Posten. Ein Offizier gab dem nächsten Paar das Startzeichen, mit dem Hindernislauf zu beginnen. Der Sergeant kam zu Miles und seinem Kameraden herüber. Ihm schien in seiner Haut nicht wohl zu sein. Miles riß sich zusammen. Sein Gesicht war ganz kühle Aufmerksamkeit.

»Kosigan«, begann der Sergeant vorsichtig. »Sie müssen die Beinschiene abnehmen. Künstliche Hilfsmittel sind beim Test nicht zugelassen.«

Miles fiel auf Anhieb ein Dutzend Gegengründe ein, aber er behielt sie für sich. Dieser Sergeant war gewissermaßen sein befehlsführender Offizier, und er wußte, daß heute mit Sicherheit nicht nur die körperliche Leistung bewertet wurde. »Jawohl, Sir.« Der Sergeant war offensichtlich erleichtert.

»Darf ich sie meinem Diener geben?« fragte Miles. Er bedrohte den Sergeant mit den Augen: Wenn nicht, dann hänge ich dir die Dinger an und du kannst den Rest des Tages damit herumlaufen. Dann merkst du, wie komisch *dich* die Leute anstarren ...

»Selbstverständlich, Sir«, antwortete der Sergeant. Das ›Sir‹ war ihm herausgerutscht. Natürlich wußte der Sergeant, wer Miles war. Ein leichtes, wölfisches Lächeln huschte über Miles' Gesicht, verschwand aber sofort. Miles gab Bothari ein Zeichen. Gehorsam kam der livrierte Leibwächter zu ihm. »Sie dürfen sich aber mit ihm nicht unterhalten«, warnte der Sergeant.

»Jawohl, Sir«, bestätigte Miles. Er setzte sich hin und schnallte den verhaßten Apparat ab. Gut! Ein Kilo weniger zu schleppen. Er warf die Schiene Bothari zu, der sie mit einer Hand auffing, und stand mühsam wieder auf.

Korrekterweise bot Bothari ihm nicht die Hand, um ihm dabei zu helfen.

Als Miles seinen Leibwächter neben dem Sergeant sah, störte ihn dieser nicht mehr so sehr, denn er wirkte irgendwie kleiner und jünger, sogar etwas weich. Bothari war größer, hagerer, viel älter, sehr viel häßlicher und sah bedeutend gefährlicher aus. Aber schließlich war Bothari schon Sergeant gewesen, als dieser Sergeant noch in die Windeln geschissen hatte.

Schmales Kinn, Adlernase, Augen von nicht zu beschreibender Farbe, viel zu nah beieinander stehend — Miles schaute zum Gesicht seines livrierten Dieners mit liebevollem Stolz auf. Dann blickte er zur Hindernisstrecke und wieder zu Bothari. Auch Bothari musterte die Strecke, spitzte die Lippen, nahm die Beinschiene fest unter einen Arm und schüttelte ganz leicht den Kopf in Richtung der Mitte der Strecke. Um Miles' Mundwinkel zuckte es. Bothari seufzte und ging zurück in die Zuschauerzone.

Bothari warnte ihn also. Aber schließlich war es Botharis Aufgabe darauf zu achten, daß er heil blieb, nicht seine Karriere zu fördern — nein, das war unfair! schalt Miles sich selbst. Niemand hatte ihm bei der Vorbereitung zu dieser hektischen Woche mehr geholfen als Bothari. Er hatte endlos viel Zeit darauf verwendet, Miles zu trainieren und Miles' Körper bis an die allzu rasch erreichten Grenzen zu zwingen. Mit nicht wankender Hingabe hatte er sich der leidenschaftlichen Besessenheit seines Zöglings gewidmet. Er ist mein erstes Kommando, dachte Miles. Meine Privatarmee.

Kostolitz starrte Bothari hinterher. Offenbar hatte er schließlich doch noch die Livree erkannt, denn jetzt blickte er Miles mit überraschter Erleuchtung an.

»Also, *der* bist du«, sagte er mit neidischer Ehrfurcht. »Kein Wunder, daß du bei den Tests eine Sonderregelung bekommen hast.«

Miles lächelte gequält bei dieser beleidigenden Unterstellung. Die Spannung kroch ihm den Rücken hinauf. Er suchte nach einer ätzenden Antwort, doch da wurden sie schon zum Start gerufen.

Kostolitz' Fähigkeit, logische Schlußfolgerungen zu ziehen, war offenbar noch nicht erschöpft, denn er fuhr bissig fort: »Aha, deshalb hat der Lord Regent sich niemals um die Herrschaft beworben.«

»Zeit läuft!« rief der Sergeant. »Los!«

Die beiden liefen los. Kostolitz war blitzschnell vor Miles. Ja, renne, du hirnloser Bastard, denn wenn ich dich einhole, bring ich dich um! Miles galoppierte hinterher und kam sich wie eine Kuh beim Pferderennen vor.

Die Mauer, die verfluchte Mauer! Kostolitz war schon halb oben, als Miles ankam. Jetzt konnte er endlich diesem Arbeiterhelden zeigen, wie man kletterte. Er flitzte hinauf, als wären die winzigen Finger- und Zehenhalte große Stufen. Die Wut trieb die Muskeln zur Höchstleistung — und darüber hinaus. Befriedigt war er vor Kostolitz oben. Dann hockte er zwischen den Eisendornen und blickte nach unten.

Der Prüfungsoffizier ließ Miles nicht aus den Augen. Jetzt hatte Kostolitz ihn mit vor Anstrengung hochrotem Kopf eingeholt. »Ein Vor hat Höhenangst?« japste Kostolitz und grinste ihn höhnisch über die Schulter an. Dann sprang er, landete knallhart im Sand, fand das Gleichgewicht wieder und rannte weiter.

Kostbare Sekunden würde es kosten, die Mauer wie eine osteoporöse alte Frau vorsichtig hinabzuklettern — vielleicht konnte er bei der Landung unten abrollen? Der Prüfer starrte ihn an. Kostolitz war schon beim nächsten Hindernis. Miles sprang.

Die Zeit schien sich zu dehnen, als er dem Sand entgegenstürzte, als wolle sie ihm noch mehr Zeit geben, die Tragweite seines Fehlers voll auszukosten. Beim Aufprall hörte er das vertraute Knacken.

Dann saß er fast blind vor Schmerzen da. Er schrie

nicht auf — der unbeteiligte Beobachter in seinem Kopf meinte zynisch: Diesmal kannst du der Schiene nicht die Schuld geben. Diesmal hast du beide Beine gebrochen.

Die Beine schwollen an und verfärbten sich, wurden dunkelrot mit weißen Flecken. Er schob sich so weit vor, daß sie gerade lagen, und barg das Gesicht einen Augenblick zwischen den Knien. Da man sein Gesicht nicht sah, gestattete er sich einen stummen Schmerzensschrei. Er fluchte nicht. Das schlimmste Schimpfwort konnte die jetzige Lage nur unzulänglich beschreiben.

Als der Prüfungsoffizier erkannte, daß Miles nicht wieder aufstand, kam er zu ihm herüber. Miles robbte durch die Sandkuhle, um dem nächsten Paar der Kadetten Platz zu machen, und wartete geduldig auf Bothari.

Jetzt hatte er unendlich viel Zeit.

Miles mochte die neuen Antischwerkraftkrücken überhaupt nicht, obwohl er sie unsichtbar unter der Kleidung tragen konnte. Er ging mit ihnen irgendwie unsicher und gestelzt, so daß er sich wie ein Spastiker vorkam. Ein guter alter Stock wäre ihm lieber gewesen oder noch besser ein Schwertstock, wie der von Hauptmann Koudelka, den man bei jedem Schritt mit kräftigem Stoß in den Boden rammen konnte, als spieße man einen Feind auf — Kostolitz zum Beipiel. Miles blieb stehen, um das Gleichgewicht zu sammeln, ehe er die Stufen zum Haus der Vorkosigans hinaufging.

Winzige Quarzteilchen in den verwitterten Granitmauern blitzten und funkelten in der warmen Herbstsonne, obwohl über der Hauptstadt Vorbarr Sultana die Dunstglocke der Industrie lag. Der Lärm auf der Straße weiter unten zeigte an, daß dort ein ähnliches Haus abgerissen wurde, um Platz für ein modernes Gebäude zu schaffen. Miles blickte zu dem Hochhaus auf der anderen Straßenseite hinauf. Eine Gestalt bewegte sich auf dem Dach. Die Verteidigungsanlagen hatten sich verändert; aber die Wachposten gingen immer noch die Runde.

Bothari stand in voller Größe neben Miles. Jetzt bückte er sich plötzlich und hob eine Münze vom Gehsteig auf. Sorgfältig verstaute er sie in der linken Tasche, die einem ganz besonderen Zweck diente.

Miles verzog einen Mundwinkel nach oben. In seinen Augen funkelte freundlicher Spott. »Immer noch für die Aussteuer?«

»Natürlich«, antwortete Bothari gelassen. Seine Stimme war ein tiefer Bass mit monotonem Rhythmus. Man mußte ihn ziemlich lange kennen, um diese Ausdruckslosigkeit interpretieren zu können. Miles kannte auch die winzigste Veränderung im Tonfall, wie ein Mensch, der sich in seinem dunklen Zimmer genau auskennt.

»Du sammelst die Zehntelmark für Elena, so weit ich zurückdenken kann. Dabei ist die Aussteuer schon mit der Kavallerie aus der Mode gekommen. Um Himmels willen! Sogar die Vor heiraten heutzutage ohne Aussteuer. Wir leben nicht mehr in der Zeit der Isolation«, sagte Miles mit nachsichtigem Spott. Er gab sich Mühe, Bothari wegen dieser Besessenheit nicht zu verletzen. Schließlich hatte Bothari auch Miles' verrückten Wunsch immer ernst genommen.

»Ich möchte, daß sie alles richtig und ordentlich hat.«

»Inzwischen müßtest du so viel haben, daß du ihr Gregor Vorbarra kaufen könntest«, sagte Miles und dachte an die unzähligen Beschränkungen, die sich sein Leibwächter alle die Jahre auferlegt hatte, um seiner Tochter eine ordentliche Aussteuer zu geben.

»Über den Kaiser macht man keine Scherze!« Bothari wies diesen Seitenhieb als keineswegs lustige Bemerkung gebührend zurück. Miles seufzte und machte sich an den mühsamen Aufstieg mit Beinen, die steif in starren Plastikschienen steckten.

Die Schmerztabletten, die er noch im Militärlazarett eingenommen hatte, verloren langsam an Wirkung. Er war unbeschreiblich müde. Die Nacht hatte er schlaflos damit verbracht, bei örtlicher Betäubung mit dem Chirurgen zu plaudern und zu blödeln, während dieser die winzigen Knochensplitter wieder zusammensetzte, als habe er ein selten schwieriges, widerspenstiges Puzzle vor sich. Ich habe mich prima gehalten, tröstete Miles sich; aber jetzt wollte er nur noch runter von der Bühne und zusammenbrechen. Es sind nur noch ein paar Akte!

»Was für einen Mann möchtest du gern?« fragte Miles vorsichtig während einer Pause beim Treppensteigen.

»Einen Offizier«, erklärte Bothari entschlossen.

Miles lächelte. Aha, das ist also auch die Krönung deines Ehrgeizes, Sergeant! dachte er insgeheim. »Aber ich nehme an, noch nicht sehr bald.«

Bothari schnaubte. »Natürlich nicht. Sie ist erst ...« Er brach ab. Die Falten zwischen den eng zusammenstehenden Augen vertieften sich. »Wie die Zeit vergeht ...«

Miles setzte mühsam einen Fuß vor den anderen und betrat das Haus der Vorkosigans. Jetzt stand ihm die Verwandtschaft bevor. Als erstes kam wohl seine Mutter. Kein Problem. Sie stand am Fuß der großen Freitreppe in der Eingangshalle, als ihm ein uniformierter Diener, der auch als Leibwächter diente, die Tür öffnete. Lady Vorkosigan war eine Frau in mittleren Jahren. Natürliches Grau dämpfte das leuchtend rote Feuer ihrer Haare. Bei ihrer Größe fielen die zusätzlichen Kilos nicht auf. Sie atmete heftig. Wahrscheinlich war sie die Treppe hinuntergelaufen, als sie ihn kommen sah. Mutter und Sohn umarmten sich schnell. Ihre Augen waren ernst und unparteiisch.

»Ist Vater da?« fragte Miles.

»Nein. Er und Minister Quintillian sind unten im Hauptquartier und schlagen sich mit dem Generalstab wegen des Etats herum. Ich soll dir herzliche Grüße von ihm ausrichten und sagen, daß er versuchen wird, zum Mittagessen heimzukommen.«

»Und hat er ... äh ... schon Großvater von gestern erzählt?«

»Nein — aber ich finde, du hättest ihn das erledigen lassen sollen. Die Situation heute morgen war schrecklich peinlich.«

»Das kann ich mir vorstellen.« Miles blickte die Treppe hinauf. Sie kam ihm nicht nur wegen der kaputten Beine irrsinnig hoch vor. Nun denn! Bringen wir das Schlimmste als erstes hinter uns ... »Er ist oben, oder?«

»In seinen Räumen. Allerdings hat er heute morgen einen Spaziergang im Garten gemacht, was mich sehr gefreut hat.«

»Hm.« Miles nahm die erste Stufe.

»Mit dem Lift«, sagte Bothari.

»Ach, zum Teufel! Es ist nur eine Treppe.«

»Der Chirurg hat gesagt, du sollst Stufen möglichst meiden.«

Miles' Mutter schenkte Bothari ein dankbares Lächeln, das er mit einem dahingemurmelten ›Mylady‹ quittierte. Miles zuckte mißmutig die Achseln und ging zum hinteren Teil des Hauses.

»Miles«, sagte seine Mutter noch. »Sei nicht ... naja, er ist sehr alt und nicht gesund und er mußte seit Jahren zu niemandem mehr höflich sein — du mußt ihn nehmen, wie er eben ist, ja?«

»Du weißt doch, daß ich das tue.« Miles lächelte überlegen, um zu beweisen, wie locker er alles nehmen würde. Ihre Lippen erwiderten das Lächeln, doch ihre Augen blieben ernst.

Miles traf auf Elena Bothari, die gerade die Zimmer seines Großvaters verließ. Der Leibwächter grüßte seine Tochter mit stummem Nicken, wofür sie ihm eines ihrer ziemlich seltenen scheuen Lächeln schenkte.

Zum tausendstenmal staunte Miles, wie ein so häßlicher Mann zu einer so schönen Tochter kommen konnte. Alle seine Züge waren auch in ihrem Gesicht vorhanden, aber ins Schöne verwandelt. Elena war achtzehn und mit einem Meter achtzig auch groß wie ihr Vater. Aber während er drahtig und gespannt wie eine Bogensehne war, wirkte ihre schlanke Figur pulsierend und lebenssprühend. Seine Nase war wie ein Raubvogelschnabel, sie hatte ein edles Adlerprofil. Sein Gesicht war zu schmal, ihres vollkommen aristokratisch, wie das eines Windspiels oder Barsois. Vielleicht machten die Augen den Unterschied. Ihre waren dunkel, glänzend und aufgeweckt, doch ohne die ständige, niemals lächelnde Wachsamkeit wie bei ihrem Vater. Oder es lag am Haar. Seins wurde grau und war militärisch kurz geschnitten, ihres dagegen war schwarz und glänzend und fiel lang herab. Ein Wasserspeier und eine Heilige — beide vom selben Bildhauer gemacht —, die sich über dem Portal einer alten Kathedrale anblickten.

Miles riß sich aus seinen Träumen. Elenas Blick traf ihn, sofort verschwand ihr Lächeln. Er richtete sich auf und brachte trotz seiner Erschöpfung ein falsches Lächeln zustande. Damit hoffte er, auch sie wieder zum Lächeln zu bringen. Wirklich nicht schon bald, Sergeant?

»Gut, ich bin froh, daß du da bist«, begrüßte sie ihn. »Es war heute morgen einfach grauenvoll.«

»War er sehr mißgelaunt?«

»Nein, fröhlich! Er hat Strat-O mit mir gespielt und überhaupt nicht aufgepaßt. Weißt du, daß ich beinahe gewonnen hätte? Er hat seine Kriegsgeschichten erzählt und dauernd von dir geredet — hätte er einen Plan deiner Hindernisstrecke gehabt, hätte er Stecknadeln hineingesteckt, um deine Fortschritte zu markieren ... Ich muß doch nicht etwa bleiben, oder?«

»Nein, natürlich nicht.«

Elena lächelte erleichtert und ging den Korridor hinunter. Dann warf sie ihm noch einen besorgten Blick über die Schulter zu.

Miles holte tief Luft und trat über die Schwelle des Generals, des Grafen Piotr Vorkosigan.

KAPITEL 2

Der alte Mann war nicht im Bett. Rasiert und angezogen saß er in einem Sessel und blickte nachdenklich durch das Fenster in den Garten hinter dem Haus. Er runzelte die Stirn, als er bei seiner Meditation gestört wurde, doch als er Miles sah, lächelte er.

»Ah, komm her, mein Junge ...« Er deutete auf den Stuhl, den Elena wohl gerade frei gemacht hatte. Dann mischte sich Verblüffung ins Lächeln des Alten. »Bei Gott, habe ich etwa einen Tag irgendwie verloren? Ich dachte, heute wärst du beim Einhundert-Kilometer-Rennen, den Mount Sencele hinauf und wieder herunter.«

»Nein, Großvater, du hast keinen Tag verloren.« Miles ließ sich langsam auf dem Sessel nieder. Bothari brachte einen Schemel und deutete auf die Beine. Miles wollte sie heben; aber diese Anstrengung wurde durch einen besonders schlimmen Schmerzanfall zunichte gemacht. »Ja, leg sie hoch, Bothari«, gab Miles nach. Bothari legte die Beine in den medizinisch richtigen Winkel und zog sich — strategisch klug, wie Miles fand — zur Tür zurück. Der alte Graf beobachtete diese Pantomime, und langsam dämmerte ihm die schmerzliche Gewißheit.

»Was hast du bloß gemacht, Junge?« Er seufzte.

Bringen wir es schnell und schmerzlos hinter uns — wie eine Enthauptung ... »Gestern bin ich von einer Mauer auf der Hindernisstrecke gesprungen und habe mir beide Beine gebrochen. Damit habe ich mir jede Chance beim körperlichen Test versaut. In der Theorie — naja, das ist jetzt unwichtig.«

»Und jetzt bist zu nach Hause gekommen.«

»Ja, jetzt bin ich nach Hause gekommen.«

»Aha.« Der alte Mann trommelte mit den langen,

knochigen Fingern auf die Armlehne. »Aha.« Er rutschte auf dem Sessel hin und her. Die Lippen wurden schmaler. Er starrte aus dem Fenster und sah Miles nicht an. Wieder trommelte er mit den Fingern. »Daran ist nur dieser verdammte schleichende Demokratismus schuld«, rief er quengelig. »Ein Haufen Blödsinn von draußen auf unseren Planeten importiert! Dein Vater hat Barrayar keinen Dienst erwiesen, als er das unterstützte. Als Regent hatte er die Gelegenheit, es auszurotten — aber die hat er nutzlos verstreichen lassen, wenn du mich fragst ...« Kurze Pause. »Verliebt in außerplanetarische Ideen und außerplanetarische Weiber«, fügte er leise hinzu. »Ich gebe deiner Mutter die Schuld, das weißt du. Dauernd macht sie Propaganda für diesen Mist von der Gleichheit aller ...«

»Also, wirklich«, widersprach Miles. »Mutter ist das unpolitischste Wesen, das du dir vorstellen kannst.«

»Gottseidank, sonst würde sie heute Barrayar regieren. Ich habe noch nie gesehen, daß dein Vater ihr widersprochen hätte. Na schön, es hätte schlimmer kommen können ...« Der alte Mann wand sich unter seinen seelischen Schmerzen ebenso wie Miles unter seinen körperlichen.

Miles lag im Sessel und gab sich keine Mühe, sich oder die Sache zu verteidigen. Er wußte, daß der Graf in kurzer Zeit sich selbst den Wind aus den Segeln nehmen würde, da er immer auch gleich die Gegenargumente vorbrachte.

»Ja, ich nehme an, man muß sich ein wenig der Zeit beugen. Das müssen wir alle. Jetzt sind die Söhne von Ladenbesitzern großartige Soldaten. Gott weiß, ich habe da so einige in meiner Zeit befehligt. Hab ich dir je von dem Burschen erzählt, der mit mir bei dem Kampf gegen die Cetagander oben in den Dendarii-Bergen hinter Vorkosigan Surleau war? Der beste Partisanenleutnant, den ich je hatte. Damals war ich nicht viel älter als du. Er tötete in jenem Jahr mehr Cetagander ... Sein Vater war Schneider gewesen. Ein Schneider, als man noch alles mit der Hand zuschnitt und nähte, tief über die Feinheiten gebeugt ...« Der alte Mann seufzte vor Kummer, weil diese Vergangenheit unwiederbringlich verloren war. »Wie hieß der Bursche nur ...«

»Tesslev«, half ihm Miles. Er hob die Augenbrauen und schaute nachdenklich auf seine Beine. Vielleicht hätte ich ein Schneider in jener Zeit sein sollen. Dazu bin ich gebaut. Aber die sind jetzt ebenso überflüssig wie Grafen.

»Tesslev, ja, richtig. Er starb auf grauenvolle Art, als sie seine Patrouille erwischten. Tapferer Mann, tapferer Mann ...« Schweigen herrschte eine Zeitlang zwischen ihnen.

Dann sah der alte Graf einen Strohhalm und griff danach. »Wurde der Test auch fair durchgeführt? Heutzutage weiß man das nie so genau — irgendein Prolet mit persönlichen Aggressionen ...«

Miles schüttelte den Kopf und bekämpfte sehr schnell diese phantastische Möglichkeit, ehe sie blühen und gedeihen konnte. »Sehr fair. Es lag an mir. Ich habe mich nervös machen lassen und mich nicht mehr auf meine Aufgaben konzentriert. Ich bin durchgefallen, weil ich nicht gut genug war. Punktum.«

Der alte Mann verzog aus mürrischer Ablehnung die Lippen. Wütend ballte er die Hand zur Faust und öffnete sie hoffnungslos wieder. »Früher hätte niemand gewagt, dein Recht in Frage zu stellen ...«

»Früher hätten andere Männer mit ihrem Leben für meine Unfähigkeit bezahlen müssen. Ich finde, daß das jetzige System besser ist«, sagte Miles leise.

»Naja ...« Der alte Mann blickte leer durchs Fenster hinaus. »Naja — die Zeiten ändern sich. Barrayar hat sich verändert. Auch ich habe mich um Welten verändert zwischen der Zeit, als ich zehn und zwanzig war. Und noch einmal zwischen zwanzig und vierzig. Nichts war mehr dasselbe — und dann noch einmal zwischen vierzig und achtzig. Diese heutige schwache, verwässerte Generation — sogar ihre Sünden sind verwässert. Die alten Piraten aus der Zeit meines Vaters hätten sie allesamt zum Frühstück verspeist und ihre Knochen bis zum Mittagessen verdaut … Weißt du, daß ich der erste Graf Vorkosigan seit neun Generationen sein werde, der im Bett stirbt?« Er machte eine Pause und starrte weiter vor sich hin. Dann flüsterte er: »Gott, habe ich die Veränderungen satt! Allein der Gedanke, noch eine neue Welt ertragen zu müssen, macht mir angst. Macht mir angst.«

»Sir«, sagte Miles liebevoll.

Der alte Mann blickte ihn an. »Das ist nicht deine Schuld, mein Junge, nicht deine Schuld. Du gerietest in die Räder der Veränderung und des Zufalls, so wie wir alle. Es war reiner Zufall, daß der Meuchelmörder gerade dies Gift wählte, um deinen Vater zu töten. Er hat nicht mal auf deine Mutter gezielt. Trotzdem hast du dich wacker gehalten. Wir — wir haben einfach zu viel von dir erwartet. Das ist alles. Laß dir nie von jemandem vorhalten, du hättest dich nicht wacker gehalten.«

»Danke, Sir.«

Das Schweigen zog sich unerträglich lang hin. Es wurde warm im Zimmer. Miles tat er Kopf weh, weil er so lange nicht geschlafen hatte. Hunger und Medikamente bewirkten, daß ihm übel wurde. Mühsam rappelte er sich auf. »Wenn du mich jetzt bitte entschuldigen würdest, Großvater …«

Der alte Mann winkte ab. »Ja, du hast bestimmt viel zu tun …« Wieder machte er eine Pause und musterte Miles fragend. »Was wirst du jetzt tun? Es kommt mir sehr seltsam vor. Wir waren immer Vors, immer Krieger, sogar, als der Krieg sich wie alles andere veränderte …«

In seinem Sessel wirkte er so geschrumpft. Miles riß sich zusammen, um zuversichtlich zu erscheinen. »Na, du weißt schon, es gibt immer noch die andere Möglichkeit für einen Aristokraten. Wenn ich kein Frontschwein sein kann, bleibt immer noch der Stadtkomiker. Ich habe vor, ein berühmter Epikuräer und Frauenheld zu werden. Das macht auch viel mehr Spaß als Soldat zu spielen.«

Sein Großvater ging auf den Scherz ein. »Ja, diese Typen habe ich immer beneidet — nun geh schon, mein Junge ...« Er lächelte, aber Miles spürte, daß dies Lächeln ebenso gezwungen war wie seins. Es war eine Lüge; denn ›Drohne‹ war im Wortschatz des Alten ein Schimpfwort. Dann verließ Miles mit Bothari das Zimmer.

Miles saß zusammengesunken in einem alten Sessel in einem kleinen Zimmer auf der Straßenseite der alten Villa. Er hatte die Beine hochgelegt und die Augen geschlossen. Dieser Raum wurde selten benutzt und bot daher eine gute Möglichkeit, sich zu verkriechen und in Ruhe zu grübeln. Noch nie war er in einer so trostlosen Sackgasse angekommen. Alles in ihm war abgestorben. Er spürte nicht einmal Schmerzen. Wieviel Leidenschaft hatte er aufgewendet — und für nichts und wieder nichts! Ein Leben der Leere erstreckte sich endlos in die Zukunft — nur wegen eines Sekundenbruchteils dämlicher, wütender Angst ...

Hinter ihm räusperte sich jemand und sagte schüchtern: »Hallo, Miles.«

Er machte die Augen auf und fühlte sich plötzlich ein bißchen weniger wie ein verwundetes Tier, das sich im Bau verkrochen hat. »Elena! Ich nehme an, du bist gestern abend mit Mutter aus Vorkosigan Surleau zurückgekommen. Komm rein!«

Elena hockte sich dicht neben ihn auf die Armlehne eines anderen Sessels. »Ja, sie weiß, wie sehr ich mich freue, wenn ich in die Hauptstadt darf. Manchmal habe ich direkt das Gefühl, als sei sie meine Mutter.«

»Sag ihr das. Darüber freut sie sich bestimmt.«

»Meinst du wirklich?« fragte sie scheu.

»Absolut.« Er riß sich zusammen, um ganz wach zu werden. Vielleicht war die Zukunft doch nicht völlig leer ...

Elena kaute auf der Unterlippe. Ihre großen dunklen Augen verschlangen ihn fast. »Du siehst total kaputt aus.«

Miles wollte sich nicht an Elenas Schulter ausheulen. Er verbarg seine Verzweiflung unter dem Mantel der Selbstironie. Grinsend lehnte er sich zurück. »Da hast du buchstäblich recht. Aber ich komme darüber hinweg. Du ... äh ... du hast bestimmt schon alles gehört, nehme ich an.«

»Ja. Ist alles — naja — so einigermaßen mit meinem Lord glatt gegangen?«

»Sicher! Schließlich bin ich der einzige Enkel, den er hat. Damit habe ich eine hervorragende Position — ich kann mir praktisch alles leisten.«

»Hat er dich gebeten, deinen Namen zu ändern?«

»Was?« Miles blickte sie verständnislos an.

»Zum üblichen Vatersnamen. Er hat davon gesprochen, als du ... oh.« Sie brach ab. Aber Miles hatte die Tragweite ihrer Halbenthüllung verstanden.

»Aha! Wenn ich endlich Offizier sein würde, wollte er doch noch nachgeben und mir meinen ererbten Namen gönnen. Reizend von ihm — siebzehn Jahre nach der Tatsache meiner Geburt.« Er unterdrückte die aufkommende Wut mit einem ironischen Lächeln.

»Ich habe nie verstanden, worum es ging.«

»Was? Mein Name: Miles Naismith, nach dem Vater meiner Mutter, anstatt von Piotr Miles, nach beiden. Das geht alles zurück zu dem Trubel, als ich geboren wurde. Nachdem meine Eltern sich von dem Soltoxingas erholt hatten und feststellten, welchen Schaden der Fötus davongetragen hatte — übrigens darf ich offiziell davon nichts wissen —, war Großvater unbedingt für eine Abtreibung. Er bekam einen Riesenstreit mit meinen Eltern — naja, mit Mutter hauptsächlich, nehme ich an. Vater war in der Mitte. Als mein Vater sich ihm widersetzte und zu meiner Mutter hielt, ging Großvater in die Luft und verbot, daß mir sein Name gegeben würde. Später beruhigte er sich ein bißchen, als er herausfand, daß ich keine völlige Katastrophe war.« Er grinste und trommelte mit den Fingern auf der Armlehne. »Also hat er sich überlegt, das Verbot zurückzunehmen. Vielleicht ist es gut, daß ich versagt habe. Möglich, daß er an seinen Worten erstickt wäre.« Miles biß verbittert die Zähne zusammen und wünschte, er könnte die letzten Sätze zurücknehmen. Er wollte vor Elena nicht noch abstoßender auftreten, als er ohnehin war.

»Ich weiß, wie ungemein viel du für die Aufnahmeprüfung gelernt hast. Es tut mir furchtbar leid.«

»Nicht halb so leid, wie es mir tut«, meinte er gespielt fröhlich. »Ich wünschte, du hättest den Hindernislauf für mich machen können. Zu zweit würden wir einen verteufelt guten Offizier abgeben.«

Plötzlich vermißte er etwas von der alten Freimütigkeit, die sie als Kinder geteilt hatten, als sie sagte: »Ja, aber nach der Norm in Barrayar bin ich behinderter als du — ich bin weiblich. Ich darf nicht einmal ein Gesuch einreichen, die Examen zu versuchen.«

Er zog die Brauen hoch. »Ja, ich weiß. Es ist absurd. Dein Vater hat dir so viel beigebracht, daß du nur noch einen Lehrgang in schweren Waffen brauchen würdest, um neun Zehntel aller Kerle, die ich da draußen gesehen habe, plattzuwalzen. Stell dir nur mal vor: Sergeant Elena Bothari.«

»Du machst dich über mich lustig«, sagte sie kühl.

»Ich spreche nur als Zivilist zu einem anderen Zivilisten«, meinte er, sich halb entschuldigend.

Sie nickte. Dann strahlte sie jedoch wieder. »Deine Mutter schickt mich. Ich soll dich zum Mittagessen abholen.«

»Jawohl«, sagte er und schob sich stöhnend hoch.

»Sie ist ein Offizier, dem jeder gehorcht. Der Major des Admirals.«

Elena lächelte über diesen Vergleich. »Ja. Aber sie war auch auf Beta ein Offizier. Bei ihr findet es niemand seltsam oder kritisiert sie, wenn sie die Vorschriften brechen will.«

»Im Gegenteil! Sie ist so anders, daß niemand versuchen würde, sie bei den Vorschriften mit einzubeziehen. Sie tut immer alles auf ihre Art.«

»Ich wünschte, ich wäre auch Betanerin«, sagte Elena traurig.

»Täusch dich nicht! Sie ist auch nach der Norm auf Beta seltsam. Aber ich glaube, es würden dir in der Beta-Kolonie einige Sachen gut gefallen.«

»Ich komme nie von diesem Planeten weg.«

Miles betrachtete sie aufmerksam. »Was bedrückt dich?«

Sie hob die Schultern. »Ach, du kennst doch meinen Vater. Er ist so konservativ. Er hätte vor zweihundert Jahren geboren werden sollen. Du bist der einzige Mensch, den ich kenne, der ihn nicht für absonderlich hält. Er ist so übervorsichtig.«

»Ich weiß — aber das ist bei einem Leibwächter eine ausgesprochene Tugend. Sein krankhaftes Mißtrauen hat mir schon zweimal das Leben gerettet.«

»Dann hättest du auch vor zweihundert Jahren geboren werden sollen.«

»Nein, danke! Dann hätten sie mich gleich bei der Geburt getötet.«

»Naja, das stimmt«, sagte sie. »Aber heute morgen hat er aus heiterem Himmel plötzlich über meine Heirat gesprochen.«

Miles hielt abrupt inne und schaute sie an. »Wirklich? Was hat er gesagt?«

»Nicht viel. Er hat es nur erwähnt. Ich wünschte ... ach, ich weiß auch nicht ... ich wünschte, meine Mutter lebte noch.«

»Ja, sicher ... aber du kannst immer mit meiner Mutter sprechen, wenn du willst. Oder — oder mit mir. Mir kannst du doch alles sagen, oder?«

Sie lächelte ihn dankbar an. »Ja, danke.« Sie kamen an die Treppe. Elena blieb stehen. Er wartete.

»Weißt du, er redet nie über meine Mutter. Nicht, seit ich ungefähr zwölf war. Früher hat er mir lange Geschichten erzählt — naja, für seine Verhältnisse lang. Ich frage mich, ob er sie allmählich vergißt.«

»Das glaube ich nicht. Ich bin mehr mit ihm zusammen als du. Er hat niemals eine Frau auch nur angesehen«, versicherte ihr Miles.

Sie gingen die Treppe hinunter. Miles' Beine schmerzten und bewegten sich nicht richtig. Er mußte wie ein Pinguin Stufe für Stufe hinunterwatscheln. Verlegen blickte er zu Elena auf und packte das Geländer ganz fest.

»Solltest du nicht den Lift nehmen?« fragte sie, als er den Fuß unsicher auf die nächste Stufe stellte.

Fang du nicht auch an, mich wie einen Krüppel zu behandeln ... Er blickte auf die glänzende Windung des Geländers. »Sie haben nur gesagt, ich soll meine Beine schonen, aber nicht genau wie ...« Dann schwang er sich aufs Geländer und warf ihr einen verschmitzten Blick zu.

Auf Elenas Gesicht mischten sich Angst und Lachen. »Miles, du Wahnsinniger! Wenn du runterfällst, brichst du dir sämtliche Knochen!«

Er ließ los und rutschte hinab. Er wurde immer schneller. Lachend lief sie die Stufen hinterher. Bei der Biegung verlor er sie aus den Augen. Doch das Grinsen verging ihm, als er sah, was ihn unten erwartete. »O verdammt!« Jetzt war er zu schnell, um zu bremsen.

»Was, zum ...?«

»Vorsicht!«

Am Ende der Treppe fiel Miles in die hastig ausgestreckten Arme eines kräftigen, grauhaarigen Mannes in

Offiziersuniform. Beide fielen zu Boden und bemühten sich aufzustehen, als Elena atemlos in der mit Mosaik ausgelegten Vorhalle eintraf. Miles spürte, wie sein Gesicht heiß wurde. Bestimmt war es dunkelrot. Der grauhaarige Mann blickte verdutzt drein. Ein zweiter Offizier, ein hochgewachsener Mann mit den Rangabzeichens eines Majors am Uniformkragen, stützte sich auf einen Spazierstock und lachte.

Miles bemühte sich, schlecht und recht Haltung anzunehmen. »Guten Tag, Vater«, sagte er kühl. Dann hob er angriffslustig das Kinn, als wolle er jeden in die Schranken fordern, der es wagen sollte, eine Bemerkung über seine unorthodoxe Ankunft zu machen.

Admiral Lord Aral Vorkosigan, Premierminister von Barrayar im Dienste seiner Kaiserlichen Hoheit Gregor Vorbarras, früher dessen Lordregent, zupfte an der Uniformjacke und räusperte sich. »Guten Tag, Sohn.« Nur die Augen lachten. »Zu meiner Freude ... hm ... sehe ich, daß deine Verletzungen nicht allzu ernst sind.«

Miles zuckte die Achseln. Er war erleichtert, nicht schlimmere zynische Bemerkungen in der Öffentlichkeit zu hören. »Nur das Übliche.«

»Entschuldige mich einen Moment. Ah, guten Tag, Elena. Koudelka, was halten Sie von den Schiffskosten von Admiral Hessman?«

»Ich fand, daß die Zahlen viel zu schnell runtergerattert wurden«, antwortete der Major.

»Ach, fanden Sie, ja?«

»Glauben Sie, daß er etwas verbergen will?«

»Vielleicht. Aber was? Seinen Partei-Etat? Hat nicht sein Schwager den Auftrag? Oder ist es nur Schlamperei? Unterschlagung oder Unvermögen? Ich werde Illyan auf die erste Möglichkeit ansetzen. Sie kümmern sich um die zweite. Legen Sie den Zahlen Daumenschrauben an.«

»Die Zahlen werden schreien. Das haben sie heute schon getan.«

»Glauben Sie keiner! Ich habe früher diese Anträge selbst gemacht, als ich beim Generalstab war. Ich weiß, wieviel Mist in sie hineingeht. Erst, wenn ihre Stimmen zwei Oktaven hochgehen, tut es ihnen weh.«

Major Koudelka grinste. Mit kurzem Kopfnicken vor Miles und Elena und angedeuteter militärischer Ehrenbezeugung verabschiedete er sich.

Miles und sein Vater schauten sich an. Keiner wollte das Thema anschneiden, das zwischen ihnen lag. Als hätten sie sich abgestimmt, sagte Lord Vorkosigan nur: »Bin ich fürs Mittagessen zu spät dran?«

»Man hat mich gerade erst gerufen, Sir.«

»Dann laß uns gehen ...« Er hob den Arm, als wolle er seinem verletzten Sohn helfen, ließ es aber sogleich sein und legte die Hände taktvoll auf den Rücken. Langsam gingen sie Seite an Seite weg.

Miles lag immer noch angezogen auf dem Bett, die Beine richtig ausgestreckt. Angeekelt betrachtete er sie. Rebellierende Provinzen — meuternde Truppen — hinterlistige Saboteure ... Er mußte noch einmal aufstehen, sich waschen und zum Schlafen umziehen; aber das erforderte eine heroische Anstrengung. Und er war kein Held! Er mußte an den Mann denken, von dem sein Großvater erzählt hatte. Der hatte unabsichtlich sein Pferd bei einer Kavallerieattacke unter sich erschossen — aber nur nach einem Ersatzpferd gerufen und war wieder losgeritten.

Ja, offenbar hatten seine eigenen Worte Botharis Gedanken in eine Richtung gelenkt, die Miles am wenigsten behagte. Vor seinem inneren Auge tauchte Elenas Bild auf — das zarte Adlerprofil, große dunkle Augen, die kühlen, langen Beine, die warmen geschwungenen Hüften: Sie sah wie eine Gräfin in einem Drama aus. Wenn er ihr nur diese Rolle im wirklichen Leben verschaffen könnte ... Aber ein Graf wie er!

Auf der Bühne könnte er problemlos einen Aristokraten darstellen. Die Verkrüppelten ließ man in Dramen auf Barrayar immer die ränkeschmiedenden Schurken spielen. Wenn er nicht Soldat werden konnte, hatte er vielleicht als Schurke eine Zukunft. »Ich schleppe die Jungfrau fort«, stieß er hervor und senkte probeweise die Stimme um eine halbe Oktave. »Dann sperre ich sie in mein Verlies.«

»Leider habe ich kein Verlies.« Seine Stimme klang wieder normal. Er seufzte. »Der Wandschrank müßte genügen. Großvater hat recht: Wir sind eine degradierte Generation. Und überhaupt würden sie einen Helden anheuern, um sie zu befreien. Irgendeinen Fleischberg — vielleicht Kostolitz. Und man weiß ja, wie diese Kämpfe immer ausgehen ...«

Miles schob sich auf die Füße und watschelte durchs Zimmer. Kostolitz' Schwert gegen — sagen wir — Miles' Morgenstern. Ein Morgenstern war die passende Waffe für einen Schurken. Er verlieh das Gefühl persönlicher Freiheit und echte Autorität. Erstochen würde er in den Armen der untröstlichen Elena sterben — nein! Sie würde in Kostolitz' Armen fröhlich feiern.

Miles' Blick fiel auf einen antiken Spiegel, der in einem handgeschnitzten Rahmen gehalten wurde. »Blöder Zwerg!« brummte er. Plötzlich hätte er am liebsten den Spiegel mit der bloßen Faust zerschmettert, daß die Glassplitter und sein Blut umherspritzten. Aber der Krach würde die Wachen auf dem Korridor alarmieren. Außerdem würde die Familie anstürmen und einen Haufen Erklärungen verlangen. Er drehte den Spiegel herum, daß er zur Wand sah, und warf sich dann aufs Bett.

Dann legte er sich auf den Rücken und überlegte sich die Sache ernsthaft. Er stellte sich vor, wie er so richtig ordentlich seinen Vater bat, für ihn bei Bothari Fürsprache einzulegen. Grauenvoller Gedanke! Er seufzte und versuchte vergeblich eine bequemere Lage zu finden. Er war erst siebzehn, selbst nach den üblichen Regeln Barrayars war das zu jung, außerdem hatte er keinerlei Beruf — es würde bestimmt Jahre dauern, bis er in einer ausreichend unabhängigen Lage war, ohne die Unterstützung seiner Eltern um Elenas Hand anzuhalten. Bis dahin hatte sie ihm ein anderer mit Sicherheit weggeschnappt.

Und Elena selbst ... Was bot ihr diese Verbindung? Bestimmt war es kein Vergnügen, wenn ein häßlicher, mißgestalteter Gnom auf ihr herumkroch — wenn man sie in der Öffentlichkeit anstarrte, vor allem in dieser Welt, wo Landessitten und importierte Medizin zusammenarbeiteten, um auch nur die kleinste körperliche Behinderung auszuradieren. Man würde sie wegen des lächerlichen Kontrastes zwischen beiden doppelt anstarren. Konnten die Privilegien eines ausgestorbenen Rangs, die mit jedem Jahr mehr schwanden, diese Peinlichkeit ausgleichen? Außerhalb Barrayars war dieser Rang völlig bedeutungslos; das war ihm klar. Seine Mutter betrachtete, auch nachdem sie nun schon achtzehn Jahre hier lebte, das Vor-System als reine planetenweite Massenhalluzination.

Es klopfte zweimal laut an der Tür. Autoritär kräftig und höflich kurz. Miles lächelte, seufzte und setzte sich auf.

»Komm rein, Vater!«

Lord Vorkosigan steckte den Kopf um den geschnitzten Türstock. »Noch angezogen? Es ist schon spät. Du solltest dich ausruhen.« Allerdings war er nicht konsequent, sondern trat ein und zog sich einen Stuhl heran, auf dem er rittlings Platz nahm und die Arme gemütlich auf die Lehne stützte. Er trug auch noch die Ausgehuniform, die er jetzt an jedem Arbeitstag anlegte. Dabei war er jetzt Premierminister und nicht mehr Regent, also auch nicht mehr Oberbefehlshaber der Streitkräfte. Miles fragte sich, ob die alte Admiralsuniform noch korrekt war. Oder war sie ihm einfach inzwischen angewachsen?

»Ich ... hm«, begann sein Vater und machte eine Pause, um sich leise zu räuspern. »Ich habe mich gefragt, was du als nächsten Schritt so vorhast, als Alternativpläne.«

Miles Lippen wurden schmal. Er zuckte die Achseln. »Es gab nie Alternativpläne. Mein einziger Plan war, die Aufnahme in die Militärakademie zu erreichen — ich Idiot!«

Lord Vorkosigan schüttelte verneinend den Kopf. »Falls es dir ein Trost ist — du warst sehr nahe dran. Ich sprach heute mit dem Kommandanten für die Aufnahme. Möchtest du deine Ergebnisse im schriftlichen Teil wissen?«

»Ich dachte, die würden nie bekanntgegeben. Nur eine alphabetische Liste: ja oder nein.«

Lord Vorkosigan machte eine einladende Handbewegung, doch Miles schüttelte den Kopf. »Laß gut sein! Es spielt keine Rolle mehr. Es war von Anfang an hoffnungslos. Ich war nur zu stur, das zuzugeben.«

»Keineswegs. Wir wußten alle, daß es schwierig sein würde; aber ich hätte dich nie so viel Anstrengung in etwas investieren lassen, wenn ich es für unmöglich gehalten hätte.«

»Den harten Schädel habe ich wohl von dir geerbt.«

Beide nickten sich lächelnd zu. »Naja, du könntest ihn auch von deiner Mutter haben«, meinte Lord Vorkosigan.

»Sie ist doch nicht — enttäuscht, oder?«

»Nein. Du weißt doch, wie wenig sie für alles Militärische übrig hat. ›Gemietete Killer‹ hat sie uns mal genannt. Das war so das erste, was sie mir gesagt hat.« Er lächelte bei der Erinnerung liebevoll.

Miles mußte auch grinsen. »Das hat sie wirklich zu dir gesagt?«

Lord Vorkosigan grinste zurück. »O ja! Aber sie hat mich trotzdem geheiratet, vielleicht hat sie es doch nicht so ernst gemeint.« Er wurde wieder ernst. »Aber im

Grunde stimmt es. Wenn ich Zweifel über deine Eignung zum Offizier hatte ...«

In Miles stieg Empörung auf.

»... dann vielleicht auf diesem Gebiet. Wenn man einen Menschen töten muß, hilft es, wenn man sich zuerst das Gesicht wegdenkt. Es ist ein prima mentaler Trick. Hervorragend geeignet für einen Soldaten. Ich bin nicht sicher, daß dein Gesichtsfeld dafür eng genug ist. Du nimmst immer alles um dich herum auf. Da bist du wie deine Mutter. Du hast auch immer einen klaren Blick auf deinen Hinterkopf.«

»Aber dich habe ich auch nie für engsichtig gehalten, Sir.«

»Doch; aber ich habe diesen Trick verlernt, deshalb bin ich in die Politik gegangen.« Lord Vorkosigan lächelte; aber dann verschwand das Lächeln. »Auf deine Kosten, fürchte ich.«

Die Bemerkung löste schmerzliche Erinnerungen aus. »Sir, hast du dich deshalb nie um die Herrschaft beworben, wie alle erwarteten, weil dein Erbe ...?« Miles zeigte auf seinen Körper und drückte damit stumm das verbotene Wort ›verkrüppelt‹ aus.

Lord Vorkosigan runzelte die Stirn. Seine Stimme senkte sich. Er flüsterte beinahe. »Wer behauptet das?«

Miles zuckte zusammen. »Niemand«, antwortete er nervös.

Sein Vater stand auf und lief im Zimmer auf und ab. »Niemals darf jemand so etwas behaupten! Hörst du: Niemals. Es ist eine Beleidigung unsrer beider Ehre. Ich habe Ezar Vorbarra auf dem Totenbett den Eid geleistet, seinem Enkel zu dienen — und das habe ich getan. Punktum! Thema beendet!«

Miles lächelte besänftigend. »Ich wollte nicht streiten.«

Lord Vorkosigan sah ihn an und lachte kurz. »Tut mir leid; aber du hast da bei mir auf den Ausrastepunkt gedrückt. Ist nicht deine Schuld, Junge.« Er setzte sich wieder. »Du kennst doch meine Gefühle wegen des Imperiums: ein Taufgeschenk einer bösen Fee! Aber versuch mal, das *denen* beizubringen!« Er schüttelte den Kopf.

»Aber Gregor kann dich doch nicht verdächtigen, in dieser Richtung Ehrgeiz zu haben. Du hast mehr als jeder andere für ihn getan — während Vordarians Ansprüche auf den Thron, im Dritten Cetagander-Krieg, in der Komarr-Revolte — er wäre doch heute überhaupt nicht mehr da!«

Lord Vorkosigan verzog das Gesicht. »Gregors Nerven sind im Augenblick nicht die besten. Gerade an die Macht gekommen — und ich schwöre dir: es ist wahrlich eine Macht. Natürlich juckt es ihn, sie bis an die Grenzen auszukosten, nachdem er sechzehn Jahre lang von ›alten Knackern‹, wie er sie nennt, beherrscht wurde. Ich habe nicht den Wunsch, als Zielscheibe zu dienen.«

»Also, hör mal! Gregor ist doch nicht so treulos!«

»Nein, gewiß nicht; aber er steht unter einer Menge neuen Drucks, gegen den ich ihn nicht mehr abschirmen kann ...« Er ballte eine Hand zur Faust und brach den Satz ab. »Da helfen nur alternative Pläne. Und damit wären wir — hoffe ich — wieder beim ursprünglichen Thema.«

Miles rieb sich müde das Gesicht und preßte die Fingerspitzen gegen die Augen. »Ich weiß es nicht, Sir.«

»Du könntest Gregor um einen kaiserlichen Befehl bitten«, sagte Lord Vorkosigan.

»Was? Ich soll mich mit Gewalt in den Dienst schieben lassen? Mit Hilfe von politischer Günstlingswirtschaft, gegen die du dein ganzes Leben lang gekämpft hast?« Miles seufzte. »Wenn ich auf die Art reinkommen wollte, hätte ich das tun müssen, ehe ich durch die Examen gerasselt bin. Jetzt — nein, nein!«

»Aber du hast zu viel Talent und Energie, um untätig herumzusitzen«, wandte Lord Vorkosigan ein. »Es gibt andere Möglichkeiten des Staatsdienstes. Ich würde dir gern eine oder zwei Möglichkeiten vorschlagen. Du kannst ja in Ruhe darüber nachdenken.«

»Ja, schieß los!«

»Offizier oder nicht — eines Tages wirst du Graf Vorkosigan sein.« Er hob abwehrend die Hand, als Miles widersprechen wollte. »Eines Tages! Und dann wirst du auf alle Fälle einen Platz in der Regierung einnehmen — immer angenommen, daß keine Revolution oder eine andere gesellschaftliche Katastrophe kommt. Du wirst den Distrikt unserer Vorfahren vertreten. Zu meiner Schande muß ich gestehen, daß dieser Distrikt furchtbar vernachlässigt wurde. Die Krankheit deines Großvaters in letzter Zeit ist nicht der einzige Grund. Ich hatte so viel andere Arbeit um die Ohren, und davor strebten wir beide nach militärischen Karrieren ...«

Das kannst du laut sagen, dachte Miles.

»Ergebnis: Es gibt dort eine Menge Arbeit, die getan werden muß. Und wenn du dir ein paar Kenntnisse im juristischen Bereich aneignest ...«

»Rechtsanwalt?« rief Miles entsetzt. »Du willst, daß ich Advokat werde? Das ist ja ebenso schlimm wie Schneider!«

»Wie bitte?« fragte Lord Vorkosigan, der die Verbindung nicht kapierte.

»Schon gut. Großvater hat da etwas gesagt.«

»Eigentlich hatte ich nicht vorgehabt, diese Idee deinem Großvater zu unterbreiten.« Lord Vorkosigan räusperte sich. »Aber mit einigem Wissen über Grundprinzipien der Staatskunde könntest du vielleicht als Vertreter deines Großvaters im Distrikt fungieren. Schließlich besteht Regieren ja nicht nur aus Kriegführen, nicht einmal während der Zeit der Isolation war das so.«

Klingt, als ob du darüber schon eine ganze Weile nachgedacht hättest! Miles war verärgert. Hast du je *tatsächlich* geglaubt, daß ich es schaffen könnte, Vater? Er sah Lord Vorkosigan fragend an. »Da ist doch noch etwas, das du mir nicht erzählt hast, Vater. Ist es deine Gesundheit oder was sonst?«

»O nein«, versicherte ihm Lord Vorkosigan. »Allerdings kann man bei meinem Beruf nie wissen, was der nächste Tag bringt.«

Miles war müde. Trotzdem fragte er sich, was zwischen Gregor und seinem Vater los war. Er hatte das unbehagliche Gefühl, daß man ihm nur zehn Prozent der wirklichen Geschichte mitteilte ...

Lord Vorkosigan atmete tief aus und lächelte. »Aber ich halte dich von der Ruhe ab, die du jetzt unbedingt brauchst.« Er stand auf.

»Ich war nicht schläfrig, Sir.«

»Kann ich noch irgend etwas für dich tun?« fragte Lord Vorkosigan behutsam.

»Nein, ich habe die Schmerztabletten, die sie mir im Lazarett gegeben haben. Zwei davon, und ich schwimme in Zeitlupe.« Miles bewegte die Hände wie Flossen und rollte die Augen nach oben.

Lord Vorkosigan nickte und zog sich zurück.

Miles lag da und versuchte sich Elenas Bild wieder zurückzurufen. Aber der kalte Luftzug politischer Realität, den sein Vater mitgebracht hatte, ließ die Wunschträume wie unzeitgemäßen Frost welken. Er schob sich auf die Füße und watschelte zum Bad, um sich eine Dosis der Zeitlupenmedizin zu holen.

Runter mit zwei Tabletten und Wasser hinterher. In seinem Hinterkopf flüsterte eine Stimme: Nimm doch alle, dann hat alles ein Ende ... Er knallte die beinahe volle Schachtel wieder aufs Regal.

Im Spiegel blitzte in seinen Augen ein Funke auf. »Großvater hat recht: Der einzige Weg zu sterben ist im Kampf!«

Wieder im Bett durchlebte er nochmals den Augenblick der Fehlentscheidung auf der Mauer, die in einen endlosen Sprung überging, aus dem ihn der Schlaf erlöste.

KAPITEL 3

Im grauen Dämmerlicht wurde Miles von einem Diener geweckt, der vorsichtig seine Schulter berührte.

»Lord Vorkosigan! Lord Vorkosigan!« sagte der Mann leise.

Miles blinzelte schlaftrunken. Seine Lider waren bleischwer vor Schlaf, als bewegte er sich unter Wasser. Wie spät war es? Und warum sprach der Idiot ihn fälschlicherweise mit dem Titel seines Vaters an? War der Kerl neu? Nein …

Ihm wurde eiskalt, und sein Magen verkrampfte sich, als ihm die Bedeutung der Worte des Dieners richtig klar wurden. Er setzte sich auf. In seinem Kopf drehte sich alles, das Herz sank ihm hinab. »Was?«

»Der … Ihr Vater bittet Sie, sich anzuziehen und sofort zu ihm nach unten zu kommen.« Das Gestammel des Mannes bestätigte Miles' Befürchtung.

Es war die Stunde vor Sonnenaufgang. Gelbe Lampen warfen warme Lichtkreise in der Bibliothek, als Miles eintrat. Die Fenster waren kalte, blaugraue, durchsichtige Rechtecke, die weder Licht von draußen einließen, noch das drinnen widerspiegelten. Miles' Vater stand halb angezogen in Uniformhosen, Hemd und Pantoffeln da und führte ein ernstes Gespräch mit zwei Männern. Es waren der Hausarzt und ein Adjutant in der Uniform des Kaiserlichen Haushalts. Sein Vater — Graf Vorkosigan? — blickte Miles an.

»Großvater, Sir?« fragte Miles.

Der neue Graf nickte. »Ganz still, im Schlaf, ungefähr vor zwei Stunden. Er hat nichts gespürt, glaube ich.« Die Stimme seines Vaters war tief und klar, ohne Zittern; aber die Falten im Gesicht schienen tiefer als sonst zu sein. Er war ruhig und beherrscht, ganz der entschlossene Kommandant, der die Situation unter Kontrolle hat. Nur in seinen Augen war manchmal, aus einem gewissen Winkel heraus, der Blick eines verängstigten, erschrockenen Kindes. Die Augen machten Miles viel mehr angst als der feste Zug um den Mund.

Miles' Blick verschwamm. Ärgerlich wischte er sich die läppischen Tränen mit dem Handrücken ab. »Gottverdammt!« murmelte er wie betäubt. Nie hatte er sich kleiner gefühlt.

Sein Vater musterte ihn unsicher. »Ich …«, fing er an. »Sein Leben hat schon seit Monaten nur noch an einem Faden gehangen. Das weißt du doch …«

Und ich habe gestern den Faden durchgeschnitten, dachte Miles schuldbewußt. Es tut mir so leid … Aber laut sagte er nur: »Jawohl, Sir.«

Die Beerdigung des alten Helden war eine Staatsaktion. Drei Tage lang ein Riesenspektakel. Und warum das alles? dachte Miles müde. Schnell wurde die passende schwarze Trauerkleidung beschafft. Das Haus Vorkosigan wurde zu einem chaotischen Auffangraum für Raubzüge in öffentliche Kulissen: Die Aufbahrung in Schloß Vorhartung, wo der Rat der Grafen zusammentrat. Die Lobreden. Der Leichenzug war beinahe eine Parade, da Gregor Vorbarra eine Militärkapelle in Paradeuniform und eine Abteilung seiner rein dekorativen Kavallerie zur Verfügung gestellt hatte. Dann die Beerdigung selbst …

Miles hatte geglaubt, sein Großvater sei der letzte seiner Generation. Doch dem war nicht so, denn es erschien ein ganzer Haufen alter Krieger samt Kumpanen mit morschen Knochen, die man förmlich knarren hörte. Wie schwarze Krähen flatterten sie herum. Miles hatte keine Ahnung, aus welchen Löchern sie gekrochen waren. Mit grimmiger Höflichkeit ertrug er ihre schockierten und mitleidsvollen Blicke, als man ihn als Piotr Vorkosigans Enkel vorstellte, und hörte sich die endlosen Erinnerungen an über Leute, von denen er nie gehört hatte und die schon vor seiner Geburt gestorben waren. Er hoffte inständig, niemals wieder von ihnen hören zu müssen.

Selbst nachdem der letzte Spaten Erde festgedrückt worden war, war noch nicht Schluß. Jetzt wurde das Haus der Vorkosigans am Nachmittag und Abend von Horden überfallen — denn man konnte diese Menschen ja wirklich nicht als Kondolenten bezeichnen. Es waren Freunde, Bekannte, hohe Militärs, deren Frauen — Höflinge, Neugierige und mehr Verwandte, als Miles lieb war.

Graf und Gräfin Vorkosigan waren unten festgenagelt. Für Miles' Vater waren die gesellschaftlichen Pflichten immer mit seinen politischen Aufgaben verbunden und daher doppelt unentrinnbar. Als aber Miles' Vetter Ivan Vorpatril im Schlepptau seiner Mutter eintraf, verzog er sich in das einzige Schlupfloch, das noch nicht von feindlichen Truppen besetzt war. Ivan hatte die Aufnahmeprüfungen für die Akademie bestanden, wie Miles gehört hatte. Er war nicht sicher, daß er die grausigen Einzelheiten ertragen könnte. Im Vorbeigehen nahm er ein paar bunte Blumen aus einem Beileidsgesteck und floh mit dem Lift ins obere Stockwerk, um dort Zuflucht zu suchen.

Miles klopfte an die geschnitzte Holztür. »Wer ist da?« drang Elenas Stimme leise zu ihm. Er probierte den Türknopf aus Emaille. Die Tür war nicht verschlossen. Er schob die Hand mit den Blumen durch den Türspalt. »Ach, Miles, komm herein!« sagte sie.

In Schwarz wirkte er besonders schlank, als er hereinstelzte und versuchsweise lächelte. Elena saß in einem antiken Sessel beim Fenster. »Woher wußtest du, daß ich es bin?« fragte Miles.

»Naja, das konntest nur du sein — wer würde mir schon Blumen auf den Knien bringen.« Ihr Blick hing einen Augenblick lang am Türknopf und enthüllte dadurch, welche Meßskala sie für die Berechnung der Größe benutzt hatte.

Prompt fiel Miles auf die Knie und rutschte über den Teppich, um ihr mit übertriebener Verbeugung die Blumen zu überreichen. »Voilà!« rief er, was Elena zum Lachen brachte. Dann protestierten seine Beine gegen die Mißhandlung und verkrampften sich schmerzvoll. »Au ...« Er räusperte sich und fuhr leise fort: »Könntest du mir vielleicht aufhelfen? Die verdammten Gravitationskrücken!«

»Ach, du meine Güte.« Elena half ihm auf ihr schmales Bett hinauf und legte seine Beine gerade hin. Dann ging sie zurück zu ihrem Sessel.

Miles sah sich in dem winzigen Schlafzimmer um. »Ist dieser Wandschrank das beste, was wir dir bieten können?«

»Mir gefällt es. Ich mag das Fenster auf die Straße hinaus«, versicherte sie ihm. »Es ist größer als das Zimmer meines Vaters.« Sie roch an den Blumen — ein leichter Moderduft. Miles tat es sofort leid, daß er nicht nach Blumen, die gut dufteten, gesucht hatte. Elena sah ihn mißtrauisch an. »Miles, wo hast du die Blumen her?«

Schuldbewußt errötete er. »Von Großvater geborgt. Glaub mir: Niemand wird sie vermissen. Da unten steht ein ganzer Dschungel davon.«

Elena schüttelte den Kopf. »Du bist unverbesserlich!« Aber sie lächelte.

»Dann bist du mir nicht böse?« fragte er nervös. »Ich dachte, du würdest dich mehr darüber freuen als er jetzt.«

»Ich hoffe nur, daß niemand denkt, ich hätte sie gestohlen.«

»Wenn jemand etwas sagt, schick ihn zu mir!« erklärte er großspurig und reckte das Kinn in die Höhe. Elena betrachtete ernst die zarten Blütengebilde. »Was denkst du gerade? Traurige Gedanken?«

»Also ehrlich! Mein Gesicht ist ja direkt ein Fenster.«

»Keineswegs. Dein Gesicht ist mehr wie — wie Wasser. Überall Spiegelungen und wechselnde Lichter — ich weiß nie, was da unten in der Tiefe lauert.« Gegen Ende des Satzes senkte er die Stimme, um die Geheimnisse der Tiefe hervorzuheben.

Elena lächelte, dann seufzte sie tief. »Ich habe gerade gedacht, daß ich nie Blumen auf das Grab meiner Mutter gelegt habe.«

Miles Miene hellte sich auf bei der Aussicht auf eine Aufgabe. »Würdest du das gern? Wir könnten uns hinten hinausschleichen und einen oder zwei Karren volladen — das merkt kein Mensch ...«

»Auf keinen Fall!« sagte sie empört. »Du hast schon genug angestellt!« Sie drehte die Blumen im Licht, das durchs Fenster fiel. Es versilberte die Blüten mit dem kühlen Herbstglanz. »Außerdem weiß ich gar nicht, wo es ist.«

»Ach, das ist aber komisch. Dein Vater ist so auf deine Mutter fixiert, daß ich gedacht habe, er sei der Pilgertyp. Aber vielleicht will er nicht an ihren Tod denken.«

»Da hast du recht. Ich habe ihn mal gebeten, mit mir hinzugehen und mir zu zeigen, wo sie liegt; aber es war, als hätte ich mit einer Wand geredet. Du weißt, wie er sein kann.«

»O ja, wie eine Mauer. Besonders, wenn sie auf jemand fällt.« Miles hatte eine Theorie, seine Augen blitzten auf. »Vielleicht ist es Schuldgefühl. Vielleicht war sie eine der wenigen Frauen, die im Kindbett gestorben sind — sie ist doch um die Zeit deiner Geburt gestorben, oder?«

»Er sagte, es sei ein Flugzeugabsturz gewesen.«

»Ach.«

»Aber ein andres Mal hat er gesagt, daß sie ertrunken sei.«

»Hm?« Das Blitzen war zu einem regelrechten Strahlen geworden. »Wenn sie mit dem Flieger in einen Fluß gestürzt ist oder so, könnten beide Versionen stimmen. Oder wenn er mit dem Flieger abgeschmiert ist ...«

Elena zitterte. Miles sah es und verfluchte sich wegen seiner Gefühllosigkeit. »Tut mir leid! Das wollte ich nicht — ich bin heute in einer scheußlichen Stimmung. Ich glaube, das liegt an diesem verfluchten Schwarz überall.« Er schlug mit den Ellbogen auf und ab, als sei er ein Rabe.

Dann verfiel er in meditatives Schweigen und dachte über die Zeremonien beim Tod nach. Auch Elena schwieg und blickte nachdenklich auf die dunkel gekleidete Menschenmenge, Barrayars Oberschicht, die drei Stockwerke unter ihrem Fenster ins Haus herein- und hinausströmte.

»Wir könnten es herausfinden«, sagte Miles plötzlich und riß sie aus den Tagträumen.

»Was?«

»Wo deine Mutter beerdigt wurde. Wir würden nicht einmal jemand fragen müssen.«

»Wie?«

Er grinste und schwang sich auf die Beine. »Das sage ich dir nicht! Du würdest nur die Nerven verlieren, wie damals, als wir in Vorkosigan Surleau herumschnüffelten und das Versteck mit den alten Partisanenwaffen gefunden haben. Nie wieder im Leben bekommst du die Chance, einen dieser alten Panzer zu fahren, das ist dir doch klar, oder?«

Elena stieß einen undefinierbaren Laut aus. Offenbar war die Erinnerung an diesen Vorfall sehr lebendig und grauenvoll, obwohl sie nicht in den Erdrutsch geraten war. Aber trotzdem folgte sie Miles.

Die beiden betraten vorsichtig die schon dunkel werdende Bibliothek unten. Miles blieb stehen und lächelte den Wachposten davor an. Dann raunte er ihm vertraulich zu: »Könnten Sie vielleicht an die Tür klopfen, Corporal, wenn jemand kommt? Wir ... äh ... würden es sehr schätzen, nicht plötzlich gestört zu werden.«

Der Wachposten grinste verständnisvoll zurück. »Selbstverständlich, Lord Mi ... Lord Vorkosigan.« Er beäugte Elena abschätzend mit hochgezogener Braue.

»Miles!« flüsterte Elena wütend, sobald die Tür geschlossen war und das Stimmengewirr und das Klirren der Gläser und des Bestecks, sowie die leisen Schritte der Besucher verstummt waren, die in den anschließenden Räumen Piotr Vorkosigan die letzte Ehre erwiesen. »Ist dir klar, was der Mann jetzt denkt?«

»Ein Schelm, wer Böses dabei denkt«, sagte Miles leichtfertig über die Schulter hinweg. »Hauptsache, daß er nicht *daran* denkt.« Er legte die Hände um das Schloß der Com-Konsole mit dem doppelt verschlüsselten Code, durch den man Zugang zum militärischen Hauptquartier und in die kaiserliche Residenz hatte. Das Gerät stand unauffällig vor dem kunstvoll gemeißelten Marmorkamin. Elena blieb überrascht der Mund offen, als sich plötzlich der Kraftschirm öffnete. Mit wenigen Handgriffen hatte Miles die Holovid-Scheiben aktiviert.

»Ich dachte, das sei absolut geheim«, stieß Elena hervor.

»Ist es. Aber Captain Koudelka hat mir ein paar Nachhilfestunden gegeben, als ich noch ...« — er verzog schmerzlich das Gesicht und winkte ab — »... studierte. Er zapfte die Kampfcomputer an — die echten im Hauptquartier — und ließ die Simulationen für mich ablaufen. Ich dachte mir, daß er vergessen hat, mich auszusperren ...« Miles vertiefte sich, ein Zahlengewirr von komplizierten Befehlen einzugeben.

»Was machst du?« fragte Elena nervös.

»Captain Koudelkas Code eingeben, um Zugang zu militärischen Personalakten zu bekommen.«

»O mein Gott, Miles!«

»Keine Angst.« Er tätschelte ihre Hand. »Wir knutschen hier doch nur. Hast du vergessen? Heute abend kommt höchstens Captain Koudelka hier herein, und ihm ist es egal. Es kann nichts schiefgehen. Ich dachte, wir fangen mit den Dienstakten deines Vaters an. Na bitte!« Die Holovidplatte schickte die schriftlichen Daten auf den flachen Bildschirm. »Da muß auch etwas über deine Mutter drinstehen, das uns hilft, das Geheimnis zu lüften.« Miles machte eine Pause und lehnte sich verblüfft zurück. Dann rief er schnell mehrere Seiten hintereinander ab.

»Was ist?« fragte Elena aufgeregt.

»Ich wollte einen Blick auf die Zeit um deine Geburt werfen. Er hat doch kurz davor den Dienst quittiert, oder?«

»Stimmt.«

»Hat er je gesagt, daß man ihn gegen seinen Willen aus medizinischen Gründen entließ?«

»Nein.« Elena blickte Miles über die Schulter. »Das ist komisch. Da steht gar kein Grund.«

»Ich sage dir, was noch komischer ist: Alle seine Unterlagen für den Großteil des vorhergehenden Jahres sind versiegelt. Deine Geburtszeit. Und der Code dabei ist — sehr heiß! Ich kann ihn nicht knacken, ohne eine Rückfrage auszulösen, und das würde dazu führen — ja, das ist Captain Illyans persönliches Zeichen. Auf keinen Fall möchte ich mit *ihm* sprechen.« Miles blieb fast das Herz stehen bei dem Gedanken, die Aufmerksamkeit des Chefs des Kaiserlichen Sicherheitsdienstes zu erregen.

»Eindeutig«, sagte Elena und blickte Miles fasziniert an.

»Nun, dann wollen wir mal 'ne kleine Zeitreise machen«, meinte Miles und drückte. »Zurück, zurück ... Dein Vater scheint mit diesem Commodore Vorrutyer nicht besonders gut ausgekommen zu sein.«

»Ist das derselbe Admiral Vorrutyer, der bei Escobar getötet wurde?«

»Hm ... ja, Ges Vorrutyer. Hm.« Anscheinend war Bothari mehrere Jahre lang Offiziersbursche beim Commodore gewesen. Miles war überrascht. Er hatte immer geglaubt, daß Bothari von Anfang an bei der Bodentruppe unter seinem Vater gedient hatte. Botharis Zeit mit Vorrutyer endete mit Rügen, schwarzen Strichen, Strafexerzieren und versiegelten medizinischen Berichten. Da Elena ihm über die Schulter schaute, ließ er diese Seite ganz schnell durchlaufen. Irgendwie war alles merkwürdig widersprüchlich. Absolut winzige Vergehen waren drakonisch bestraft worden. Andere dagegen, ausgesprochen ernsthafte — Bothari hatte tatsächlich einen Ingenieur in der Herrentoilette sechzehn Stunden lang mit der Plasmabogenwaffe in Schach gehalten! Warum bloß, um Gottes willen? — verschwanden in den medizinischen Unterlagen und führten zu keinerlei Bestrafung.

Noch weiter zurück kam eine klare Linie in die Berichte. Mit zwanzig hatte Bothari angefangen, im Krieg zu kämpfen. Auszeichnungen, Verwundetenabzeichen, weitere Orden. Hervorragende Resultate in der Grundausbildung. Unterlagen über seinen Eintritt. »Damals war es viel leichter als heute, Rekrut zu werden«, sagte Miles neidisch.

»Sind meine Großeltern auch aufgeführt?« fragte Elena begierig. »Über sie spricht er nämlich auch nie. Ich nehme an, daß seine Mutter gestorben ist, als er noch ziemlich jung war. Er hat mir nicht mal ihren Namen genannt.«

»Marusia«, las Miles ihr vor. »Eine unscharfe Abbildung.«

»Ich finde das Bild schön.« Elena klang froh. »Und sein Vater?«

Verdammt, dachte Miles. Die Kopie der Akte war nicht so unscharf, daß er nicht das ›unbekannt‹ lesen konnte, das irgendein Schreiber vermerkt hatte. Miles schluckte. Jetzt wurde ihm klar, warum ein bestimmter

Schimpfname Bothari unter die Haut ging, während alle anderen ihn nur abschüttelten.

»Vielleicht kann ich es lesen«, bot Elena an, da sie Miles' Zögern falsch verstand.

Ein Handgriff — und der Bildschirm war leer. »Konstantine«, erklärte Miles blitzschnell. »So wie er. Aber beide Eltern waren schon tot, als er in die Armee eintrat.«

»Konstantine Bothari Junior«, sagte Elena nachdenklich. »Hm.«

Miles blickte auf den leeren Bildschirm und unterdrückte nur mit Mühe einen frustrierten Schrei. Noch ein verdammter gesellschaftlicher Keil mehr zwischen ihm und Elena! Ein Schwiegervater, der ein Bastard war, kam für einen noch jungfräulichen Barrayarer nie und nimmer in Frage. Und offensichtlich war es kein Geheimnis — sein Vater mußte es wissen und weiß Gott wie viele Hunderte noch. Ebenso offensichtlich war, daß Elena keine Ahnung hatte. Sie war auf ihren Vater mit Recht stolz, der in einer Eliteeinheit gedient hatte und eine hohe Vertrauensstellung innehatte. Miles wußte, wie schmerzlich sie sich oft um einen zustimmenden Ausdruck auf dem alten, wie aus Stein gemeißelten Gesicht bemühte. War es nicht seltsam, daß der Schmerz in beide Richtungen schnitt? Fürchtete Bothari in diesen Augenblicken den Verlust dieses Ringens um seine Anerkennung? Nun, das Pseudogeheimnis des Sergeants war bei Miles sicher.

Jetzt ließ er Botharis Leben schnell nach vorn abspulen. »Immer noch kein Zeichen von deiner Mutter«, sagte er zu Elena. »Sie muß unter dem Siegel sein. Verdammt, ich dachte, es sei ein Kinderspiel.« Nachdenklich starrte er ins Leere. »Versuchen wir es mal mit Krankenhausberichten. Tode, Geburten — bist du sicher, daß du hier in Vorbarr Sultana geboren wurdest?«

»So weit ich weiß, ja.«

Mehrere Minuten mühsamer Suche führten zu einer

Reihe von Botharis, aber keiner war mit dem Sergeant oder Elena irgendwie verwandt. »Aha!« rief Miles plötzlich. »Jetzt weiß ich, was ich noch nicht probiert habe. Das Kaiserliche Militärlazarett!«

»Die haben aber keine Entbindungsstation«, meinte Elena.

»Wenn es aber ein Unfall war — Ehefrau eines Soldaten und so —, hat man sie vielleicht in die nächste Klinik gebracht und vielleicht war das das Lazarett.« Er beugte sich über die Maschine. »Suchen, suchen ... *was?*«

»Hast du mich gefunden?« rief Elena aufgeregt.

»Nein — mich!« Er ließ Seite um Seite der Dokumentation ablaufen. »Da hat die militärische Forschung ganz schön schuften müssen, um die Sauerei zu beseitigen, die sie selbst gemacht hatte. Ein Glück für mich, daß man schon diese Gebärmutterreplikatoren importiert hatte — ja, da sind sie — *in vivo* hätte man nie diese Behandlungen durchführen können. Sie hätten Mutter das Leben gekostet. Da ist der gute alte Dr. Vaagen — aha! Er war früher in der Militärforschung! Das ergibt Sinn — ich nehme an, daß er ihr Giftexperte war. Ich wünschte, ich hätte mehr davon gewußt, als ich noch ein Kind war, dann hätte ich zwei Geburtstage verlangen können: Einen, als Mutter den Kaiserschnitt hatte, und einen, als sie mich endlich aus dem Replikator zogen.«

»Welchen haben deine Eltern genommen?«

»Den Kaiserschnitt-Tag. Ich bin froh. Dadurch bin ich nur sechs Monate jünger als du. Sonst wärst du fast ein Jahr älter — und man hat mich immer vor älteren Frauen gewarnt.« Mit seinem Geplapper hatte er sie zum Lächeln gebracht. Er entspannte sich etwas.

Dann starrte er wieder mit zusammengekniffenen Augen auf den Bildschirm und gab einen neuen Suchbefehl ein. »Das ist komisch«, murmelte er.

»Was?«

»Ein geheimes, militärisches, medizinisches Forschungsprojekt — und mein Vater ist Direktor dieses Projekts.«

»Ich wußte gar nicht, daß er auch in der Forschung war«, sagte Elena. Sie klang ungemein beeindruckt. »Er ist wirklich viel herumgekommen.«

»Das ist ja so komisch. Er war Taktiker beim Stab und hatte meines Wissens nie etwas mit Forschung zu tun.« Bei der nächsten Frage tauchte der inzwischen vertraute Code auf. »Verflucht! Wieder versiegelt! Da stellt man eine einfache Frage und rennt einfach gegen eine Mauer ... Da ist Dr. Vaagen. Er trägt Gummihandschuhe und schüttelt meinem Vater die Hand. Vaagen hat offenbar die eigentliche Arbeit gemacht. Das erklärt es. Ich will unter dieses verdammte Siegel ...« Er pfiff tonlos vor sich hin, starrte ins Leere und trommelte mit den Fingern.

Elena schaute ihn besorgt an. »Du hast diesen störrischen Ausdruck«, sagte sie nervös. »Vielleicht sollten wir besser aufhören. Es ist jetzt eigentlich auch nicht mehr so wichtig.«

»Illyans Zeichen ist hier nicht drauf. Vielleicht ist es möglich ...«

Elena biß sich auf die Lippe. »Hör zu, Miles, es ist wirklich nicht ...« Aber schon drückte er los. »Was machst du?«

»Ich versuche einen von Vaters alten Eingangscodes. Bis auf ein paar Ziffern kenne ich sie.«

Elena schluckte.

»Jackpot!« rief Miles leise, als der Schirm endlich die Daten ausspuckte. Begierig las er: »Also daher kamen diese Gebärmutterreplikatoren! Sie haben sie von Escobar mitgenommen, nachdem die Invasion fehlgeschlagen war. Kriegsbeute, mein Gott! Siebzehn Stück, geladen und funktionstüchtig! Damals muß das absolute Hightech gewesen sein. Ob die Dinger aus einer Plünderung stammen?«

Elena wurde blaß. »Miles — man hat doch nicht etwa

Menschenversuche gemacht, oder? Dein Vater hätte niemals eingewilligt ...«

»Ich weiß nicht. Dr. Vaagen kann ziemlich fanatisch sein, wenn es um seine Forschung geht ...« Erleichterung klang aus seiner Stimme. »Ja, jetzt sehe ich, was sich abspielte ... Schau her ...« Der Holobildschirm spielte wieder eine Dokumentation in der Luft ab. Miles fuhr mit dem Finger hindurch. »Man hat alle ins Kaiserliche Waisenhaus geschickt. Es müssen Kinder unserer Soldaten gewesen sein, die auf Escobar ums Leben kamen.«

»Kinder von *Männern*, die auf Escobar starben?« Elenas Stimme klang gepreßt. »Aber wo sind die Mütter?«

Die beiden schauten sich an. »Aber wir hatten nie Frauen bei der Armee, ausgenommen ein paar zivile Medizinisch-Technische-Assistentinnen«, sagte Miles.

Elenas lange Finger krallten sich in seine Schulter. »Sieh dir die Daten an!«

Er ließ den Film noch einmal durchlaufen.

»Miles!«

»Ja, ich sehe es.« Er hielt das Bild an. »Weiblicher Säugling in die Fürsorge Admiral Aral Vorkosigans übergeben. Nicht mit dem Rest ins Waisenhaus gebracht.«

»Das Datum, Miles! Das ist mein Geburtstag!«

Er befreite sich von ihren Fingern. »Ja, ich weiß. Aber bitte, brich mir nicht das Schlüsselbein.«

»Kann ich das sein? Bin ich das?« Elenas Gesicht spiegelte Hoffnung und Entsetzen.

»Ich ... es sind alles Zahlen, verstehst du«, antwortete er vorsichtig. »Aber hier haben wir jede Menge medizinischer Identifikationen: Fußabdrücke, Netzhaut, Blutgruppe — Stell mal deinen Fuß drauf!«

Elena zog schnell Schuhe und Strümpfe aus. Miles half ihr, den rechten Fuß auf die Holovidplatte zu setzen. Er mußte sich zusammenreißen, nicht mit der Hand über das unglaublich schöne Bein und den Schenkel zu streicheln, der unter dem Rock hervorkam. Haut wie das Blütenblatt einer Orchidee! Er biß sich auf die Lippe. Schmerzen! Schmerzen würden helfen, klar zu sehen. Die Hosen saßen plötzlich verdammt stramm. Er hoffte, Elena würde es nicht bemerken ...

Mit Hilfe des optischen Laserprüfers konnte er noch schärfer einstellen. Ein rotes Licht huschte über Elenas Sohle. Dann ließ er den Apparat die Abdrücke vergleichen. »Wenn man die Veränderungen vom Säugling zum Erwachsenen berücksichtigt — mein Gott, Elena, das *bist* du!« Er platzte fast vor Stolz. Wenn er nicht Soldat werden konnte, lag vielleicht eine glänzende Zukunft als Detektiv vor ihm ...

Elenas dunkle Augen schienen ihn zu durchbohren. »Aber was bedeutet das?« Ihr Gesicht wurde plötzlich starr. »Habe ich keine ... war ich ... bin ich eine Art Klon oder ein biotechnisches Produkt?« Ihre Augen wurden feucht, mit zitternder Stimme fuhr sie fort: »Habe ich denn keine Mutter? Keine Mutter, und alles war nur ...«

Das Triumphgefühl über die erfolgreiche Identifizierung verließ Miles angesichts ihrer Verzweiflung. Idiot! Jetzt hatte er ihren Traum von der Mutter in einen Alptraum verwandelt — nein, es war ihre eigene Vorstellungskraft, die das tat. »Aber, nein! Keineswegs! Was für eine Idee! Du bist eindeutig die Tochter deines Vaters — das soll keine Beleidigung sein — das heißt doch nur, daß deine Mutter auf Escobar ums Leben kam und nicht hier. Und überhaupt ...« Er sprang auf und erklärte dramatisch: »Bist du dadurch meine lang verloren geglaubte Schwester!«

»Was?« meinte Elena verwirrt.

»Na klar! Jedenfalls gibt es eine Siebzehntel Chance, daß wir aus demselben Replikator stammen.« Er versuchte, sie durch theatralische Bewegungen aus ihrem Entsetzen zu reißen. »Meine Siebzehntel-Zwillingsschwester! Wir befinden uns im Fünften Akt! Frohlocke!

Das heißt, daß du in der nächsten Szene den Prinzen heiratest!«

Elena lachte trotz der Tränen. Jemand rüttelte an der Tür. Der Corporal sagte unnötig laut: »Guten Abend, Sir!«

»Meine Schuhe! Schnell gib mir die Strümpfe!« zischte Elena.

Miles warf sie ihr zu, schaltete das Gerät aus und versiegelte es blitzschnell. Dann stürzte er aufs Sofa, packte Elena um die Taille und riß sie zu sich herunter. Sie kicherte und schimpfte, während sie mit dem zweiten Schuh kämpfte. Eine Träne glitzerte noch auf der Wange.

Miles griff in ihr schimmerndes Haar und zog ihr Gesicht zu dem seinem. »Wir müssen es echt aussehen lassen. Ich will auf keinen Fall Captain Koudelkas Verdacht erregen.« Gleich darauf war sein Grinsen verschwunden. Er blickte sie ernst an. Dann vereinigten sich ihre Lippen mit seinen.

Das Licht ging an. Sie fuhren auseinander. Miles warf einen Blick über Elenas Schulter. Ihm blieb die Luft weg.

Captain Koudelka. Sergeant Bothari *und* Graf Vorkosigan!

Captain Koudelka hatte einen hochroten Kopf. Ein Mundwinkel ging nach oben, als wiche er einem enormen inneren Druck. Er blickte zu den beiden anderen und war sofort wieder ernst. Das faltige Gesicht des Sergeants war eisig. Die Miene des Grafen verdüsterte sich zusehends.

Miles atmete wieder tief durch. »Also schön«, sagte er ganz oberlehrerhaft. »Nach: ›Gewährt mir diese Gunst‹, sagst du dann die nächste Zeile: ›Mit vollem Herzen! Denn groß ist meine Freude, dich so als Büßer hier zu seh'n.‹« Dann blickte er — keineswegs bußfertig — zu seinem Vater auf. »Guten Abend, Sir. Brauchst du den Raum? Wir können auch woanders üben ...«

»Ja, gehen wir.« Blitzschnell hatte Elena das Stichwort aufgenommen. Sie brachte ein leicht dümmliches Lächeln für die Erwachsenen zustande, als Miles sie in Sicherheit brachte. Captain Koudelka lächelte herzlich zurück. Dem Grafen gelang es, Elena anzulächeln und gleichzeitig Miles einen finsteren Blick zuzuwerfen. Die Miene Botharis war demokratisch ausdruckslos. Der Wachposten grinste übers ganze Gesicht, als die beiden den Korridor hinunterliefen.

»Es kann nichts schiefgehen, ja?« fuhr Elena Miles an, als sie im Lift nach oben fuhren.

Er führte mitten in der Luft eine Pirouette aus. »Ein strategisch geordneter Rückzug! Was kannst du mehr verlangen, wenn der Feind in der Überzahl und besser bewaffnet ist und einen höheren Rang hat? Wir haben nur das alte Theaterstück einstudiert. Sehr kultiviert. Wer könnte dagegen Einwände haben? Ich finde, daß ich ein Genie bin.«

»Und ich finde, daß du ein Idiot bist!« widersprach sie heftig. »Mein zweiter Strumpf hängt über deiner Schulter.«

»Oh!« Er drehte den Kopf und nahm das durchsichtige Etwas vorsichtig ab. Kleinlaut lächelnd hielt er ihr den Strumpf entgegen. »Ich schätze, das hat keinen übermäßig guten Eindruck gemacht.«

Elena funkelte ihn wütend an und riß ihm den Strumpf aus der Hand. »Und ich bekomme jetzt eine Gardinenpredigt! Vater behandelt jedes männliche Wesen, das in meine Nähe kommt, sowieso wie einen potentiellen Mädchenschänder. Wahrscheinlich verbietet er mir jetzt auch noch, mit dir zu reden. Oder er schickt mich für immer zurück aufs Land ...« Ihre Augen kämpften gegen die Tränenflut. Sie waren an der Tür. »Und die Höhe ist, daß er — daß er mich wegen meiner Mutter *belogen* hat!«

Elena floh in ihr Schlafzimmer und knallte die Tür zu. Beinahe hätte Miles ein paar Finger der Hand verloren, die er protestierend gehoben hatte. Er lehnte sich an die

Tür und rief: »Das weißt du doch gar nicht! Es gibt ganz sicher eine völlig logische Erklärung — und die werde ich schon herausbringen.«

»Hau ab!«

Unsicher ging er noch einige Minuten auf dem Gang vor ihrer Tür hin und her. Er hoffte auf eine zweite Chance, aber die Tür blieb kompromißlos geschlossen. Es kam auch kein Wort hindurch. Dann fiel ihm der Wachposten am Ende des Korridors ein, der so höflich war und nicht zu ihm herblickte. Die Sicherheitsleute des Premierministers waren nicht nur die fähigsten, sondern auch die diskretesten Soldaten, die es gab. Leise vor sich hin fluchend watschelte Miles zurück zum Lift.

KAPITEL 4

Miles lief im hinteren Teil des Hauses seiner Mutter in die Arme.

»Hast du deinen Vater irgendwo gesehen, mein Herz?« fragte Gräfin Vorkosigan.

»Ja« — leider —, »er ging mit Captain Koudelka und dem Sergeant in die Bibliothek.«

»Aha, er will in Ruhe mit den alten Kameraden einen lüpfen«, stellte sie trocken fest. »Das kann ich ihm nicht übelnehmen. Er ist hundemüde. Es war auch ein schrecklicher Tag. Und ich weiß, daß er nicht genug Schlaf bekommen hat.« Sie musterte Miles durchdringend. »Und wie hast du geschlafen?«

Miles hob die Schultern. »Gut.«

»Hm. Ich muß gehen. Ich will ihn erwischen, ehe er mehr als einen Drink hat. Äthanol hat die unglückliche Wirkung, ihn schonungslos offen zu machen. Und gerade ist dieser Schleimer Graf Vordrozda in Begleitung von Admiral Hessman gekommen. Vater bekommt Ärger, wenn die beiden unter eine Decke kriechen.«

»Ich glaube kaum, das die Ultra-Rechte so viel Unterstützung bekommt. Schließlich stehen alle alten Soldaten fest hinter Vater.«

»Oh, Vordrozda ist keineswegs ein überzeugter Rechter. Er ist nur ungemein ehrgeizig und springt auf jedes Pferd auf, das in seine Richtung läuft. Seit Monaten schmiert er Gregor Honig ums Maul ...« Ihre grauen Augen funkelten wütend. »Schmeicheleien, boshafte Anspielungen, versteckte Kritik und viele kleine Nadelstiche in die Selbstzweifel des Jungen — ich habe ihn beobachtet und ich kann ihn nicht ausstehen«, erklärte sie fest.

Miles grinste. »Darauf wäre ich nie gekommen! Aber wegen Gregor brauchst du dir doch keine Sorgen zu machen.« Die Angewohnheit seiner Mutter, vom Kaiser zu sprechen, als sei dieser ihr geistig etwas zurückgebliebenes, adoptiertes Kind, amüsierte ihn immer wieder. In gewisser Weise stimmte es, denn der frühere Regent war Gregors persönlicher und politischer Vormund, solange dieser minderjährig war.

Gräfin Vorkosigan verzog das Gesicht. »Vordrozda ist nicht der einzige, der den Jungen ohne mit der Wimper zu zucken auf jedem Gebiet korrumpieren würde, das er in die Krallen bekommt: moralisch, politisch und was es sonst noch gibt. Hauptsache, *er* kommt einen Zentimeter weiter, zur Hölle mit dem Wohl Barrayars auf lange Sicht — oder Gregor.« Miles erkannte sofort das Zitat. Es stammt von dem einzigen politischen Orakel seiner Mutter: seinem Vater. »Ich weiß nicht, warum diese Leute keine Verfassung schreiben. Mündliches Recht — was für eine Art, eine interstellare Macht zu führen.« Diese Meinung stammt aus ihrer Heimat und war rein betanisch.

»Vater ist schon so lang an der Macht«, sagte Miles, »ich glaube, man bräuchte ein Gravitationstorpedo, um ihn aus dem Amt zu befördern.«

»Versucht hat man es«, bemerkte Gräfin Vorkosigan. Ihre Gedanken schweiften ab. »Ich wünschte, er würde ernsthaft über den Ruhestand nachdenken. Bis jetzt hatten wir Glück.« Ihr Blick streifte Miles. »Meistens.«

Sie ist auch müde, dachte Miles.

»Diese Politisiererei hört nie auf«, fuhr sie fort und blickte zu Boden. »Nicht mal bei der Beerdigung seines Vaters.« Dann blitzte ein Funken Bosheit in ihren Augen auf. »Mit seiner Verwandtschaft ist es genauso. Solltest du ihn vor mir sehen, sage ihm, daß Lady Vorpatril ihn sucht. Dann ist ihm der Tag richtig versaut — nein, sag lieber nichts. Wir würden ihn dann nie wieder finden.«

Miles zog die Brauen hoch. »Was soll er denn jetzt schon wieder für Tante Vorpatril tun?«

»Naja, seit Lord Vorpatril starb, erwartet sie, daß er bei diesem Idioten Ivan Vaterstelle einnimmt. Bis zu einem bestimmten Punkt ist das auch in Ordnung; aber vorhin hat sie mir in den Ohren gelegen, da sie Aral nicht finden konnte, daß dein Vater mit dem Jungen ein ernstes Wort reden sollte, weil Ivan — naja — zu enge Beziehungen zum weiblichen Personal pflegt. Ein solches Gespräch wäre für beide peinlich. Ich habe nie verstanden, warum diese Leute nicht die Bande zu ihren Kindern abschneiden, wenn diese zwölf sind, und sie allein ins Unglück rennen lassen — wie vernünftige Menschen es tun. Genausogut könntest du versuchen, einen Sandsturm mit einem Windsack aufzuhalten ...« Dann ging sie in Richtung Bibliothek fort, wobei sie ihr Lieblingsschimpfwort ausstieß: »Barrayarer!«

Dunkelheit und Nässe hatten die Fenster zu matten Spiegeln werden lassen, in denen sich die gedämpfte und gekünstelte Trauerfeierlichkeit im Haus Vorkosigan spiegelte. Miles betrachtete im Vorbeigehen sein Spiegelbild: dunkles Haar, graue Augen, blasses Gesicht, die Züge zu scharf, um ästhetischen Ansprüchen gerecht zu werden — und obendrein ein Idiot.

Eigentlich war es Zeit zum Abendessen; aber es fand wohl heute bei dem ganzen Durcheinander nicht statt. Er beschloß, sich bei den belegten Broten Proviant zu holen und sich dann mittels eines strategischen Rückzugs für den Rest des Abends auf sein Zimmer zu begeben. Vorsichtig spähte er um einen Bogen des Korridors, ob die gefürchteten Grufties in der Nähe waren. Im Zimmer waren nur Leute in mittleren Jahren, die er nicht kannte. Unauffällig schlängelte er sich an einen Tisch und stopfte die Brote in eine Stoffserviette.

»Laß die Finger von den purpurroten Dingern«, warnte ihn leise eine bekannte Stimme leutselig. »Ich glaube, das sind irgendwelche Algen. Ist deine Mutter wieder auf dem Gesunde-Ernährungs-Feldzug?«

Miles blickte in das widerlich hübsche Gesicht seines zweiten Vetters Ivan Vorpatril. Auch Ivan hielt eine voll gepackte Serviette. Seine Augen verrieten eine gewisse Angst. Die Ausbeulung an der Brust störte den makellosen Schnitt seiner funkelnagelneuen Kadettenuniformjacke.

Miles deutete mit einem Nicken zur Ausbeulung hin und flüsterte erstaunt: »Läßt man dich jetzt schon mit einer Waffe herumlaufen?«

»Schwachsinn, natürlich nicht!« Ivan vergewisserte sich mit einem schnellen Blick, daß ihn niemand beobachtete, vor allem nicht Lady Vorpatril, und machte die Jacke auf. »Eine Flasche vom Wein deines Vaters. Hab ich mir vom Diener geben lassen, ehe er ihn in diese Fingerhüte einschenkt. Sag mal, könntest du nicht meinen einheimischen Führer in eine abgelegene und ungestörte Ecke dieses Mausoleums spielen? Die Wachposten lassen keinen allein nach oben. Der Wein ist gut, das Essen ist gut, bis auf diese purpurroten Dinger, aber die Leute auf dieser Party — mein Gott!«

Miles nickte zustimmend, allerdings zählte für ihn Ivan auch zu den Mein-Gott-Leuten. »Na schön. Nimm aber noch eine Pulle Wein mit.« Das müßte reichen, um Ivan so weit zu betäuben, daß er einigermaßen erträglich war. »Du kannst dich in meinem Schlafzimmer verstecken. Ich wollte auch gerade dorthin. Wir treffen uns beim Lift.«

Mit einem erleichterten Seufzer streckte Miles sich auf seinem Bett aus. Ivan breitete wie beim Picknick den Inhalt der beiden Servietten aus und machte die erste Flasche Wein auf. Großzügig schenkte er fast die halbe Flasche in zwei Zahnputzbecher aus dem Bad und gab seinem verkrüppelten Vetter einen.

»Ich habe gesehen, wie Bothari dich neulich weggetragen hat.« Ivan deutete mit dem Kopf auf Miles Beine und nahm einen kräftigen Schluck. Großvater würde einen Tobsuchtsanfall bekommen, wenn er sähe, wie Ivan diesen Spitzenwein einfach so runterkippte, dachte Miles. Er nahm einen respektvolleren Schluck und trank aufs Wohl der Seele des alten Mannes, obwohl Großvater immer zu recht behauptet hatte, daß Miles einen guten Jahrgang nicht vom vorgestrigen Spülwasser unterscheiden könne. »Schlimm«, meinte Ivan und fuhr fröhlich fort: »Aber eigentlich bist du ein Glückspilz.«

»Ach ja?« meinte Miles und biß in ein belegtes Brot.

»Logisch, verdammt nochmal! Morgen fängt das Training an.«

»Das habe ich gehört.«

»Ja, und ich muß mich spätestens um Mitternacht in meiner Unterkunft melden. Dabei hatte ich vor, meine letzte Nacht als freier Mann so richtig einen draufzumachen; aber statt dessen sitze ich hier fest. Meine Mutter, du weißt schon! Aber morgen leisten wir den Aufnahmeeid auf den Kaiser und — bei Gott! — danach lasse ich mich von ihr nicht mehr wie einen kleinen Jungen behandeln.« Er machte eine Pause, um ein Sandwich zu essen. »Denk an mich, wenn ich morgen da draußen vor Tagesanbruch im Regen herumrenne, während du gemütlich hier in deinem ...«

»Das werde ich bestimmt tun«, unterbrach ihn Miles und nahm auch noch einen Schluck.

»Nur zweimal Urlaub pro Jahr«, fuhr Ivan kauend fort. »Ich könnte geradesogut ein Sträfling sein. Kein Wunder, daß man es ›dienen‹ nennt. ›Sklaverei‹ wäre angemessener.« Ein kräftiger Schluck zum Hinunterspülen. »Aber du kannst völlig frei über deine Zeit verfügen und kannst tun und lassen, was du willst.«

»Ja, jede Minute«, stimmte Miles ihm zu. Weder der Kaiser noch sonst jemand verlangte nach seinen Diensten ... Niemand wollte oder brauchte ihn.

Wohltuenderweise legte Ivan eine Pause ein, um sich zu stärken. Danach fragte er zögernd: »Dein Vater kommt doch nicht hier rauf, oder?«

Miles reckte trotzig das Kinn. »Was? Hast du etwa Angst vor ihm?«

»He, bei dem Mann wird der gesamte Generalsstab zu Pudding, und ich bin nur des Kaisers mickrigster Rekrut! Hast du etwa keine Angst vor ihm?«

Miles dachte ernsthaft über die Frage nach. »Eigentlich nicht, nein. Nicht so, wie du meinst.«

Ivan verdrehte ungläubig die Augen nach oben.

Dann dachte Miles an die Szene in der Bibliothek. »Also vielleicht ist hier nicht der günstigste Platz, wenn du ihm heute aus dem Weg gehen willst.«

»Ach ja?« Ivan schwenkte den Wein im Becher. »Ich hatte schon immer das Gefühl, daß er mich nicht mag«, sagte er mit finsterer Miene.

»Ach, er hat nichts gegen dich«, sagte Miles großzügig. »Zumindest, soweit er dich nur am Horizont wahrnimmt. Allerdings war ich schon vierzehn, glaube ich, als ich herausfand, daß Ivan nicht dein Mittelname war.« Miles biß sich auf die Lippe. Dieser Idiot-Ivan fing morgen seinen lebenslänglichen Dienst in der Kaiserlichen Armee an. Glückspilz-Miles ganz bestimmt nicht! Er trank noch einen Schluck Wein und sehnte sich nach Schlaf. Sie aßen die Brote auf, und Ivan machte die zweite Flasche auf.

Da klopfte jemand gebieterisch zweimal an die Tür. Ivan sprang auf. »Verdammt, das ist er doch nicht, oder?«

»Ein Offiziersanwärter hat Haltung anzunehmen und zu salutieren, wenn ein höherer Offizier den Raum betritt und sich nicht unter dem Bett zu verstecken«, erklärte Miles.

»Ich hatte nicht vor, mich unterm Bett zu verkriechen!« protestierte Ivan. »Nur im Bad.«

»Die Mühe kannst du dir sparen! Ich garantiere dir, daß ich so unter Beschuß sein werde, daß du dich völlig unbemerkt zurückziehen kannst.« Miles hob die Stimme. »Herein!«

Es war tatsächlich Graf Vorkosigan. Er fixierte seinen Sohn mit Augen, die so grau und kalt waren wie ein

Gletscher an einem sonnenlosen Tag. Ohne Umschweife begann er: »Miles, was hast du getan, daß das Mädchen so geweint ...« Da fiel sein Blick auf Ivan, der stramm stand, als sei er ausgestopft. Graf Vorkosigans Stimme kehrte zum normalen barschen Tonfall zurück. »Zum Teufel! Ich hatte gehofft, heute abend nicht über dich zu stolpern! Ich war sicher, du würdest dich in einer Ecke mit meinem Wein vollaufen lassen.«

Ivan salutierte nervös. »Sir, Onkel Aral. Hat ... äh ... hat meine Mutter mit Euch geredet, Sir?«

»Ja.« Graf Vorkosigan stöhnte. Ivan wurde blaß. Miles war klar, daß Ivan den Spott in den Augen seines Vaters nicht bemerkt hatte.

Miles strich mit dem Finger über die Halsöffnung der leeren Weinflasche. »Ivan hat mir sein Beileid wegen meiner Verletzungen ausgedrückt, Sir.« Ivan nickte bekräftigend.

»Verstehe«, sagte Graf Vorkosigan nur — und Miles hatte das Gefühl, daß dies wirklich stimmte. Die Kälte war wie weggeblasen. Graf Vorkosigan seufzte. »Da habe ich fast fünfzig Jahre Militär und Politik auf dem Buckel — und was bin ich? Ein Kinderschreck, der kleine Jungs dazu bringt, sich gut zu benehmen — wie der Baba Yaga, der nur die bösen Kinder frißt«, klagte er gespielt. Dann breitete er die Arme aus und sagte zynisch: »Buh! Betrachte dich als gezüchtigt und verschwinde. Na los, Junge!«

»Jawohl, Sir.« Ivan salutierte nochmal. Man sah ihm die Erleichterung deutlich an.

»Und hör auf, vor mir zu salutieren!« fügte Graf Vorkosigan scharf hinzu. »Noch bist du kein Offizier!« Zum ersten Mal schien er Ivans Uniform zu bemerken. »Ach ja, übrigens ...«

»Jawohl, Sir. Nein, Sir!« Ivan setzte zum Gruß an, drehte sich dann aber schnell um und verließ das Zimmer. Um Graf Vorkosigans Mundwinkel zuckte es.

Nie hätte ich geglaubt, daß ich je im Leben Ivan dankbar sein müßte, dachte Miles. »Was wolltest du gerade sagen, Vater?«

Graf Vorkosigan mußte nach der Ablenkung durch den jungen Verwandten kurz seine Gedanken sammeln. Doch dann fragte er ruhig: »Warum hat Elena geweint, Sohn? Du bist ihr doch nicht ... hm ... irgendwie zu nahe getreten?«

»Nein, Sir. Ich weiß, wie es ausgesehen hat; aber so war es nicht. Ich gebe dir darauf mein Wort, wenn du willst.«

»Nicht nötig.« Graf Vorkosigan zog sich einen Stuhl ans Bett. »Ich hoffe, daß du nicht diesem Idioten Ivan nacheiferst. Aber — naja — die betanische Philosophie deiner Mutter über Sex ist schon richtig — in der Beta-Kolonie. Vielleicht auch hier eines Tages. Aber ich möchte eins klarmachen: Elena Bothari ist kein passendes Versuchskaninchen.«

»Warum nicht?« fragte Miles. Graf Vorkosigan zog die Brauen hoch. »Ich meine, warum muß sie immer so ... so zurückgezogen bleiben?« fuhr Miles schnell fort. »Sie wird zu Tode bewacht. Sie ist intelligent, sieht gut aus und könnte mich in der Mitte durchbrechen — warum bekommt sie keine bessere Ausbildung zum Beispiel? Der Sergeant hat keinerlei Pläne für eine höhere Schulbildung für sie. Er hat nur immer für ihre Aussteuer gespart. Er läßt sie auch nirgendwohin gehen. Sie würde von Reisen mehr profitieren — ja, sie würde Reisen tausendmal mehr zu schätzen wissen, als irgendein anderes Mädchen, das ich kenne.« Etwas atemlos machte er eine Pause.

Graf Vorkosigan spitzte die Lippen und strich nachdenklich über die Stuhllehne. »Das ist alles durchaus richtig. Aber Elena bedeutet dem Sergeant sehr viel mehr, als du dir vorstellen kannst. Für ihn ist sie ein Symbol für alles, wovon er träumt ... ich weiß auch nicht, wie ich es richtig erklären soll. Sie ist eine wichtige Quelle der Ordnung in seinem Leben. Ich schulde es ihm, diese Ordnung zu schützen.«

»Ja, ja, alles richtig. Das weiß ich auch«, sagte Miles ungeduldig. »Aber du kannst nicht *ihm* alles und ihr nichts schulden.«

Graf Vorkosigan blickte ihn beunruhigt an. »Ich verdanke ihm mein Leben, Miles. Und das deiner Mutter. Tatsache ist, daß ich alles, was ich für Barrayar während der letzten achtzehn Jahre gewesen bin und getan habe, *ihm* verdanke. Auch dein Leben, sogar zweifach, und meinen gesunden Verstand — jedenfalls den Rest, wie deine Mutter sagen würde. Wenn er plötzlich diese Schuld einkassieren wollte, wäre sie unermeßlich.« Er rieb sich nachdenklich die Lippen. »Außerdem — und das möchte ich betonen — wäre es mir im Augenblick sehr angenehm, jeglichen Skandal in meinem Haushalt zu vermeiden. Meine Gegner suchen ständig nach einer Handhabe gegen mich, um mich auszuhebeln. Ich bitte dich, werde du nicht ihr Werkzeug.«

Was, zum Teufel, ist diese Woche bloß in der Regierung los? fragte Miles sich. Aber mir sagt ja keiner etwas! Lord Miles Naismith Vorkosigan. Beruf: Sicherheitsrisiko. Hobbies: Von Mauern fallen, alte kranke Männer so enttäuschen, daß sie sterben und Mädchen zum Weinen bringen ... Wenn er nur die Sache mit Elena wieder in Ordnung bringen könnte! Aber wie konnte er sie beruhigen und die schrecklichen Vorstellungen aus ihrer Phantasie verjagen? Ihm fiel nur eine Lösung ein: Er mußte das verdammte Grab ihrer Mutter finden! Und das befand sich höchstwahrscheinlich auf Escobar, inmitten der sechs- oder siebentausend Opfer des Krieges, die man dort einst zurücklassen mußte.

Der Plan kam ihm so plötzlich, daß er vergaß, was er eigentlich hatte sagen wollen, und jetzt mit offenem Mund stumm dasaß. Verwundert blickte Graf Vorkosigan ihn an. Schließlich fragte Miles: »Hat man in letzter Zeit etwas von Großmutter Naismith gehört?«

Graf Vorkosigans Augen verengten sich. »Merkwürdig, daß du sie erwähnst. Deine Mutter hat gerade öfters von ihr gesprochen.«

»Eigentlich doch logisch unter den Umständen. Obwohl Großmutter so ein kerngesundes altes Huhn ist — ich glaube, alle Betaner erwarten hundertzwanzig zu werden. Sie halten es für eines ihrer Bürgerrechte.«

Miles' betanische Großmutter lebte sieben Wurmlochsprünge und drei Wochen Reisezeit entfernt. Die direkte Route führte über — Escobar! Bestimmt ließ sich ein Passagierlinienschiff finden, das in Escobar einen Zwischenstop einlegte. Zeit für die Touristenattraktionen — und für einige Nachforschungen. Selbst wenn Bothari ihm dauernd über die Schulter blickte, konnte er es schaffen. Was war natürlicher für einen jungen Mann, der sich für Militärgeschichte interessierte, als eine Pilgerfahrt zum Soldatenfriedhof seines Kaisers? Vielleicht sogar ein Rauchopfer für die toten Helden? »Sir«, begann Miles, »meinst du, ich könnte vielleicht ...«

»Sohn«, sagte Graf Vorkosigan im selben Augenblick. »Wie würde es dir gefallen, deine Mutter zu vertreten und ...«

»Entschuldigung!« und »Sprich weiter, Vater.«

»Ich wollte gerade sagen, daß es doch für dich ein guter Zeitpunkt wäre, mal wieder deine Großmutter Naismith zu besuchen«, meinte der Graf. »Es ist doch schon ... na ... zwei Jahre her, seit du in der Beta-Kolonie warst. Auch wenn die Betaner davon ausgehen, hundertzwanzig Jahre alt zu werden — naja, man weiß nie.«

»Was für eine großartige Idee!« Miles gab sich Mühe, nicht vor Freude in die Luft zu springen. »Ach — kann ich Elena mitnehmen?«

Wieder gingen die Brauen nach oben. »Was?«

Miles stand auf und watschelte im Zimmer hin und her, weil er vor Aufregung nicht mehr still sitzen konnte. Was für Aussichten! Elena einen Ausflug außerplanet zu schenken! Mein Gott, dann war er in ihren Augen ein Held, lockere zwei Meter groß, wie Vorthalia der Kühne. »Ja, sicher — warum nicht? Bothari begleitet mich doch. Einen besseren Anstandswauwau als den Vater gibt es doch gar nicht. Wer könnte da Bedenken haben?«

»Bothari«, antwortete sein Vater knapp. »Ich kann mir nicht vorstellen, daß er von der Idee begeistert ist, Elena die Beta-Kolonie zu zeigen. Schließlich war er schon mal dort. Und wenn die Einladung von dir kommt, ist er mit Sicherheit noch weniger davon angetan.«

»Mhh.« Hin, drehen, zurück. Gedankenblitz! »Dann lade ich sie eben nicht ein!«

»Sehr weise.« Graf Vorkosigan entspannte sich.

»Ich bitte Mutter, sie einzuladen. Mal sehen, ob er dann etwas dagegen sagen kann!«

Graf Vorkosigan lachte. »Du hinterlistiger Bengel!« Aber er klang zustimmend. Miles' Herz hüpfte höher.

»Diese Fahrt war doch eigentlich Mutters Idee, oder?« sagte Miles.

»Naja — schon«, gab Graf Vorkosigan zu. »Tatsache ist, daß ich im Grunde froh über diesen Vorschlag war. Mir wäre wohler, wenn du die nächsten paar Monate sicher in der Beta-Kolonie wärst.« Er stand auf. »Jetzt entschuldige mich. Die Pflicht ruft. Ich muß mich mit diesem unverschämten Schleimer Vordrozda befassen — alles für den Ruhm des Imperiums.« Seine Miene sprach Bände. »Ehrlich gesagt: Ich würde mich lieber mit diesem Idioten Ivan in einem stillen Winkel besaufen oder mich weiter mit dir unterhalten.« Die Augen des Vaters ruhten liebevoll auf Miles.

»Deine Arbeit geht natürlich vor, Sir. Das verstehe ich.«

Graf Vorkosigan warf ihm einen seltsamen Blick zu. »Dann verstehst du nichts. Meine Arbeit war von Anfang an für dich das reinste Gift. Tut mir leid, ehrlich leid, daß dadurch alles für dich so schlimm geworden ist ...«

Schlimm? dachte Miles. Verdammt nochmal, sag doch offen, was du meinst.

»Ich habe das nie gewollt.« Ein Nicken, dann war er verschwunden.

Wieder mal hat er sich bei mir entschuldigt, dachte Miles. Ihm war elend zumute. Immer wieder sagt er mir, daß ich in Ordnung bin — und dann entschuldigt er sich wieder. Das ist doch ein Widerspruch, Vater.

Er watschelte wieder im Zimmer auf und ab. Der Schmerz in seinem Innern machte sich Luft. Laut rief er gegen die taube Tür: »Ich bring dich dazu, diese Entschuldigung zurückzunehmen! Verdammt nochmal, ich bin in Ordnung! Und das werde ich dir beweisen! Ich werde dafür sorgen, daß du vor Stolz auf mich platzt, und kein Raum mehr ist für Schuldgefühle! Das schwöre ich als Vorkosigan. Ich schwöre es, Vater.« Dann flüsterte er: »Großvater. Irgendwie schaffe ich das. Ich weiß nur noch nicht, wie ...«

Danach ließ er sich aufs Bett fallen. Ihm war kalt, und er sehnte sich nach Schlaf. Überall Krümel, eine leere und eine volle Weinflasche. Stille.

»Du führst wieder Selbstgespräche«, flüsterte er. »Ein schlimmes Zeichen, Miles.«

Seine Beine taten weh. Er griff nach der zweiten Flasche.

KAPITEL 5

»Schau, schau, Sergeant Bothari aus Barrayar«, sagte der schneidige betanische Zollbeamte und lächelte sarkastisch. »Was bringen Sie mir denn diesmal Schönes mit? Ein paar atomare Antipersonal-Minen, die Sie in der Gesäßtasche übersehen haben? Oder vielleicht ein oder zwei Maserkanonen beim Rasierzeug? Oder ist zufällig ein Schwerkraftimploder in Ihren Stiefel gerutscht?«

Der Sergeant antwortete auf diese sarkastischen Fragen mit einem undeutlichen Grunzen.

Miles grinste. Ihm war der Name des Beamten eingefallen. »Guten Tag, Officer Timmons. Sie arbeiten immer noch auf diesem Posten? Ich war sicher, daß Sie inzwischen in die Verwaltung aufgestiegen wären.«

Der Beamte nickte Miles sehr höflich zu. »Guten Tag, Lord Vorkosigan. Naja, Sie wissen doch, daß der Beamtenapparat nicht so beweglich ist.« Er sah ihre Dokumente durch und steckte eine Datendiskette in seinen Sucher. »Ihre Genehmigungen für die Betäubungswaffen sind in Ordnung. Würden Sie jetzt bitte — einer nach dem anderen — durch den Scanner gehen?«

Sergeant Bothari betrachtete die Maschine finster und schnaubte verächtlich. Miles versuchte Blickkontakt mit ihm aufzunehmen; aber Bothari fixierte einen imaginären Gegenstand in der Luft. Auf Verdacht sagte Miles: »Dann gehen Elena und ich zuerst.«

Elena ging mit dem gezwungenen Lächeln durch, das man auf alten Photographien sah, wenn die Leute so lang stillhalten mußten. Aber dann blickte sie neugierig umher. Es war zwar nur eine ziemlich trostlose unterirdische Zollabfertigungsstelle — aber auf einem anderen Planeten. Miles hoffte, daß Beta-Kolonie die Pleite des Zwischenstops in Escobar wettmachen würde.

Zwei Tage lang hatten sie alle möglichen Unterlagen

durchforstet und waren in strömendem Regen über ungepflegte Soldatenfriedhöfe gelaufen! Die ganze Zeit hatte er Bothari gegenüber so tun müssen, als interessiere ihn jede historische Einzelheit. Doch hatten alle Bemühungen zu nichts geführt: Kein Grab oder der Name von Elenas Mutter auf einem Kriegerdenkmal. Elena schien eher froh als enttäuscht darüber zu sein.

»Siehst du, Vater hat mich *doch nicht* angelogen«, hatte sie ihm heimlich zugeflüstert. »Du hast eine überschäumende Phantasie.«

Die gelangweilte Reaktion des Sergeants auf die Tour untermauerte Elenas Standpunkt. Miles gab nach. Und dennoch ...

Vielleicht hatte er eine zu rege Phantasie! Je weniger sie fanden, desto mulmiger wurde es Miles. Suchten sie auf dem Soldatenfriedhof der falschen Armee? Miles' Mutter hatte sich auch mit der Gegenseite verbündet, um mit seinem Vater nach Barrayar zurückkehren zu dürfen. Vielleicht hatte Botharis Liebesbeziehung keine so glückliche Wendung genommen? Wenn ja, warum suchten sie dann überhaupt auf Friedhöfen nach Elenas Mutter? Vielleicht sollte er nach ihr im Kommunikationskoppelungsverzeichnis suchen ... Doch das wagte er nicht vorzuschlagen.

Miles wünschte sich, daß er sich durch das verschwörerische Schweigen um Elenas Geburt nicht hätte abschrecken lassen, die Gräfin Vorkosigan auszuquetschen. Er nahm sich fest vor, sofort nach der Heimkehr sie nach der Wahrheit zu fragen. Sie war weise genug, ihm zu sagen, wieviel er davon an Botharis Tochter weitergeben durfte.

Doch jetzt trat Miles hinter Elena durch den Scanner und genoß ihr Staunen. Er freute sich schon, wie ein Zauberer für sie die Wunder der Beta-Kolonie aus dem Hut zu holen.

Dann trat der Sergeant in den Apparat. Sofort ging lautstark der Alarm los.

Officer Timmons schüttelte den Kopf und seufzte. »Sie geben wohl niemals auf, Sergeant!«

»Entschuldigung«, sagte Miles, »aber die Lady und ich sind doch überprüft, stimmt's?« Timmons nickte. Miles nahm ihre Betäubungswaffen und seine Reisedokumente wieder an sich. »Ich zeige Elena mal den Raumschiffhafen. Inzwischen könnt ihr beide eure ... hm ... Meinungsverschiedenheiten diskutieren. Danach bringen Sie bitte das Gepäck, Sergeant. Wir treffen uns in der Haupthalle.«

»Aber ihr könnt doch nicht ...«, protestierte Bothari.

»Uns passiert bestimmt nichts«, versicherte ihm Miles, packte Elena am Ellbogen und zog sie mit sich, ehe sein Leibwächter weitere Einwände vorbringen konnte.

Elena blickte über die Schulter zurück. »Versucht mein Vater wirklich, eine illegale Waffe hereinzuschmuggeln?«

»Ich bin ziemlich sicher«, sagte Miles. »Ich bin dagegen, und es klappt auch nie; aber offenbar fühlt er sich ohne tödliche Waffen nackt. Wenn die Betaner bei allen anderen auch so gut aufpassen, wie bei uns, haben wir nichts zu befürchten.«

Voll Genugtuung sah er beim Betreten der Haupthalle wie Elena vor Staunen die Luft wegblieb. Von einem hohen Kuppeldach strömte strahlend goldenes Licht auf einen riesigen tropischen Garten herab. Überall dichtes Grün, Blumen und Vögel. Springbrunnen plätscherten.

»Das ist, als beträte man ein riesiges Terrarium«, sagte Elena. »Ich komme mir wie ein Hornhüpfer vor.«

»Genau! Der Silica-Zoo betreut die Halle. Sie ist eine seiner Außenstellen.«

Langsam schlenderten sie zu den kleinen Läden hinüber. Miles lenkte Elenas Aufmerksamkeit auf Dinge, die ihr Spaß machten. Er wollte einen katastrophalen Kulturschock vermeiden. Sexläden wären zum Beispiel in der ersten Stunde auf diesem Planeten etwas zu viel für sie, auch wenn sie so niedlich aussah, wenn sie rot wurde. Statt dessen führte er sie in eine ungewöhnliche Tierhandlung, wo es ihr sehr gefiel. Miles mußte wirklich seinen gesunden Menschenverstand zusammennehmen, um ihr nicht eine riesige Eidechse mit Halskrause aus Tau Ceta zu schenken, deren Schuppen wie Edelsteine funkelten. Obwohl sie Elena so gefiel, hatte Miles Bedenken, ob das fünfzig Kilo schwere Reptil mit ganz speziellen Futterbedürfnissen als Haustier geeignet wäre. Dann gingen sie über einen Balkon, von dem aus man in den Garten hinabsehen konnte, wo er ihr statt der Eidechse eine Riesenportion Eis kaufte. Sie setzten sich auf die Bank vor dem Geländer und aßen.

»Hier kommt mir alles so frei vor«, sagte Elena und leckte mit strahlenden Augen die Finger ab. »Es sind nicht überall Soldaten und Wachposten. Eine Frau ... eine Frau könnte hier alles werden.«

»Das hängt davon ab, was du mit frei meinst«, sagte Miles. »Man muß sich hier Anordnungen fügen, die wir zu Hause nie dulden würden. Du solltest mal sehen, wie alle hier bei einem Probealarm wegen Sandsturms oder Elektrizitätsausfalls gedrillt sind. Es gibt hier keinen Platz für — wie soll ich sagen? — soziales Versagen.«

Elena lächelte ihn verständnislos an. »Aber jeder kann seine eigene Heirat arrangieren.«

»Aber weißt du auch, daß man eine Erlaubnis braucht, um ein Kind zu bekommen? Das erste ist noch erlaubt, aber danach ...«

»Das ist doch absurd«, meinte sie. »Das kann doch niemand kontrollieren.« Offenbar hielt sie diese Bemerkung für sehr kühn, denn sie blickte schnell umher, ob ihr Vater auch nicht in der Nähe war.

Auch Miles sah sich um. »Bleibende, empfängnisverhütende Implantationen, für Frauen und Hermaphroditen. Man braucht eine Genehmigung, um sie zu entfernen. Es ist Sitte, daß ein Mädchen, wenn es in die Pubertät kommt, diese Implantation bekommt und sich die

Ohrläppchen durchbohren läßt und ihr ... äh ...« Miles stellte fest, daß auch er nicht gegen Erröten gefeit war. »Und ihr Jungfernhäutchen durchtrennt wird — alles gleichzeitig und vom selben Arzt. Es ist so eine Familienfeier — eine Art Initiationsritual. An den Ohren kann man auch sehen, ob ein Mädchen zur Verfügung steht.«

Elena faßte sich an die Ohrringe und wurde nicht nur etwas, sondern tief rot. »Miles! Glauben die hier etwa, daß *ich* ...«

»Naja, ich will dich nur warnen. Falls dir jemand zu nahe tritt, und dein Vater oder ich nicht da sind, brauchst du keine Angst zu haben, zu sagen, sie sollen dich in Ruhe lassen. Sie verstehen das, weil sie dich nicht beleidigen wollen.« Jetzt lächelte er schelmisch. »Also, weißt du, wenn du die nächsten sechs Wochen mit den Händen über den Ohren herumlaufen willst ...«

Schnell legte sie die Hände in den Schoß und funkelte ihn wütend an.

»Entschuldige, ich kann manchmal gemein sein.« Einen Augenblick lang bedrückte ihn die Erinnerung daran, *wie* gemein.

Er war fünfzehn gewesen, als man ihn ein Jahr als Austauschschüler in die Beta-Kolonie geschickt hatte. Damals stand er zum ersten Mal vor anscheinend grenzenlosen Möglichkeiten, sich sexuell auszuleben. Doch war diese Illusion sehr schnell zerronnen, denn er mußte feststellen, daß die meisten faszinierenden Mädchen schon vergeben waren. Der Rest bestand aus Gute-Samariterin-Typen, Abartig-Neugierigen, Hermaphroditen und Jungs.

Miles legte keinen Wert darauf, Opfer von Wohltätigkeit zu werden, war doch zu sehr Barrayarer, um sich selbst mit den beiden letzten Kategorien einzulassen, allerdings auch so viel Betaner, um anderen dieses Vergnügen zu gönnen. Eine kurze Affäre mit einem Mädchen der abartig-neugierigen Sorte reichte ihm. Ihre Faszination mit den Besonderheiten seines Körpers führten bei ihm zu größeren Minderwertigkeitsgefühlen als der offenste Abscheu auf Barrayar, wo man gegen jede Art von Behinderung tiefe Vorurteile hegte. Außerdem hatte dieses weibliche Wesen sehr schnell das Interesse an ihm verloren, nachdem es herausgefunden hatte, daß seine Geschlechtsteile enttäuschend normal waren.

Die Affäre hatte für Miles in einer grauenvollen Depression geendet, die sich über mehrere Wochen hin noch bis zu dem Punkt vertiefte, an dem Sergeant Bothari ihm zum letzten Mal das Leben gerettet hatte. Zweimal hatte Miles ihn in stummem Verzweiflungskampf mit dem Messer dabei verwundet. Hysterie hatte ihm ungeahnte Kräfte verliehen, und der Sergeant hatte aus Angst, ihm einen Knochen zu brechen, nicht richtig zugepackt. Schließlich war es dem großen Mann aber doch gelungen, ihn so festzuhalten, daß Miles weinend zusammenbrach und seinen Selbsthaß an der blutigen Brust des Sergeants herausschluchzte. Dann hatte der Mann, der ihn schon auf den Armen umhergetragen hatte, ehe er im Alter von vier Jahren zu laufen gelernt hatte, wieder wie ein Kind ins Bett gebracht. Bothari versorgte seine eigenen Wunden und erwähnte diesen Vorfall nie wieder.

Es war kein gutes Jahr gewesen, in dem Miles fünfzehn war. Jetzt war er entschlossen, es nicht zu wiederholen. Zum stummen Gelöbnis drückte er das Balkongeländer. Aber eigentlich war das Gelöbnis so gegenstandslos wie er selbst und daher nutzlos. Bei diesem trübsinnigen Gedanken schien ihm der ganze Glanz der Beta-Kolonie stumpf und grau.

In der Nähe standen vier Betaner und stritten lautstark. Miles drehte sich etwas, um an Elenas Ellbogen vorbei einen besseren Blick auf die Gruppe zu bekommen. In diesem Augenblick sagte Elena etwas über seine Geistesabwesenheit. Er schüttelte nur den Kopf und gebot ihr zu schweigen. Sie gehorchte, sah ihn aber neugierig an.

»Verdammt!« sagte ein kräftiger Mann in einem grünen Sarong. »Es ist mir scheißegal, wie Sie das machen; aber ich will diesen Verrückten aus meinem Schiff herausaben. Können Sie nicht stürmen?«

Die Frau in der Gruppe trug die Uniform der Betanischen Sicherheitstruppe. Sie schüttelte den Kopf. »Hören Sie, Calhoun, warum soll ich das Leben meiner Leute für ein Schiff riskieren, das praktisch Schrott ist? Schließlich hält er keine Geiseln fest.«

»Ich habe hier eine Mannschaft vor Ort, die auf die Verschrottung wartet, und anderthalbfachen Lohn für Überstunden kostet. Der Kerl ist jetzt schon drei Tage dort oben — irgendwann muß er doch mal schlafen oder pinkeln«, schimpfte der Zivilist.

»Wenn er so total übergeschnappt ist, wie Sie behaupten, wäre ein Sturmkommando bestimmt der Auslöser, daß bei ihm die Sicherung durchbrennt und er alles in die Luft jagt. Wir müssen warten, bis er aufgibt.« Die Sicherheitsbeamtin wandte sich an einen Mann, der die taubengrau-schwarze Uniform einer der größeren Raumschiffahrtslinien trug. Die silbernen Koteletten entsprachen farblich den dreifachen Silberkreisen der neurologischen Implantation eines Piloten auf Stirn und Schläfen. »Oder wir müssen ihn überreden, aufzugeben. Sie kennen ihn. Er ist doch Mitglied Ihrer Gewerkschaft. Vielleicht können Sie etwas bei ihm erreichen.«

»O nein, ohne mich!« protestierte der Pilot. »Außerdem will er mit mir nicht reden. Das hat er klipp und klar gesagt.«

»Sie sind dieses Jahr im Aufsichtsrat und haben doch eine gewisse Macht. Sie könnten ihm drohen, seine Fluglizenz einzuziehen oder sonst etwas.«

»Arde Mayhew ist vielleicht noch in der Brüderschaft; aber er hat seit zwei Jahren seinen Mitgliedsbeitrag nicht bezahlt. Seine Lizenz ist sowieso gefährdet. Offen gestanden glaube ich, daß diese Episode das Faß zum Überlaufen bringt. Bei dem ganzen Brimbramborium hier geht es doch darum, daß er kein Pilot mehr sein wird, sobald das letzte RG-Schiff verschrottet ist.« Er wies mit einem Kopfnicken auf den Verschrotter. »Eine neue Implantation wurde von medizinischer Seite abgelehnt. Es würde ihm nichts nützen, selbst wenn er das Geld hätte. Und ich weiß verdammt genau, daß er es nicht hat. Vorige Woche wollte er sich von mir das Geld für die Miete leihen. Zumindest sagte er, daß es für die Miete sei. Ich glaube, eher für das Gesöff, mit dem er sich abfüllt.«

»Haben Sie ihm das Geld gegeben?« fragte die Frau in der blauen Uniform der Weltraumhafenverwaltung.

»Naja — schon«, antwortete der Pilot mürrisch. »Aber ich habe ihm erklärt, daß es absolut das letzte Mal sei. Und überhaupt ...« Er blickte finster auf seine Stiefel und platzte dann heraus: »Ich würde ihn lieber in Glanz und Gloria in die Luft gehen sehen, als daß er wegen Arbeitslosigkeit langsam verreckt. Ich weiß, wie ich mich fühlen würde, wenn ich keinen Sprung mehr machen dürfte ...« Dann preßte er die Lippen zusammen, blickte aber die Verwaltungsangestellte kampflustig an.

»Alle Piloten sind verrückt«, sagte die Frau vom Sicherheitsdienst. »Das kommt davon, daß man ihnen das Gehirn angebohrt hat.«

Miles lauschte fasziniert, ohne sich zu schämen. Der Mann, über den sie sprachen, war anscheinend ein Leidensgefährte: Ein Verlierer in Schwierigkeiten. Ein Wurmlochsprungpilot mit einem überflüssig gewordenen Kopplungssystem im Gehirn, bald arbeitslos, hatte sich in seinem alten Schiff verschanzt und hielt die Abwrackermannschaft in Schach. Aber wie?

»Eine Glanz-und-Gloria-Explosion, wodurch dann tagelang Schrott als Verkehrshindernisse durch die inneren Orbits schwirrt, wenn er seine Drohung wahr macht«, beschwerte sich die Verwaltungsangestellte. »Wir müßten den Laden schließen und alles saubermachen.« Jetzt griff sie als letzten auch noch den Verschrotter an. »Und glauben Sie ja nicht, daß meine Abteilung das bezahlt! Ich werde dafür sorgen, daß Ihre Firma die Rechnung bekommt — und wenn ich bis zur Justizabteilung gehen muß!«

Der Verschrotter wurde erst blaß, dann rot. »Ihre Abteilung hat diesem Wahnsinnigen, bei dem die Drähte schon glühen, Zugang zu meinem Schiff erlaubt«, schimpfte er.

»Er sagte, er habe noch ein paar persönliche Sachen dort«, verteidigte sie sich. »Wir konnten doch nicht ahnen, daß er etwas Derartiges plante.«

Miles stellte sich den Mann vor, wie er in seinem halbdunklen Schlupfwinkel saß, bar jeglicher Verbündeter, wie der letzte Überlebende einer hoffnungslosen Belagerung. Unbewußt ballte Miles die Faust. Sein Vorfahre, General Graf Selig Vorkosigan, hatte die berühmte Belagerung von Vorkosigan Surleau mit nur einer Handvoll ausgewählter Gefolgsleute und einer List aufgehoben — wie man sagte.

»Elena«, flüsterte er aufgeregt. »Folge mir und sag nichts!«

»Hm?« fragte sie überrascht.

»Ach, Miss Bothari, wie gut, daß Sie hier sind«, sagte er laut, als sei er eben erst gekommen. Dann nahm er Elenas Arm und marschierte zu der Gruppe hinüber.

Miles wußte, daß er Fremde bezüglich seines Alters verwirrte. Auf den ersten Blick schätzten sie ihn wegen seiner geringen Größe meist jünger. Da aber sein Gesicht durch die lange Vertrautheit mit Schmerzen vorzeitig gereift war, er außerdem unter starkem Bartwuchs litt, so daß trotz sorgfältiger Rasur immer ein dunkler

Schatten blieb, hielten sie ihn bei genauerem Hinsehen meist für älter, als er war. Miles hatte festgestellt, daß er durch sein Auftreten beide Eindrücke nach Belieben erwecken konnte. Mit zehn Generationen tapferer Krieger im Rücken lächelte er verhalten.

»Guten Tag, Ladies, Gentlemen«, grüßte er. Die vier starrten ihn so verblüfft an, daß ihn seine weltmännische Art fast im Stich ließ. »Man sagte mir, daß einer von Ihnen mir sagen könne, wo ich den Piloten Arde Mayhew finde«, fuhr er tapfer fort.

»Wer, zum Teufel, sind Sie?« fragte der Verschrotter und äußerte offensichtlich die Meinung aller.

Miles verbeugte sich elegant. Nur mit Mühe verkniff er es sich, ein imaginäres Cape zu schwenken. »Lord Miles Vorkosigan, zu Ihren Diensten. Dies ist meine Mitarbeiterin Miss Bothari. Rein zufällig hörte ich einige Ihrer Bemerkungen — und ich glaube, ich könnte Ihnen behilflich sein, wenn Sie es mir gestatten ...« Elena zog, über ihre neue, allerdings vage, offizielle Stellung überrascht, die Augenbrauen hoch.

»Hör mal, Junge«, begann die Weltraumhafenangestellte. Miles warf ihr unter herabgezogenen Brauen seine beste Imitation General Graf Piotr Vorkosigans Vorgesetztenblick zu.

»... Sir«, verbesserte sie sich. »Aber warum suchen Sie den Piloten Mayhew?«

Miles reckte das Kinn hoch. »Ich bin beauftragt, eine Schuld bei ihm zu begleichen.« Vor etwa zehn Sekunden hatte er sich selbst dazu bevollmächtigt.

»Jemand *schuldet* Arde Geld?« fragte der Verschrotter erstaunt.

Beleidigt hob Miles den Kopf noch höher. »Doch kein Geld«, entrüstete er sich, als würde er dieses schmutzige Zeug nie im Leben berühren. »Es ist eine Ehrenschuld.«

Die Verwaltungsangestellte schaute ihn vorsichtig beeindruckt an, der Pilot erfreut, die Sicherheitsbeamtin zweifelnd und der Verschrotter absolut mißtrauisch. »Und wie hilft mir das?« fragte er ungehobelt.

»Ich kann Pilot Mayhew überreden, Ihr Schiff zu verlassen«, sagte Miles und witterte eine klare Chance. »Allerdings müssen Sie mir dazu die Gelegenheit verschaffen, mit ihm von Angesicht zu Angesicht zu sprechen.« Elena schluckte. Miles warf ihr schnell einen warnenden Blick zu.

Die vier Betaner sahen sich an. Offenbar waren sie unschlüssig, wem sie die Verantwortung zuschieben sollten. Schließlich erklärte der Pilot: »Ach, zum Teufel, warum nicht? Oder hat einer von Ihnen eine bessere Idee?«

Der grauhaarige Chefpilot saß auf dem Kontrollsitz der Personalfähre und sprach — noch einmal — in seine Comkonsole. »Arde? Arde, hier ist Van. Antworte mir bitte! Ich habe jemand heraufgebracht, der mit dir reden will. Er kommt jetzt an Bord, wenn's dir recht ist. In Ordnung, Arde? Du machst doch keinen Blödsinn, oder?«

Schweigen kam als einzige Antwort. »Empfängt er Sie?« fragte Miles.

»Seine Comkonsole schon. Ob er aber die Lautstärke aufgedreht hat oder ob er davor sitzt oder wach ist oder — oder noch lebt? Keine Ahnung.«

»Ich lebe«, ertönte plötzlich eine belegte Stimme aus dem Lautsprecher; aber es kam kein Bild. »Aber du nicht lange, Van, wenn du versuchst, an Bord meines Schiffes zu kommen, du hinterhältiger Dreckskerl.«

»Ich werde es nicht versuchen«, versprach der Chefpilot. »Nur Mister ... äh ... Lord Vorkosigan neben mir.«

Stille, wenn man vom Knistern absah. »Arbeitet der etwa für diesen Blutsauger Calhoun?« kam die mißtrauische Frage aus dem Lautsprecher.

»Er arbeitet für niemand«, versicherte Van beschwichtigend.

»Auch nicht für die Psychiatrische Gutachterstelle? An *mich* kommt keiner mit einer verdammten Spritzenpistole ran! Vorher jage ich uns alle in die Hölle.«

»Er ist nicht einmal Betaner. Er ist Barrayarer und sagt, daß er dich sucht.«

Wieder Stille. Dann die Stimme — unsicher. »Ich schulde keinem Barrayarer etwas — glaube ich zumindest ... Ich kenne überhaupt keine Barrayarer.«

Ein seltsames Gefühl von Druck und ein leises Klikken kam von der Außenseite des Rumpfes, als sie mit dem alten Frachter in Kontakt kamen. Der Pilot gab Miles mit dem Finger ein Zeichen, worauf dieser die Lukenverbindung sicherte. »Fertig?« rief er.

»Sind Sie sicher, daß Sie das tun wollen?« flüsterte der Chefpilot.

Miles nickte. Es war ein kleines Wunder, daß er der Obhut Botharis entkommen war. Er leckte sich die Lippen und grinste. Er genoß das herrliche Gefühl von Schwerelosigkeit und Angst. Elena würde unten auf dem Planeten jeden unnötigen Alarm verhindern.

Miles öffnete die Luke. Luft zischte, als sich der Druck zwischen den beiden Raumschiffen ausglich. Vor ihm lag ein pechschwarzer Tunnel. »Haben Sie eine Taschenlampe?«

»Auf dem Regal dort«, antwortete der Pilot.

Miles holte sie und schwebte vorsichtig in die Röhre. Dunkelheit lauerte vor ihm, verbarg sich in Querkorridoren und schlug hinter ihm wieder zusammen. Er schlängelte sich zum Navigations- und Kommunikationsraum vor, wo sich sein Opfer höchstwahrscheinlich aufhielt. Eigentlich war es keine große Entfernung — die Mannschaftsunterkünfte waren klein, da der größte Teil des Schiffs für die Ladung bestimmt war —, aber die absolute Stille ließ die Strecke länger erscheinen. Die Schwerelosigkeit wirkte sich jetzt wie üblich auf ihn aus: Die letzte Speise kam ihm wieder hoch. Vanille, dachte er; ich hätte Vanilleeis nehmen sollen.

Aus einer offenen Luke drang ein schwacher Lichtschein vor ihm auf den Korridor. Miles räusperte sich laut. Es war vielleicht besser, den Mann nicht zu erschrecken, wenn man die Umstände berücksichtigte.

»Pilot Mayhew?« rief er leise und zog sich zur Tür. »Ich bin Miles Vorkosigan und suche nach ... nach ...« Was, zum Teufel, suchte er? Ach was! »Ich suche nach verzweifelten Männern«, schloß er hochtrabend.

Pilot Mayhew saß wie ein Häuflein Elend angeschnallt auf dem Pilotensitz. Im Schoß hielt er die Kopfhörer, eine halbvolle Literflasche aus weichem Plastik, in der eine perlende, giftgrüne Flüssigkeit leuchtete, und ein Kästchen, das mit einem spaghettiähnlichen Drähtegewirr mit einer halb ausgeschlachteten Armaturenkonsole verbunden war. Oben befand sich ein Kippschalter. Beinahe so faszinierend wie das Kästchen mit dem Kippschalter fand Miles die dunkle, schlanke — und nach betanischem Gesetz sehr illegale — kleine Nadelpistole. Mayhew hielt die geröteten und verquollenen Augen auf die Gestalt im Eingang gerichtet und rieb sich mit der einen Hand, ohne dabei die tödliche Nadelwaffe loszulassen, über die Dreitagebartstoppeln. »Ach ja?« meinte er wenig begeistert.

Miles' Aufmerksamkeit galt jetzt der Nadelwaffe. »Wie haben Sie das Ding durch den betanischen Zoll bekommen?« fragte er voll ehrlicher Hochachtung. »Mir ist es nie gelungen, auch nur eine Steinschleuder vorbeizuschmuggeln.«

Mayhew starrte auf die Waffe in der Hand, als hätte er sie gerade entdeckt — wie eine Warze, die unbemerkt gewachsen war. »Hab' ich mal in Jackson's Whole gekauft. Ich habe nie versucht, sie vom Schiff zu bringen, weil ich sicher war, man würde sie mir wegnehmen. Da unten nehmen sie dir alles weg.« Er seufzte.

Miles schwebte in den Raum und ließ sich im Schneidersitz mitten in der Luft nieder. Er hoffte, daß dieses eine freundliche, nicht bedrohliche Stellung für einen

Zuhörer war. »Wie sind Sie eigentlich in das Dilemma hier hineingeraten?« fragte er mit einem Nicken, das die Situation, das Schiff und die Gegenstände auf Mayhews Schoß einschloß.

Mayhew zuckte Achseln. »Verdammtes Pech! Ich hatte immer Pech. Der Unfall mit der RG 88 — es war die Feuchtigkeit von den geplatzten Amphorröhren, die ist in die Dalsäcke eingedrungen. Dadurch sind sie aufgequollen und haben das Schott eingedrückt. So hat alles angefangen. Dem Kerl, der im Hafen für die Ladung verantwortlich war, haben sie nicht mal leicht auf die Finger geklopft. Verdammt noch mal! Es spielte überhaupt keine Rolle, ob ich etwas getrunken hatte oder nicht!« Er schnüffelte und fuhr sich mit dem Ärmel über das gerötete Gesicht. Miles hatte Angst, der Mann würde gleich in Tränen ausbrechen. Es war sehr beunruhigend, dies bei einem Mann zu sehen, der Miles' Schätzung nach auf die vierzig zuging. Aber Mayhew nahm einen Schluck aus der Flasche und hielt sie dann in einem Anflug von Höflichkeit Miles entgegen.

Höflich lächelnd nahm Miles sie. Sollte er die Gelegenheit ausnützen und die Flasche ausleeren, damit Mayhew nüchtern wurde? Im freien Fall hatte diese Idee einige Nachteile. Er müßte den Inhalt in einen anderen Behälter umfüllen, wollte er nicht den Rest seines Besuchs damit verbringen, den dicken Tropfen dieses Teufelszeugs auszuweichen. Es war auch nicht leicht, die Sache als Ungeschicklichkeit erscheinen zu lassen. Während er darüber nachdachte, nahm er aus wissenschaftlichen Forschungsgründen einen kleinen Schluck.

Um ein Haar hätte er alles wieder atomisiert herausgeprustet. Das grüne Gebräu war dickflüssig und süß wie Sirup und — an die sechzig Prozent reines Äthanol. Aber woraus bestand der Rest? Es brannte in der Speiseröhre, daß Miles das Gefühl hatte, plötzlich ein lebendes Modell des Verdauungsapparats zu sein, bei dem die verschiedenen Teile wie bunte Lämpchen aufleuchteten. Voll Hochachtung wischte er die Flaschenöffnung mit dem Ärmel ab und gab den Stoff seinem Besitzer zurück. Dieser klemmte sich die Flasche wieder unter den Arm.

»Danke«, japste Miles. Mayhew nickte. Miles räusperte sich, holte Luft und fragte: »Und was haben Sie als nächstes vor? Welche Forderungen stellen Sie?«

»Forderungen?« wiederholte Mayhew. »Als Nächstes? Weiß nicht! Aber ich lasse es nicht zu, daß dieser Kannibale Calhoun mein Schiff schlachtet. Text gibt's keinen!« Er wiegte das Kästchen mit dem Kippschalter im Schoß wie eine Madonna das Jesuskind. »Waren Sie jemals ein Roter?« fragte er plötzlich.

Miles hatte von den uralten politischen Parteien auf der Erde eine eher nebelhafte Vorstellung. »Nein, ich bin ein Vor«, bekannte er, war aber nicht sicher, ob dies die richtige Antwort war. Doch es schien keine Rolle zu spielen. Mayhew fuhr mit seinem Selbstgespräch fort.

»Rot. Die Farbe Rot. Reines Licht war ich mal auf dem Sprung zu einem winzigen Loch, das Hespari II hieß. Ein Sprung ist ein Erlebnis, das man mit keiner anderen Erfahrung im Leben vergleichen kann. Wenn man nie auf den Lichtern im eigenen Gehirn dahingeglitten ist — Farben, die niemand beschreiben kann, weil es einfach keine Wörter dafür gibt. Das ist besser als Träume oder Alpträume — besser als eine Frau —, besser als Essen, Trinken, Schlafen oder Atmen — und dafür bezahlen sie uns! Diese armen Irren, mit nichts unter der Schädeldecke als Protoplasma ...« Er blickte Miles mit verschleierten Augen an. »Tut mir leid! War nicht persönlich gemeint. Sie sind nun mal kein Pilot. Ich habe nie wieder eine Ladung nach Hespari gebracht.« Jetzt musterte er Miles etwas klarer. »He, sagen Sie mal, Sie sind aber auch ganz schön beschissen dran, was?«

»Nicht so beschissen wie Sie«, antwortete Miles pikiert.

»Mm«, stimmte Mayhew ihm zu und hielt ihm wieder die Flasche hin.

Komisches Zeug, dachte Miles. Da mußte etwas enthalten sein, was die übliche Wirkung von Äthanol ins Gegenteil verkehrte; denn normalerweise schlief Miles davon ein. Aber jetzt fühlte er sich warm und voll Energie, als würde es bis in die Finger und Zehen fließen. Wahrscheinlich hielt Mayhew sich damit drei Tage lang wach — ganz allein in dieser verlassenen Konservendose.

»Sie haben also keinen Schlachtplan«, fuhr Miles tadelnd fort. »Sie haben nicht eine Million Betanischer Dollar in kleinen, unmarkierten Scheinen verlangt oder gedroht, sonst lasse ich das Schiff durchs Dach des Raumfahrthafens fallen? Sie haben auch keine Geiseln genommen oder *irgend etwas* Konstruktives getan. Sie sitzen nur hier oben, schlagen die Zeit tot, leeren die Pulle und lassen alle Gelegenheiten aus, nur, weil es Ihnen an Entschlußkraft oder Phantasie fehlt!«

Mayhew blinzelte bei diesem unerwarteten Gesichtspunkt. »Bei Gott! Van hat tatsächlich einmal die Wahrheit gesagt! Sie kommen *nicht* von der Psychiatrischen Gutachterstelle ... ich könnte Sie als Geisel nehmen«, bot er an und richtete die Nadelpistole auf Miles.

»Nein, tun Sie das nicht!« rief Miles schnell. »Ich kann es nicht erklären, aber die da unten würden überreagieren. Das ist keine gute Idee.«

»Aha.« Der Lauf schwenkte. »Aber verstehst du nicht, daß sie mir nicht geben können, was ich will?« Er tippte an die Kopfhörer. »Ich will Sprünge fahren, und das kann ich nicht — nicht mehr.«

»Nur mit diesem Schiff, oder?«

»Dieses Schiff wird verschrottet.« Die Stimme klang verzweifelt, aber erstaunlich rational. »Und zwar, sobald ich mich nicht mehr wachhalten kann.«

»Das ist doch eine völlig nutzlose Einstellung«, schimpfte Miles. »Geh mal ein bißchen logisch an das

Problem heran: Du willst ein Sprungpilot sein. Du kannst nur auf einem RG-Schiff ein Sprungpilot sein. Dies ist das letzte RG-Schiff. Daraus folgt: Du brauchst dieses Schiff. Verschaff es dir! Sei ein Pilot-Eigner. Befördere deine eigenen Ladungen. Doch ganz einfach, oder? Gibst du mir noch einen Schluck von dem Zeug?« An den grauenvollen Geschmack gewöhnte man sich überraschend schnell, stellte Miles fest.

Mayhew schüttelte den Kopf und preßte das Kästchen mit dem Schalter verzweifelt an sich, als wäre er ein Kind mit seinem Lieblingsteddy. »Ich hab's versucht. Ich habe alles versucht. Ich dachte, ich hätte das Darlehen; aber dann hat es doch nicht geklappt. Außerdem hat Calhoun mich sowieso überboten.«

»Hm.« Miles gab die Flasche zurück und betrachtete den Piloten, zu dem er jetzt im rechten Winkel schwebte. »Und dennoch! Du darfst nicht aufgeben! Kapitulation beschmutzt die Ehre der Vor.« Er summte ein Stück einer alten Ballade aus seiner Kindheit: »Die Belagerung des Silbermondes.« Darin spielte auch ein Vor-Lord eine Rolle und eine wunderschöne Hexe, die auf einem magischen Mörser durch die Lüfte flog. Zum Schluß hatten sie darin die Knochen der Feinde zerstampft. »Gimmir noch 'n Schluck. Ich muß n-nachdenken. ›Wenn du den Treueeid mir schwörst, werd' ich als Lehnsherr dir auch stets die Treue halten ...‹«

»Häh?« fragte Mayhew.

Miles merkte, daß er laut vor sich hingesungen hatte. »Nichts, schon gut.« Schweigend schwebte er einige Minuten lang dahin. »Das ist das Problem des betanischen Systems«, erklärte er schließlich. »Niemand übernimmt für einen anderen die persönliche Verantwortung. Es gibt nur diese gesichtslosen, fiktiven Behörden — eine Geisterregierung. Was du brauchst, ist ein Lehnsherr, der das Schwert zückt und dem Amtsschimmel den Kopf abschlägt — so wie Vorthalia der Kühne die Dornenhecke.«

»Was ich brauche, is 'n Schluck«, entgegnete Mayhew mürrisch.

»Hm? Oh, tut mir leid.« Miles gab die Flasche zurück. In seinem Kopf begann eine Idee Gestalt anzunehmen, wie ein Nebel, der anfängt sich zusammenzuziehen. Ein bißchen mehr Masse, und er begann zu glühen — ein Protostern ... »Ich hab's!« rief er und richtete sich plötzlich auf, wobei er ins Trudeln geriet.

Mayhew zuckte zusammen und hätte um ein Haar die Nadelpistole in den Boden abgefeuert. Verunsichert blickte er auf die Flasche. »Nein, ich hab' sie ja.«

Miles überwand das Trudeln. »Am besten machen wir alles von hier aus. Das Hauptprinzip der Strategie lautet: ›Gib nie einen Vorteil auf!‹ Kann ich mal die Comkonsole benutzen?«

»Wozu?«

»Ich werde dieses Schiff kaufen«, erklärte Miles großspurig. »Und dann werde ich *dich* als Piloten anstellen.«

Mayhew blickte ihn verblüfft an. Dann wanderte sein Blick zur Flasche und wieder zurück zu Miles. »Du hast *so viel* Geld?«

»... nun, ich habe *Besitz.*«

Miles brauchte nur wenige Minuten am Kommunikationspaneel, um das Gesicht des Verschrotters auf dem Bildschirm zu haben. Knapp und bündig machte Miles seinen Vorschlag. Das Gesicht Calhouns wandelte sich von Unglauben zu Wut.

»Und das nennen Sie einen Kompromiß?« brüllte er. »Zum Selbstkostenpreis? Und gedeckt durch ... verdammt noch mal, ich bin doch kein Grundstücksmakler!«

»Mr. Calhoun«, sagte Miles zuckersüß, »daß Sie nicht die Wahl zwischen meinem Wechsel und diesem Schiff haben, sondern nur die zwischen dem Wechsel und einem Platzregen glühenden Schrotts.«

»Wenn ich herausfinde, daß Sie mit diesem Kerl zusammenarbeiten …«

»Ich habe ihn bis heute noch nie gesehen«, unterbrach Miles ihn.

»Und was stimmt nicht mit dem Land?« fragte Calhoun mißtrauisch. »Ich meine, außer, daß es auf Barrayar liegt.«

»Es ist wie fruchtbares Ackerland«, antwortete Miles ausweichend. »Bewaldet — einhundert Zentimeter Regen pro Jahr …« Das mußte jeden Betaner begeistern. »Kaum dreihundert Kilometer von der Hauptstadt entfernt.« Zum Glück für die Hauptstadt wehte der Wind in die andere Richtung. »Und ich besitze es uneingeschränkt. Ich habe es erst kürzlich von meinem Großvater geerbt. Lassen Sie das doch durch die Barrayaranische Botschaft überprüfen. Sehen Sie sich auch die Klimakarten an.«

»Dieser Regen — der fällt nicht etwa an einem einzigen Tag oder so?«

»Selbstverständlich nicht«, antwortete Miles und richtete sich empört auf, was in der Schwerelosigkeit nicht leicht war. »Es ist das Land meiner Ahnen und in meiner Familie seit zehn Generationen. Sie können mir glauben, daß ich jede Anstrengung unternehmen werde, um den Wechsel termingerecht einzulösen, ehe ich mein Heimatland aus der Hand gebe …«

Calhoun rieb sich das Kinn. »Selbstkosten plus fünfundzwanzig Prozent.«

»Zehn Prozent.«

»Zwanzig.«

»Zehn oder ich lasse Sie direkt mit Pilot Mayhew weiterverhandeln.«

»In Ordnung«, stöhnte Calhoun, »zehn Prozent.«

»Abgemacht!«

Ganz so leicht war es natürlich nicht. Doch dank der Effizienz des planetarischen Informationsnetzes auf Beta war die Angelegenheit in weniger als einer Stunde erledigt, die auf Barrayar Tage gedauert hätte — und direkt von Mayhews Kontrollraum aus. Miles war äußerst geschickt, den taktischen Vorteil, den der Besitz des Kästchens mit dem Schalter ihnen gab, nur zögernd aufzugeben. Nachdem Mayhew die erste Überraschung verdaut hatte, saß er stumm und traurig da, weil er sein Schiff verlassen mußte.

»Hör mal, Junge«, sagte er plötzlich, als die Transaktion etwa halb durchgeführt war. »Ich bin dir wirklich dankbar dafür, was du zu tun versuchst, aber es ist zu spät. Du mußt dir darüber klar sein, daß die da unten nicht einfach nicken, wenn ich komme. Schon beim Anlegedock steht der Sicherheitsdienst mit einer Patrouille von der Psychologischen Überwachungsstelle des Gesundheitsamts. Die werfen mir ein Betäubungsnetz über und in ein oder zwei Monaten siehst du mich nur noch blöde lächelnd herumlaufen. Wenn der Psychodienst mit dir fertig ist, lächelst du nämlich nur noch ...« Hilflos schüttelte er den Kopf. »Es ist zu spät.«

»Solange du atmest, ist es nicht zu spät«, fuhr Miles ihn an und führte in der Schwerelosigkeit Bewegungen aus, die denen gleichkamen, wenn jemand in einem Zimmer auf- und abgeht. Er stieß sich an einer Wand ab, drehte sich in der Luft und stieß sich dann von der anderen Wand ab. Dies machte er ein dutzendmal, wobei er angestrengt nachdachte.

»Ich habe eine Idee«, sagte er schließlich. »Ich wette, daß wir damit Zeit schinden können — zumindest, bis uns etwas Besseres einfällt. Da ist nur ein Problem: Da du kein Barrayarer bist, wirst du nicht verstehen, was du tust. Dabei geht es aber um eine ernste Sache.«

Mayhew blickte ihn tatsächlich begriffsstutzig an. »Hä?«

»Also es ist so:« Stoß, Drehung, Aufrichten, Stoß. »Wenn du mir als einfacher Krieger den Lehnseid schwörst, so als wäre ich dein Lehnsherr — und das ist bei uns die einfachste Art, eine Eidgenossenschaft herzustellen —, kann ich dich *vielleicht* in meine diplomatische Immunität Klasse III miteinbeziehen. Wärst du Barrayarer, ginge das auf alle Fälle; aber du bist natürlich betanischer Staatsbürger. Trotzdem bin ich ziemlich sicher, daß wir ein Rudel Advokaten mehrere Tage damit beschäftigen können, herauszufinden, welche Gesetze Vorrang haben. Ich wäre legal verantwortlich für deine Unterkunft, Verpflegung, Kleidung und Bewaffnung — ich nehme an, man könnte dieses Schiff als deine Bewaffnung ansehen — und deinen Schutz, falls dich irgendein anderer Lehnsmann angreift — was aber hier in der Beta-Kolonie kaum vorkommen dürfte. Ach ja, da ist auch noch eine Menge über deine Familie — hast du übrigens Familie?«

Mayhew schüttelte den Kopf.

»Das vereinfacht die Sache.« Stoß, Drehung, Stoß. »Inzwischen dürfen aber weder Sicherheitsleute noch die Psychologische Überwachungsstelle Hand an dich legen, weil du legal gesehen ein Teil meines Körpers bist.«

Mayhew kniff ein Auge zu. »Das klingt total hirnverbrannt. Wo soll ich unterschreiben? Wo läßt du es registrieren?«

»Du mußt dich lediglich hinknien, deine Hände zwischen meine legen und die paar Sätze nachsprechen. Man braucht nicht einmal Zeugen, obwohl zwei üblich sind.«

Mayhew zuckte die Achseln. »In Ordnung, klar, Junge.«

Stoß, Drehung, Stoß. »Was heißt ›Klar, Junge‹? Ich wußte, du würdest es nicht kapieren. Bis jetzt habe ich dir nur einen Bruchteil meiner Seite dieses Handels beschrieben, nämlich deine Privilegien. Aber es gehören auch Verpflichtungen dazu und ein Haufen Rechte, die *ich* über *dich* habe. Zum Beispiel — und das ist nur *ein* Beispiel — würdest du dich weigern mitten im Kampf einen Befehl von mir auszuführen, hätte ich das Recht, dir auf der Stelle den Kopf abzuschlagen.«

Mayhew fiel der Unterkiefer herab. Schließlich sagte er: »Ist dir klar, daß der Psychodienst über dich auch ein Netz wirft?«

Miles grinste zynisch. »Das können sie nicht! Denn wenn sie es wagten, würde ich bei meinem Lehnherrn Zeter und Mordio schreien und um Schutz bitten, und den würde ich auch bekommen. Er ist sehr empfindlich, wenn jemand einem seiner Untertanen etwas antun will. Ach ja, da ist noch ein Punkt. Wenn du mein Lehnsmann wirst, begibst du dich automatisch auch in ein Lehnsverhältnis zu *meinem* Lehnsherrn. Das ist ziemlich kompliziert.«

»Und dann zu seinem und dem seinen und wieder dem seinen, nehme ich an«, sagte Mayhew. »Mit Befehlsketten kenne ich mich aus.«

»Nein, nicht so weit. Ich habe meinen Eid als Vasall Secundus direkt Gregor Vorbarra geleistet.« Miles war klar, daß er ebensogut das Alphabet rückwärts aufsagen konnte, so wenig Sinn ergaben seine Worte für den Piloten.

»Wer ist denn dieser Greg-Kerl?« fragte Mayhew.

»Der Kaiser — von Barrayar«, fügte Miles noch hinzu, um sicher zu sein, daß Mayhew ihn verstand.

»Aha.«

Typisch betanisch, dachte Miles. Sie studieren außer ihrer eigenen Geschichte und der der Erde keine Geschichte eines anderen Volkes. »Denk trotzdem darüber nach. In so etwas sollte man sich nicht blindlings hineinstürzen.«

Als der letzte Stimmdruck aufgezeichnet war, stöpselte Miles vorsichtig das Kästchen mit dem Schalter aus — und hielt den Atem an. Dann meldete der Chefpilot sich, um sie zum Planeten hinunterzubringen.

Der Chefpilot behandelte Miles mit sichtlich mehr Respekt als zuvor. »Ich hatte keine Ahnung, daß Sie aus einer so reichen Familie stammen, Lord Vorkosigan. Diese Lösung des Problems hatte ich mit Sicherheit nicht erwartet. Aber vielleicht ist ein Schiff für einen barrayarischen Lord nur ein Spielzeug.«

»So ist es nun auch wieder nicht«, widersprach Miles. »Ich muß mich ganz schön abrackern, die Schuldverschreibung zu decken. Zugegeben, meine Familie war mal recht wohlhabend, aber das war zur Zeit der Isolation. Zwischen den wirtschaftlichen Unruhen am Ende und dem Ersten Centagandischen Krieg waren wir ziemlich ruiniert.« Er grinste. »Ihr Galaktiker habt uns ganz schön auf Trab gehalten. Mein Urgroßvater in der Vorkosiganschen Linie dachte, er könne ein Vermögen mit Juwelen machen — Sie wissen schon: Diamanten, Rubine und Smaragde — die Galaktiker verkauften sie so billig. Er investierte sein ganzes Bargeld und fast die Hälfte der beweglichen Habe; aber es waren nur synthetische Steine, zwar besser als die natürlichen, aber billig wie Sand. Der Markt sackte ins Bodenlose und riß ihn mit. Man sagt, daß meine Urgroßmutter ihm das nie verzieh.« Er machte eine vage Handbewegung. Mayhew schob ihm schon ganz automatisch die Flasche herüber. Miles bot sie dem Chefpiloten an, doch dieser schüttelte angewidert den Kopf. Achselzuckend nahm Miles einen tiefen Schluck. Überraschend angenehmes Zeug! Sein Kreislauf und sein Verdauungssystem schienen in allen Farben des Regenbogens aufzuleuchten. Er hatte das sichere Gefühl, tagelang ohne Schlaf auskommen zu können.

»Unglücklicherweise lag das meiste Land, das er verkaufte, in der Nähe von Vorkosigan Surleau, wo es ziemlich trocken ist — natürlich nicht nach betanischen Maßstäben. Er behielt das bessere Land um Vorkosigan Vashnoi.«

»Und wieso unglücklicherweise?« fragte Mayhew.

»Naja, weil dort der Regierungssitz der Vorkosigan war und uns jeder Stein und Stock gehörte — es war ein bedeutendes Industrie- und Handelszentrum. Da die Vorkosigan in der Resistance eine bedeutende Rolle spielten, nahmen die Centagander die Stadt als Geisel. Das ist eine lange Geschichte, aber am Ende zerstörten sie die Stadt. Jetzt ist dort nur ein riesiges Glasloch im Boden. In einer dunklen Nacht kann man noch in zwanzig Kilometern Entfernung einen schwachen Lichtschimmer am Himmel sehen.«

Der Chefpilot brachte die kleine Fähre sicher ins Dock.

»He«, sagte Mayhew plötzlich. »Das Land, das du um Vorkosigan — sonstwo hattest ...«

»Vashnoi — habe! Mehrere hundert Hektar und hauptsächlich windabwärts — ja?«

»Ist das dasselbe ...?« Mayhews Gesicht leuchtete wie die Sonne, die nach einer langen Nacht aufgeht. »Das du als Sicherheit an ...« Er lachte leise. Dann stiegen sie aus. »Und *das* hast du diesem Sandkriecher Calhoun für mein Schiff gegeben?«

»*Caveat emptor!*« Miles verbeugte sich. »Er hat die Klimakarten überprüft, aber nicht daran gedacht, die Radioaktivitätsmeldungen auch anzusehen. Bestimmt hat er sich auch nicht mit der Geschichte eines anderen Landes befaßt.«

Mayhew setzte sich aufs Dock und lachte so herzhaft, daß er beinahe mit der Stirn den Boden berührte. Sein Gelächter ging schon in Hysterie über — schließlich hatte er mehrere Nächte nicht geschlafen ... »Junge, nimm einen Schluck auf meine Kosten!« brüllte er.

»Ich habe schon vor, Calhoun zu bezahlen«, erklärte Miles. »Die Hektar, die er sich ausgesucht hat, würden in ein paar hundert Jahren, wenn sie abgekühlt sind, ein unschönes Loch in meine Landkarte machen. Wenn er aber zu geldgierig wird oder mit Gewalt kassieren will — nun, dann bekommt er, was er verdient.«

Drei Menschengruppen stürzten sich auf die Ankömmlinge. Bothari war offensichtlich dem Zoll entronnen, denn er führte die erste Gruppe an. Sein Kragen stand offen, er wirkte ziemlich zerzaust. Aha, dachte

Miles, er mußte sich einer Leibesvisitation unterziehen. Das hieß, der Sergeant war fuchsteufelswild. Ein betanischer Sicherheitsbeamter und ein betanischer Zivilist folgten ihm. Beide hatte Miles noch nicht gesehen. Der Zivilist hinkte und schimpfte laut. Er hatte vor kurzem einen kräftigen Hieb ins Gesicht bekommen, denn ein Auge schwoll zu. Elena bildete den Schluß. Sie war den Tränen nahe.

Die zweite Gruppe wurde von der Beamtin der Weltraumhafenbehörde angeführt und bestand aus mehreren Beamten. Die betanische Sicherheitsbeamtin, die Miles schon kannte, marschierte vor zwei bulligen Patrouillenmännern und vier Typen, die wie Mediziner aussahen. Mayhew blickte nach rechts und links und wurde auf einen Schlag ernst. Die betanischen Sicherheitsleute hatten die Betäubungswaffen gezückt.

»O Mann«, murmelte Mayhew. Die Sicherheitsleute schwärmten aus. Mayhew ging auf die Knie. »Hilf mir, Junge.«

»Die Entscheidung liegt ganz bei dir, Arde«, sagte Miles ruhig.

»Mach's!«

Jetzt hatten Bothari und Elena Miles erreicht. Der Sergeant machte den Mund auf. Miles verhinderte den Zornesausbruch, indem er leise, aber deutlich sprach — bei Gott, *das* war ein hervorragender Trick! »Achtung, Sergeant, ich benötige einen Zeugen. Pilot Mayhew wird sogleich den Eid ablegen.«

Die Kiefer des Sergeants schlossen sich wie ein Visier, und er stand stramm.

»Leg deine Hände zwischen meine, Arde — ja, so — und sprich mir nach: ›Ich, Arde Mayhew‹ — ist das dein vollständiger Name? — gut — ›beschwöre, daß ich ein freier Mann bin, durch keinerlei Eid gebunden, und jetzt in die Dienste Lord Miles Naismith Vorkosigans als einfacher Krieger eintreten will‹ — los, sag das!« Mayhew gehorchte, wobei er aber ständig nach rechts und links blickte. »›Und ich werde ihm, als meinem Lehnsherrn, bis zu meinem Tod dienen oder bis er mich entläßt.‹«

Nachdem Mayhew auch das nachgesprochen hatte, sagte Miles schnell, da die anderen auch näherkamen: »Ich, Miles Naismith Vorkosigan, Vasall Secundus des Kaisers Gregor Vorbarra, nehme deinen Eid an und verpflichte mich ebenfalls durch Eid, dich als Lehnsherr zu schützen. Darauf gebe ich dir mein Wort als Vorkosigan. Fertig, du kannst aufstehen, Arde.«

Das Gute an der Sache ist, daß es den Sergeant völlig davon abgelenkt hat, was er sagen wollte, dachte Miles. Jetzt erst fand Bothari die Stimme wieder. »Mylord«, zischte er, »du kannst doch keinen Betaner durch Eid an dich binden!«

»Ich hab's aber gerade getan!« erwiderte Miles fröhlich. Er war ungewöhnlich zufrieden mit sich. Der Blick des Sergeants fiel auf Mayhews Flasche. Er schaute Miles scharf an.

»Warum schläfst du nicht?« fuhr er ihn an.

Ein betanischer Patrouillenmann deutete auf Miles. »Ist das der Mann?«

Die Sicherheitsbeamtin, die Miles schon kannte, kam näher. Mayhew blieb knien und sah aus, als wolle er unter feindlichem Feuer auf dem Boden wegrobben. »Pilot Mayhew!« rief sie. »Sie stehen unter Arrest! Dies sind Ihre Rechte: Sie haben das Recht zu …«

Der Zivilist mit dem blauen Auge unterbrach sie und zeigte auf Elena. »Vergessen Sie den Kerl! Dieses Weib hat mich tätlich angegriffen! Dafür gibt es ein Dutzend Zeugen. Verdammt, ich will, daß sie vor Gericht kommt. Sie ist bösartig.«

Elena hielt wieder die Hände über die Ohren. Ihre Unterlippe bebte. Miles verstand langsam, was sich abgespielt hatte. »Hast du ihn geschlagen?«

Elena nickte. »Aber er hat scheußliche Dinge zu mir gesagt …«

»Mylord, es war wirklich falsch, sie an diesem Ort allein zu lassen«, sagte Bothari tadelnd.

Die Sicherheitsbeamtin begann aufs neue: »Pilot Mayhew, Sie haben das Recht zu ...«

»Ich glaube, sie hat einen Kreis in meinem Auge zerbrochen«, klagte der verletzte Zivilist. »Ich werde sie verklagen und ...«

Miles warf Elena ein beruhigendes Lächeln zu. »Keine Angst, ich bring das schon in Ordnung.«

»Sie haben das Recht zu ...«, brüllte die Sicherheitsbeamtin.

»Verzeihen Sie, Officer Brownell«, unterbrach Miles sie höflich. »Pilot Mayhew ist jetzt mein Lehnsmann. Anklage gegen ihn muß jetzt gegen mich, seinen Lehnsherrn, vorgebracht werden. Es ist dann meine Pflicht, zu entscheiden, ob sie begründet ist und dementsprechend die gebührende Bestrafung vorzunehmen. Dieser Mann hat keinerlei Rechte außer dem einen: Im Einzelkampf kann er die Herausforderung aufgrund ganz bestimmter Kategorien von Verleumdungen oder Beleidigungen annehmen. Doch würde es zu weit führen, diese Kategorien jetzt zu erläutern.« Außerdem überflüssig, da Duelle durch ein kaiserliches Edikt verboten waren — aber davon hatten diese Betaner keine Ahnung. »Sofern Sie also nicht zufällig zwei Schwerter bei sich haben und bereit sind — sagen wir — Pilot Mayhews Mutter zu beleidigen, müssen Sie sich ... hm ... zurückhalten.«

Dieser Rat kam zum richtigen Zeitpunkt, denn die Sicherheitsbeamtin sah aus, als würde sie jeden Augenblick explodieren. Mayhew nickte und lächelte zaghaft. Bothari trat unruhig von einem Fuß auf den anderen und musterte die Anwesenden samt Waffen. Ruhig, dachte Miles, wir müssen die Sache ruhig angehen. »*Steh auf,* Arde!«

Es kostete allerhand Überredungskünste, doch schließlich erkundigte sich die Sicherheitsbeamtin wegen Miles bizarrer Verteidigung des Piloten Mayhew bei ihren Vorgesetzten. Wie Miles gehofft und erwartet hatte, ging jetzt das Verfahren in einen Morast von unbewiesenen, interplanetarischen, juristischen Hypothesen über, der die Barrayarische Botschaft und das Innenministerium Betas mit ungeheurem Personalaufwand beschäftigen würde.

Elenas Fall war leichter. Der wütende Betaner wurde angewiesen, seinen Fall persönlich in der Barrayarischen Botschaft vorzutragen. Dort würde er — wie Miles wußte — in einem Wust von Formularen und Berichten untergehen, welche die überaus fähigen Angestellten dort für derartige Gelegenheiten bereithielten. Bei diesen Formularen waren auch besonders kreative, welche die sechswöchige Reise zurück nach Barrayar antreten mußten und unter Garantie mehrmals wegen Korrekturen kleinerer Irrtümer hin- und hergeschickt wurden.

»Keine Angst«, flüsterte Miles Elena zu. »Die begraben den Kerl unter einem Papierberg aus Formularen, daß du ihn nie wiedersiehst. Mit Betanern funktioniert das phantastisch. Sie sind absolut glücklich, weil sie die ganze Zeit glauben, daß sie dir damit etwas antun. Du darfst aber keinen umbringen. So weit geht meine diplomatische Immunität nicht.«

Der erschöpfte Mayhew konnte sich kaum noch auf den Beinen halten, als die Betaner endlich abzogen. Miles kam sich vor wie ein alter Pirat nach einer erfolgreichen Kaperfahrt, als er ihn wegschleppte.

»Zwei Stunden«, murmelte Bothari. »Wir sind auf diesem verfluchten Planeten erst zwei Stunden, und …«

KAPITEL 6

»Miles, mein Lieber«, begrüßte ihn die Großmutter wie üblich mit einem Küßchen auf die Wange. »Du kommst ziemlich spät. Wieder Ärger mit dem Zoll? Bist du sehr müde von der Reise?«

»Kein bißchen.« Er wippte auf den Fersen und vermißte die Schwerelosigkeit und die uneingeschränkte Bewegungsfreiheit darin. Trotzdem hatte er das Gefühl, am liebsten fünfzig Kilometer zu rennen oder tanzen zu gehen. Aber die Botharis sahen müde aus, und Pilot Mayhew war schon fast grün im Gesicht. Nach einer äußerst knappen Vorstellung packte man ihn in Mrs. Naismiths Gästezimmer. Dort hatte er die Wahl zwischen einem zu kleinen oder zu großen geliehenen Schlafanzug. Er fiel aufs Bett, als hätte man ihn mit einem Hammer niedergeschlagen.

Miles Großmutter gab den übrigen Abendessen. Wie Miles gehofft hatte, schien sie von Elena recht angetan zu sein. Elena war allerdings in Gegenwart der Mutter der von ihr so bewunderten Gräfin Vorkosigan befangen. Aber Miles war sicher, daß die alte Dame ihr diese Scheu schnell nehmen würde. Vielleicht würde Elena sogar etwas von der betanischen Gleichgültigkeit Klassenunterschieden gegenüber annehmen. Ob das die irgendwie bedrückende Befangenheit lindern würde, die zwischen ihm und Elena war, seit sie keine Kinder mehr waren? Bestimmt lag es auch an dem verdammten Vor-Anzug, den er trug. Es gab Tage, an denen er sich wie eine Rüstung anfühlte: archaisch, klirrend, starr und stachlig. Unbequem zu tragen — unmöglich zu umarmen. Gebt Elena einen Dosenöffner, damit sie sieht, was für ein elender, blasser Wurm in diesem bunten Gehäuse steckt — allerdings würde dieser Anblick ebenfalls abstoßend sein. Dann verfingen sich seine Gedanken in der dunklen Haarflut Elenas ... Er seufzte. Plötzlich merkte er, daß seine Großmutter mit ihm sprach. »Verzeihung, Ma'am.«

»Ich sprach gerade von meinem Nachbarn«, wiederholte sie zwischen zwei Bissen. »Du erinnerst dich doch an ihn. Mr. Hathaway. Er arbeitet im Wiederaufbereitungszentrum. Ich weiß, daß du ihn kennengelernt hast, als du hier zur Schule gingst.«

»Aber sicher — Mr. Hathaway.«

»Er hat ein kleines Problem, bei dessen Lösung du ihm vielleicht helfen kannst, da du Barrayarer bist. Da wir wußten, daß du kommen würdest, hat er es aufgeschoben. Falls du nicht zu müde bist, könntest du vielleicht mit ihm heute abend hingehen, denn allmählich wird es *lästig* ...«

»Eigentlich kann ich dir auch nicht viel über ihn sagen«, erklärte Hathaway und blickte hinaus auf die riesige Arena unter der Kuppel, die ihm anvertraut war. Miles fragte sich, wie lange man wohl brauchte, um sich an den Gestank zu gewöhnen. »Nur, daß er Barrayarer ist. Jedenfalls behauptet er das. Von Zeit zu Zeit verschwindet er von der Bildfläche, kommt aber immer wieder. Ich habe versucht ihn zu überreden, wenigstens einen Schutzraum aufzusuchen; aber er scheint von dieser Idee nicht viel zu halten. In letzter Zeit durfte ich ihm nicht mehr sehr nahe kommen. Du verstehst schon. Er hat nicht die Absicht, jemanden zu *verletzen;* aber man kann ja nie wissen, wo er doch Barrayarer ist — o Entschuldigung ...«

Hathaway, Miles und Bothari bahnten sich einen Weg auf dem gefährlichen und unwegsamen Gelände. Seltsam geformte Gegenstände auf den Schuttbergen gaben plötzlich nach und wurden zu Fußangeln. Der gesamte Abfall der hochentwickelten Technologie wartete hier auf die Apotheose durch den genialen Erfindungsreichtum der nächsten betanischen Generation und glänzte zwischen dem üblichen menschlichen Müll.

»Verflucht!« rief Hathaway plötzlich. »Jetzt hat er schon wieder ein Feuer angemacht!« Hundert Meter entfernt stieg eine kleine Rauchwolke empor. »Ich hoffe, daß er diesmal nicht wieder Holz verbrennt. Ich kann ihn einfach nicht überzeugen, *wie* wertvoll das Zeug ist. Naja, wenigstens findet man ihn auf diese Weise leicht ...«

Zwischen den Müllbergen lag eine geschützte Stelle. Ein dünner, dunkelhaariger Mann, Ende zwanzig, hockte mit finsterem Gesicht neben einem winzigen Feuer, das er auf dem Boden einer flachen Parabolantennenschüssel angezündet hatte. Der provisorische Küchentisch hatte sein Leben als Computer-Tischkonsole begonnen und enthielt jetzt flache Metallstücke, die offenbar als Teller und Schüsseln dienten. Ein großer rotgold schimmernder Karpfen lag ausgenommen da, fertig zum Braten.

Beim Geräusch der Schritte blickte der Mann aus dunklen Augen zu ihnen auf. Erschöpfung hatte tiefe Ringe darunter gezeichnet. Er sprang auf und griff nach einem offenbar selbst gemachten Messer. Miles konnte nicht erkennen, aus welchem Material es hergestellt war; aber es konnte nicht schlecht sein, wenn man den ausgenommenen Fisch betrachtete. Bothari legte die Hand automatisch an den Griff der Betäubungspistole.

»Ich glaube, daß er *tatsächlich* Barrayarer ist«, sagte Miles leise zu Bothari. »Sieh doch nur, wie er sich bewegt.«

Bothari nickte zustimmend. Der Mann hielt das Messer wie ein Soldat: Die linke Hand deckte die rechte, um jederzeit einen Schlag abzuwehren oder mit der Klinge zuzustoßen. Er schien sich dieser Kampfstellung nicht bewußt zu sein.

Hathaway erhob die Stimme: »He, Baz! Ich bringe dir ein paar Besucher, in Ordnung?«

»Nein.«

»He, hör zu.« Hathaway rutschte auf dem Müll ein

Stück hinab, doch nicht zu nah. »Ich habe dich doch wirklich in Ruhe gelassen, oder? Ich lasse dich in meinem Zentrum tagelang unbehelligt herumlaufen. Das ist ja auch in Ordnung, solange du nichts hinausträgst — du verheizt doch nicht etwa Holz? Naja, schon gut ... diesmal will ich es übersehen; aber du mußt mit diesen Männern reden. Das schuldest du mir, finde ich. In Ordnung? Außerdem kommen sie von Barrayar.«

Baz warf einen prüfenden Blick zu ihnen herauf. Hunger und Verzweiflung lagen darin. Die Lippen formten stumm ein Wort. Miles las es: Heim. Ich stehe wie eine Silhouette da, dachte Miles. Wir müssen hinunter, damit er mein Gesicht im Feuerschein sehen kann. Er glitt zu Hathaway hinab.

Baz starrte ihn an. »Sie sind kein Barrayarer«, sagte er lakonisch.

»Ich bin halb Betaner«, erklärte Miles. Allerdings hatte er in diesem Augenblick keine Lust, seine gesamte medizinische Vorgeschichte auszubreiten. »Aber ich bin auf Barrayar aufgewachsen. Es ist meine Heimat.«

»Heimat«, flüsterte der Mann kaum hörbar.

»Sie sind weit weg von zu Hause.« Miles hob das Plastikgehäuse irgendeines Geräts hoch. Drähte baumelten traurig heraus. Er setzte sich darauf. Bothari bezog oberhalb von ihm Posten. »Sind Sie hier hängengeblieben? Brauchen Sie Hilfe, um nach Hause zurückzukommen?«

»Nein.« Der Mann blickte finster weg. Das Feuer war heruntergebrannt. Er legte das Metallgitter einer alten Klimaanlage darüber und darauf den Fisch.

Fasziniert sah Hathaway zu. »Was machst du mit dem toten Goldfisch?«

»Essen.«

Angewidert wandte Hathaway sich ab. »Hör zu, Mann — du mußt dich nur in irgendeinem Schutzraum melden und dir eine Karte ausstellen lassen. Dann bekommst du so viele Proteinschnitten, wie du willst —

jede Geschmacksrichtung, sauber und frisch aus den Fässern. Niemand muß auf diesem Planeten ein totes Tier essen. Wo hast du den Fisch überhaupt her?«

»Aus einem Brunnen«, antwortete Baz unsicher.

Hathaway schaute ihn entsetzt an. »Das sind Ausstellungsstücke des Silica-Zoos! Du kannst kein Ausstellungsstück essen!«

»Da waren so viele. Ich habe gedacht, daß kein Mensch den einen Fisch vermißt. Ich habe nicht gestohlen. Ich habe ihn gefangen.«

Miles rieb sich nachdenklich das Kinn. Dann hob er den Kopf und holte Mayhews grüne Flasche heraus, die er im letzten Augenblick noch eingesteckt hatte. Baz zuckte bei der Bewegung zusammen, entspannte sich aber, als er sah, daß es keine Waffe war. Nach barrayarischen Anstandregeln nahm Miles als erster einen Schluck — diesmal nur einen ganz kleinen — und wischte dann die Öffnung mit dem Ärmel ab, ehe er die Flasche Baz anbot. »Einen Drink zum Abendessen? Das Zeug ist gut, nimmt auch das Hungergefühl. Schmeckt wie Pferdepisse mit Honig.«

Baz verzog das Gesicht, nahm aber die Flasche. »Danke.« Er trank und wiederholte etwas heiser: »Danke.«

Baz schob sein Abendessen auf eine Radkappe als Tellerersatz und setzte sich im Schneidersitz mitten zwischen den Müll, um die Gräten herauszulösen. »Möchten Sie einen Bissen?«

»Nein, danke. Ich habe gerade zu Abend gegessen.«

»Du lieber Gott, kein Stück! Das ist ja ekelhaft!« rief Hathaway.

»Ich habe meine Meinung geändert«, sagte Miles. »Vielleicht doch ein Stückchen zum Probieren ...«

Baz streckte ihm ein Stück Fisch auf der Messerspitze entgegen. Botharis Hand zuckte. Miles nahm den Fisch mit den Lippen ab und verzehrte ihn, wobei er Hathaway hinterhältig angrinste. Baz bot die Flasche Bothari an.

»Möchte Ihr Freund ...?«

»Er darf nicht«, erklärte Miles. »Er ist im Dienst.«

»Leibwächter«, flüsterte Baz und blickte Miles mit einer Mischung aus Angst und noch etwas an. »Was, zum Teufel, sind Sie?«

»Nichts, wovor Sie Angst haben müssen. Wovor Sie sich auch verstecken — ich habe damit nichts zu tun. Darauf kann ich Ihnen mein Wort geben, wenn Sie es wünschen.«

»Vor«, stieß Baz heraus. »Sie sind ein Vor.«

»Nun, ja. Aber was, zum Teufel, sind Sie?«

»Ein Niemand.« Er verschlang den Fisch. Miles fragte sich, wie lange der Mann nichts mehr gegessen hatte.

»Es ist schwierig, an einem Ort wie diesem ein Niemand zu sein«, bemerkte Miles. »Auf diesem Planeten hat jeder eine Nummer und einen zugewiesenen Aufenthaltsort. Es gibt nicht viele Schlupflöcher, in denen man ein Niemand sein kann. Dazu brauchen Sie eine Menge Kraft und Genialität.«

»Da haben Sie recht!« stimmte ihm Baz zu. »Das ist der schlimmste Platz, an dem ich je war. Man muß die ganze Zeit in Bewegung bleiben.«

»Sie wissen doch, daß die Barrayarische Botschaft Ihnen hilft, nach Hause zurückzukehren, wenn Sie das wollen«, sagte Miles vorsichtig. »Sie müssen später natürlich alles zurückzahlen. Darin sind die Bestimmungen ziemlich strikt — schließlich ist die Botschaft nicht dazu da, Trampern Freikarten zu geben. Aber wenn Sie wirklich in Not sind ...«

»Nein!« Das war fast ein Schrei. Baz senkte erschrokken die Stimme. »Nein, ich will nicht nach Hause. Früher oder später finde ich schon irgendeine Arbeit am Weltraumhafen und segle woanders hin, wo es besser ist. Es wird sich bestimmt bald eine Gelegenheit ergeben.«

»Wenn du arbeiten willst«, mischte Hathaway sich eifrig ein, »mußt du dich nur registrieren lassen und ...«

»Ich bekomme etwas auf meine Art«, unterbrach ihn Baz schroff.

Langsam ergaben die Puzzleteile ein Bild. »Baz will sich nicht irgendwo registrieren lassen«, erklärte Miles Hathaway oberlehrerhaft. »Bis jetzt ist Baz etwas, das es, wie ich bisher geglaubt habe, in der Beta-Kolonie nicht gibt. Er ist ein Mann, den es nicht gibt! Er ist durchs Informationsnetz geschlüpft, ohne einen Piepser auszulösen. Er ist nie angekommen — nie durch den Zoll gegangen. Ich wette, das war ein heißer Trick! Soweit es die Computer betrifft, hat er nie gegessen, geschlafen oder etwas gekauft — er ist nicht registriert, hat auch keine Karte. Er würde lieber sterben, als das tun.«

»Und warum, um Himmels willen?« fragte Hathaway.

»Deserteur«, erklärte Bothari lakonisch von oben. »Ich habe diesen Blick schon gesehen.«

Miles nickte. »Ich glaube, Sie haben den Nagel auf den Kopf getroffen, Sergeant.«

Baz sprang auf. »Sie sind vom Staatsschutz! Sie hinterlistiger kleiner Mistkerl!«

»Setzen Sie sich!« befahl Miles, ohne sich zu bewegen. »Ich bin nicht irgend jemand. Darin bin ich nicht so gut wie Sie.«

Baz zögerte. Miles musterte ihn sehr ernst. »Ich weiß nicht so recht — berittener Milizsoldat? — nein. Leutenant?«

»Ja«, gab Baz mürrisch zu.

»Ein Offizier — natürlich.« Miles kaute sorgenvoll auf der Unterlippe. »War es mitten im heißen Kampf?«

Baz verzog das Gesicht. »Technisch gesehen, ja.«

»Hm.« Ein Deserteur. Seltsam und völlig unverständlich, daß ein Mann den beneidenswerten Glanz des Militärdienstes für diesen Wurm der Angst eintauschte, der wie ein Parasit in seinem Bauch nagte. War er aus Feigheit davongelaufen? Hatte er ein Verbrechen begangen? Oder irgendeinen schrecklichen, tödlichen Fehler? Eigentlich war Miles verpflichtet, dem Staatsschutz zu helfen, diesen Kerl zu fangen. Aber er war heute abend hergekommen, um dem Mann zu helfen, nicht um ihn zu vernichten …

»Ich verstehe nicht«, sagte Hathaway. »Hat er ein Verbrechen begangen?«

»Ja, ein verdammt ernstes: Desertieren mitten in der Schlacht«, antwortete Miles. »Wenn er nach Hause ausgeliefert wird, lautet die Strafe Vierteilen.«

Hathaway starrte ihn schockiert an. »Aber dabei stirbt er doch!« Er blickte umher und schrumpfte unter den Blicken der drei Barrayarer.

»Betaner!« sagte Baz angewidert. »Ich kann Betaner nicht ausstehen!«

Hathaway murmelte irgend etwas Unverständliches vor sich hin. Miles verstand nur: »… blutrünstige Barbaren …«

»Wenn Sie also nicht vom Sicherheitsdienst sind, können Sie gleich wieder abhauen. Sie können doch nichts für mich tun.« Baz setzte sich wieder.

»Ich muß aber etwas unternehmen«, beharrte Miles.

»Warum?«

»Ich … ich fürchte, ich habe Ihnen unabsichtlich einen schlechten Dienst erwiesen, Mr … Mr … Sie können mir jetzt ruhig Ihren Namen nennen.«

»Jesek.«

»Mr. Jesek. Sehen Sie, ich bin selbst unter Observierung des Sicherheitsdienstes. Dadurch, daß ich mich mit Ihnen getroffen habe, ist Ihre Tarnung in Gefahr. Es tut mir leid.«

Jesek wurde blaß. »Warum beobachtet der Staatsschutz Sie?«

»Nicht der betanische Staatsschutz; der kaiserliche.«

Aus dem Deserteur entwich die Luft, als hätte er einen Hieb in die Magengrube bekommen. Er wurde leichenblaß und verbarg das Gesicht zwischen den Knien.

Leise wimmerte er: »O Gott ...« Dann schaute er zu Miles auf. »*Was* hast du bloß ausgefressen, Junge?«

»Ich habe *Ihnen* diese Frage nicht gestellt, Mr. Jesek«, fuhr Miles ihn scharf an.

Der Deserteur murmelte eine Entschuldigung. Ich darf ihn nicht wissen lassen, wer ich bin, dachte Miles. Sonst rennt er los und direkt in die Maschen meines sogenannten Sicherheitsnetzes. Lieutenant Croye oder seine Knechte von der Barrayarischen Botschaft werden den Mann sowieso überprüfen. Sie drehen durch, wenn sie feststellen, daß er der Unsichtbare ist. Spätestens morgen, wenn sie ihn routinemäßig überprüfen. Ich habe diesen Mann praktisch getötet — nein! »Was haben Sie denn früher als Soldat getan?« Miles brauchte Zeit zum Nachdenken.

»Ich war Assistent des Ingenieurs.«

»Auf dem Bau? Bei Waffensystemen?«

Die Stimme des Mannes festigte sich. »Nein, Sprungschiffantriebe und ein paar Waffensysteme. Ich habe versucht, als Techniker auf privaten Frachtern Arbeit zu bekommen; aber in diesem Sektor ist das meiste Gerät, für das ich ausgebildet bin, ausgemustert worden. Harmonische Impulsmotoren, Necklin-Farbantrieb — selten geworden. Ich muß weiter weg von den großen Handelszentren.«

Miles konnte ein leises ›Hm‹ nicht unterdrücken. »Verstehen Sie etwas von Frachtschiffen der RG-Klasse?«

»Klar. Ich habe auf einigen gearbeitet. Necklin-Antrieb. Aber die sind jetzt auch alle verschrottet.«

»Nicht ganz.« Miles wurde ganz aufgeregt. »Ich kenne ein Schiff. Es wird bald eine Fahrt machen, wenn es Ladung und Besatzung findet.«

Jesek beäugte ihn mißtrauisch. »Fährt es irgendwohin, wo man kein Auslieferungsabkommen mit Barrayar hat?«

»Vielleicht.«

»Mylord!« Botharis Stimme klang erregt. »Du erwägst doch nicht etwa, diesem Deserteur eine *Zuflucht* zu bieten.«

»Naja ...«, meinte Miles betont harmlos. »Technisch gesehen, weiß ich nicht, daß er ein Deserteur ist. Ich habe lediglich einige dunkle Behauptungen gehört.«

»Er hat es selbst zugegeben!«

»Verwegenheit, vielleicht auch negativer Snobismus.«

»Strebst du danach, ein zweiter Lord Vorloupulous zu werden?« fragte Bothari trocken.

Miles lachte und seufzte. Um Jeseks Mundwinkel zuckte es. Hathaway bat, ihn an dem Scherz teilhaben zu lassen.

»Es geht wieder um Barrayarisches Recht«, erklärte Miles. »Unsere Gerichte halten nicht viel von Leuten, die sich peinlich genau an den Buchstaben des Gesetzes halten, aber den Sinn darin verletzen. Der klassische Präzedenzfall ist der Lord Vorloupulous' und seiner zweitausend Köche.«

»Betrieb er eine Restaurantkette?« fragte Hathaway erstaunt. »Sag bloß nicht, daß das auf Barrayar auch illegal ist.«

»Nein. Es geschah am Ende der Zeit der Isolation, vor fast hundert Jahren. Kaiser Dorca Vorbarra zentralisierte die Regierung und brach die Macht der Grafen als selbstständige Regierungsgewalten. Es kam zu einem Bürgerkrieg. Als erstes schaffte der Kaiser die Privatarmeen ab, auf der Erde Gefolgschaften genannt. Jeder Graf durfte nur noch zwanzig Getreue haben — kaum eine Leibwache.

Lord Vorloupulous lag mit einigen Nachbarn in Fehde. Dazu reichte die erlaubte Zahl von Kriegern nicht aus. Daher stellte er zweitausend ›Köche‹ ein. Diese schickte er aus, damit sie seine Feinde tranchierten. Die Bewaffnung, mit der er sie ausstattete, war genial: Fleischermesser statt Schwertern undsoweiter. Zu dieser Zeit sahen sich viele arbeitslos gewordene Veteranen nach einer neuen Beschäftigung um. Sie waren nicht zu stolz, um einen Versuch zu wagen.« Miles Augen funkelten vor Begeisterung.

»Der Kaiser sah das natürlich ganz anders. Dorca marschierte mit seiner regulären Armee los — inzwischen die einzige auf Barrayar — und nahm Vorloupulous wegen Verrats fest. Damals stand darauf — heute auch noch — Pranger und Tod durch Verhungern. So wurde der Mann mit den zweitausend Köchen verurteilt, auf dem Großen Platz von Vorbarra Sultana öffentlich zu verhungern. Und dann sagt man immer, Dorca Vorbarra hatte keinen Sinn für Humor ...«

Bothari lächelte und Baz kicherte. Hathaways Lachen klang hohler. »Entzückend«, murmelte er.

»Aber die Geschichte endete gut«, fuhr Miles fort. Hathaways Gesicht heiterte sich auf. »Die Centagander griffen uns in dieser Zeit an, und Lord Vorloupulous wurde freigelassen.«

»Von den Centagandern? Da hat er aber Glück gehabt«, meinte Hathaway.

»Nein, von Kaiser Dorca, damit er gegen die Centagander kämpfe. Versteh mich recht: Er wurde nicht begnadigt, sondern das Urteil nur aufgeschoben. Als der Erste Centagandische Krieg vorüber war, erwartete man, daß er sich wieder stellte; aber er starb in der Schlacht und hatte so schließlich doch noch einen ehrenvollen Tod.«

»Und das soll ein gutes Ende sein?« Hathaway schüttelte den Kopf. »Na, von mir aus.«

Baz war wieder still geworden. Miles lächelte ihn probeweise an. Verlegen erwiderte er das Lächeln. Dabei sah er viel jünger aus als vorher. Miles fällte eine Entscheidung.

»Mr. Jesek, ich mache Ihnen einen Vorschlag, den Sie annehmen oder ablehnen können. Das Schiff, das ich vorhin erwähnte, ist die RG 132. Der Sprungpilot heißt Arde Mayhew. Wenn Sie die nächsten paar Tage verschwinden können — ich meine *richtig* untertauchen — und sich mit ihm danach auf dem Silica Weltraumhafen in Verbindung setzen, wird er dafür sorgen, daß Sie eine Koje auf seinem Schiff bekommen und mit ihm wegfliegen können.«

»Warum wollen Sie mir überhaupt helfen, Mr... ah... Lord...«

»Mr. Naismith reicht für unsere Zwecke.« Miles zuckte die Achseln. »Ich habe nun mal eine Schwäche, dafür zu sorgen, daß Menschen eine zweite Chance bekommen. Dafür hat man in unserer Heimat nicht viel übrig.«

»Heimat«, wiederholten Baz' Augen stumm. »Also — es war schön, den Akzent wieder einmal zu hören. Vielleicht komme ich auf Ihr Angebot zurück, vielleicht auch nicht.«

Miles nickte und nahm die Flasche wieder an sich. Dann winkte er Bothari und ging weg. Sie stiegen zurück durch die Müllberge. Als Miles sich umschaute, sah er, wie Jesek schemengleich einem anderen Ausgang zustrebte.

Dann sah Miles das finstere Gesicht des Sergeants und lächelte verlegen. Er stieß mit dem Fuß die Schalttafel eines verschrotteten Industrieroboters weg, der wie ein Skelett quer über anderem Müll lag. »Wäre es dir lieber gewesen, wenn ich ihn angezeigt hätte?« fragte er leise. »Du bist durch und durch Soldat. Ich nehme an, du hättest es getan. Mein Vater auch, nehme ich an — er ist so überkorrekt, was das Gesetz betrifft, ganz gleich, wie grauenvoll die Konsequenzen sind.«

»Nicht immer, Mylord«, widersprach Bothari und verfiel wieder in sein natürliches Schweigen.

»Miles«, flüsterte Elena. Sie hatte auf dem nächtlichen Weg vom Schlafzimmer, das sie mit Mrs. Naismith teilte, zum Bad einen Umweg gemacht. »Gehst du überhaupt nicht ins Bett? Es ist schon fast Morgen.«

»Bin nicht schläfrig.« Miles gab gerade eine neue Anfrage in die Comkonsole seiner Großmutter ein. Es stimmte. Er fühlte sich frisch und unnatürlich wach. Das war auch gut so, denn er hatte sich in ein ungemein kompliziertes Handelsnetz eingeschaltet. Neunzig Prozent Erfolg waren anscheinend, die richtigen Fragen zu stellen. Trickreich, aber nach mehreren Stunden schien er den Trick herauszuhaben. »Außerdem liegt Mayhew im Gästezimmer. Da bleibt mir nur die Couch.«

»Ich dachte, mein Vater hätte die Couch.«

»Er hat sie mir mit leiser Schadenfreude überlassen. Er haßt die Couch. Solange ich hier in die Schule ging, schlief er darauf. Seitdem gibt er ihr die Schuld für jedes Wehwehchen und die Kreuzschmerzen, die er hat. Dabei ist das schon über zwei Jahre her. Es ist doch nicht möglich, daß er plötzlich das Alter spürt? — O nein!«

Elena unterdrückte ein Kichern. Sie beugte sich über Miles' Schulter, um auf den Bildschirm zu sehen. Das Licht versilberte ihr Profil. Der Duft der langen Haare machten ihn schwindlig. »Was gefunden?« fragte sie.

Miles gab drei falsche Anweisungen hintereinander. Er fluchte und zwang sich wieder zur Aufmerksamkeit. »Ja, ich glaube schon. Man muß viel mehr Faktoren berücksichtigen, als ich anfangs gedacht hatte. Aber jetzt habe ich — glaube ich — etwas gefunden ...« Er holte die Daten zurück auf den Bildschirm und fuhr mit dem Finger durch den Holoschirm. »*Das* ist meine erste Ladung.«

Auf dem Bildschirm stand ein ellenlanges Manifest. »Landwirtschaftliche Maschinen?« las Elena. »Bestimmungsort — wo oder was ist denn Felice?«

»Das ist ein Land auf Tau Verde IV, wo immer *das* liegen mag! Die Fahrt dauert vier Wochen — ich habe die Kosten für Treibstoff und Proviant berechnet und die allgemeine Logistik des Unternehmens geprüft: Von den Ersatzteilen bis zum Klopapier! Interessant ist, daß ich mit dieser Fracht die Fahrt bezahlen *und* meine

Schulden bei Calhoun problemlos innerhalb der Frist begleichen kann.« Dann wurde seine Stimme leiser. »Ich fürchte, ich habe die Zeit, die ich brauche, um mit der RG 132 genügend Frachten zu befördern, um den Wechsel einlösen zu können, etwas unterschätzt. Was heißt etwas? — Total! Es kostet viel mehr, dies Schiff zu betreiben, als ich dachte. Das habe ich jetzt bei der Endkalkulation feststellen müssen.« Er zeigte auf eine Zahl. »Aber das bieten sie für den Transport, C.O.D., zahlbar bei Lieferung, Felice. Und die Ladung steht abrufbereit da.«

Elenas zog die Augenbrauen erstaunt hoch. »Für das ganze Schiff mit *einer* Fahrt bezahlen? Aber das ist herrlich! Aber ...«

Er grinste. »Aber?«

»Aber warum hat niemand anderer dir die Ladung weggeschnappt? Sie scheint schon eine ganze Weile im Lagerhaus zu stehen.«

»Kluges Mädchen«, lobte Miles. »Sprich weiter!«

»Ist das normal, daß sie nur bei Lieferung zahlen?«

»Ja ...« Er ließ das Wort wie Butter zergehen. »Sonst noch etwas?«

Sie schürzte die Lippen. »Irgend etwas ist komisch.«

»Stimmt.« Seine Augen sprühten. »In der Tat ist da etwas — wie du sagst — komisch.«

»Muß ich raten? Dazu habe ich keine Lust. Da gehe ich lieber wieder ins Bett.« Sie unterdrückte ein Gähnen.

»Nein! Tau Verde IV ist im Moment Kriegsgebiet. Es scheint da ein planetarischer Krieg stattzufinden. Die eine Seite hat den örtlichen Wurmlochausgang blockiert — nicht mit eigenen Leuten, das Land scheint industriell unterentwickelt zu sein. Sie haben eine Söldnerflotte angeheuert. Und warum liegt die Ladung so lange im Speicher? Keine der großen Schiffahrtsgesellschaften will ins Kriegsgebiet fahren, weil dann ihre Versicherung sie rausschmeißt. Das gilt auch für die meisten kleinen unabhängigen Firmen. Da ich aber nicht versichert bin, betrifft es mich nicht.«

Elena sah ihn zweifelnd an. »Ist es gefährlich, die Blockade zu durchbrechen? Wenn du anhältst und das Schiff durchsuchen läßt . . .«

»In diesem Fall werde ich das tun. Die Ladung ist für die andere Seite in diesem Krieg bestimmt.«

»Aber dann beschlagnahmen die Söldner sie doch nicht. Roboter-Mähdrescher oder so sind doch keine Schmuggelware! Außerdem müssen sie sich an die interstellaren Konventionen halten, oder?« Jetzt war sie deutlich mißtrauisch.

Miles reckte sich, immer noch lächelnd. »Du hast beinahe ins Schwarze getroffen. Was ist Betas Hauptexportartikel?«

»Na, hoch entwickelte Technologie natürlich. Waffen und Waffensysteme . . .« Ihr Mißtrauen schlug jetzt in Entsetzen um. »O Miles!«

»›Landwirtschaftliche Maschinen‹«, kicherte er. »Was wetten wir? Aber da ist dieser Felicianer, der behauptet, der Agent der Firma zu sein, welche die Ladung kauft. Das ist noch ein Hinweis, daß an der Sache etwas faul ist. Warum sollten sie einen Mann persönlich mitschikken, um diese Ladung zu bewachen? Nun, ich werde ihn gleich morgen früh aufsuchen, sowie der Sergeant wach ist. Und Mayhew — ja, Mayhew nehme ich auch mit . . .«

KAPITEL 7

Miles inspizierte seine Truppen, ehe er den Summer des Hotelzimmers drückte. Selbst in Zivil blieb Bothari unverkennbar Soldat. Mayhew — gewaschen, rasiert, ausgeruht, satt und in neuen Sachen — sah eindeutig viel besser aus als tags zuvor, aber ...

»Reiß dich zusammen, Arde«, sagte Miles. »Versuch, professionell auszusehen. Wir müssen einfach diese Ladung bekommen. Ich dachte, betanische Medizin sei fortgeschritten genug, um jede Art von Kater zu kurieren. Es macht auf den Typen mit Sicherheit einen schlechten Eindruck, wenn du herumläufst und dir den Bauch hältst.«

»Hm«, murmelte Mayhew; aber er legte die Hände an die Hosennaht und nahm Haltung an. »Du wirst es auch noch spüren mein Junge«, meinte er prophetisch.

»Und hör auf, mich ›Junge‹ zu nennen!« fuhr Miles fort. »Du bist jetzt mein Krieger. Du hast mich mit ›Mylord‹ anzusprechen.

»Nimmst du den Blodsinn wirklich ernst?«

Einen Schritt nach dem anderen. »Es ist wie ein militärischer Gruß«, erklärte Miles. »Du salutierst vor der Uniform, nicht vor dem Mann. Wenn man ein Vor ist, trägt man sozusagen eine unsichtbare Uniform, die man nie ablegen kann. Sieh dir Sergeant Bothari an. Er nennt mich ›Mylord‹ seit meiner Geburt. Also, wenn er das kann, kannst du das auch. Du bist jetzt sein Waffenbruder.«

Mayhew schaute den Sergeant an. Botharis Gesichtsausdruck war extrem finster. Miles hatte den Eindruck, daß der Sergeant sich bei der Vorstellung, Mayhew als Waffenbruder zu haben, äußerst unschön geäußert hätte, wäre er nicht von Natur aus so wortkarg. Mayhew hatte offenbar auch denselben Eindruck, denn er richtete sich noch mehr auf und stieß hervor: »Jawohl Mylord.«

Miles nickte zufrieden und drückte auf den Summer.

Der Mann, der öffnete, hatte dunkle, mandelförmige Augen, hohe Wangenknochen und eine Haut wie Milchkaffee. Sein leuchtend kupferrotes Haar war drahtig und gekräuselt. Es war ganz kurz geschoren. Erwartungsvoll musterte er die Gruppe. Als seine Augen auf Miles fielen, wurden sie etwas größer. Er hatte am Morgen nur Miles' Gesicht auf dem Bildschirm gesehen. »Mr. Naismith? Ich bin Carle Daum. Bitte, treten Sie ein.«

Daum schloß schnell die Tür und machte sich noch am Schloß zu schaffen. Miles vermutete, daß sie gerade durch einen Waffenabtaster gegangen waren und der Felicianer noch einen schnellen Blick auf den Ausdruck werfen wollte. Nervös und mit mißtrauischem Blick kam er zurück, die Hand an der rechten Hüfttasche. Um Botharis Lippen zuckte es befriedigt, da Daum damit unbewußt preisgab, wo sich die Waffe befand, vor der man sich hüten mußte. Wahrscheinlich eine Betäubungspistole, dachte Miles, aber man wußte ja nie.

»Bitte, nehmen Sie doch Platz«, sagte der Felicianer. Seine Sprache klang weich und seltsam nachhallend, fand Miles. Er näselte nicht und sprach die Rs nicht so hart aus, wie die Betaner, aber auch nicht so kehlig wie die Barrayarer. Bothari deutete an, daß er lieber stehen wollte, und bezog rechts von Daum Posten, ungemütlich hoch über dessen Gesichtskreis. Miles und Mayhew setzten sich an einen niedrigen Tisch. Daum nahm ihnen gegenüber Platz, mit dem Rücken zum Fenster, das eigentlich ein Bildschirm war und eine Gebirgslandschaft mit See aus einer anderen Welt zeigte. Der Wind, der tatsächlich über ihnen heulte, hätte diese Bäume in einem Tag zu Streichhölzern geknickt. Durch das ›Fenster‹ im Rücken bildete Daum nur eine Silhouette, während die Gesichter seiner Besucher im Licht lagen. Miles zollte dieser Sitzordnung insgeheim Anerkennung.

»Nun, Mr. Naismith«, begann Daum. »Erzählen Sie mir doch etwas mehr über Ihr Schiff. Welche Ladekapazität hat es?«

»Es ist ein Frachter der RG-Klasse. Es kann mit Leichtigkeit doppelt so viel Ladung befördern, wie auf Ihrem Manifest steht — wenn ich davon ausgehe, daß die Zahlen, die Sie eingegeben haben, korrekt sind.«

Daum reagierte auf diesen kleinen Köder nicht. Stattdessen sagte er. »Mit Sprungschiffen kenne ich mich nicht sehr gut aus. Ist sie schnell?«

»Pilot Mayhew?« sagte Miles auffordernd.

»Was? Ach so. Meinen Sie die Beschleunigung? Die ist gleichmäßig, ganz gleichmäßig. Wir benutzen die Trägerraketen etwas länger und kommen schließlich beinahe ebensoschnell an.«

»Ist das Schiff sehr manövrierfähig?«

Mayhew schaute ihn nur an. »Mr. Daum, es ist ein Frachter.«

Daum preßte verärgert die Lippen zusammen. »Das weiß ich! Die Frage ist ...«

»Die Frage ist«, unterbrach Miles ihn, »ob wir die Blockade umfahren oder entwischen können. Die Antwort lautet: Nein. Sie sehen, ich habe meine Schularbeiten gemacht.«

Daums Gesicht lief dunkel an. »Dann verschwenden wir wohl nur unnötig Zeit. Ich habe schon zu viel Zeit verloren ...« Er wollte aufstehen.

»Die nächste Frage ist: Gibt es noch einen anderen Weg, Ihre Ladung zum Bestimmungshafen zu bringen? Ja, da bin ich sogar ganz sicher«, erklärte Miles völlig ungerührt.

Daum setzte sich mißtrauisch, aber auch hoffnungsvoll zurück. »Sprechen Sie weiter.«

»Sie haben es doch selbst schon im betanischen Kommunikationssystem gemacht: Tarnung! Ich bin sicher, daß Ihre Ladung so gut getarnt werden kann, daß sie bei einer Blockadeinspektion durchgeht. Aber wir müssen daran zusammenarbeiten — und etwas mehr offen — äh ...« Miles schätzte kurz Alter und Benehmen des Felicianers ab. »Major Daum.«

Der Mann zuckte zusammen. Aha, dachte Miles, ins Schwarze getroffen — schon beim ersten Versuch. Er unterdrückte das innere Freudengeheul und lächelte nur freundlich.

»Wenn Sie ein Pelischer Spion sind oder ein Oserischer Söldner, bring ich Sie um, das schwöre ich«, stieß Daum hervor. Botharis Lider senkten sich in trügerischer Ruhe.

»Bin ich nicht«, erklärte Miles. »Allerdings wäre es keine üble Masche, wenn ich einer wäre. Ich lade Sie samt Waffen ein, fahre Sie halb hin und lasse Sie dann aussteigen und zu Fuß weitermarschieren. Mir ist völlig klar, daß Sie übervorsichtig sein müssen.«

»Welche Waffen?« fragte Daum, mühsam nach Fassung ringend.

»Welche Waffen?« fragte Mayhew flüsternd in Panik neben Miles' Ohr.

»Na schön, Ihre Pflugscharen und Heckensicheln«, sagte Miles nachsichtig. »Aber ich schlage vor, wir beenden das Spiel und machen uns an die Arbeit. Ich bin ein Profi ...« Und wenn du das schluckst, kann ich dir noch ein hübsches Weideland auf Barrayar zum Kauf anbieten. »Und Sie offensichtlich auch, sonst wären Sie nicht so weit gekommen.«

Mayhews Augen wurden groß. Unter dem Vorwand, sich anders hinzusetzen, trat Miles ihm gegen den Knöchel. Gedankennotiz: Das nächste Mal muß ich ihn früher wecken und besser vorbereiten. Allerdings war es fast so schlimm, wie einen Toten zu erwecken, als er den Piloten funktionsfähig gemacht hatte. Miles war nicht sicher, ob es ihm früher gelungen wäre.

»Sind Sie ein Söldner?« fragte Daum.

»Naja ...«, antwortete Miles. Er hatte sich eigentlich als Schiffseigner ausgeben wollen, aber vielleicht gefiel der Söldner dem Felicianer noch mehr. »Was meinen Sie, Major?«

Bothari hielt den Atem an. Mayhew blickte plötzlich entsetzt drein. »Also das hast du gestern gemeint mit ›rekrutieren‹«, murmelte er.

Miles hatte tags zuvor überhaupt nichts gemeint, als er davon gesprochen hatte, daß er nach verzweifelten Männern suche und zischte zurück: »Natürlich!«

Daum betrachtete Mayhew zweifelnd; aber dann fiel sein Blick auf Bothari. Der Sergeant stand in gelockerter Paradehaltung da und blickte erstaunlich ausdruckslos ins Leere. Gewißheit leuchtete in Daums Augen auf. »Bei Gott«, sagte er, »wenn die Pelier Galaktiker anheuern können, warum wir nicht auch?« Er hob die Stimme. »Wie viele Leute sind in Ihrem Unternehmen tätig? Welche Schiffe haben Sie?«

Verdammt! Was jetzt? Miles sprach schnell aus dem Stegreif weiter. »Major Daum, ich wollte nicht den falschen Eindruck erwecken ...« Bothari holte dankbar wieder Luft, wie Miles aus dem Augenwinkel sah. »Ich bin im Moment von meiner Firma getrennt, weil diese durch einen anderen Kontrakt gebunden ist. Ich habe die Beta-Kolonie aus rein medizinischen Gründen besucht. Daher kann ich Ihnen nur mich und meinen engsten Mitarbeiterstab und ein Schiff meiner Flotte anbieten. Aber in unserem Laden erwartet man von jedem, daß er unabhängig arbeitet.« Atme aus, Bothari, bitte, atme wieder aus! »Da ich nun etwas Zeit übrig habe, ehe ich wieder zu den anderen zurückfahre, und ich Ihr Problem taktisch interessant finde, bitte ich Ihnen meine Dienste an.«

Daum nickte langsam. »Verstehe. Und mit welchem Rang soll ich Sie ansprechen?«

Beinahe hätte Miles sich auf der Stelle zum Admiral gemacht. Captain? Er überlegte krampfhaft. »Lassen wir es doch vorerst bei Mr. Naismith bewenden«, schlug er kühl vor. »Ein Zenturion ohne seine hundert Männer ist schließlich nur dem Namen nach ein Zenturion. Im Augenblick müssen wir uns mit der Realität befassen.« Mann, stimmte das!

»Wie heißt Ihre Gesellschaft?«

»Die Dendarii Söldner.« Die blitzschnelle Assoziation ging ihm zum Glück locker über die Lippen.

Daum sah ihn begeistert an. »Ich sitze hier in diesem verdammten Ort seit zwei Monaten fest und suche nach einem Schiff, das mich befördert und dem ich trauen kann. Wenn ich noch länger warten muß, könnte der Aufschub das Ziel meiner Mission zerstören — Verrat ebenso. Mr. Naismith, ich habe lange genug gewartet — zu lange. Ich will es mit Ihnen versuchen.«

Miles nickte mit so viel Genugtuung, als würde er derartige Transaktionen schon länger abschließen, als er eigentlich lebte. »Also dann, Major Daum verpflichte ich mich, Sie nach Tau Verde IV zu bringen. Darauf gebe ich Ihnen mein Wort. Als erstes muß ich aber mehr wissen. Erzählen Sie mir alles, was Sie über das Vorgehen der Oserischen Söldner bei der Blockade wissen ...«

»Mylord, ich war der Auffassung, daß Pilot Mayhew die Ladung transportieren sollte«, sagte Bothari ernst, als sie wieder auf dem Gleitband vor Daums Hotel standen. »Du hast mir nicht gesagt, daß du selbst mitfahren willst.«

Miles zuckte überbetont sorglos mit den Achseln. »Da sind so viele Variablen, und es steht so viel auf dem Spiel — ich muß einfach vor Ort sein. Es ist unfair, alles auf Ardes Schultern abzuladen. Findest du nicht auch?«

Bothari war offensichtlich zwiegespalten. Er mißbilligte die Raffgier seines Lehnsherrn, über Nacht reich werden zu wollen, hielt aber auch nichts von Pilot Mayhew, was er durch ein zurückhaltendes Grunzen ausdrückte, das Miles bewußt überhörte.

Miles Augen funkelten. »Außerdem bringt es ein bißchen Aufregung in dein Leben, Sergeant. Es muß doch sterbenslangweilig sein, mir den ganzen Tag hinterherzulaufen.«

»Ich langweile mich sehr gern«, erklärte Bothari mürrisch.

Miles grinste. Insgeheim war er froh, daß er wegen der ›Dendarii Söldner‹ kein größeres Donnerwetter zu hören bekam. Aber eigentlich war dieser kurze Anflug von Phantasie doch recht harmlos.

Als die drei Männer zurückkamen, lief Elena aufgeregt in Mrs. Naismiths Wohnzimmer auf und ab. Auf ihren Wangen brannten hochrote Flecken, die Nasenflügel waren gebläht. Sie schimpfte leise vor sich hin. Dann funkelte sie Miles wütend an. »Betaner!« stieß sie mit abgrundtiefem Abscheu hervor.

»Was ist denn los?« erkundigte er sich vorsichtig.

Sie stapfte durch den Raum, als zertrete sie jemanden auf dem Boden. »Dieses schreckliche Holovid. Wie können sie — ach, ich kann es gar nicht beschreiben!«

Aha, sie ist auf einen der Pornographiekanäle gestoßen, dachte Miles. Naja, irgendwann mußte das mal passieren. »Holovid?« fragte er strahlend.

»Wie können sie so entsetzliche Verleumdungen Admiral Vorkosigans und Prinz Sergs und unserer Streitkräfte zulassen? Ich finde, der Produzent sollte erschossen werden! Und die Schauspieler auch — und die Drehbuchautoren. Zu Hause würden wir das machen. Bei Gott!«

Offenbar doch nicht ein Pornographiekanal! »Aber, Elena, was hast du dir denn angesehen?«

Seine Großmutter saß, nervös lächelnd, in ihrem Schwebesessel. »Ich habe versucht, ihr zu erklären, daß es sich nur um eine Fiktion handelt — du weißt schon, um die Geschichte dramatischer darzustellen ...«

Elena fauchte giftig. Miles warf seiner Großmutter einen flehenden Blick zu.

»*Die dünne blaue Linie*«, erklärte Mrs. Naismith nur.

»Ach, den habe ich gesehen«, sagte Mayhew. »Das ist eine Wiederholung.«

Miles erinnerte sich noch lebhaft an das Docudrama. Es war vor zwei Jahren herausgekommen und hatte beträchtlich dazu beigetragen, seine Schulzeit in der Beta-Kolonie manchmal ziemlich surrealistisch zu machen. Miles Vater, damals Flottillenadmiral Vorkosigan, hatte an der gescheiterten barrayarischen Invasion des Verbündeten der Beta-Kolonie, Escobar 19, als Stabsoffizier teilgenommen. Nach dem katastrophalen Tod des anderen Kommandanten, Admiral Vorrutyer, und des Kronprinzen Serg Vorbarra, war er zum Flottenkommandeur gemacht worden. Sein brillanter Rückzug wurde immer noch als beispielhaft in den militärischen Annalen Barrayars aufgeführt. Die Betaner sahen die Sache natürlich anders. Das Blau im Titel des Dokudramas bezog sich auf die Uniform, welche das Betanische Expeditionskorps getragen hatte, zu dem auch Captain Cordelia gehört hatte.

»Es ist ... es ist ...« Elena wandte sich an Miles. »Es ist doch kein Wort davon wahr, oder?«

»Naja«, antwortete Miles, der durch die vielen Jahre, in denen er mit der betanischen Version der Geschichte gekämpft hatte, schon abgebrühter war. »Manches schon. Aber meine Mutter sagt, daß sie blaue Uniformen erst trugen, als der Krieg praktisch schon vorbei war. Und sie schwört bei allem, was ihr heilig ist, daß sie Admiral Vorrutyer nicht umgebracht hat; aber sie sagt auch nicht, wer es getan hat. Sie protestiert etwas zu heftig, finde ich. Mein Vater sagt über Vorrutyer nur, daß er ein brillanter Verteidigungsstratege war. Ich habe das nie ganz verstanden; denn schließlich war Vorrutyer für den Angriff verantwortlich. Meine Mutter meint nur, er sei etwas seltsam gewesen. Das klingt im Grunde nicht so schlimm, aber dann muß ich berücksichtigen, daß sie Betanerin ist. Gegen Prinz Serg haben beide nie ein Wort gesagt, und Vater war in seinem Stab und kannte ihn. Daraus schließe ich, daß die betanische Darstellung des Prinzen hauptsächlich eine Ausgeburt der Kriegspropaganda ist.«

»Unser größter Held!« rief Elena. »Der Vater des Kaisers! Wie können sie es wagen ...?«

»Nun, selbst auf unserer Seite überwiegt die Auffassung, daß wir uns übernommen haben, als wir Escobar nach Komarr und Sergyar auch noch einnehmen wollten.«

Elena wandte sich an ihren Vater. Schließlich war er der Experte. »Du hast doch mit dem Grafen auf Escobar gekämpft, Sir! Sag *ihr*...« Sie deutete mit dem Kopf zu Mrs. Naismith hinüber, »daß es nicht so war.«

»Ich kann mich an Escobar nicht mehr erinnern«, antwortete der Sergeant ungerührt mit selbst für ihn ungewöhnlich ausdrucksloser Stimme. »Du hättest dir das nicht ansehen sollen.« Er deutete mit einer Hand, deren Daumen im Gürtel eingehakt war, auf das Holovid-Gerät.

Die Spannung in Botharis Schultern beunruhigte Miles, ebenso der Ausdruck in seinen Augen. Wut? Über einen belanglosen Film, den er schon gesehen und wie Miles ignoriert hatte?

Elena blieb verwirrt stehen. »Du erinnerst dich nicht? Aber ...?«

In Miles Gedächtnis machte es klick! Die Entlassung aus medizinischen Gründen — lag hier der Grund? »Wurdest du in Escobar verwundet, Bothari?« Kein Wunder, wenn er dann so empfindlich reagiert.

Bothari antwortete nur knapp: »Ja.« Dann wich er Miles und Elenas Blicken aus.

Miles kaute auf der Unterlippe. »Kopfverletzung?« bohrte er nach, da ihm plötzlich ein Verdacht kam.

Bothari schaute Miles finster an. »Ja.«

Miles ließ es gut ein. Diese neue Information war sehr wertvoll. Eine Kopfverletzung würde viel erklären, das ihm an seinem Lehnsmann Rätsel aufgegeben hatte.

»Wie dem auch sei.« Miles verneigte sich tief vor Elena — was sind eigentlich diese herrlichen Knappen mit Federbüschen für Männer geworden? »Ich habe meine Ladung!«

Elenas Verärgerung ging sofort in freudiges Interesse über. »Phantastisch! Hast du dir schon überlegt, wie du die Blockade überwindest?«

»Daran arbeite ich noch. Würdest du ein paar Einkäufe für mich erledigen? Proviant für die Fahrt. Gib die Bestellungen bei den Ship Chandlern auf. Das kannst du von hier aus, von der Comkonsole aus machen. Großmutter zeigt dir, wie. Arde hat eine Standardliste. Wir brauchen alles: Proviant, Treibstoffzellen, Sauerstoff für den Notfall, Erste-Hilfe-Sachen — und alles zum günstigsten Preis, den du bekommen kannst. Das Unternehmen frißt meine gesamten Reisespesen auf. Wenn du also irgendwo etwas sparen könntest ...?« Er lächelte seiner zwangsverpflichteten Rekrutin so aufmunternd zu, als sei der zweitägige Kampf mit dem elektronischen Labyrinth betanischer Geschäftspraktiken wahres Zuckerschlecken.

Elena blickte ihn etwas zweifelnd an. »Ich habe noch nie ein Schiff ausgerüstet.«

»Das ist ganz leicht«, versicherte er ihr. »Nur zu! Das bekommst du schnell in den Griff. Wenn ich es tun kann, dann du doch auch.« Dann sprach er schnell weiter, um ihr keine Zeit zu lassen, über die Tatsache nachzudenken, daß er ebenfalls noch nie ein Schiff ausgerüstet hatte. »Plane für Pilot Mayhew, einen Ingenieur, den Sergeant, mich und Major Daum für acht Wochen plus einen kleinen Spielraum, aber nicht zuviel, denk ans Budget. Übermorgen soll's losgehen.«

»In Ordnung — wann ...?« Jetzt verhießen die drohend hochgezogenen dunklen Brauen nichts Gutes. »Was ist mit mir? Du kannst mich doch nicht einfach hierlassen, während ihr ...«

Metaphorisch gesprochen, verkroch Miles sich hinter

Bothari und schwenkte eine weiße Fahne. »Das muß dein Vater entscheiden und Großmutter natürlich.«

»Elena ist hier willkommen und kann bleiben, so lange sie will«, sagte seine Großmutter leise. »Aber Miles, du bist doch gerade erst gekommen ...«

»Den Besuch holen wir natürlich nach, Ma'am«, versicherte Miles. »Wir verschieben unsere Rückkehr nach Barrayar. Schließlich muß ich ja nicht zurück — weil die Schule anfängt oder aus sonst einem triftigen Grund.«

Elena blickte mit schmalen Lippen flehend ihren Vater an. Bothari atmete hörbar aus und ließ seinen Blick überlegend von seiner Tochter zu Mrs. Naismith und dem Holovid-Gerät schweifen. Welche Erinnerungen oder Gedanken ihm dabei durch den Kopf gingen, konnte Miles nicht erraten. Elena trat ungeduldig von einem Fuß auf den anderen. »Miles ... Mylord ... kannst du ihm nicht befehlen ...«

Miles hob abwehrend die Hand und schüttelte kaum merklich den Kopf.

Mrs. Naismith lächelte hinter vorgehaltener Hand, als sie Elenas Ungeduld sah. »Meine Liebe, eigentlich wäre es wunderschön, dich eine Zeitlang hier zu haben. Es wäre, als hätte ich wieder eine Tochter. Du könntest junge Leute kennenlernen — zu Parties gehen. Ich habe Freunde drüben in Quarz, die mit dir einen Ausflug in die Wüste machen könnten. Ich bin zu alt dafür, aber ich bin sicher, daß du viel Spaß hättest ...«

Bothari zuckte zusammen. Quarz war eine der größten Hermaphroditen-Gemeinden der Beta-Kolonie. Obwohl Mrs. Naismith Hermaphroditen für ›Menschen, die krankhaft unfähig sind, sich zu entscheiden‹ hielt, wehrte sie sich mit betanischem Patriotismus gegen Botharis offene barrayarische Verurteilung dieses Geschlechts. Bothari hatte selbst Miles mehr als einmal bewußtlos von einer betanischen Party getragen. Und was Miles katastrophalen Ausflug in die Wüste betraf ... Miles warf seiner Großmutter einen dankbaren Blick zu.

Sie nickte schelmisch zurück und lächelte Bothari unschuldig an.

Bothari fand das Ganze gar nicht komisch, und das war nicht ironisch gemeint, wie es sonst auf den Kleinkrieg zutraf, den er mit Mrs. Naismith über Miles' kulturbedingtes Benehmen führte. Nein, jetzt war er richtig wütend. Miles' Magen verkrampfte sich. Mit großen Augen schaute er zu seinem Leibwächter auf.

»Sie fährt mit uns«, erklärte Bothari. Elena hätte beinahe triumphierend in die Hände geklatscht. Allerdings hatte Mrs. Naismiths Aufzählung möglicher Freuden den Vorsatz etwas ausgehöhlt, auf keinen Fall beim Troß zu bleiben, wenn die Truppen vorrückten. Der Sergeant musterte seine Tochter ungerührt, warf einen finsteren Blick auf den Holovid und fixierte dann Miles' — Gürtelschnalle.

»Entschuldige mich, Mylord. Ich werde auf dem Flur Wache halten, bis du wieder weggehst.« Seine großen Hände hingen halb gekrümmt seitlich herab. Man konnte deutlich die Sehnen, Adern und Muskelstränge erkennen.

Ja, geh nur, dachte Miles, und schau, ob du da draußen deine Selbstbeherrschung wiederfindest. Im Augenblick bist du allerdings überempfindlich. Aber, zugegeben, niemand läßt sich gern piesacken.

»O Mann«, sagte Mayhew. »Was hat den denn gebissen?«

»Ach du liebe Güte«, sagte Mrs. Naismith, »Ich hoffe, daß ich ihn beleidigt habe.« Aber leise fügte sie hinzu: »Diesen scheinheiligen, alten Knochen ...«

»Er beruhigt sich schon wieder«, versprach ihr Miles. »Laßt in nur eine Zeitlang in Ruhe. Inzwischen gibt es eine Unmenge Arbeit. Alles klar, Elena? Proviant und Ausrüstung für zwei Mann Besatzung und vier Passagiere.«

Die nächsten achtundvierzig Stunden herrschte hektische Tätigkeit. Schon bei normaler Befrachtung war es eine Heidenarbeit, ein so altes Schiff für eine achtwöchige Fahrt herzurichten, doch Miles brauchte noch sehr viele Extras für die Tarnung. Er mußte eine Teilladung aller möglichen Gegenstände kaufen, um ein echtes Manifest zu erstellen. Darin konnte er das falsche verstekken. Außerdem mußte er Material kaufen, um die Schotten in den Ladeluken umzubauen. Das wollten sie während der Fahrt erledigen. Jetzt standen die Ladeluken weit offen. Lebenswichtig, und daher sehr teuer, waren die technisch hochentwickelten betanischen Massedetektor-Störer. Sie mußten aus der künstlichen Schwerkraft an Bord betrieben werden. Mit ihrer Hilfe hoffte Miles, die Oserischen Söldner beim Überprüfen der Ladung hinters Licht zu führen. Miles hatte das gesamte vorgetäuschte politische Gewicht aufgrund des Namens seines Vaters aufbieten müssen, um den Repräsentanten der betanischen Firma zu überzeugen, daß er berechtigt war, diese neuen und teilweise noch geheim gehaltenen Apparate zu kaufen.

Die Massestörer kamen mit einer erschreckend umfangreichen Gebrauchsanweisung. Beim Lesen kamen Miles Bedenken wegen Baz Jeseks Qualifikation als Bordingenieur. Diese Bedenken wuchsen zu handfesten Zweifeln an, ob der Mann überhaupt auftauchen würde. Der Pegel der grünen Flüssigkeit in Mayhews Flasche, die Miles sich angeeignet hatte, fiel ständig. Miles schlief nicht und schwitzte ständig.

Die Raumhafenbehörde auf Beta zeigte wenig Verständnis, als Miles vorschlug, die hohen Gebühren erst später zu zahlen. Daher mußte er sein gesamtes Reisegeld aufwenden. Auf Barrayar hatte die Summe astronomisch ausgesehen, doch war sie buchstäblich über Nacht dahingeschmolzen. Aber Not macht erfinderisch! Miles tauschte sein Rückflugbillet Erster Klasse nach Barrayar auf einer der großen Raumschiffahrtslinien gegen eines der Dritten Klasse bei einer weniger bekannten Linie ein. Dann folgten Botharis und Elenas. Als das immer noch nicht reichte, gab er die drei Fahrkarten ganz zurück. Mit schlechtem Gewissen sagte er: »Ich werde uns neue kaufen, wenn wir zurück sind oder mit der RG 132 eine Ladung nach Barrayar schaffen.« Am Ende der zwei Tage balancierte er hoch oben auf einem schwankenden Gerüst aus Lügen und Wahrheit, Krediten und Bareinkäufen, etwas Erpressung und falschen Versprechungen und einer weiteren Hypothek auf ein Stück des glühenden Landbesitzes.

Proviant wurde eingeladen. Dann kam Daums Fracht: Eine stattliche Anzahl seltsam geformter Plastikbehälter ohne Beschriftung. Endlich tauchte Baz Jesek auf. Die Systeme wurden überprüft. Jesek machte sich sofort daran, alle für die Starterlaubnis durch die Inspektoren notwendigen Reparaturen auszuführen. Da sie ihr Gepäck kaum geöffnet hatten, war es schnell verstaut. Von einigen Leuten verabschiedeten sie sich, bei anderen vermieden sie dies. Miles hatte Bothari pflichtgemäß gemeldet, daß er mit Lieutenant Croye gesprochen hatte. Es war nicht Miles' Schuld, wenn Bothari nicht nach dem Inhalt des Gesprächs fragte. Endlich standen sie in der Andockbucht 27 des Silica Spaceport, bereit zum Start.

»Waldo Abfertigungsgebühr«, erklärte der Frachtgutaufseher des Weltraumhafens plötzlich. »Dreihundertzehn betanische Dollar. Ausländische Währung wird nicht angenommen.« Dabei lächelte er so freundlich wie ein lauernder Hai.

Miles räusperte sich nervös. Ihm drehte sich der Magen um. Schnell überschlug er geistig seine Finanzen. Daum hatte in den beiden Tagen auch alles bis zum letzten Penny ausgegeben. Wenn Miles richtig gehört hatte, wollte der Mann sogar das Hotel verlassen, ohne die Rechnung zu bezahlen. Mayhew hatte alles, was er hatte, aufgewendet, um die Reparaturen zu finanzieren.

Miles hatte seiner Großmutter schon ein Darlehen abgeschmeichelt. Höflich nannte sie es ›Kapitalanlage‹. So wie die *Goldene Hindin,* sagte sie. Irgendein gehörntes Vieh jedenfalls. Miles hatte ihr Angebot verlegen angenommen.

Jetzt schluckte Miles — vielleicht war dieser Kloß im Hals Stolz? —, nahm Sergeant Bothari beiseite und sagte leise: »Sergeant, ich weiß, daß mein Vater dir einen Reisekostenzuschuß gegeben hat ...«

Bothari musterte Miles durchdringend. Er weiß, daß er das ganze Unternehmen jetzt zum Scheitern verurteilen und wieder sein Leben voller Langeweile aufnehmen kann. Bei Gott, sein Vater würde ihn unterstützen. Miles haßte es, Bothari zu schmeicheln, aber er fuhr fort: »Ich könnte es dir in acht Wochen zurückzahlen — zwei für einen, wenn du mir den Inhalt deiner linken Tasche gibst. Mein Wort darauf.«

Bothari runzelte die Stirn. »Es ist nicht nötig, daß du bei mir dein Wort einlöst, Mylord. Das wurde schon vor langer Zeit im voraus bezahlt.« Zögernd blickte er auf seinen Lehnsherrn herab, dann leerte er die Tasche in Miles' Hand aus.

»Danke.« Miles lächelte verlegen. »Hm, können wir das zwischen uns lassen — nur zwischen dir und mir? Ich meine, es ist doch nicht nötig, daß mein Vater etwas davon erfährt, oder?«

Jetzt mußte der Sergeant unwillkürlich lächeln. »Nicht, wenn du es mir zurückzahlst«, sagte er trocken.

Endlich hatten sie es geschafft! Was für eine Freude muß es sein, Kapitän eines Kriegsschiffes zu sein, dachte Miles, wo man die Rechnung einfach an den Kaiser schicken lassen konnte. So ein Kapitän mußte sich wie eine Kurtisane mit Kreditkarte vorkommen, nicht wie ich armes arbeitendes Kind.

Er stand im Navigations- und Kontrollraum seines eigenen Schiffs und sah Arde Mayhew zu, wie dieser die

Kontrolliste für die Flugüberwachung durchging. Er war ungemein frisch und hellwach. Auf dem Bildschirm drehte sich unter ihnen die schimmernde ockerfarbene Sichel der Beta-Kolonie.

»Erlaubnis zum Orbitbrechen erteilt«, kam die Stimme der Flugüberwachung. Miles wurde vor Freude und Aufregung schwindlig. Sie waren wirklich dabei, die Sache durchzuziehen ...

»Moment mal RG 132«, fuhr die Stimme fort. »Es ist eine Nachricht für sie gekommen.«

»Schicken Sie sie rauf«, sagte Mayhew und schob sich den Kopfhörer mit dem Mikrophon zurecht.

Diesmal erschien ein aufgeregtes Gesicht auf dem Bildschirm, auf das Miles absolut verzichten konnte. Er hatte ein verdammt schlechtes Gewissen.

Lieutenant Croye fragte sehr ernst: »Mylord! Ist Sergeant Bothari bei Ihnen?«

»Nicht im Augenblick, warum?« Der Sergeant war unten und riß mit Daum bereits die Schotten raus.

»Wer ist bei Ihnen?«

»Nur Pilot Mayhew.« Miles hielt den Atem an. So knapp vor dem Ziel ...

Croye entspannte sich etwas. »Mylord, Sie konnten das nicht wissen, aber der Ingenieur, den Sie eingestellt haben, ist ein Deserteur aus den Kaiserlichen Streitkräften. Sie müssen auf der Stelle mit einem Gleiter herunterkommen und den Mann unter irgendeinem Vorwand mitbringen. Nehmen Sie unbedingt den Sergeant mit — der Mann ist als gefährlich einzustufen. Wir haben eine Patrouille des betanischen Staatsschutzes auf der Andockbucht in Bereitschaft. Und ferner ...« Er blickte zur Seite. »Was, zum Teufel, haben Sie mit diesem Kerl Calhoun gemacht? Der ist hier in der Botschaft und schreit nach dem Botschafter ...«

Mayhew blickte Miles mit Panik in den Augen an.

»Aha ...« Tachykardie nennt man das. Kann ein Siebzehnjähriger auch schon einen Herzinfarkt bekommen?

»Lieutenant Croye, die Übertragung war extrem undeutlich. Können Sie alles noch einmal wiederholen?« Er warf Mayhew einen flehenden Blick zu. Dieser zeigte auf ein Armaturenbrett. Croye wiederholte die Nachricht, sah aber beunruhigt drein. Miles klappte das Paneel auf und betrachtete das Spinnennetz aus Drähten. In seinem Kopf schwirrte es. Panik. In letzter Minute ...

»Ich kann Sie immer noch nicht verstehen, Sir«, erklärte Miles fröhlich. »Moment, ich bring das in Ordnung. Verdammt!« Er zog einfach irgendwelche Drähte heraus. Auf dem Bildschirm rieselte nur noch Schnee. Croye war mitten im Satz abgeschnitten worden.

»Los, Arde!« rief Miles. Mayhew brauchte keine Aufmunterung. Beta-Kolonie entschwand unter ihnen.

Schwindel. Übelkeit. Verdammt, er war nicht in Schwerelosigkeit! Miles setzte sich abrupt hin. Von der Beinahe-Katastrophe war ihm so schlecht, daß er nicht mehr stehen konnte. Nein, daran lag es nicht allein. Exotische Seuchen kamen ihm in den Sinn. Doch dann war ihm klar, was mit ihm los war.

Mayhew hatte ihn anfangs besorgt, dann grinsend betrachtet. »Höchste Zeit, daß das Gebräu dich erwischt«, sagte er und drückte auf die Sprechanlage. »Sergeant Bothari? Kommen Sie bitte in den Kontrollraum. Ihr Lord braucht Sie.« Miles bedauerte einige der Grobheiten, die er Mayhew vor drei Tagen an den Kopf geworfen hatte.

Der Sergeant und Elena kamen. Sie sagte gerade: »Alles ist so schmutzig. Die Türen des Medizinschranks sind mir unter den Händen abgefallen und ...« Bothari betrachtete wütend Miles, der wie ein Häuflein Elend auf dem Boden hockte.

»Die Wirkung seines Zaubertranks hat gerade nachgelassen«, erklärte Mayhew. »Ja, das haut einen blitzschnell um, was Junge?«

Miles murmelte etwas Unartikuliertes vor sich hin. Bothari brummte ebenfalls. Es war nur ›verdient‹ zu verstehen. Dann packte er seinen Lehnsherrn und warf ihn ohne Umschweife über die Schulter.

»Wenigstens hört er auf, sich von den Wänden abzustoßen und läßt uns mal 'ne Ruhepause«, meinte Mayhew fröhlich. »Ich habe noch nie jemanden erlebt, der auf das Zeug so extrem reagiert wie er.«

»Ach, Ihr Schnaps war ein Stimulanz?« fragte Elena. »Ich habe mich schon gewundert, warum er nie geschlafen hat.«

»Ja, haben Sie denn sonst nichts Komisches an ihm bemerkt?« fragte Mayhew.

»Eigentlich nicht.«

Miles drehte den Kopf, um Elenas besorgtes Gesicht zu sehen und ihr schwach zuzulächeln. Schwarzrote Wirbel mit Lichtpunkten blendeten ihn.

Mayhew verging das Lachen. »Mein Gott«, sagte er erschrocken. »Heißt das, daß er *immer* so ist?«

KAPITEL 8

Miles schaltete das Schweißwerkzeug aus und schob die Sicherheitsbrille zurück. Erledigt. Voll Stolz betrachtete er die saubere Schweißnaht, welche das letzte falsche Schott versiegelt hatte. Wenn ich kein Soldat sein kann, habe ich vielleicht eine Zukunft als Assistent eines Ingenieurs, dachte er. Höchste Zeit, daß ich etwas daraus mache, ein Knirps zu sein ... Er rief über die Schulter zurück: »Du kannst mich jetzt rausziehen!«

Hände griffen nach seinen Knöcheln und zerrten ihn aus dem engen Gang heraus. »Versuch jetzt mal dein schwarzes Kästchen, Baz«, sagte er und reckte die schmerzenden Muskeln. Daum blickte dem Ingenieur aufgeregt über die Schulter, als dieser wieder einen Probelauf für die Frachtüberprüfung durchführte. Jesek tastete mit dem Gerät das Schott ab. Endlich blieben alle Lichter des Apparats bei diesem siebten Probelauf grün.

Ein Lächeln erschien auf seinem müden Gesicht. »Ich glaube, wir haben's geschafft! Laut Anzeige ist hinter dieser Trennwand nichts als die nächste Trennwand.«

Miles grinste Daum an. »Ich habe Ihnen mein Wort gegeben, daß ich alles rechtzeitig fertig habe, stimmt's?«

Daum grinste erleichtert zurück. »Sie haben Glück, daß das Schiff nicht schneller ist.«

Die Sprechanlage im Laderaum summte. »Mylord?« Es war Mayhews Stimme. Als Miles den Unterton hörte, sprang er sofort auf.

»Probleme, Arde?«

»Wir kommen in etwa zwei Stunden zum Sprung nach Tau Verde. Da draußen ist etwas, daß du und der Major sich mal ansehen sollten.«

»Blockader? Auf dieser Seite des Ausgangs? Sie sind legal nicht befugt ...«

»Nein, es ist eine Art Boje.« Mayhew klang ausgesprochen unglücklich. »Wenn ihr so etwas erwartet habt, hättet ihr mir Bescheid sagen müssen.«

»Bin in ein paar Minuten zurück, Baz«, versprach Miles. »Dann helfe ich dir, die Ladung noch künstlerisch wertvoller zu verstauen. Vielleicht können wir einige Behälter gegen die Schweißnaht stapeln, die ich gerade gemacht habe.«

»Die ist gar nicht so übel«, versicherte ihm Jesek. »Ich habe schon größeren Pfusch von Profis gesehen.«

Im Navigations- und Kontrollraum saß Mayhew da und betrachtete besorgt die Bildschirmanzeige, als Miles und Daum eintraten.

»Was ist los, Arde?« fragte Miles.

»Oserische Warnboje. Die brauchen sie für die regulären Handelsschiffahrtsstraßen. Die Bojen sollen Kollisionen verhindern und Mißverständnisse, falls jemand nicht weiß, was sich auf der anderen Seite abspielt. Aber diesmal ist da etwas komisch. Hört euch das an!« Er schaltete das Audio-Gerät ein.

»Achtung! Achtung! An alle Handelschiffe, Militärschiffe oder Diplomatenschiffe, welche vorhaben, in den Raum um Tau Verde einzufliegen — Warnung! Sie treten in militärisches Sperrgebiet ein. Jedes ankommende Schiff wird — ohne Ausnahme — durchsucht und Schmuggelwaren werden beschlagnahmt. Mangelnde Zusammenarbeit wird als feindlicher Akt ausgelegt, und das Schiff ohne weitere Warnung entweder konfisziert oder zerstört. Sie fliegen auf eigene Gefahr weiter.

Nach Auftauchen im Tau Verde-Anflugraum werden alle Schiffe abgefangen und durchsucht. Alle Wurmlochsprungpiloten werden zu diesem Zeitpunkt festgenommen und festgehalten, bis ihr Schiff den Kontakt mit Tau Verde IV hergestellt hat und an den Sprungpunkt zurückkehrt. Die Piloten dürfen nach Beendigung der Inspektion für die Weiterfahrt nach draußen wieder an Bord ihrer Schiffe zurückkehren.«

»Geiseln, verdammt!« stöhnte Daum. »Sie nehmen jetzt Geiseln.«

»Und die Wahl der Geiseln ist äußerst klug«, fügte Miles mit zusammengebissenen Zähnen hinzu. »Besonders für eine Sackgasse wie Tau Verde. Ohne Sprungpilot sitzt du hier wie ein Käfer in der Flasche gefangen. Wenn man hier nicht ein lieber und guter Tourist ist, darf man unter Umständen nicht wieder nach Hause zurück. Und das ist neu, sagen Sie?«

»Vor fünf Monaten haben sie das noch nicht gemacht«, antwortete Daum. »Ich habe allerdings von zu Hause nichts gehört, seit ich abgefahren bin. Aber dies heißt, daß wenigstens der Kampf noch weitergeht.« Er starrte wie gebannt auf den Bildschirm, als könnte er durch das unsichtbare Tor in seine Heimat schauen.

Die Meldung brachte noch alle möglichen technischen Einzelheiten und endete mit: »Befehl des Admirals Yuan Oser, Kommandant der Oserischen Freien Handelsflotte unter Vertrag der legalen Regierung von Pelias, Tau Verde IV.«

»Legale Regierung!« stieß Daum wütend hervor. »Pelier! Verfluchte, großspurige Kriminelle ...«

Miles pfiff tonlos vor sich hin und starrte die Wand an. Wäre ich wirklich ein nervöser Unternehmer, der sich Sorgen macht, wie er die Scheißladung da unten löscht — was würde ich dann tun? Ich wäre nicht glücklich, meinen Piloten zu verlieren, aber ... aber ich würde bestimmt nicht mit der Glockenmündung eines Durchschlägers streiten. Lammfromm. »Wir werden lammfromm sein«, erklärte Miles forsch.

Sie warteten noch einen halben Tag auf dieser Seite des Ausgangs, um letzte Hand an die Stauung der Ladung zu legen und ihre Rolle zu proben. Miles nahm Mayhew zu einem vertraulichen Gespräch beiseite, bei dem nur Bothari noch dabei war. Als er das unglückliche Gesicht des Piloten sah, fragte er ihn geradeheraus:

»Nun, Arde, willst du zurücktreten?«

»Kann ich?« fragte der Pilot hoffnungsvoll.

»Ich kann dir nicht befehlen, dich als Geisel zu stellen. Wenn du es allerdings freiwillig machst, schwöre ich dir, daß ich dich niemals im Stich lassen werde. Naja, eigentlich habe ich das als dein Lehnsherr schon geschworen; aber ich nehme an, daß du dich da nicht so auskennst.«

»Was passiert, wenn ich mich aber nicht freiwillig melde?«

»Sobald wir in den Orbit um Tau Verde gesprungen sind, haben wir keine Möglichkeit, uns der Forderung nach deiner Festnahme zu widersetzen. Ich schätze, wir müssen uns bei Daum dafür entschuldigen, daß wir seine Zeit und sein Geld vergeudet haben, umdrehen und nach Hause fahren.« Miles seufzte. »Wenn Calhoun in der Botschaft aus dem Grund war, den ich vermute, hat er inzwischen bestimmt längst juristische Maßnahmen ergriffen, um das Schiff zurückzubekommen.« Er versuchte heiter zu klingen. »Naja, dann sind wir wieder so weit, wie an dem Tag, als wir uns trafen, — nur vollkommen pleite. Vielleicht finde ich eine Möglichkeit, Daum den Verlust zu ersetzen ...«

»Und was, wenn ...«, begann Mayhew. Er blickte Miles neugierig an. »Wenn sie — sagen wir — Sergeant Bothari statt mich wollten? Was würdest du dann tun?«

»Dann würde ich hineinfahren«, antwortete Miles ganz automatisch. Dann machte er eine Pause. Alles wartete auf eine Erklärung. »Das ist eine andere Sache. Der Sergeant ist ... ist mein Lehnsmann.«

»Und ich nicht?« fragte Mayhew. »Das Innenministerium wird froh sein, das zu hören«, fügte er ironisch hinzu.

Schweigen. »Ich bin dein Lehnsherr«, erklärte Miles schließlich ernst. »Was du bist, kannst nur du beantworten.«

Mayhew starrte in seinen Schoß und rieb sich die

Stirn. Dabei streichelte er unbewußt den Silberring seines Implantats. Dann schaute er Miles an. Das Verlangen in seinen Augen erinnerte Miles an den Ausdruck in den Augen des heimwehkranken Baz Jesek. »Ich weiß nicht mehr, wer oder was ich bin«, bekannte Mayhew. »Aber ich mache den Sprung für dich — und auch den ganzen Zirkus danach.«

Ein etwas flaues Gefühl im Magen, leichter Schwindel einige Sekunden lang atmosphärische Störungen im Gehirn — und der Wurmlochsprung nach Tau Verde war getan. Miles wartete ungeduldig im Kommunikationsraum auf Mayhew, bei dem die Sekunden biochemisch zu subjektiven Stunden verlängert waren. Endlich kroch er unter seinem Kopfhörer hervor. Miles fragte sich, was wohl die Piloten bei so einem Sprung erlebten, was den Passagieren entging. Wohin verschwanden der Pilot auf dem einen aus zehntausend Schiffen, das sprang und nie wieder gesichtet wurde? »Mach einen Wurmlochsprung in die Hölle!« war ein alter Fluch, den man aber fast nie von einem Piloten hörte.

Mayhew reckte sich und atmete tief aus. Sein Gesicht war grau und faltig, von der Konzentration auf den Sprung erschöpft. »Das war ein Scheißspiel«, sagte er und grinste Miles an. »Eins kann ich dir sagen: Das wird nie eine vielbefahrene Route, Junge. Aber hochinteressant.«

Miles machte sich nicht die Mühe, die Anrede zu korrigieren. Er ließ Mayhew sich ausruhen und rutschte selbst an die Comkonsole. Dann drückte er auf die Knöpfe, um einen Blick auf die Außenwelt einzufangen. »Wo sind sie?« fragte er nach einigen Minuten. »Sag bloß nicht, daß wir alles für die Party vorbereitet haben, und die Ehrengäste nicht kommen — sind wir an der richtigen Stelle?«

Mayhew zog die Brauen hoch. »Junge, am Ende eines Wurmlochsprungs bist du entweder an der richtigen

Stelle oder ein zwischen Antares und Oz verschmierter Eimer Quark.« Er sah trotzdem nach. »Scheint richtig zu sein.«

Es dauerte volle vier Stunden, ehe ein Blockadeschiff sich endlich näherte. Miles Nerven waren zum Zerreißen gespannt. Das langsame Heranfahren wirkte absichtlich einschüchternd. Dann kam Sprechkontakt zustande. Der schläfrige, gelangweilte Ton in der Stimme des Kommunikationsoffiziers der Söldner brachte Klarheit: Sie wollten Zeit schinden. Betont langsam wurde eine kleine Fähre zum Übersetzen klar gemacht.

Miles schwebte im Lukenkorridor des Schiffes. Alle möglichen Katastrophen schwirrten ihm durch den Kopf: Daum wurde verraten. Der Krieg war vorüber, und die Seite, die mich bezahlen soll, hat verloren. Die Söldner sind zu Piraten geworden und wollen mein Schiff kapern. Irgendein Idiot hat bei ihnen den Massedetektor fallen lassen und kaputt gemacht. Deshalb müssen sie jetzt unseren Laderaum genau ausmessen. Das Ergebnis stimmt aber nicht ... Diese letzte Idee schien ihm so wahrscheinlich, daß er die Luft anhielt, bis er einen Techniker mit dem Instrument unter den Ankömmlingen sah.

Es kamen neun Männer an Bord. Alle waren größer als Miles und alle bis an die Zähne bewaffnet. Bothari stand ohne Waffen — und darüber sehr unglücklich — hinter Miles und musterte sie kühl.

Sie wirkten irgendwie bunt gemischt. Lag es an den grauweißen Uniformen? Die waren nicht besonders alt, aber manche waren zerrissen, andere schmutzig. Waren sie zu beschäftigt, um sich mit so unwichtigen Dingen abzugeben, oder nur zu faul? Ein Mann lehnte an der Wand. Betrunken im Dienst? Verwundet? Sie trugen alle möglichen Waffen: Betäubungspistolen, Nervenscheren, Plasmabogen, Nadelgewehre. Miles versuchte sie zusammenzuzählen und sie wie Bothari zu bewerten.

Aber von außen war es schwer zu sagen, wie funktionsfähig sie waren.

»Wer ist der Boss auf diesem alten Kasten?« fragte ein großer Mann und drängte sich durch die anderen.

Miles trat einen Schritt vor. »Ich bin Naismith, der Eigner, Sir.« Er versuchte, höflich zu klingen. Der große Kerl befehligte offenbar die Männer, die an Bord gekommen waren, den Rangabzeichen nach vielleicht sogar den Kreuzer.

Der Söldnerführer musterte Miles. Dann zog er die eine Braue hoch und verzog verächtlich den Mund. Er stufte Miles eindeutig als ungefährlich ein. Das ist genau, was ich will, sagte Miles sich. Gut.

Der Söldner stöhnte gelangweilt. »Na schön, Kleiner, bringen wir die Sache hinter uns. Ist das deine ganze Besatzung?« Er deutete auf Mayhew und Daum, die neben Bothari standen.

Miles senkte die Lider, um seine Wut zu verbergen. »Mein Ingenieur ist auf seinem Posten, Sir«, sagte er und hoffte, den richtigen Tonfall eines eingeschüchterten Mannes erwischt zu haben, der sich einschmeicheln wollte.

»Durchsucht sie!« befahl der Große über die Schulter hinweg. Bothari wurde stocksteif. Miles schüttelte fast unmerklich den Kopf. Danach ließ sich Bothari abtasten, allerdings mit so mürrischem Gesicht, das dies auch dem Anführer auffiel.

Dann teilte der Anführer seine Männer in drei Suchtrupps auf und bedeutete Miles und seinen Leuten vor ihm in den Navigations- und Kontrollraum zu gehen. Dort untersuchten zwei Söldner alles, was sich auseinandernehmen ließ, sogar die Polsterung der Drehsessel. Dann ließen sie alles so stehen und liegen und gingen weiter zu den Kabinen. Dort wurde die Durchsuchung zur glatten Plünderung. Miles biß die Zähne zusammen, als sie seine persönlichen Sachen einfach auf den Boden warfen und darauf herumtrampelten.

»Diese Kerle haben wirklich *nichts*, was sich lohnt mitzunehmen, Captain Auson«, schimpfte der eine Söldner enttäuscht. »Warte mal, hier ist etwas …«

Miles verfluchte seine Nachlässigkeit. Beim Einsammeln und Verstecken der Waffen hatte er den Dolch seines Großvaters übersehen. Er hatte ihn eigentlich als Erinnerungsstück mitgenommen und auf dem Boden eines Koffers vergessen. Angeblich stammte der Dolch von Graf Selig Vorkosigan selbst. Großvater hatte ihn wie eine Heiligenreliquie verehrt. Man konnte mit dieser Waffe zwar nicht die Entscheidung des Krieges auf Tau Verde herbeiführen; aber im Griff war das Wappen der Vorkosigan in Gold und Edelsteinen eingelegt. Miles betete, daß das Wappen einem Nicht-Barrayarer bedeutungslos sein möge.

Der Soldat warf es seinem Anführer zu. Dieser zog die Klinge aus der Scheide aus Eidechsenhaut. Er drehte sie im Licht. Dabei wurden seltsame Zeichen auf der glänzenden Klinge sichtbar. Diese Klinge war selbst in der Zeit der Isolation zehnmal so viel wert gewesen wie der Griff. Jetzt galt sie unter Waffenkennern als unbezahlbar.

Captain Auson war offensichtlich kein Kenner, denn er meinte: »Hm, hübsch.« Dann steckte er den Dolch zurück in die Scheide und stopfte sie in seinen Gürtel.

»He!« Miles wollte sich wutendbrannt auf den Kerl stürzen, hielt sich aber zurück. Lammfromm! Lammfromm! Er kleidete seine Empörung in die Form, die einem betanischen Geschäftsmann entsprach. »Ich bin gegen so etwas nicht versichert!«

Der Captain schnaubte. »Dein Pech, Kleiner.« Er musterte Miles zweifelnd.

Rückwärtsgang einlegen, dachte Miles. »Bekomme ich nicht wenigstens eine Quittung?« fragte er weinerlich.

Auson lachte. »Eine Quittung? Das ist wohl ein Scherz?« Die Söldner grinsten gemein.

Nur mit Mühe konnte Miles an sich halten. »Aber lassen Sie die Klinge wenigstens nicht naß werden. Sie rostet, wenn man sie nicht ordentlich abtrocknet, nachdem man sie benutzt hat.«

»Billiges Schundmetall«, meinte Auson verächtlich. Er schlug mit dem Fingernagel dagegen. Der Ton klang hell wie eine Glocke. »Vielleicht kann ich mir eine gute Klinge aus rostfreiem Stahl an den verzierten Griff machen lassen.« Miles wurde grün im Gesicht.

»Machen Sie diese Kiste auf!« befahl Auson Bothari.

Dieser blickte wie üblich fragend Miles an. Auson verzog mißbilligend das Gesicht. »Den Kleinen brauchen Sie nicht anzusehen. Sie bekommen Ihre Befehle von mir.«

Bothari richtete sich auf und zog eine Augenbraue hoch. »Sir?« wandte er sich direkt an Miles.

Lammfromm, verdammt nochmal, Sergeant, dachte Miles. »Gehorchen Sie dem Mann, Mr. Bothari«, sagte er etwas zu scharf.

Bothari lächelte verhalten. »Jawohl, Sir!« Nachdem die Hackordnung wieder mehr nach seinem Geschmack hergestellt war, öffnete er mit berechnet beleidigender Langsamkeit die Kiste. Auson fluchte leise vor sich hin.

Dann scheuchte der Söldneranführer sie zu einer Schlußbesprechung in den Raum, den die Betaner ›Erfrischungsraum‹ und die Barrayarer ›Wachraum‹ nannten. »Und nun geben Sie bitte alle Währungen ab, die nicht von diesem Planeten stammen. Schmuggelware«, erklärte Auson.

»Was?« rief Mayhew wütend. »Wie kann *Geld* Schmuggelware sein?«

»Sei ruhig, Arde!« zischte Miles ihn an. »Tu's!« Vielleicht sagte Auson sogar die Wahrheit. Fremde Währung war genau das, was Daums Leute brauchten, um auf anderen Planeten Waffen und Militärratgeber einzukaufen. Vielleicht war es aber auch nur der Raubüberfall, nach dem es aussah. Es spielte keine Rolle. Die

Männer waren so wenig aufgeregt, daß sie offenbar Daums Ladung nicht entdeckt hatten, und das war das Wichtigste. Miles leerte die Taschen mit heimlichem Triumphgefühl im Herzen.

»Das ist *alles?*« fragte Auson ungläubig, als sie ihre letzten Scherflein vor ihn auf den Tisch gelegt hatten.

»Wir sind momentan etwas kna … naja, pleite«, erklärte Miles, »bis wir auf Tau Verde unsere Sachen verkaufen.«

»Scheiße!« murmelte Auson. Seine Augen bohrten sich unbarmherzig in Miles', der hilflos mit den Achseln zuckte und unschuldig lächelte.

Drei weitere Söldner kamen herein. Sie schoben Baz und Elena vor sich her.

»Habt ihr den Ingenieur?« fragte Auson. »Ich nehme an, daß er auch kna … naja, pleite ist.« Er schaute auf und sah Elena. Sofort verschwand die Gelangweiltheit aus seinen Augen. Er stand schnell auf. »Hallo, *das* ist besser! Ich dachte schon, hier an Bord seien nur Mißgeburten oder Monstermasken. Aber Geschäft kommt vor dem Vergnügen. Hast du irgendwelche Währung bei dir, die nicht von Tau Verde stammt, meine Süße?«

Elena warf Miles einen unsicheren Blick zu. »Ein bißchen«, gab sie zu. »Warum?«

»Raus damit!«

»Miles?« fragte sie.

Miles löste die zusammengepreßten Kiefer, die schon schmerzten, und sagte: »Gib ihm dein Geld, Elena.« Auson funkelte Miles wütend an. »Du bist nicht mein Sekretär, Kleiner. Ich brauche dich nicht, um meine Befehle weiterzuleiten. Ich möchte kein Wort mehr von dir hören, kapiert?«

Miles nickte und lächelte lammfromm. Dann rieb er sich die schweißnasse Hand an der Hosennaht trocken, wo sich kein Holster befand.

Elena legte verwirrt fünfhundert betanische Dollar auf den Tisch. Bothari zog verblüfft die Brauen hoch.

»Wo hast du das her?« flüsterte Miles, als sie zurücktrat.

»Die Gräfin — deine Mutter hat es mir gegeben«, flüsterte sie zurück. »Sie sagte, ich sollte etwas eigenes Geld haben, das ich in der Beta-Kolonie ausgeben kann. Ich wollte nicht so viel annehmen; aber sie bestand darauf.«

Auson zählte das Geld und strahlte. »Du bist also der Bankier, Süße. Das sieht doch schon vernünftiger aus. Ich dachte schon, Leute, ihr wolltet mich übers Ohr hauen.« Er neigte den Kopf auf die Seite und lächelte zynisch. »Leute, die mich übers Ohr hauen, bedauern das hinterher.« Das Geld verschwand mit den anderen kleineren Wertgegenständen.

Dann überprüfte er das Manifest. »Stimmt das?« fragte er den Anführer der Gruppe, die mit Elena und Baz gekommen war.

»Jede Kiste, die wir aufgemacht haben, war richtig deklariert«, antwortete der Soldat.

»Sie haben unten alles schrecklich verwüstet«, flüsterte Elena Miles zu.

»Psst! Schon gut!«

Captain Auson seufzte und ging die Identifikationsakten durch. Einmal grinste er und blickte erst Bothari dann Elena an. Miles schwitzte. Auson beendete die Durchsicht und lehnte sich lässig im Sessel vor dem Computer zurück. Dann betrachtete er Mayhew.

»Sie sind der Pilot«, fragte er ohne große Begeisterung.

»Jawohl, Sir«, antwortete Mayhew, so lammfromm, wie Miles es mit ihm geübt hatte.

»Betaner?«

»Jawohl, Sir.«

»Sind Sie ... ach was! Sie sind Betaner, damit ist die Frage beantwortet. Dort gibt es mehr komische Typen als irgendwoanders ... Sind Sie jetzt bereit mitzukommen?«

Mayhew warf Miles einen unsicheren Blick zu.

»Verdammt!« brüllte Auson. »Ich habe Sie gefragt und nicht den Zwerg! Schlimm genug, daß ich Sie die nächsten paar Wochen am Frühstückstisch ansehen muß. Bei ihm würde mir kotzübel. Ja, lächle nur, du kleiner Mutant!« Die letzten Worte waren an Miles gerichtet. »Ich wette, du würdest mir gern die Leber rausschneiden.«

Miles glättete beunruhigt das Gesicht. Er war so sicher gewesen, daß er lammfromm ausgesehen hatte. Vielleicht war es Bothari. »Nein, Sir«, widersprach er und bemühte sich, eingeschüchtert zu wirken.

Der Captain der Söldner musterte ihn kurz und murmelte dann: »Ach, verdammt, was soll's!« Er stand auf.

Sein Blick fiel wieder auf Elena. Er lächelte nachdenklich. Elena blickte finster zurück.

»Weißt du was, Kleiner«, sagte Auson in wohlwollendem Ton. »Du kannst deinen Piloten behalten. Ich habe mehr Betaner in letzter Zeit gehabt, als ich ertragen kann.«

Mayhew atmete erleichtert auf. Miles entspannte sich ebenfalls.

Dann zeigte Auson auf Elena. »Ich nehme sie statt dessen mit. Geh und pack schon mal deine Sachen, Süße!«

Eisiges Schweigen.

Auson lächelte Elena aufmunternd zu. »Du vermißt nichts, wenn du Tau Verde nicht siehst, glaub mir. Und wenn du ein liebes Mädchen bist, bekommst du sogar vielleicht dein Geld zurück.«

Elena blickte Miles mit angstgeweiteten Augen an. »Mylord ...?« sagte sie unsicher. Es war kein Versprecher. Sie hatte das Recht, ihren Lehnsherrn um Schutz zu bitten. Es tat ihm weh, daß sie ihn nicht ›Miles‹ genannt hatte. Bothari schwieg wie versteinert. Sein Gesicht war völlig ausdruckslos.

Miles trat vor den Söldneranführer hin. Jetzt hatte er

die Lammfrommheit abgelegt. »Laut Abkommen dürfen Sie nur unseren Piloten festhalten«, erklärte er.

Auson grinste ihn höhnisch an. »Ich mache meine eigenen Gesetze. Sie kommt mit!«

»Sie will aber nicht. Wenn Sie den Piloten nicht wollen, wählen Sie jemand anderen.«

»Keine Angst, Kleiner. Sie wird viel Spaß bei uns haben. Auf dem Rückweg kannst du sie wieder abholen, wenn sie dann noch mitkommen will.«

»Ich sagte: Wählen Sie jemand anderen!«

Auson wandte sich lachend ab. Miles packte ihn am Arm. Die anderen Söldner schauten zu und machten sich nicht einmal die Mühe, ihre Waffen zu zücken. Ausons Gesicht leuchtete glücklich auf. Er holte aus. Darauf hat er nur gewartet, dachte Miles. Aber ich auch ...

Der Kampf war kurz und unausgeglichen. Ein Griff, eine Drehung, ein Schlag — und Miles lag mit dem Gesicht aufs Deck gepreßt da. Er spürte den metallischen Geschmack von Blut im Mund. Als Zugabe traf ihn noch eine Stiefelspitze direkt in die Magengrube, daß er sich vor Schmerzen krümmte und in nächster Zeit nicht aufstehen würde.

Gottseidank waren keine Rippen gebrochen, dachte er. Vor Schmerzen und Wut wurde ihm fast übel. Direkt vor seiner Nase standen die Stiefel. Die mußten Stahlkappen haben ...

Der Söldneranführer stand da, die Hände in die Hüften gestemmt. »Na?« fragte er Miles' Besatzung. Schweigen. Alle blickten auf Bothari. Doch dieser schien versteinert zu sein.

Enttäuscht spuckte Auson auf den Boden — entweder hatte er nicht auf Miles gezielt oder ihn verfehlt. »Ach, zum Teufel! Dieser Kahn ist es nicht wert, daß man ihn konfisziert. Der frißt viel zu viel Treibstoff.« Dann erhob er die Stimme und sagte zu seinen Männern: »In Ordnung, packt zusammen, wir gehen. Komm, Süße!« Er nahm Elena fest am Arm. Die fünf Söldner gaben ihre lässigen Positionen an der Wand auf und waren bereit, ihrem Anführer zu folgen.

Elena warf einen Blick über die Schulter auf Miles. Dann blickte sie Auson berechnend an.

»Jetzt, Sergeant!« rief Miles und warf sich auf den Söldner, den er sich ausgesucht hatte. Da er noch von dem Kampf mit Auson recht mitgenommen war, hatte er in einem seltenen Anfall von Klugheit den Mann gewählt, der schon anfangs an der Wand gelehnt hatte. Im Raum schien eine Explosion stattzufinden.

Niemand hatte gesehen, daß der Sergeant einen Sessel aus der Verankerung gelöst hatte. Jetzt schleuderte er diesen einem Söldner entgegen, ehe der Mann seine Nervenschere ziehen konnte. Miles war mit seinem Mann beschäftigt. Er hörte Botharis Gegner nur mit einem dumpfen Schlag zu Boden gehen. Auch Daum hatte blitzschnell einen Mann entwaffnet und warf die Betäubungspistole dem verblüfften Mayhew zu. Der Pilot betrachtete die Waffe kurz, dann feuerte er. Leider war sie nicht geladen.

Ein Nadelgewehr ging los. Das Projektil explodierte an der Wand. Miles rammte seinem Gegner mit aller Kraft den Ellbogen in den Bauch. Seine Vermutung, daß der Mann betrunken war, erwies sich als richtig, als er sich übergeben mußte. Miles verdrängte den Ekel und drückte dem Mann die Kehle zu. Zum ersten Mal wendete er alle Kraft auf, die er besaß. Zu seiner großen Überraschung zuckte sein Gegner noch ein paar Mal, dann lag er still da. Gibt er auf? fragte sich Miles und zog den Kopf des anderen hoch, um ihm ins Gesicht zu sehen. Der Mann war bewußtlos.

Ein Söldner prallte von Bothari ab und flog an Mayhew vorbei, der endlich die Betäubungspistole sinnvoll einsetzte, indem er dem Mann ins Genick schlug — allerdings etwas zaghaft. Bothari fuhr ihn an: »So doch nicht!« Dann nahm er ihm die Pistole aus der Hand und plättete den Mann mit einem genau plazierten Schlag.

Der Sergeant half Daum noch bei dessen zweiten Gegner. Dann war alles vorbei. Nur vor der Tür hörte man noch dumpfes Stöhnen. Captain Auson lag mit blutender Nase da, Elena saß auf ihm drauf.

»Das reicht, Elena«, sagte Bothari und hielt Auson die glockenförmige Mündung einer Nervenschere an die Schläfe.

»Nein, Sergeant!« rief Miles. Auson hörte auf zu Stöhnen und verdrehte die Augen angstvoll nach der Mündung der Waffe.

»Ich möchte ihm auch noch die Beine brechen!« schrie Elena wütend. »Ich werde ihm jeden Knochen im Leib brechen! Ich werde ihn den ›Kleinen‹ heimzahlen! Wenn ich mit ihm fertig bin, ist er nur noch einen Meter groß!«

»Später«, vertröstete sie Bothari. Daum fand eine funktionierende Betäubungspistole, und der Sergeant erlöste den Captain vorübergehend von seinen Schmerzen. Dann erledigte er systematisch alle anderen im Raum. »Drei sind noch draußen Mylord«, erinnerte er Miles.

»Ja.« Miles krabbelte mühsam hoch. Und elf oder mehr im anderen Schiff. »Meinst du, daß du sie mit Daum zusammen überraschen und betäuben kannst?«

»Ja, aber ...« Bothari schwang die Nervenschere in der Hand. »Darf ich darauf hinweisen, Mylord, daß es in der Schlacht besser ist, den Gegner zu töten als gefangen zu nehmen?«

»Soweit wird es nicht kommen, Sergeant«, wies Miles ihn zurecht. Das volle chaotische Ausmaß der Situation wurde ihm erst langsam klar. »Betäubt sie. Danach wird uns schon etwas einfallen.«

»Denk schnell, Mylord«, sagte Bothari und verschwand durch die Tür. Daum kaute besorgt auf der Lippe und folgte ihm.

Miles dachte bereits angestrengt nach. »Sergeant«, rief er hinterher. »Laß mir einen bei Bewußtsein!«

»Sehr wohl, Mylord.«

Miles ging zurück und betrachtete die herumliegenden Söldner. »O Gott«, stöhnte er, »was mach' ich bloß mit denen?«

KAPITEL 9

Elena und Mayhew schauten Miles erwartungsvoll an. Plötzlich bemerkte er, daß er Baz überhaupt nicht bei dem Kampf gesehen hatte. Halt, da drüben stand er, an die gegenüberliegende Wand gepreßt. Seine Augen waren wie dunkle Löcher im käsigen Gesicht. Er keuchte.

»Bist du verletzt, Baz?« rief Miles besorgt. Der Ingenieur schüttelte den Kopf, sagte aber nichts. Als ihre Blicke sich trafen, schlug Baz die Augen nieder. Jetzt wußte Miles, warum er ihn nicht gesehen hatte.

Wir sind zwei oder drei zu eins unterlegen, dachte Miles. Ich kann es mir nicht leisten, auf einen gut ausgebildeten Soldaten zu verzichten. Ich muß etwas unternehmen — und zwar *sofort!* »Elena, Arde, geht doch mal in den Korridor und macht die Tür zu, bis ich euch rufe.« Sie gehorchten, sahen ihn aber verwundert an.

Miles ging zum Ingenieur hinüber. Wie kann ich in der Dunkelheit nur nach Gefühl ein Herz ohne Narkose transplantieren? Er sprach ganz leise.

»Uns bleibt keine Wahl. Wir müssen jetzt ihr Schiff kapern. Am günstigsten wäre es, den Gleiter in unseren Besitz zu bringen und damit hinzufahren. Dann denken sie, ihre eigenen Leute kämen zurück. Aber das kann nur in den nächsten paar Minuten durchgeführt werden.

Nur wenn wir sie überwältigen, ehe sie einen Muckser machen, haben wir eine Chance, hier lebend rauszukommen. Ich schicke den Sergeant und Daum in ihren Navigations- und Kontrollraum, um jede Kommunikation mit der Außenwelt zu verhindern. Die nächste lebenswichtige Abteilung ist der Maschinenraum.«

Jesek wandte das Gesicht ab, als habe er starke Schmerzen oder Trauer. Miles sprach erbarmungslos weiter.

»Dafür bist du eindeutig der richtige Mann. Daher gebe ich dir diesen Auftrag und ...« — Miles holte tief Luft — »schicke Elena mit.«

Der Ingenieur sah ihn an. Er wirkte noch eine Spur erschöpfter. »O nein!«

»Mayhew und ich werden herumschweben und alles betäuben, das sich bewegt. In dreißig Minuten ist alles vorbei — so oder so.«

Jesek schüttelte den Kopf. »Ich kann nicht«, flüsterte er.

»Hör mal, du bist nicht der einzige, der Angst hat. Ich verliere fast den Verstand vor Angst.«

»Aber du siehst überhaupt nicht verängstigt aus.« Um Jeseks Mund zuckte es. »Du hast nicht mal verängstigt ausgesehen, als dieses Söldnerschwein dich zusammengeschlagen hat — nur wütend.«

»Das kommt daher, weil ich eine starke Schubkraft habe. Das ist kein Verdienst, nur ein Balanceakt. Ich wage nicht anzuhalten.«

Der Ingenieur schüttelte den Kopf und sagte durch die Zähne: *»Ich kann nicht. Ich hab's ja versucht.«*

Wilde Verwünschungen gingen Miles durch den Kopf — nein, das war die falsche Methode. Mehr Angst war mit Sicherheit nicht das Heilmittel gegen Angst.

»Ich zwangsverpflichte dich«, erklärte Miles plötzlich.

»Was?«

»Ich konfisziere dich und alles, was dir gehört — deine Ausbildung — um den Kampf zu gewinnen. Das ist vollkommen illegal, aber da dir die Todesstrafe droht, ist es egal. Knie nieder und leg deine Hände zwischen meine.«

Jesek starrte ihn mit offenem Mund an. »Das kannst du doch nicht machen! Ich bin nicht — nur ein vom Kaiser dazu beauftragter Offizier kann einen Vasallen mit einem Eid verpflichten. Außerdem habe ich schon den Treueeid auf den Kaiser abgelegt, als ich mein Offizierspatent erhielt — und den Eid gebrochen, als ich ...« Er sprach nicht weiter.

»Oder ein Graf oder der Nachkomme eines Grafen«, fuhr Miles fort. »Ich gebe zu, die Tatsache, daß du schon auf Gregor als Offizier den Eid geleistet hast, ist ein kleiner Schönheitsfehler. Wir müssen einfach den Text etwas abändern.«

»Du bist doch nicht ...?« Jesek starrte Miles an. »Wer, zum Teufel, sind Sie eigentlich?«

»Darüber möchte ich jetzt nicht sprechen. Aber ich bin tatsächlich ein Vasall Secundus von Gregor Vorbarra und kann dich als Lehnsmann annehmen. Das werde ich auch sofort tun, denn ich habe es verdammt eilig. Die Einzelheiten können wir später klären.«

»Du bist verrückt! Wozu, zum Teufel, soll das gut sein?«

Um dich abzulenken, dachte Miles. Es funktioniert ja schon. »Vielleicht, aber ich bin ein *Vor*-Verrückter. Auf die Knie!«

Der Ingenieur fiel auf die Knie und schüttelte ungläubig den Kopf. Miles ergriff seine Hände und begann.

»Sprich mir nach: ›Ich, Bazil Jesek, bezeuge, daß ich durch bereits geleisteten Eid ein Vasall Gregor Vorbarras bin. Dennoch trete ich jetzt als einfacher Krieger in die Dienste dieses ...‹« Bothari wird vor Wut schäumen, wenn er davon erfährt. »›dieses Verrückten — nein, besser Vor-Verrückten —, der vor mir steht. Ich werde ihm, als meinem Lehnskommandanten, bis zu meinem oder seinem Tod getreu dienen.‹«

Jesek sprach wie hypnotisiert die Eidesformel nach.

Dann sprach Miles weiter: »Ich, Vasall Secundus des Kaisers Gregor Vorbarra, nehme deinen Eid an und gelobe dir meinen Schutz als dein Lehnskommandant. Darauf gebe ich dir mein Wort — ja, mein Wort. Hier. Du hast nun das zweifelhafte Privileg, meine Befehle buchstabengetreu auszuführen und mich mit ›Mylord‹ anzusprechen — aber tu das nicht vor Bothari, ehe ich ihm die Neuigkeiten vorsichtig beigebracht habe. Ja, noch etwas ...«

Der Ingenieur sah ihn völlig verwirrt an.

»Du bist zu Hause — wenn es im Augenblick auch nicht viel wert ist.«

Jesek schüttelte benommen den Kopf und stand auf. »War das echt?«

»Naja — ein bißchen irregulär; aber, wenn ich das denke, was ich über unsere Geschichte gelesen habe, finde ich, daß es dem Original näherkommt als die offizielle Version.«

An der Tür klopfte es. Daum und Bothari brachten einen Gefangenen, dem sie die Hände auf dem Rücken gefesselt hatten. Er war Pilot, wie man an den silbernen Kreisen auf Stirn und Schläfen erkennen konnte. Miles nahm an, daß Bothari ihn deshalb ausgesucht hatte. Er mußte alle Erkennungscodes beherrschen. Die trotzige Kopfhaltung des Söldners verhieß allerdings Ärger.

»Baz, bring mit Elena und dem Major diese Kerle in Luke vier. Die ist leer. Sie könnten aufwachen und kreativ werden; deshalb schweiß die Tür zu. Dann brich unser Waffenversteck auf, hol die Betäubungspistolen und Plasmabogen und durchsuch den Gleiter der Söldner. Wir treffen uns hier in ein paar Minuten wieder.«

Elena schleppte gerade den letzten Bewußtlosen an den Knöcheln hinaus — es war der Captain, und sie war keineswegs besorgt, wo er mit dem Kopf aufschlug. Dann schloß Miles die Tür und wandte sich an den Gefangenen, den Bothari und Mayhew hielten.

»Ich wäre Ihnen dankbar, wenn wir gleich zum Punkt kommen könnten: Zu den Codes«, sagte er. »Es würde Ihnen eine Menge Leid ersparen.«

Der Söldner verzog nur die Lippen und lächelte zynisch. »Klar würde es das — für euch! Was, keine Wahrheitsdrogen? Euer Pech. Kleiner, bei mir hast du kein Glück.«

Botharis Augen funkelten. Miles hielt ihn mit einer Handbewegung zurück. »Noch nicht, Sergeant.«

Miles seufzte. »Sie haben recht«, sagte er zum Söldner. »Wir haben keine Drogen. Es tut mir leid; aber wir müssen dennoch um Ihre Mitarbeit bitten.«

Der Söldner lachte. »Vergiß es, Kleiner.«

»Wir wollen Ihre Freunde nicht töten, nur betäuben«, fuhr Miles fort.

Der Mann hob stolz den Kopf. »Die Zeit arbeitet für mich. Ich kann alles aushalten, was Sie mit mir anstellen. Wenn Sie mich umbringen, kann ich nichts mehr sagen.«

Miles nahm Bothari beiseite. »Das ist jetzt deine Abteilung, Sergeant«, sagte er leise. »Mir scheint, er hat recht. Was hältst du davon, wenn wir versuchen, ohne Codes an Bord zu kommen? Es könnte nicht schlimmer sein, als wenn er uns falsche nennt. Wir könnten dies alles vergessen ...« Er deutete mit nervös zitternder Hand auf den gefangenen Piloten.

»Es wäre besser mit Codes«, erklärte der Sergeant kompromißlos. »Und sicherer.«

»Aber ich sehe nicht, wie wir sie bekommen können?«

»Ich bekomme sie. Einen Piloten kriegt man immer klein. Allerdings mußt du mir freie Hand lassen, Mylord.«

Botharis Gesichtsausdruck beunruhigte Miles. Die Zuversicht war in Ordnung, nicht aber die erwartungsvolle Haltung. Die verursachte ihm Magenschmerzen.

»Du mußt dich jetzt entscheiden, Mylord.«

Miles dachte an Elena, Mayhew, Daum und Jesek, die ihm hierher gefolgt waren — die ohne ihn nicht hier wären ... »Legen Sie los, Sergeant!«

»Vielleicht wartest du lieber auf dem Korridor.«

Miles schüttelte den Kopf, obwohl ihm sterbensübel war. »Nein, ich habe es befohlen. Da bleibe ich auch dabei.«

Bothari neigte den Kopf. »Wie du willst. Ich brauche den Dolch.« Er zeigte auf den Dolch, den Miles dem bewußtlosen Auson abgenommen und wieder in den Gürtel gesteckt hatte. Widerstrebend gab Miles dem Sergeant die Waffe. Botharis Gesicht leuchtete auf, als er die Schönheit, Biegsamkeit und unglaubliche Schärfe der Klinge bewunderte. »So etwas wird heutzutage nicht mehr gemacht«, sagte er leise.

Was hast du damit vor, Bothari? Miles wagte aber nicht, den Sergeant zu fragen. Wenn du ihm befiehlst, die Hosen runterzulassen, beende ich diese Sitzung auf der Stelle — Codes oder nicht ... Sie gingen zurück zu dem Gefangenen, der immer noch trotzig dastand.

Miles versuchte es noch einmal. »Sir, ich bitte Sie: Arbeiten Sie mit uns zusammen!«

Der Mann grinste. »Bei mir hast du kein Glück, Kleiner. Ich habe keine Angst vor ein bißchen Schmerz.«

Aber ich habe Angst, dachte Miles und trat beiseite. »Er gehört dir, Sergeant.«

»Haltet ihn fest!« befahl Bothari. Miles packte den rechten Arm des Gefangenen, Mayhew den linken.

Als der Söldner Bothari ins Gesicht blickte, verging ihm das Grinsen. Bothari hatte einen Mundwinkel nach oben gezogen. Dieses Lächeln hatte Miles noch nie gesehen und hoffte inständig, es nie wieder sehen zu müssen. Der Söldner schluckte.

Bothari setzte die Dolchspitze neben den Silberknopf in der rechten Schläfe des Mannes und schob sie unter die Kante. Der Söldner blickte in Panik nach rechts und links. »Das würdest du nicht wagen ...«, flüsterte er. Ein Blutstropfen umgab jetzt den Knopf. »Warte!« rief der Söldner.

Doch Bothari machte eine kurze Drehung mit dem Dolch. Dann packte er den Knopf mit der anderen Hand und riß daran. Aus der Kehle des Söldners rang sich ein markerschütternder Schrei. Mit krampfhaften Zuckungen fiel er auf die Knie.

Bothari ließ die Implantation vor den Augen des Mannes hin- und herschwingen. Haardünne Drähte hingen wie Spinnenbeine aus dem Silberknopf heraus, der Tausende von betanischen Dollar an Virenkreisläufen und Mikrochirurgie wert war und jetzt nur noch Schrottwert hatte.

Mayhew wurde beim Anblick dieses unglaublichen Vandalismus' kreidebleich. Er stöhnte auf. Dann drehte er sich um und ging in eine Ecke, wo er sich übergeben mußte.

Ich wünschte, ich hätte nicht zugesehen, dachte Miles. Ich wünschte, ich hätte Daum statt dessen dabehalten. Ich wünschte ...

Botharis hockte sich in Augenhöhe vor sein Opfer und blickte ihm ins Gesicht. Wieder hob er den Dolch. Der Söldnerpilot schrak zurück, prallte gegen die Wand, rutschte daran hinab und setzte sich, da er nicht weiter ausweichen konnte. Bothari setzte die Dolchspitze an den Ring in der Stirn des Mannes.

»Um Schmerz geht es nicht«, sagte der Sergeant mit heiserer Stimme. Pause. »Fang an!«

Der Pilot sprudelte in Panik alle verräterischen Einzelheiten heraus. Miles war sicher, daß unter diesem Informationsschwall keine geschickten Ausflüchte oder Lügen verborgen waren. Er überwand seine eigene Panik und hörte genau zu, damit keine dieser lebenswichtigen Angaben verloren ging oder falsch verstanden wurde. Es war einfach undenkbar, wenn ein derartiges Opfer verschwendet würde.

Als der Mann begann, sich zu wiederholen, zog Bothari ihn hoch und schob ihn vor sich her zum Korridor. Elena und die anderen musterten den Söldner unsicher, stellten aber keine Fragen, warum an seiner Schläfe etwas Blut herabtropfte. Der Söldnerpilot erklärte hastig und manchmal kaum zusammenhängend alle Einrichtungen auf dem leichten Kreuzer. Dann stieß Bothari ihn an Bord des Gleiters. Dort schnallte er ihn auf einem Sessel fest, wo er schluchzend zusammenbrach. Die anderen vermieden es, den Gefangenen anzusehen, und setzten sich daher möglichst weit von ihm entfernt.

Mayhew betrachtete begierig die Handkontrollen des Gleiters und spreizte die Finger.

Miles glitt auf den Sitz neben ihm. »Kannst du das Ding fliegen, Arde?«

»Ja, Mylord.«

Miles betrachtete das erschöpfte Gesicht. »Alles in Ordnung?«

»Ja, Mylord.« Der Antrieb des Gleiters heulte auf. Sie stießen von der Seite der RG 132 ab. »Hast du gewußt, daß er das tun wird?« fragte Mayhew plötzlich leise und warf einen Blick zurück auf Bothari und dessen Gefangenen.

»Nicht genau.«

Mayhews Lippen wurden schmal. »Verrückter Bastard.«

»Hör zu, Arde. Eins mußt du dir merken«, sagte Miles. »Für das, was Bothari auf meinen Befehl hin tut, bin allein ich verantwortlich — nicht er.«

»Ach was! Ich habe den Ausdruck auf seinem Gesicht gesehen. Er hat es *genossen,* du nicht.«

Miles zögerte kurz, wiederholte aber dann eindringlich: »Ich bin für das verantwortlich, was Bothari tut. Das weiß ich schon seit langem, daher drücke ich mich auch nicht vor der Verantwortung.«

»Dann *ist* er gestört«, flüsterte Mayhew.

»Er hat sich im Griff. Aber — wenn du ein Problem mit ihm hast, komm zu mir, verstanden?«

»Ihr beide seid ein feines Paar«, murmelte Mayhew leise.

Miles studierte das Söldnerschiff auf den Bildschirmen, während sie sich ihm näherten. Es war ein schnelles, kraftvolles, gut bestücktes Kriegsschiff. Die Schnittigkeit ließ auf illyricanische Herkunft schließen. Passenderweise hieß es *Ariel.* Keine Frage, daß die schwerfällige RG 132 keine Chance gehabt hätte, ihm zu entfliehen. Er spürte etwas Neid beim Anblick dieser todbringenden Schönen, doch dann kam ihm plötzlich die Erkenntnis, daß er in Kürze ihr Besitzer sein würde, wenn alles plangemäß verlief. Allerdings vergifteten die zweifelhaften Methoden der Besitznahme seine Freude und machten ihn nervös.

Ohne Zwischenfall legten sie an der Gleiterluke der *Ariel* an. Miles schwebte nach hinten, um Jesek beim Docken zu helfen. Bothari band den Gefangenen noch fester auf den Sitz und begab sich an Miles' Seite. Miles wollte keine Zeit verschwenden und wegen seiner Methode mit ihm streiten.

»In Ordnung«, antwortete er auf Botharis wortlose Frage. »Du als erster und ich als zweiter.«

»Meine Reaktionszeit ist schneller, wenn ich meine Aufmerksamkeit nicht teilen muß, Mylord.«

Miles seufzte. »Na schön! Du, dann D ... nein. Dann Baz.« Er fing den Blick des Ingenieurs auf. »Dann Daum, ich, Elena und Mayhew.«

Bothari billigte diese Reihenfolge mit einem Nicken. Dann öffnete sich die Luke und Bothari glitt hindurch. Jesek holte tief Luft und folgte ihm.

Miles sagte laut: »Elena, halte Baz in Schwung. Laß ihn nicht stehenbleiben.«

Aus dem Schiff vor ihnen drang ein Schrei: »Wer, zum Teufel ...!« Dann das kurze Summen von Botharis Betäubungspistole. Schon war Miles im Korridor.

»Nur einer?« fragte er Bothari, als er die zusammengesunkene Gestalt in grauweißer Uniform sah.

»Bis jetzt«, antwortete der Sergeant. »Wir haben sie anscheinend völlig überrascht.«

»Gut, so soll es bleiben. Verteilt euch und schwärmt aus!«

Bothari und Daum verschwanden im ersten Quergang. Jesek und Elena schlugen die Gegenrichtung ein. Elena schaute einmal zurück, Jesek nicht. Hervorragend, dachte Miles. Er ging mit Mayhew in die dritte

Richtung. Vor der ersten geschlossenen Tür blieben sie stehen. Mayhew trat betont forsch vor.

»Ich gehe als erster, Mylord«, sagte er.

Du meine Güte, Tapferkeit ist ansteckend, dachte Miles. »Nur zu!«

Mayhew schluckte und hob den Plasmabogen.

»Warte eine Sekunde, Arde.« Miles drückte auf die Sicherungsplatte an der Tür, auf die man die Hand legen mußte. Die Tür glitt lautlos auf. »Wenn sie nicht verschlossen ist, riskierst du, daß sie sich automatisch verschweißt«, erklärte er.

»Oh«, sagte Mayhew. Dann schnellte er mit Kriegsgeheul durch die Öffnung und schwenkte den Plasmabogen durch den Raum. Dann hielt er inne. Es war ein Lagerraum. Nur einige Plastikbehälter standen herum. Vom Feind war nichts zu sehen.

Miles streckte den Kopf hinein und riskierte einen Blick. Mayhew kam wieder auf den Korridor heraus. »Weißt du, Arde, vielleicht wäre es besser, wenn wir ohne Kriegsgeheul hineingingen. Es verschreckt die Leute, und es ist viel einfacher, sie zu erledigen, wenn sie nicht aufgeregt herumhüpfen oder Deckung suchen.«

»Aber so machen sie es immer in den Vids«, verteidigte Mayhew sich.

Miles hatte eigentlich seine erste Erstürmung ähnlich geplant — und zwar aus demselben Grund. Jetzt räusperte er sich. »Ja, es sieht nicht besonders heroisch aus, sich von hinten an jemanden heranzuschleichen und ihm in den Rücken zu schießen; aber es ist bestimmt wirkungsvoller.«

Sie fuhren mit einer Liftröhre nach oben und kamen wieder an eine Tür. Miles legte wieder die Handfläche auf das Schloß und die Tür öffnete sich. Die Kajüte war dunkel. Trotzdem sah er, daß von vier Kojen nur drei belegt waren. Miles und Mayhew schlichen auf Zehenspitzen hinein und zielten. Miles schloß die Faust. Beide Männer feuerten gleichzeitig. Dann gab Miles noch einen Schuß auf die dritte Gestalt ab, die aus der Koje hochschreckte und nach dem Holster greifen wollte.

»He!« rief Mayhew. »Frauen! Dieser Captain *war* ein Schwein!«

»Ich glaube nicht, daß es Gefangene sind«, widersprach Miles und schaltete das Licht ein. »Sieh dir die Uniformen an. Sie gehören zur Besatzung.«

Miles und Mayhew zogen sich zurück. Miles war sehr nachdenklich. Vielleicht war Elene gar nicht in so großer Gefahr gewesen, wie der Söldneranführer ihnen weisgemacht hatte. Jetzt war es zu spät ...

Sie hörten eine tiefe Stimme: »Verdammt! Ich habe diesen verdammten Idioten gewarnt ...« Der Sprecher kam um die Ecke gerannt. Er schnallte sich gerade den Pistolengurt um, als er gegen Mayhew prallte.

Der Söldneroffizier reagierte blitzschnell und machte aus dem Zusammenstoß einen Ringkampf. Mayhew mußte einen Tritt in den Bauch einstecken. Miles wurde gegen die Wand geschleudert und bemühte sich krampfhaft, seine Waffen nicht zu verlieren.

»Betäub' ihn, Arde!« schrie er. Dann stopfte ihm ein Ellbogen den Mund. Mayhew kroch auf die Betäubungspistole zu, rollte ab und feuerte. Der Söldner brach zusammen. Miles hatte auch einen Prise der Ladung abbekommen. Ihm war schwindlig.

»Es ist eindeutig besser, sie im Schlaf zu überraschen«, meinte er. »Ob es noch mehr wie ihn — oder sie — gibt?«

»Es«, erklärte Mayhew lakonisch und rollte den Hermaphroditen auf den Rücken, so daß man das fein gemeißelte Gesicht sah, das entweder einem gut aussehenden jungen Mann oder einer jungen Frau gehören konnte. Braune Locken umrahmten das Gesicht und fielen in die Stirn. »Dem Akzent nach Betaner.«

»Stimmt«, sagte Miles und rappelte sich hoch. »Ich glaube ...« Er suchte an der Wand halt. In seinem Kopf pochte es, bunte Lichter tanzten ihm vor den Augen.

Die Betäubung war keineswegs so schmerzlos, wie sie aussah. »Wir müssen weiter ...« Dankbar stützte er sich auf Mayhews Arm.

Sie durchsuchten noch ein Dutzend weiterer Kajüten, ohne jemanden aufzustöbern. Schließlich kamen sie in den Kontrollraum. Dort lagen zwei stumme Gestalten neben der Tür. Bothari und Daum hatten die Zentrale besetzt.

»Im Maschinenraum ist alles in Ordnung«, meldete Bothari. »Sie haben vier betäubt. Das ergibt sieben.«

»Wir haben auch vier«, sagte Miles. »Kannst du auf dem Monitor eine Besatzungsliste abrufen und sehen, ob wir alle haben?«

»Schon erledigt, Mylord«, antwortete Bothari. »Es sind alle gefaßt.«

»Gut.« Miles ließ sich in den nächstbesten Sessel fallen und rieb sich den Mund, auf den er schon zweimal Schläge hatte hinnehmen müssen.

Botharis Augen verengten sich. »Fühlst du dich nicht wohl, Mylord?«

»Habe ein bißchen Betäubungsladung abbekommen. Ist gleich vorbei«, beschwichtigte Miles ihn. Was als nächstes? »Wir sollten die Typen einsperren, ehe sie aufwachen.«

Botharis Gesicht erstarrte zu einer Maske. »Sie sind uns drei zu eins überlegen und technisch ausgebildet. Es ist verdammt gefährlich, sie als Gefangene zu behalten.«

Miles blickte Bothari in die Augen. »Mir wird schon etwas einfallen.« Er betonte jedes Wort.

»Was bleibt uns anderes übrig?« fragte Mayhew. »Sollen wir sie aus der Luftschleuse stoßen?« Das Schweigen, das diesem Scherz folgte, bereitete ihm körperliche Übelkeit.

Miles erhob sich. »Sobald wir sie hinter Schloß und Riegel haben, sollten wir beide Schiffe für das Rendezvous starten. Die Oserer werden bald schon nach dem vermißten Schiff suchen, auch wenn die Besatzung keinen Hilferuf mehr absetzen konnte. Vielleicht können Major Daums Leute uns die Kerle abnehmen?«

Er nickte Daum zu, der aber nur mit den Achseln zuckte. Mit wackligen Knien machte Miles sich auf die Suche nach dem Maschinenraum.

Als erstes bemerkte Miles, daß die Halterung des Erste-Hilfe-Kastens in der Maschinenraumabteilung leer war. Voller Angst suchte er nach Elena. Bothari hätte ihm doch sicher gemeldet, wenn es Verwundete gegeben haben sollte. Halt, da war sie! Aber sie legte den Verband an, war also unverletzt.

Jesek saß in einem Sessel, und Elena betupfte eine Schürfwunde an seinem Oberarm. Der Ingenieur lächelte Elena hingerissen an — nicht nur aus Dankbarkeit, fand Miles.

Als Jesek ihn sah, stand er sofort auf — worüber Elena nicht sehr begeistert war, da sie gerade den Verband befestigen wollte — und grüßte schneidig, wie es in der Barrayarischen Armee gelehrt wurde: »Maschinenraum fest in unsrer Hand, Mylord!« meldete er. Dann unterdrückte er ein Lachen und gluckste nur. Er kämpft gegen Hysterie, stellte Miles fest. Elena schob Jesek wieder auf den Sessel. Dieser stieß noch einen Gluckser aus.

Miles fing Elenas Blick auf. »Wie ist euer erster Kampfeinsatz verlaufen?« fragte er und deutete mit einem Kopfnicken auf Jeseks Arm.

»Auf dem Weg nach unten sind wir niemandem begegnet. Glück gehabt, nehme ich an«, erklärte sie. »Dann haben wir sie hier überrascht und zwei gleich von der Tür aus betäubt. Ein dritter hatte einen Plasmabogen. Er hatte sich hinter diesen Leitungsrohren dort drüben versteckt. Dann hat mich dieses Weib angefallen.« Sie zeigte auf eine bewußtlose Gestalt in grauweißer Uniform, die auf dem Boden lag. »Wahrscheinlich hat sie mir damit das Leben gerettet, denn der mit dem Plasmabogen konnte nicht schießen, solange wir um meine Betäubungspistole gerungen haben.« Sie lächelte Jesek bewundernd an. »Baz hat ihn angegriffen und fertig gemacht. Ich konnte meine in den Griff bekommen. Baz hat sie betäubt. Dann war alles vorbei. Es war wirklich tollkühn, mit der Betäubungspistole einen Mann mit Plasmabogen anzugreifen. Der Söldner konnte nur einen Schuß abgeben — der hat Baz am Arm erwischt. Ich glaube nicht, daß ich mich das getraut hätte, du?«

Miles ging während dieser Beschreibung im Raum hin und her und rekonstruierte im Kopf das Geschehen. Er stieß den einstigen Besitzer des Plasmabogens mit der Stiefelspitze an und dachte an seine Abschußliste: Ein torkelnder Betrunkener und zwei schlafende Frauen. Er spürte einen Stich von Eifersucht. Nachdenklich räusperte er sich. »Nein, ich hätte wahrscheinlich meinen eigenen Plasmabogen genommen und versucht die Halterungen des Eisenträgers zu schmelzen, an dem die Lampen sind, damit er auf ihn herabfällt. Dann hätte ich ihn entweder, wenn er zerquetscht da gelegen hätte, oder beim Wegspringen betäubt.«

»Oh«, sagte Elena.

Jeseks Lächeln verschwand. »Daran habe ich nicht gedacht.«

Miles hätte sich am liebsten selbst in den Hintern getreten. Du Idiot! Welcher Kommandant setzt die Leistung eines seiner Männer herab, der aufgebaut werden müßte? Nur ein verdammt kurzsichtiger. Sofort verbesserte er sich. »Aber wahrscheinlich hätte ich unter Feuer auch nicht daran gedacht. Es ist so leicht, hinterher klüger zu sein, wenn man nicht mitten drin ist. Du hast dich großartig verhalten, Baz!«

Jesek war jetzt nicht mehr an der Schwelle zur Hysterie. »Danke, Mylord«, sagte er mit fester Stimme.

Elena untersuchte jetzt einen der bewußtlosen Söldner. Baz sagte leise zu Miles: »Woher hast du das gewußt? Ich hatte selbst keine Ahnung, daß ich ... Ach, zum Teufel, ich dachte, ich könnte nie wieder kämpfen.« Er blickte Miles an, als sei dieser ein Orakel oder ein Talisman.

»Ich habe es immer gewußt«, log Miles. »Vom ersten Augenblick an. Das liegt dir einfach im Blut. Zu einem Vor gehört eben mehr als nur das Recht, diese alberne Silbe vor den Namen zu hängen.«

»Bis jetzt habe ich das immer für ausgesprochenen Mist gehalten«, bekannte Baz freimütig. »Aber jetzt ...« Er schüttelte nachdenklich den Kopf.

Miles lächelte nur und verbarg damit, daß er Baz insgeheim zustimmte. »Nun, jetzt trägst du meine Schaufel, das ist verdammt sicher! Aber, da wir gerade von Arbeit sprechen — wir werden alle diese Typen einlochen, bis wir entscheiden, wie wir sie los werden. Kannst du trotz deiner Wunde das Schiff bald in Gang bringen?«

Jesek blickte umher. »Sie haben einige sehr hochentwickelte Systeme ...«, begann er zögernd. Dann blickte auf Miles. »Jawohl, Mylord, ich kann!«

Miles kam sich wie ein Heuchler und Hochstapler vor, als er dem Ingenieur so zunickte, wie er es bei seinem Vater während Stabsbesprechungen und beim Abendessen oft gesehen hatte. Es schien zu funktionieren; denn Jesek machte sich sofort eilfertig ans Werk, die Systeme zu untersuchen.

An der Tür blieb Miles stehen und wiederholte die Anweisung, die Gefangenen einzusperren. Elena legte den Kopf schief, als er fertig war.

»Und wie war *dein* erster Kampfeinsatz?« fragte sie etwas boshaft.

Miles mußte unwillkürlich grinsen. »Lehrreich. Äußerst lehrreich. Ach, hast du übrigens einen Schrei ausgestoßen, als du durch die Tür gestürmt bist?«

»Natürlich, warum?«

»Nur eine Theorie, an der ich arbeite ...« Mit einer

tiefen, spöttischen Verneigung verabschiedete er sich von ihr.

Der Lukenkorridor war still und verlassen. Nur die Luftzirkulation und andere lebenserhaltende Systeme summten leise. Miles schob sich durch die düstere Röhre in den Gleiter. Der gefesselte Pilot war noch da. In der Schwerelosigkeit wippte sein Kopf merkwürdig. Miles war nicht wohl bei dem Gedanken, wie er die Wunde des Mannes erklären sollte.

Miles' Überlegungen, wie er den Mann auf dem Weg in die Brigg unter Kontrolle halten könne, wurden durch einen Blick auf sein Gesicht hinfällig. Die Augen des Söldners waren nach oben gerollt, der Unterkiefer hing schlaff herab. Wangen und Stirn wiesen rote Flekken auf und fühlten sich glühend heiß an. Die Hände waren wächsern, die Nägel lila unterlaufen. Der Puls war schwach und beschleunigt.

Entsetzt fummelte Miles an den Knoten der Fesseln. Dann nahm er ungeduldig den Dolch und schnitt sie durch. Er tätschelte die Gesichtsseite mit der unverletzten Schläfe; aber der Mann wachte nicht auf. Plötzlich wurde der Körper ganz steif. Dann zuckte er und schlug um sich. Miles wich fluchend aus. In der Schwerelosigkeit war das gar nicht so leicht. Ich muß den Mann ins Lazarett schaffen und einen Sanitäter holen, damit der ihn weckt — oder Bothari, der hat am meisten Erfahrung in Erster Hilfe ...

Mühsam schob Miles den Piloten durch die Luke. Als er die Schwerelosigkeit verlassen hatte, merkte er, wie schwer der Körper war. Erst versuchte er ihn über die Schulter zu legen; aber damit gefährdete er seine eigenen Knochen. Dann zerrte er ihn an den Schultern hinter sich her. Der Pilot verfiel wieder in krampfartige Zuckungen. Miles gab auf und lief ins Lazarett, um eine Antigrav-Bahre zu holen. Aus Frustration und Angst traten ihm Tränen in die Augen.

Es dauerte eine Zeitlang, bis er das Lazarett und eine Bahre fand. Dann mußte noch Bothari über die Sprechanlage ausrufen. Schroff befahl er ihm, sich sofort im Lazarett mit einem Sanitäter zu melden. Erst dann konnte er mit dem Hebegerät durchs leere Schiff zurück zum Lukenkorridor laufen.

Als Miles wieder beim Pilotc eintraf, hatte dieser aufgehört zu atmen. Das Gesicht war so wächsern wie die Hände, die Lippen so lila wie die Nägel. Das getrocknete Blut wirkte wie aufgemalt.

Hektisch legte Miles dem Söldner das Gerät an. Dabei hatte er das Gefühl, seine Finger schwöllen an und würden immer ungeschickter. Dann ließ er ihn über dem Fußboden schweben. Bothari traf im Lazarett ein, als Miles den Piloten gerade auf den Untersuchungstisch schob und das Hebegerät entfernte.

»Was ist mit ihm los, Sergeant?« fragte Miles ängstlich.

Bothari warf einen Blick auf die reglose Gestalt und erklärte lakonisch: »Er ist tot.« Dann wandte er sich ab.

»Nein, noch nicht, verdammt!« rief Miles. »Wir müssen ihn irgendwie wiederbeleben! Stimulantien, Herzmassage, Kryostase! Hast du den Sanitäter gefunden?«

»Ja, aber sie war zu stark betäubt. Ich konnte sie nicht aufwecken.«

Fluchend durchsuchte Miles die Schubladen nach geeigneten Medikamenten und Apparaten. Es herrschte ein furchtbares Durcheinander. Die Etiketten hatten keinerlei Bezug zum Inhalt.

»Das hilft doch alles nichts, Mylord«, sagte Bothari der Miles ungerührt zugesehen hatte. »Da braucht man einen Chirurgen. Infarkt.«

Miles wippte auf den Fersen. Jetzt erst verstand er richtig, was er gesehen hatte. Er stellte sich vor, wie die Drähte des Implantats im Gehirn des Mannes beim Herausreißen an der elastischen Wand einer Arterie scheuerten und Risse hervorriefen. Mit jedem Pulsschlag verstärkte sich der Druck auf diese Schwachstelle, bis sie platzte und die todbringende Blutung eintrat.

Hatte dieses kleine Lazarett überhaupt eine Kältekammer? Miles lief ins Nebenzimmer. Der Einfrierungsprozeß mußte sofort begonnen werden, sonst war der Hirntod so weit fortgeschritten, daß man ihn nicht mehr aufhalten konnte. Miles hatte keine Ahnung, wie man einen Patienten für die kryostatische Behandlung vorbereiten mußte oder wie man die Geräte bediente ... Egal!

Dort! Die tragbare Kältekammer aus glänzendem Metall auf einem Schweberost ähnelte irgendwie einer Taucherglocke. Miles schlug das Herz bis in den Hals. Er ging näher. Die Batterie war leer, ebenso die Gaskanister, der Kontrollcomputer lag offen da, wie ein grob seziertes Präparat. Defekt!

Bothari stand ruhig da und wartete auf Anweisungen. »Brauchst du mich noch, Mylord? Ich hätte ein besseres Gefühl, wenn ich die Durchsuchung der Gefangenen auf Waffen selbst beaufsichtigen könnte.« Er betrachtete den Leichnam teilnahmslos.

»Ja — nein ...« Miles ging um den Untersuchungstisch. Er konnte den Blick nicht von dem dunklen Loch in der Schläfe des Piloten lösen. »Was hast du mit seinem Implantat gemacht?«

Überrascht suchte Bothari in seinen Taschen. »Ich habe es noch, Mylord.«

Miles ließ sich die zerquetschte Silberspinne geben. Das Implantat wog nicht mehr als der Knopf, dem es ähnlich sah. Dabei steckten unter der glatten Oberfläche Hunderte von Kilometern an Virenkreisen.

Bothari runzelte die Stirn, als er Miles' Gesicht sah. »Ein Toter ist bei einer derartigen Operation nicht schlimm, Mylord. Sein Leben rettete viele andere, nicht nur auf unserer Seite.«

»Ja, daran werde ich denken, wenn ich meinem Vater erklären muß, wieso ein Gefangener zu Tode gefoltert wurde«, entgegnete Miles.

Bothari zuckte zusammen und schwieg. Dann wiederholte er seinen Wunsch, bei der Durchsuchung nach Waffen dabei zu sein. Miles entließ ihn mit müdem Nikken. »Ich komme bald nach.«

Miles kramte mehrere Minuten nervös im Lazarett herum, wobei er es vermied, zum Untersuchungstisch zu blicken. Plötzlich holte er eine Schüssel, Wasser und einen Lappen und wusch das angetrocknete Blut vom Gesicht des toten Söldners.

Das ist also der Schrecken, dachte er, welcher diese verrückten Massaker an Zeugen hervorruft, von denen man liest. Jetzt verstehe ich das. Es war mir lieber, als ich es noch nicht tat.

Er nahm den Dolch und schnitt die heraushängenden Drähte vom Silberknopf. Dann drückte er ihn vorsichtig wieder in die rechte Schläfe des Piloten. Bis Daum kam, um sich neue Anweisungen zu holen, stand Miles nur da und dachte über die stillen, wächsernen Züge des Dinges nach, das sie gemacht hatten. Aber der Verstand schien rückwärts zu laufen: Logische Schlüsse gingen in Prämissen unter und Prämissen in Schweigen, bis zum Schluß nur noch das Schweigen und das nicht zu beantwortende Objekt zurückblieb.

KAPITEL 10

Miles trieb den verletzten Söldneranführer mit der Nervenschere vor sich her zum Lazarett. Die tödliche Waffe lag unnatürlich leicht in seiner Hand. Etwas so Todbringendes sollte einen schwereren Griff haben — so wie ein Breitschwert. Wenn man damit schon so mühelos morden konnte, sollte man sich wenigstens abschleppen müssen.

Miles hätte sich mit einer Betäubungspistole wohler gefühlt, aber Bothari bestand darauf, daß er vor den Gefangenen mit maximaler Autorität auftrat. »Das erspart 'ne Menge Diskussionen.«

Captain Auson sah mit zwei gebrochenen Armen und geschwollener Nase nicht so aus, als wolle er viel diskutieren. Aber die katzenähnlichen Bewegungen und berechnenden Blicke seines Ersten Offiziers, des betanischen Hermaphroditen Lieutenant Thorne, überzeugten Miles, daß Bothari recht hatte.

Bothari lehnte trügerisch lässig an der Wand, während die erschöpft aussehende Sanitäterin der Söldner sich für den nächsten Kunden vorbereitete. Miles hatte Auson absichtlich bis zuletzt aufgehoben. Er spielte mit dem verführerischen Gedanken zu befehlen, daß die Arme des Captains in einer anatomisch völlig unmöglichen Position, in der er sie nicht mehr bewegen konnte, eingerichtet werden sollten.

Thorne setzte sich, damit eine Platzwunde über dem Auge geschlossen werden konnte. Außerdem bekam er eine Spritze gegen die durch die Betäubung hervorgerufenen Kopfschmerzen. Der Lieutenant seufzte erleichtert, als die Spritze wirkte, und musterte Miles nicht mehr aus zusammengekniffenen Augen. »Wer, zum Teufel, seid ihr eigentlich?«

Miles gab sich Mühe, ein weltmännisch-geheimnisvolles Lächeln zustande zu bringen und schwieg.

»Was habt ihr mit uns vor?« bohrte Thorne nach.

Gute Frage, dachte Miles. Als er zu Luke vier gekommen war, hatten die ersten Gefangenen die Schotts fast durchbrochen, um zu fliehen. Miles widersprach mit keinem Wort, als Bothari alle für den Transport in die Brigg der *Ariel* nochmals betäuben ließ. Dort hatten allerdings die Chefingenieurin und ihre Assistentinnen die Magnetschlösser ihrer Zellen beinahe schon ruiniert. Aus Verzweiflung ließ Miles sie auch alle wieder betäuben.

Bothari hatte recht: Die Lage war tatsächlich unsicher. Miles konnte nicht die ganze Besatzung eine Woche oder länger in dem winzigen Gefängnis betäubt halten, ohne daß sie ernsten Schaden an der Gesundheit nahmen. Seine wenigen Leute mußten beide Schiffe bemannen und die Gefangenen vierundzwanzig Stunden lang bewachen — Müdigkeit würde die Fehler in Kürze vervielfachen. Botharis mörderische Endlösung kam ihm jetzt recht logisch vor. Aber dann fiel sein Blick auf den stummen Leichnam des Piloten unter dem Laken in der Ecke des Lazaretts, und es lief ihm kalt über den Rücken. Nicht noch einmal! Er unterdrückte die aufsteigende Panik wegen der Riesenprobleme und versuchte Zeit zu schinden.

»Ich würde Admiral Oser einen Gefallen erweisen, wenn ich Sie jetzt nach Hause lassen würde«, sagte er zu Thorne. »Sind da draußen alle wie Sie?«

»Die Oserer sind ein freies Bündnis von Söldnern«, antwortete Thorne mit eisiger Miene. »Die meisten Kapitäne sind auch Eigner.«

Überrascht fluchte Miles. »Das ist keine Befehlskette, das ist ein verdammtes Komitee.«

Er blickte Auson neugierig an. Die schmerzstillende Spritze hatte ihn dazu gebracht, sich nicht mehr nur mit seinem Körper zu befassen, so daß er Miles' Blick erwiderte. »Hat Ihre Besatzung den Eid auf Sie oder auf Admiral Oser abgelegt?« fragte ihn Miles.

»Eid? Ich habe mit allen auf meinem Schiff Verträge, wenn Sie das meinen«, antwortete Auson.

»Auf *meinem* Schiff«, verbesserte Miles ihn. Auson wollte wütend widersprechen; aber ein Blick auf die Nervenschere erstickte die Bemerkung — wie Bothari vorausgesagt hatte. Die Sanitäterin schiente die Arme des abgesetzten Captains und spannte jetzt einen Streckverband. Auson wurde blaß. Miles hatte fast eine Spur Mitleid.

»Ihr seid zweifellos die traurigsten Figuren, die ich während meiner gesamten Karriere als Soldaten vor Augen bekommen habe«, erklärte Miles als Köder, um eine Reaktion herauszukitzeln. Um Botharis Mundwinkel zuckte es. »Es ist ein Wunder, daß ihr noch lebt. Ihr müßt euch eure Feinde sehr sorgfältig aussuchen.« Dann rieb er sich den Bauch, der ihn immer noch schmerzte.

Auson wurde dunkelrot und schlug die Augen nieder. »Wir wollten bloß ein bißchen Wirbel machen. Wir machen diesen verdammten Blockadedienst jetzt schon ein ganzes *Jahr!*«

»Wirbel machen«, murmelte Thorne verächtlich. »Du schon!«

Jetzt habe ich euch! Diese Gewißheit klang wie eine Glocke in Miles' Kopf. Alle Gelüste, sich an Auson zu rächen, verflüchtigten sich in der Hitze der neuen, atemberaubenden Inspiration. Sein Blick nagelte Auson fest, als er ihn anfuhr: »Wann war eigentlich Ihre letzte Große Flotteninspektion?«

Auson schaute ihn an, als sei ihm gerade eingefallen, daß er eigentlich die Unterhaltung auf Name, Rang und Personenkennziffer beschränken sollte. Aber Thorne antwortete: »Vor anderthalb Jahren.«

Miles fluchte gefühlvoll und reckte angriffslustig das Kinn in die Höhe. »Jetzt reicht's mir! Die nächste Inspektion findet *sofort* statt!«

Bothari verhielt sich erstaunlich ruhig, aber Miles

spürte, wie sich die Augen des Sergeants mit einem Was-zum-Teufel-machst-du-jetzt-Blick durch seine Schulterblätter bohrten. Miles drehte sich nicht um.

»Was, zum Teufel, reden Sie da?« sagte Auson und wiederholte Botharis stumme Frage. »Wer sind Sie? Ich hatte Sie eindeutig als Schmuggler klassifiziert, als Sie uns alles ohne einen Mucks durchsuchen ließen; aber ich schwöre, wir haben nichts übersehen.« Er sprang auf. Bothari richtete sofort die Nervenschere auf ihn. Frustriert fuhr Auson fort: »Sie müssen ein Schmuggler sein, verdammt nochmal! Ich kann mich doch nicht so irren! Ging's ums Schiff? Wer, zum Teufel, würde den alten Kasten wollen? Was schmuggeln Sie?«

Miles lächelte eiskalt. »Militärberater.«

Er sah direkt, wie sich das Wort im Söldnerkapitän und seinem Ersten Offizier festhakte. Jetzt langsam die Angelschnur einholen!

Genüßlich begann Miles seine Inspektion im Lazarett. Dort fühlte er sich auf sicherem Grund. Bei vorgehaltener Nervenschere holte die Sanitäterin ihre Inventarliste heraus und öffnete unter Miles' strengem Blick alle Schubladen. Mit sicherem Instinkt stieß Miles sehr schnell auf Medikamente, die süchtig machen konnten. Hier stellte er hübsche Fehlbestände fest.

Als nächstes kamen die Geräte. Miles juckte es, zur Kältekammer zu kommen; aber sein Sinn für Showbusiness riet ihm, damit bis zuletzt zu warten. Es gab genügend Dinge zu beanstanden. Einige der bissigsten Ausdrücke seines Großvaters hatten das Gesicht der Sanitäterin kreidebleich werden lassen, als sie endlich beim *piece de résistance* anlangten.

»Und wie lange ist die Kammer schon funktionsunfähig Sanitäterin?«

»Sechs Monate«, sagte sie leise. »Der für Reparaturen zuständige Ingenieur versprach immer wieder, sich bald darum zu kümmern«, fügte sie hinzu, als sie Miles' finstere Miene sah.

»Und Ihnen ist wohl auch nie der Gedanke gekommen, ihn anzutreiben? Beziehungsweise den Dienstweg zu gehen, und Ihre Vorgesetzten darum zu bitten?«

»Es sah so aus, als hätten wir sehr viel Zeit. Wir haben sie nicht ...«

»Und in diesen sechs Monaten hat Ihr Kapitän nie eine Inspektion durchgeführt?«

»Nein, Sir.«

Miles streifte Auson und Thorne mit einem Blick, der wie eine eiskalte Dusche wirkte. Dann verharrte er bewußt lange auf der zugedeckten Leiche des Piloten. »Ihr Pilot hat nicht mehr so viel Zeit gehabt.«

»Wie ist er gestorben?« fragte Thorne scharf.

Miles parierte mit absichtlichem Mißverstehen. »Tapfer. Wie ein Soldat.« Grauenvoll, wie ein Opferlamm, verbesserte er sich insgeheim. Das dürfen sie nie erfahren! »Es tut mir leid«, fügte er impulsiv hinzu. »Er hatte Besseres verdient.«

Die Sanitäterin schaute Thorne entsetzt an. »Die Kryokammer hätte bei einem Scherenschuß auf den Kopf auch nichts geholfen, Cela«, tröstete sie Thorne.

»Aber beim nächsten Opfer könnte es eine andere Verletzung sein.« Hervorragend, daß dieser scharf beobachtende Lieutenant eine eigene Theorie entwickelt hat, wie der Pilot ohne sichtbare Verwundung gestorben war. Miles war sehr erleichtert, nicht zuletzt, weil ihn das auch davon befreite, der Sanitäterin eine Schuld aufzubürden, die sie nicht hatte.

»Ich werde nachher einen Ingenieur vorbeischicken«, fuhr Miles fort. »Ich möchte, daß alle Geräte morgen früh tadellos in Ordnung sind. Inzwischen können Sie dafür sorgen, daß es hier wie ein Militärlazarett aussieht und nicht wie eine Besenkammer. Verstanden, Sanitäterin?« Das letzte klang wie ein Peitschenknall.

Die Sanitäterin stand stramm und sagte unter Tränen: »Jawohl, Sir!« Auson war schamrot, Thorne dagegen schien begeistert zu sein. Beim Hinausgehen zog die Sanitäterin mit zitternden Fingern eine Schublade auf.

Miles bedeutete den beiden Söldnern auf dem Korridor vorauszugehen, weil er unbedingt mit Bothari sprechen wollte.

»Du läßt sie da drinnen unbewacht zurück? Das ist Wahnsinn«, sagte Bothari leise.

»Sie ist zu beschäftigt, um abzuhauen. Mit etwas Glück kann ich sie so auf Trab halten, daß sie nicht zur Autopsie des Piloten kommt. Schnell, Bothari! Wenn ich jetzt eine Generalinspektion des Schiffes vornehmen wollte, wo würde ich am meisten Dreck finden?«

»Auf diesem Schiff? Überall.«

»Beim nächsten Punkt muß es wirklich übel aussehen. Bei der Technik kann ich mich nicht durchmogeln. Da muß ich warten, bis Baz Zeit hat.«

»Dann probiere es mit den Unterkünften der Besatzung«, schlug Bothari vor. »Aber warum?«

»Ich möchte, daß diese beiden Typen denken, wir seien eine Art Supersöldner. Ich habe eine Idee, wie ich sie abhalten kann, Pläne zu schmieden, das Schiff wieder in ihren Besitz zu bekommen.«

»Die fallen nie und nimmer darauf rein!«

»Sie *werden* es schlucken, und zwar mit Freuden. Verstehst du nicht? Damit retten sie ihren Stolz. Wir haben sie besiegt — im Augenblick. Was glauben Sie deiner Meinung nach lieber? Daß wir großartig sind oder daß sie Einfaltspinsel sind?«

»Das liegt doch auf der Hand.«

»Du wirst schon sehen!« Miles vollführte einen stillen Steptanz. Dann setzte er wieder eine steinerne Miene auf und folgte seinen Gefangenen. Seine Stiefelsohlen klangen wie Eisen auf dem Korridor.

Die Mannschaftsunterkünfte waren von Miles' Standpunkt aus eine reine Freude. Bothari nahm alles auseinander. Sein Instinkt für Beweise von Schlampigkeit und verborgener Laster war untrüglich. Miles nahm an, daß der Sergeant alles schon mal erlebt hatte. Als Bothari die versteckten Flaschen des Äthanolsüchtigen herausholte, waren Auson und Thorne keineswegs überrascht. Offenbar war der Mann als nur begrenzt funktionsfähig bekannt und toleriert. Von den beiden Kavapfeffer-Junkies hatte offenbar keiner etwas gewußt. Miles konfiszierte sofort den Stoff. Einem anderen Soldaten ließ er aber den beträchtlichen Vorrat an Sex-Hilfen. Er fragte nur Auson mit hochgezogener Braue, ob er einen Kreuzer oder ein Kreuzfahrtschiff befehligt habe. Auson kochte vor Wut, erwiderte aber nichts. Miles hoffte aus ganzem Herzen, der Kapitän würde den Rest des Tages damit verbringen, sich bissige Antworten auszudenken, die er nicht mehr anbringen konnte.

Miles suchte in Ausons und Thornes Kojen besonders nach Hinweisen auf die Persönlichkeiten der Bewohner. Thornes hätte jede reguläre Inspektion überstanden. Auson befürchtete offenbar, daß sie seine Kammer in ein Chaos verwandeln würden; aber Miles lächelte zuckersüß und befahl Bothari, alles nach der Inspektion aufzuräumen, so daß die Kammer hinterher viel ordentlicher als vorher war. Auson schien außer einer angeborenen Trägheit, die durch Langeweile zu Faulheit geworden war, keine besonderen Laster zu haben.

Die Sammlung exotischer persönlicher Waffen, die sie auf dieser Tour eingesammelt hatten, ergab einen stattlichen Haufen. Miles ließ jede von Bothari testen. Dann machte Miles eine Riesenshow daraus, jeden Verstoß gegen die Vorschrift auf einer Liste einzutragen. Beschwingt und inspiriert machte er dabei sarkastische Bemerkungen. Die Söldner wanden sich.

Sie inspizierten das Arsenal. Miles nahm einen Plasmabogen aus dem staubigen Regal und legte die Hand auf die Anzeige am Griff.

»Übrigens, lagern Sie die Waffen geladen oder ungeladen?«

»Ungeladen«, antwortete Auson.

Miles zog die Braue hoch und zielte mit dem Finger am Abzug auf ihn. Auson wurde kalkweiß. Im letzten Augenblick bewegte Miles die Waffe etwas nach links und schickte einen Energiestoß knapp an Ausons Ohr vorbei. Der große kräftige Mann sprang zurück, als geschmolzene Plastik- und Metallteile von der Wand hinter ihm spritzten.

»Ungeladen?« flötete Miles. »Verstehe. Eine kluge Maßnahme, da bin ich sicher.«

Beide Offiziere senkten den Kopf. Beim Hinausgehen hörte Miles, wie Thorne leise sagte: »Ich hab's dir gleich gesagt.« Auson brummte nur etwas.

Miles nahm Baz beiseite, ehe sie mit der Inspektion des Maschinenraums begannen.

»Du bist jetzt Commander Bazil Jesek bei den Dendarii Söldnern, Chefingenieur«, erklärte er. »Du bist hart und zäh und verschlingst schlampige Techniker als Gabelfrühstück — und du bist *entsetzt,* was sie mit diesem schönen Schiff gemacht haben.«

»Eigentlich ist es nicht so schlimm«, widersprach Baz. »Ich kenne mich mit so hoch entwickelten Systemen nicht so gut aus. Wie kann ich eine Inspektion durchführen, wenn sie mehr als ich wissen? Das merken die doch sofort.«

»Nein, werden sie nicht! Denk immer dran: Du stellst die Fragen, sie müssen antworten. Sag oft ›hm‹ und runzle die Stirn. Laß dir nicht das Heft aus der Hand nehmen. Hattest du nie einen Vorgesetzten, der ein absoluter Scheißkerl war, den alle haßten — aber der immer recht hatte?«

Baz dachte kurz nach. »Da war Lieutenant Commander Tarski. Wir haben oft zusammengesessen und überlegt, wie wir ihn vergiften könnten. Die meisten Vorschläge waren nicht praktikabel.«

»Prima. Dann imitiere ihn!«

»Das nehmen sie mir nie ab. Ich kann nicht ... ich habe ja nicht einmal eine Zigarre.«

Miles stutzte und lief dann weg. Gleich darauf kam er mit einer Packung Stumpen wieder, die er in einer Kammer konfisziert hatte.

»Aber ich rauche nicht«, klagte Baz.

»Dann kau drauf rum! Vielleicht ist es auch besser, wenn du die Dinger nicht anzündest. Gott weiß, was für ein Zeug da mit reingemischt ist.«

»Eine fabelhafte Idee, jemand zu vergiften! Vielleicht hätte die beim alten Tarski funktioniert ...«

Miles unterbrach ihn. »Also: Du bist ein umweltverschmutzender Mistkerl und akzeptierst niemals ›nein‹ als Antwort! Wenn ich es kann, schaffst du es auch!« Damit setzte er sein Verzweiflungsargument wieder einmal ein.

Baz richtete sich auf, biß den Stumpen ab und spuckte das Ende tapfer aufs Deck. Dann betrachtete er es. »Auf so einem Ding bin ich mal ausgerutscht und habe mir fast das Genick gebrochen. Tarski. Verstanden.« Er steckte den Stumpen in einem angriffslustigen Winkel zwischen die Zähne und marschierte in den Maschinenraum.

Miles versammelte alle im Besprechungsraum des Schiffes. Er in der Mitte, Bothari, Elena, Jesek und Daum standen paarweise schwerbewaffnet an den Ausgängen.

»Mein Name ist Miles Naismith. Ich repräsentiere die Dendarii Freie Söldnerflotte.«

»Nie davon gehört«, rief einer aus der Menge.

Miles lächelte eisig. »Wenn Sie davon gehört hätten, würden in meiner Sicherheitsabteilung Köpfe rollen. Wir machen keine Reklame. Aufnahme erfolgt nur auf Einladung. Offen gestanden ...« Er musterte die Menge, schaute jedem ins Auge und merkte sich bei jedem Gesicht genau Name und persönliche Habe. »Wenn das, was ich hier gesehen habe, Ihr Standard ist, hätten Sie auch nie von uns gehört, wenn uns nicht unsere Mission hierher geführt hätte.«

Auson, Thorne und der Chefingenieur waren von den vierzehn Stunden Inspektion jeder Schweißnaht, Waffe, Werkzeug, Datenbank und Proviantraum völlig ausgelaugt. Miles hatte sie von einem Ende des Schiffes ans andere gescheucht. Nur Auson schien jetzt über Miles' Worte nachzudenken.

Miles lief vor seinem Publikum auf und ab und strahlte dabei so viel Energie wie ein Frettchen im Käfig aus. »Normalerweise nehmen wir keine Rekruten aus einem so unerfahrenen Haufen. Nach der gestrigen Vorstellung hätte ich keinerlei Bedenken, euch alle so schnell wie möglich rauszuschmeißen — allein schon, um den militärischen Ton auf diesem Schiff zu verbessern.« Er machte ein so finsteres Gesicht, daß alle nervös und unsicher wurden. Hat da einer mit dem Fuß gescharrt? Weiter! »Aber ein besserer Soldat, als je einer von euch sein wird, hat ein gutes Wort eingelegt ...« Er schaute Elena an. Sie war eingeweiht und reckte daher selbstbewußt das Kinn in die Höhe, um allen den Ursprung dieser ungewöhnlichen Milde kundzutun.

Dabei hätte sie Auson am liebsten persönlich aus der nächsten Luftschleuse gestoßen, wie Miles wußte. Aber er hatte ihr die Rolle von ›Commander Elena Bothari, mein Verwaltungsoffizier und unbewaffnete Nahkampfausbilderin‹ zugeteilt; denn dadurch hatte er den perfekten ›guten‹ Offizier als Gegenstück zu ihm, als ›bösen‹.

»Daher habe ich dem Experiment zugestimmt. Um es in für Sie verständlichen Worten auszudrücken: Ihr früherer Captain Auson hat Ihre Verträge mir übergeben.«

Empörtes Murmeln erhob sich in der Menge. Einige standen sogar auf. Ein gefährlicher Präzedenzfall. Zum Glück waren sie sich nicht einig, ob sie zuerst Miles oder Auson an die Kehle gehen sollten. Doch da brachte

Bothari seine Nervenschere mit vernehmlichem Klatschen in Anschlag. Seine hellen Augen blitzten, er zeigte die Zähne wie ein gefährliches Raubtier.

Die Söldner verpaßten ihre Chance. Die Unruhe erstarb. Die, welche aufgesprungen waren, setzten sich wieder und legten die Hände brav auf die Knie.

Verdammt, dachte Miles, *ich wünschte, ich könnte so bedrohlich aussehen …* Der Trick war, daß es leider kein Trick war. Botharis Grausamkeit war absolut echt.

»Laut Dendarii-Dienstvorschrift fangen Sie alle mit demselben Rang an — dem niedrigsten: Rekrut. Das ist keine Beleidigung. Jeder Dendarii hat so angefangen, auch ich. Befördert werden Sie je nach bewiesener Fähigkeit — *mir* bewiesen. Aufgrund Ihrer früheren Erfahrung und der augenblicklichen Notlage werden Ihre Beförderungen sehr viel schneller erfolgen als sonst üblich. Im Klartext heißt das: Jeder von Ihnen könnte schon innerhalb von Wochen Brevet-Kapitän dieses Schiffes sein.«

Wieder Gemurmel, aber diesmal nicht bedrohlich. Miles mußte sich ein Grinsen verkneifen. Er hatte es geschafft, die unteren Dienstränge von ihren früheren Vorgesetzten zu trennen. Ehrgeiz zeigte sich auf vielen Gesichtern, sogar bei den Offizieren. Auson und Thorne musterten sich gegenseitig abschätzend.

»Ihr neues Training wird sofort beginnen. Wer keiner Ausbildungsgruppe zugeteilt ist, nimmt vorübergehend seine alte Tätigkeit wieder auf. Irgendwelche Fragen?« Er hielt den Atem an. Sein tollkühner Plan stand jetzt auf der Kippe. In der nächsten Minute würde er es wissen …

»Was ist Ihr Rang?« fragte ein Söldner.

Miles beschloß, flexibel zu bleiben. »Sie können mich mit Mr. Naismith anreden.« Laß sie doch ihre eigenen Theorien spinnen.

»Und woher wissen wir, wem wir gehorchen müssen?« fragte der Söldner hartnäckig weiter.

Miles lächelte eisig. »Nun, wenn Sie *meinen* Befehlen nicht gehorchen, erschieße ich Sie auf der Stelle. Reicht Ihnen das?« Der trommelte leicht auf das Holster seiner Nervenschere. Botharis Aura schien doch etwas abgefärbt zu haben; denn der Zwischenrufer schwieg.

Eine Söldnerin hob wie ein Schulkind den Finger.

»Ja, Rekrutin Quinn?«

»Wann bekommen wir eine Kopie der Dendarii-Dienstvorschrift?«

Miles blieb fast das Herz stehen. Daran hatte er nicht gedacht. Dabei war die Frage so vernünftig. Ein Kommandant, wie Miles ihn zu spielen versuchte, kannte die Dienstvorschrift auswendig oder hatte sie unterm Kopfkissen. Er lächelte tapfer und erklärte: »Morgen. Ich lasse an alle Kopien austeilen.« *Kopien wovon? Mir wird schon etwas einfallen ...*

Kurzes Schweigen. Dann meldete sich jemand von hinten. »Was für Versicherungen haben die Dendarii? Bekommen wir bezahlten Urlaub?«

Ein anderer: »Werden unsere Rentenzahlungen von den alten Verträgen übernommen? Wie steht es mit der Pensionierung?«

Und wieder ein anderer: »Wie hoch ist der Sold? Werden Überstunden vergütet?«

Miles wäre am liebsten vor diesem Ansturm praktischer Fragen geflohen. Er war auf Trotz, Mißtrauen und Aufruhr vorbereitet gewesen ... Plötzlich hatte er die verrückte Vision, wie Vorthalia der Kühne von seinem Kaiser mit gezücktem Schwert eine Lebensversicherungspolice verlangte.

Er verdrängte die aufsteigende Panik und fuhr tapfer fort: »Ich werde eine Broschüre verteilen«, versprach er. Derartige Informationen kamen doch immer als Broschüre, oder? »Was die sonstigen zusätzlichen Sozialleistungen betrifft ...« Er bemühte sich, möglichst unerbittlich dreinzuschauen. »Ich gestatte Ihnen weiterzuleben. Weitere Privilegien müssen verdient werden.«

Er musterte die Gesichter. Verwirrung, ja das war es, was er wollte! Angst, Zwist und vor allem Ablenkung. Perfekt. Die Köpfe sollen von diesem Kokolores schwirren, daß sie ihre Hauptaufgabe vergessen: Ihr eigenes Schiff zurückzuerobern. Nur eine Woche muß ich sie auf Trab halten, nur eine einzige Woche! Danach würden sie Daums Problem sein. Aber es war noch etwas anderes in ihren Gesichtern. Er konnte es nicht eindeutig bestimmen. Ach was soll's! Als nächstes mußte er mit Anstand von der Bühne und die Leute in Bewegung bringen. Und dann auch eine Minute allein mit Bothari sprechen …

»Commander Elena Bothari hat eine Liste mit Ihren Aufgaben. Holen Sie sich diese beim Hinausgehen. Achtung!« Alle standen auf. »Wegtreten!« Ja, ehe sie mit weiteren bizarren Fragen kamen und ihm die Phantasie ausging.

Beim Hinausgehen belauschte er einige Gesprächsfetzen.

»… verrückter mordlustiger Zwerg …«

»Ja, aber mit so einem Kommandanten sehe ich eine Chance, die nächste Schlacht zu überleben …«

Miles erkannte plötzlich, daß in ihren Gesichtern der gleiche entnervende Hunger zu sehen war, wie bei Mayhew und Jesek. Ihm lief es kalt über den Rücken.

Er winkte Sergeant Bothari beiseite. »Hast du noch die alte Ausgabe der Dienstvorschrift für die Barrayarischen Kaiserlichen Streitkräfte, die du immer mitgeschleppt hast?« Das war Botharis Bibel. Miles hatte sich oft gefragt, ob der Sergeant je ein anderes Buch gelesen hatte.

»Ja, Mylord.« Bothari blickte ihn verständnislos an.

Miles atmete erleichtert auf. »Gut. Ich brauche es.«

»Wozu?«

»Dienstvorschrift für die Dendarii-Flotte.«

»Du kannst doch nicht …«

»Ich lasse sie durch den Computer laufen und streiche

alle kulturellen Bezugnahmen und Namen. Das dürfte nicht zu lange dauern.«

»Mylord — das ist die *alte* Dienstvorschrift!« Die ruhige Bassstimme bebte fast. »Wenn diese faulen Säcke einen Blick auf die alten Disziplinarmaßnahmen werfen ...«

Miles grinste. »Ja, die mit Blei gefüllten Gummischläuche — dann fallen sie auf der Stelle in Ohnmacht. Keine Angst. Ich bringe alles auf den neuesten Stand.«

»Dein Vater und der Generalstab haben das vor fünfzehn Jahren getan. *Sie* brauchten dazu zwei Jahre.«

»Ja, so arbeiten eben Komitees.«

Bothari schüttelte den Kopf, sagte aber Miles, wo er die Diskette finden konnte.

Elena gesellte sich zu den beiden. Sie wirkte nervös. Aber eindrucksvoll, dachte Miles, wie eine Vollblutstute. »Ich habe sie nach deiner Liste in Gruppen eingeteilt«, meldete sie. »Und was jetzt?«

»Geh mit deiner Gruppe in den Sportraum und lasse sie allgemeines Konditionstraining machen. Dann bring ihnen bei, was dein Vater dir beigebracht hat.«

»Ich habe noch nie unterrichtet ...«

Miles lächelte sie an, um ihr Selbstvertrauen einzuflößen. »Hör zu! Zwei Tage kannst du damit totschlagen, daß du sie zeigen läßt, was sie können. Du stehst dabei nur da und sagst ab und zu ›Hm‹ und ›Ach du meine Güte‹ und so. Wichtig ist nicht, daß du ihnen etwas beibringst, sondern einzig und allein, daß sie beschäftigt sind. Mach sie müde. Laß ihnen keine Zeit, nachzudenken oder zu planen oder sich zu vereinigen. Es ist doch nur für eine Woche. Wenn ich es kann, kannst du es auch.«

»Das habe ich doch schon mal irgendwo gehört«, murmelte sie.

»Und du, Bothari, machst mit deiner Gruppe Waffenexerzieren. Wenn du mit den barrayarischen Übungen durch bist, findest du in den Computern die oserischen.

Da suchst du dir ein paar aus. Schleife sie! Baz läßt seine Gruppe bis zur Erschöpfung im Maschinenraum schuften: Ein Frühjahrsputz, wie sie ihn noch nie erlebt haben. Und wenn ich diese Dienstvorschrift fertig habe, können wir sie darüber ausquetschen. Ihr müßt die Leute müde machen!«

»Mylord, sie sind zwanzig, und wir sind vier«, sagte Bothari ernst. »Wer ist wohl am Ende der Woche erschöpfter?« Dann wurde er heftig. »Meine Hauptverantwortung ist deine Haut, verdammt nochmal!«

»Ich denke an meine Haut. Das kannst du mir glauben! Und du kannst meine Haut am besten dadurch schützen, daß du *diese zwanzig* dazu bringst zu *glauben*, daß ich ein Söldnerkommandant bin.«

»Du bist kein Kommandant, sondern ein elender Holovid-Regisseur«, erklärte Bothari.

Die Kaiserliche Dienstvorschrift zu bearbeiten war viel mehr Arbeit, als Miles gedacht hatte. Selbst nach dem Streichen ganzer Kapitel — die Vorschriften für die Durchführung rein barrayarischer Zeremonien, wie die Geburtstagsparade des Kaisers, enthielten — blieb noch enorm viel Material übrig. Miles stürzte sich hinein und schlachtete alles aus, so schnell er lesen konnte.

Noch nie hatte er sich so intensiv mit militärischem Reglement befaßt. Er brütete noch tief in der Nacht darüber. Organisation schien der Schlüssel zu sein. Man mußte eine riesige Menge an Material und passenden Männern zur richtigen Zeit an den richtigen Ort und in der richtigen Ordnung bringen — und alles blitzschnell, um zu überleben. Dazu mußte man eine unendlich komplizierte und verwirrende Realität in die abstrakte Form eines Sieges ummodeln. Es schien, daß Organisation selbst Tapferkeit als Soldatentugend übertraf.

Miles erinnerte sich an eine Bemerkung seines Großvaters: »Mehr Schlachten wurden durch die Quartiermeister gewonnen oder verloren als durch den Generalstab.« Es gab da auch eine passende Anekdote über einen Quartiermeister, der den Truppen eines jungen Partisanengenerals die falsche Munition ausgegeben hatte. »Ich ließ ihn einen Tag lang an den Daumen aufhängen«, hatte Großvater erzählt. »Aber dann mußte ich ihn auf Befehl Prinz Xavs abnehmen.« Miles streichelte den Dolch im Gürtel und strich fünf Bildschirme mit Vorschriften über Plasmawaffen, die fest auf Schiffen montiert waren, da diese seit einer Generation nicht mehr benutzt wurden.

Seine Augen waren schon gerötet, die Wangen grau und hohl, von Bartstoppeln bedeckt, als der Nachtzyklus sich dem Ende neigte; aber er hatte ein hübsches kleines Handbuch abgeschrieben, mit dessen Hilfe alle mit den Waffen in dieselbe Richtung zielen müßten. Er drückte es Elena in die Hand, damit sie es kopierte und verteilte. Danach wollte er sich duschen und umziehen, um vor ›seinen neuen Truppen‹ nicht wie eine Vogelscheuche, sondern wie ein Adler zu erscheinen.

»Fertig«, sagte er zu Elena. »Bin ich jetzt ein Weltraumpirat?«

Sie stöhnte nur.

Miles bemühte sich, während des nächsten Tageszyklus' überall gesehen zu werden. Er inspizierte nochmals das Lazarett. Dann besuchte er Elenas und Botharis ›Unterricht‹. Dabei tat er so, als beurteile er die Leistung jedes einzelnen Söldners äußerst kritisch. In Wahrheit konnte er sich vor Müdigkeit kaum auf den Beinen halten. Er zwackte sich noch die Zeit für eine Unterhaltung mit Mayhew ab, der die RG 132 jetzt allein führte, um ihn auf den neuesten Stand zu bringen und sein Selbstvertrauen zu stärken, da er mithelfen mußte, die Gefangenen zu beschäftigen. Dann entwarf er noch einige schriftliche Tests über die neuen ›Dendarii Dienstvorschrift‹, die Elena und Bothari durchführen sollten.

Die Beerdigung des Söldnerpiloten war am Nachmittag — nach Schiffszeit. Miles nahm sie zum Vorwand, die persönliche Ausrüstung und die Uniformen genau zu inspizieren. Er ordnete eine Parade an. Um ein gutes Beispiel zu geben und aus Achtung, zogen er und die Botharis ihre besten Kleider an, die sie noch von der Beerdigung seines Großvaters hatten. Ihre dunkle Pracht ergänzte die sauberen grauweißen Uniformen der Söldner.

Thorne beobachtete alles blaß und stumm mit seltsamer Dankbarkeit. Auch Miles war ziemlich blaß und stumm. Er atmete erleichtert auf, als der Leichnam des Piloten endlich verbrannt und die Asche ins All verstreut war. Miles gestattete Auson, die kurze Zeremonie durchzuführen. So viel Theatralik und Heuchelei brachte Miles nicht auf, um diese Funktion selbst zu übernehmen.

Hinterher zog er sich in seine Kajüte zurück und sagte Bothari, er wolle die Oserische Dienstvorschrift und Ausführungsbestimmungen genau durchlesen. Aber er konnte sich nicht konzentrieren. Lichtblitze und seltsame Schemen kreisten vor seinen Augen. Er legte sich hin, kam aber nicht zur Ruhe. Deshalb stand er wieder auf und lief hin und her. Dabei überlegte er noch Einzelheiten, was er mit den Gefangenen tun könnte; aber in seinem Kopf drehte sich alles. Er war dankbar, als Elena kam, um ihn über den Stand der Dinge zu informieren.

Miles vertraute ihr wahllos ein halbes Dutzend seiner neuen Ideen an und fragte sie besorgt: »Schlucken sie es? Ich bin nicht sicher, wie ich bei ihnen ankomme? Werden sie von einem grünen Jungen Befehle annehmen?«

Elena lächelte. »Major Daum hat dies Problem gelöst. Offenbar hat er geschluckt, was du ihm erzählt hast.«

»Daum? Was habe ich ihm denn erzählt?«

»Das mit deiner Verjüngungsbehandlung.«

»Meiner *was?*«

»Er glaubt, daß du von den Dendarii beurlaubt warst, um dich in der Beta-Kolonie einer Verjüngungstherapie zu unterziehen. Hast du ihm das denn nicht erzählt?«

»Nein, zum Teufel! Ich habe ihm gesagt, daß ich wegen einer medizinischen Behandlung dort sei. Ja, ich dachte, es würde dies erklären.« Er deutete auf die Absonderlichkeiten seines Körpers. »Kriegsverletzungen oder etwas Ähnliches. Aber es gibt überhaupt keine betanische Verjüngungstherapie! Das ist nur ein Gerücht. Sie haben nur ein phantastisches Gesundheitssystem. Hinzu kommt noch ihre Genetik und die Art, wie sie leben ...«

»Du weißt das vielleicht; aber viele Nicht-Betaner wissen das nicht. Daum hält dich nicht nur für älter, sondern für sehr *viel* älter, als du bist.«

»Natürlich glaubt er das, wenn er sich es selbst ausgedacht hat.« Miles machte eine Pause. »Aber Bel Thorne weiß Bescheid.«

»Bel widerspricht nicht.« Elena grinste. »Ich glaube, er ist in dich verknallt.«

Miles fuhr sich durch die Haare und übers Gesicht. »Baz weiß doch auch, daß diese Verjüngung reiner Blödsinn ist. Ich muß ihn warnen, niemand diesen Glauben zu nehmen, denn er ist zu unserem Vorteil. Ich frage mich, wofür er mich hält? Inzwischen müßte er es herausgebracht haben.«

»Oh, Baz hat seine eigene Theorie. Das ist eigentlich meine Schuld. Vater hat immer so Angst vor politischen Kidnappern. Da habe ich Baz einen kleinen Bären aufgebunden.«

»Gut! Und was für ein Märchen hast du ihm erzählt?«

»Ich glaube, du hast recht. Die Leute glauben Dinge, die sie sich selbst ausdenken. Ich schwöre dir, eigentlich habe ich nichts Falsches erzählt. Ich habe nur nicht widersprochen. Er weiß, daß du der Sohn eines Grafen bist, da du ihn mit einem Eid als Krieger an dich gebunden hast — übrigens, bekommst du deshalb nicht Ärger?«

Miles schüttelte den Kopf. »Darüber zerbreche ich mir den Kopf, falls wir dies hier überleben. Baz darf nur nicht herausfinden, wessen Grafen Sohn ich bin.«

»Also, *ich* finde, daß du bei ihm eine gute Tat vollbracht hast! Es scheint ihm sehr viel zu bedeuten. Also: Er hält dich für ungefähr gleichaltrig, und daß dein Vater — wer es auch sein möge — dich enterbt und aus Barrayar verbannt hat, weil ...« Sie hob tapfer den Kopf. »Weil er dich nicht mehr sehen wollte.«

»Aha«, sagte Miles. »Eine vernünftige Theorie.« Er blieb nachdenklich vor der kahlen Wand stehen.

»Du darfst ihm das nicht übelnehmen.«

»Tue ich nicht.« Er lächelte ihr zu und nahm seinen Rundgang wieder auf.

»Du hast einen jüngeren Bruder, der sich deines rechtmäßigen Platzes als Erbe bemächtigt hat und ...«

Miles mußte grinsen. »Baz ist ein Romantiker.«

»Er ist selbst verbannt, oder?« fragte sie leise. »Vater mag ihn nicht, sagt aber nicht, warum.« Erwartungsvoll schaute sie Miles an.

»Dann verrate ich auch nichts. Außerdem geht es mich nichts an.«

»Aber er ist jetzt dein Lehnsmann.«

»Na schön, dann geht es mich etwas an. Ich wünschte, es wäre nicht so. Aber Baz muß es dir selbst erzählen.«

Sie lächelte. »Ich wußte, daß du das sagen würdest.« Seltsamerweise schien sie mit der Nichtbeantwortung der Frage zufrieden zu sein.

»Wie war dein letzter Unterricht? Ich hoffe, die sind alle auf Händen und Knien rausgekrochen.«

Elena lächelte zufrieden. »Beinahe. Einige der Techniker tun so, als erwarteten sie, niemals kämpfen zu müssen. Andere sind hervorragend — die lasse ich mit den Plumpssäcken arbeiten.«

»Genau richtig«, lobte er. »Spar deine eigene Energie und laß sie schuften. Du hast das Prinzip kapiert.«

Elena strahlte sichtlich bei diesem Lob. »Du bringst mich dazu, so viele Dinge zu tun, die ich früher nie getan habe. Dinge, von denen ich nicht einmal geträumt habe ...«

»Ja, es tut mir leid, dich in diesen Alptraum verwikkelt zu haben«, entschuldigte er sich. »Ich habe so viel von dir verlangt — aber ich bringe dich wieder heil raus. Darauf gebe ich dir mein Wort. Keine Angst.«

Empört verzog sie den Mund. »Ich habe keine Angst! Naja — ein bißchen. Aber ich fühle mich lebendiger als je zuvor. Du schaffst es, daß alles möglich erscheint.«

Die lang ersehnte Bewunderung in ihren Augen beunruhigte ihn. Sie ähnelte zu sehr Hunger. »Elena, das Ganze hier steht auf wackligen Beinen. Wenn diese Typen je aufwachen und merken, wie wir sie hinters Licht geführt haben und daß sie uns zahlenmäßig weit überlegen sind, kommt es zu einem Riesenknall ...« Er brach ab. Das brauchte sie nicht zu hören. Er rieb sich die Augen und preßte die Finger gegen die Schläfen.

»Es steht nicht auf wackligen Beinen«, widersprach sie ernst. »Du gibst Stabilität.«

»Das sagte ich doch gerade?« Er lachte gezwungen.

Sie musterte ihn mit zusammengekniffenen Augen. »Wann hast du das letztemal geschlafen?«

»Ach, ich weiß nicht. Diese verschiedenen Schiffszeiten — ja, ich muß daran denken, sie auf dieselbe Zeit umzustellen. Ich werde die RG 132 ändern, das ist einfacher. Wir übernehmen die oserische Zeit. Geschlafen habe ich vor dem Sprung. Ja, einen Tag vor dem Sprung.«

»Hast du zu Abend gegessen?«

»Zu Abend gegessen?«

»Mittagessen?«

»Mittagessen? Hat es denn Mittagessen gegeben? Da habe ich wohl alles für die Bestattung vorbereitet.«

»Frühstück?« fragte sie verzweifelt.

»Ich habe etwas von der eisernen Ration gegessen, als ich vorige Nacht an der Dienstvorschrift gearbeitet habe. Hör mal zu! Ich bin klein und brauche nicht so viel wie ihr Riesen ...«

Miles lief weiter. Elenas Gesicht war ernst. »Miles, wie ist der Pilot gestorben?« fragte sie plötzlich. »Im Gleiter hat er noch gelebt, allerdings nicht besonders gut ausgesehen. Hat er dich angefallen?«

Miles' Magen zog sich wie auf der Achterbahn zusammen. »Mein Gott, glaubst du etwa, *ich* hätte ihn ermordet?« Aber das hatte er — so sicher, als hätte er dem Mann eine Nervenschere an den Kopf gehalten und sie abgefeuert. Er hatte keine Lust, Elena zu erzählen, was sich im Wachraum der RG 132 zugetragen hatte. In seiner Erinnerung tauchten die Bilder immer wieder auf. Botharis Verbrechen, sein eigenes Verbrechen, das Loch in der Schläfe ...

»Miles, ist dir nicht gut?« fragte sie erschreckt. Miles merkte, daß er mit geschlossenen Augen dastand. Tränen liefen ihm über die Wangen.

»Miles, setz dich! Du bist völlig fertig!«

»Ich kann nicht stillsitzen; denn dann ...« Er nahm hinkend seinen Rundgang wieder auf.

Elena betrachtete ihn kurz, dann lief sie hinaus und knallte die Tür zu.

Jetzt hatte er sie verschreckt, vielleicht sogar ihr neu gewonnenes Selbstvertrauen sabotiert ... Er verfluchte sich. Dann versank er in schwarzem, klebrigem Terror, der den lebenswichtigen Vorwärtstrieb hemmte. Blind watete er weiter.

Da war wieder Elenas Stimme. »... läuft dauernd im Kreis herum. Ich glaube, du mußt ihn hinsetzen. Ich habe ihn noch nie so schlimm erlebt ...«

Miles blickte in das kostbare, häßliche Gesicht seines persönlichen Killers. Bothari seufzte. »Stimmt. Ich kümmere mich um ihn.«

Elena zog sich mit vor Sorgen großen Augen zurück. Bothari packte Miles hinten am Kragen und am Gürtel und schob ihn zum Bett. Dort setzte er ihn fest hin.

»Trink!«

»Ach, zum Teufel, Bothari — du weißt, ich kann Scotch nicht ausstehen. Schmeckt wie Farbverdünner.«

»Ich halte dir die Nase zu und kippe ihn dir in die Kehle, wenn es sein muß«, erklärte der Sergeant geduldig.

Gehorsam nahm Miles einen Schluck aus der Flasche, die auch bei einem Söldner konfisziert worden war, wie er sich vage erinnerte. Bothari zog ihn kurzentschlossen aus und legte ihn aufs Bett.

»Nimm noch einen Schluck!«

»Verdammt!« Das Zeug brannte wie Feuer.

»Und jetzt schläfst du!«

»Ich kann nicht schlafen. Zu viel zu tun. Muß sie alle auf Trab halten. Wie kann ich die Broschüre machen? Der Todesbund ist auch nur eine primitive Form der Lebensversicherung, oder? Elena irrt sich bestimmt wegen Thorne. Ich hoffe nur, daß mein Vater nie erfährt — Bothari, du sagst ihm doch nichts ...? Andockungsmanöver mit der RG 132 ...« Dann murmelte er nur noch — und dann schlief er traumlos sechzehn Stunden lang.

KAPITEL 11

Eine Woche später hatte Miles immer noch den Oberbefehl.

Je näher sie ihrem Ziel kamen, desto öfter hielt Miles sich im Kontrollraum des Schiffes auf. Daums Rendezvouspunkt war eine Veredlungsanlage seltener Metalle im Asteroidengürtel des Systems. Die Fabrik war ein Mobile aus chaotischen Gebäuden, die durch Gravitationsbalken zusammengehalten wurden. Die riesigen Sonnenkollektoren an den Seiten hätten längst auf den Müll gehört. Einige Lichter blinkten, den Rest verhüllte gnädig die Dunkelheit.

Zu wenige Lichter, dachte Miles, als sie sich näherten. Der Laden wirkte verlassen. Eine Feierschicht? Kaum. Dazu war die Anlage eine zu kostspielige Investition. Die konnte man nicht wegen biologischer Wehwehchen der Besitzer stillstehen lassen. Die Schmelzöfen sollten vierundzwanzig Stunden durchlaufen, um den Kriegsbedarf herzustellen. Schlepper mit Erz müßten Schlange stehen, um anzudocken. Ablegende Frachter müßten mit Militäreskorte zu den Anweisungen der Flugüberwachung Menuett tanzen …

»Beantworten sie Ihren Erkennungscode immer noch korrekt?« fragte Miles Daum. Er trat von einem Fuß auf den anderen.

»Ja.« Daum wirkte nervös.

Ihm gefällt die Sache auch nicht, dachte Miles. »Sollte eine strategisch so wichtige Anlage nicht besser bewacht sein? Die Pelier und Oserer haben bestimmt versucht, sie auszuschalten. Wo sind Ihre Wachschiffe?«

»Ich weiß nicht.« Daum starrte auf den Bildschirm.

»Wir haben jetzt eine Life-Übertragung, Sir«, meldete der Kommunikationsoffizier der Söldner.

Ein Colonel der Felicier erschien daraufhin auf dem Schirm.

»Fehun! Gottseidank!« rief Daum. Die Spannung wich von seinem Gesicht.

Miles atmete auf. Einen grauenvollen Augenblick lang hatte er die Vision gehabt, die Gefangenen nicht mit Daums Ladung absetzten zu können. Und was dann? Er war von der Woche so erschöpft, wie Bothari vorausgesagt hatte und wartete jetzt nur noch sehnsüchtig auf das Ende der Mission.

Lieutenant Thorne trat seinen Dienst an. Er lächelte und salutierte stramm vor Miles. Miles malte sich aus, was für ein Gesicht Thorne machen würde, wenn die Maskerade enthüllt würde. Er hatte das Gefühl, sein Magen sei mit Blei gefüllt. Miles erwiderte den Gruß und versuchte, seine Unruhe zu bekämpfen, indem er Daums Gespräch aufmerksam verfolgte. Vielleicht konnte er es einrichten, irgendwoanders zu sein, wenn die Falle zuschlug.

»... geschafft«, sagte Daum. »Wo sind alle? Der Laden sieht verlassen aus.«

Atmosphärische Störungen. Dann zuckte die Gestalt in Uniform auf dem Bildschirm die Achseln. »Wir haben einen Angriff der Pelier vor einigen Wochen abgewehrt. Die Sonnenkollektoren wurden dabei beschädigt. Wir warten auf die Reparaturmannschaft.«

»Wie steht's zu Hause? Haben wir Barinth schon befreit?«

Wieder Störungen. Der Colonel hinter dem Schreibtisch nickte. »Der Krieg läuft gut.«

Der Colonel hatte eine winzige Figur auf dem Schreibtisch stehen. Miles fiel das Pferdchen, das aus mosaikgroßen Elektronikteilen zusammengeschweißt war, gleich auf. Wahrscheinlich hatte ein Techniker es aus Abfall in der Freizeit gemacht. Miles dachte an seinen Großvater und überlegte, welche Pferde sie wohl auf Felice hatten. Ob sie je technisch so weit zurückgeschlittert waren, daß sie Kavallerie eingesetzt hatten?

»Großartig!« rief Daum. »Ich habe auf Beta so lang

gebraucht, daß ich schon Angst hatte. Also sind wir immer noch im Geschäft! Ich lade dich auf einen Drink ein, wenn wir da sind, du alte Schlange. Dann stoßen wir auf den Premierminister an. Wie geht's Miram?«

Störung. »Der Familie geht's gut«, antwortete der Colonel ernst. Störung. »Bereithalten für Anweisungen zum Andocken.«

Miles hielt den Atem an. Das Pferdchen, das soeben noch rechts von der Hand des Colonels gestanden hatte, war jetzt links davon.

»Ja, dann können wir uns ohne diesen ganzen Müll in der Leitung unterhalten«, sagte Daum fröhlich. »Machen Sie den weißen Lärm?«

Wieder eine kurze Störung. »Unsere Kommunikationsgeräte wurden bei beim Angriff der Pelier vor einigen Wochen beschädigt.« Jetzt war das Pferd wieder rechts. Auf dem Bildschirm schneite es. »Bereithalten für Anweisungen zum Andocken.« Jetzt links. Miles hätte am liebsten laut geschrien.

Statt dessen gab er dem Kommunikationsoffizier ein Zeichen, den Kanal abzuschalten.

»Es ist eine Falle«, erklärte Miles, sobald sie nicht mehr auf Sendung waren.

»Was?« Daum starrte ihn an. »Tehun Benar ist einer meiner ältesten Freunde! Er würde uns bestimmt nie verraten ...«

»Sie haben nicht mit Colonel Benar gesprochen«, unterbrach Miles ihn. »Sie hatten ein Synthesizergespräch mit einem Computer.«

»Aber sein Stimmabdruck ...«

»Ja, es war Benar — vorher aufgezeichnet. Auf seinem Schreibtisch stand nach den Störungen das Pferd immer woanders. Diese Störungen wurden absichtlich gesendet, um die Schnitte zu verbergen. Ist ihnen auch beinahe gelungen. Aber jemand hat geschlampt. Wahrscheinlich haben sie seine Antworten in mehreren Sitzungen aufgezeichnet.«

»Pelier«, brummte Thorne. »Die können doch nichts richtig machen ...«

Daum war aschgrau. »Benar würde nie Verrat üben ...«

»Wahrscheinlich hatten sie genug Zeit, die Aufnahme vorzubereiten, und es gibt ...« — Miles holte tief Luft — »viele Möglichkeiten, einen Mann zu brechen. Ich wette, *daß* es vor einigen Wochen einen Angriff der Pelier gegeben hat — aber er wurde nicht abgewehrt.«

Es war vorbei! Die Kapitulation unvermeidlich. Die RG 132 und ihre Ladung würde konfisziert werden. Daum würde Kriegsgefangener sein, Miles und seine Lehnsleute interniert, wenn nicht gleich erschossen. Irgendwann würde der Barrayarische Sicherheitsdienst für ihn das Lösegeld schon bezahlen; aber nicht ohne großen Skandal. Und dann war da noch der Betaner Calhoun mit weiß Gott was für zivilen Anklagen — und zum Schluß das Letzte Gericht: sein Vater. Miles überlegte, ob er auf die diplomatische Immunität Klasse III in der Beta-Kolonie verzichten und ins Gefängnis gehen könnte. Aber nein, Betaner sperrten niemanden ins Gefängnis — sie heilten Verbrecher.

Daum saß mit großen Augen da. »Ja«, sagte er überzeugt. »Was tun wir jetzt, Sir?«

Das fragst du mich? dachte Miles. Hilfe, Hilfe, Hilfe ... Er betrachtete die Gesichter der anderen im Raum: Daum, Elena, die Techniker der Söldner, Thorne und Auson. Alle schauten ihn so zuversichtlich an, als sei er eine Gans, die gleich ein goldenes Ei legen würde. Bothari lehnte an der Wand. Von seiner Haltung konnte Miles auch nichts ablesen.

»Sie fragen, warum unsere Übertragung unterbrochen wurde«, meldete der Kommunikationsoffizier.

Miles schluckte kurz. »Spielen Sie irgendwelche süßliche Musik«, befahl er. »Und schalten Sie auf dem Videogerät das Schild ein: ›Technische Störung — bitte warten.‹«

Der Kommunikationsoffizier grinste und gehorchte.

Gut, damit waren die nächsten neunzig Sekunden gerettet ...

Auson sah mit seinen bandagierten Armen so elend aus, wie Miles sich fühlte. Zweifellos freute er sich nicht darauf, seine unrühmliche Gefangennahme dem Admiral erklären zu müssen. Thorne hatte Mühe, seine Aufregung zu unterdrücken. Der Lieutenant kann sich bald für diese Woche rächen, dachte Miles unglücklich — und er weiß es.

Jetzt stand Thorne stramm. »Irgendwelche Befehle, Sir?«

Mein Gott, haben die denn nicht kapiert, daß sie frei sind? Wilde Hoffnung stieg in ihm auf. *»Sie sind mir nach Hause gefolgt, Vater. Darf ich sie behalten?«*

Thorne war erfahren und kannte das Schiff, die Soldaten und die Ausrüstung nicht nur oberflächlich, sondern durch und durch. Außerdem — was noch wichtiger war — hatte Thorne den Drang nach vorn. Miles richtete sich so kerzengerade auf, wie er nur konnte, und schnarrte: »Rekrut Thorne, Sie halten sich wohl für befähigt, ein Kriegsschiff zu führen, was?«

Thorne antwortete mit hoch erhobenem Kinn: »Sir!«

»Wir stehen vor einer äußerst interessanten kleinen taktischen Übung.« — Damit hatte sein Vater immer die Eroberung Komarrs beschrieben, wie Miles sich erinnerte. — »Ich werde Ihnen die Gelegenheit geben. Wir können die Pelier noch ungefähr eine Minute warten lassen. Was würden Sie als Kommandant dann tun?« Miles faltete die Arme und legte den Kopf schief. So hatte ein besonders furchteinflößender Prüfungsoffizier bei seinem Examen immer dagestanden.

»Das Trojanische Pferd«, antwortete Thorne prompt. »Ihren Hinterhalt durch einen Hinterhalt überfallen, die Station von innen heraus nehmen ... Sie wollen sie doch funktionsfähig erobern, oder?«

»Aha, das klingt gut«, sagte Miles. Er suchte krampfhaft in der Erinnerung nach ein paar Geräuschen, die

Militärberater ausstoßen könnten. »Aber es müssen doch in der Nähe Schiffe auf der Lauer liegen. Was würden Sie gegen diese unternehmen, nachdem Sie sich darauf festgelegt haben, eine unbewegliche Basis zu verteidigen? Verfügt die Veredlungsanlage eigentlich über Waffen?«

»In wenigen Stunden bestimmt«, warf Daum ein. »Und zwar mit den Maserzerhackern, die auf der RG 132 sind. Wenn man die Energiesatelliten ausschlachtet — falls so viel Zeit bleibt, die Sonnenkollektoren repariert, um sie aufzuladen ...«

»Maserzerhacker?« fragte Auson. »Ich dachte, Sie schmuggelten Militärberater ...«

Schnell unterbrach Miles ihn. »Denken Sie daran, daß nur wenig Personal zur Verfügung steht, und im Augenblick kein Mann entbehrt werden kann.« Besonders keine Dendarii-Offiziere ... Thorne schaute ihn nachdenklich an. Miles hatte Angst, daß er mit seiner Kritik zu weit gegangen wäre und daß Thorne ihm jetzt das Problem zurückwerfen würde. »Überzeugen Sie mich, Rekrut Thorne, daß es taktisch nicht übereilt wäre, die Basis zu nehmen«, sagte er schnell.

»Jawohl, Sir. Nun, die Verteidigungsschiffe, über die wir uns Sorgen machen müssen, sind mit an Sicherheit grenzender Wahrscheinlichkeit oserische. Die Schiffsbaukapazität der Pelier ist unter Pari — sie haben nicht die Biotechnologie für Sprungschiffe. Und wir haben alle oserischen Codes und Verfahrensbestimmungen, die Gegenseite weiß aber nichts über die der Dendarii. Ich glaube, ich ... wir können sie packen.«

Die der Dendarii? hallte es in Miles' Kopf nach. »Nun denn, Rekrut Thorne. Legen Sie los!« befahl er mit lauter und entschlossener Stimme. »Ich werde mich nicht einmischen — es sei denn, Sie gehen zu weit.« Um seinen Worten Nachdruck zu verleihen, steckte er die Hände in die Taschen — und um nicht an den Nägeln zu kauen.

»Bringen Sie uns ins Dock, ohne die Katze aus dem Sack zu lassen«, sagte Thorne. »Ich bereite die Sturmtruppe vor. Kann ich Commander Jesek und Commander Elena Bothari haben?«

Miles nickte. Sergeant Bothari atmete tief ein, sagte aber nichts, sondern stand nur pflichtgetreu hinter Miles. Thorne sah sich offenbar schon als Kapitän und lief hinaus. Die angeforderten ›Berater‹ folgten ihm. Elena strahlte vor Aufregung. Baz schob einen ziemlich feuchten Stumpen zwischen den Zähnen hin und her. Auch in seinen Augen blitzte es unerklärlich. Miles bemerkte, daß sein Gesicht Farbe bekommen hatte.

Auson stand niedergeschlagen da. Wut, Scham und Mißtrauen kämpften auf seinem Gesicht. Der ist kurz vor der Meuterei, dachte Miles. Er senkte die Stimme, so daß nur Auson ihn verstehen konnte.

»Darf ich darauf hinweisen, daß Sie noch krank geschrieben sind, Rekrut Auson.«

Auson bewegte hilflos die Arme. »Man hätte mir schon vorgestern die Schienen abmachen können, verdammt.«

»Darf ich Sie auch darauf hinweisen, daß ich zwar Rekrut Thorne ein Kommando versprochen habe, aber ich habe nicht gesagt, auf welchem Schiff. Ein Offizier muß ebenso gehorchen wie befehlen können. Jedem seinen Test und jedem seine Belohnung. Ich beobachte Sie ebenfalls.«

»Es gibt nur ein Schiff.«

»Sie mutmaßen immer. Eine schlechte Angewohnheit.«

»Sie sind voll Sch ...« Auson brach ab und betrachtete Miles nachdenklich.

»Sagen Sie, daß wir bereit sind, die Anweisungen für das Andocken zu empfangen.« Miles nickte Daum zu.

Miles hätte für sein Leben gern am Kampf teilgenommen, aber er mußte zu seinem Leidwesen feststellen, daß die Söldner keine Rüstung hatten, die so klein war, daß sie ihm paßte. Bothari war darüber sehr erleichtert. Miles überlegte, in einem einfachen Druckanzug mitzugehen — wenn nicht an der Front, dann wenigstens in der Nachhut.

Bei diesem Vorschlag verschluckte Bothari sich fast. »Ich schwöre, ich schlage dich nieder und setz' mich auf dich drauf, wenn du auch nur in die Nähe eines Druckanzug gehst«, erklärte er.

»Insubordination, Sergeant«, zischte Miles ihn an.

Bothari warf einen Blick auf die Söldner, die in der Waffenkammer versammelt waren. Als er sicher war, daß ihn keiner hören konnte, sagte er: »Ich bringe deine Leiche nicht zurück und lege sie meinem Grafen vor die Füße wie die Katze eine Maus.« Er funkelte Miles drohend an.

Miles merkte, wenn er jemand bis zum Äußersten getrieben hatte, und machte einen Rückzieher. »Und wenn ich die Tests für die Aufnahme ins Offizierkorps bestanden hätte?« fragte er. »Dann könntest du mich auch von derartigen Unternehmen nicht zurückhalten.«

»Ich hätte den Dienst quittiert, solange ich noch meine Ehre hatte«, lautete Botharis lakonische Antwort.

Miles mußte lächeln und tröstete sich damit, Ausrüstung und Waffen derer zu kontrollieren, die ausrückten. Die Woche mit Reparaturen und Ordnung schaffen hatte sich unerwartet hoch ausgezahlt. Die Kampftruppe strahlte eiskalte Effizienz aus. Bald würde man sehen, ob diese Schönheit nicht nur äußerlich war.

Bei Elenas Rüstung gab er sich besonders Mühe. Bothari legte die Kommunikationsleitungen eigenhändig, ehe er ihr den Helm aufsetzte. Dabei flüsterte er ihr noch schnell Anweisungen zu, wie sie sich in der ihr nur halbbekannten Ausrüstung verhalten sollte.

»Um Gottes willen, bleib hinten«, schärfte Miles ihr ein. »Du sollst die Fähigkeiten der Leute beobachten und mir sofort Meldung machen, und das kannst du nicht, wenn du ...« Den Rest des Satzes verschluckte er, da ihm alle möglichen grausigen Bilder durch den Kopf schossen, was schönen Frauen im Kampf zustoßen könnte. »Wenn du an der Front bist.« Er mußte den Verstand verloren haben, als er Thorne erlaubte, sie mitzunehmen.

Elena hatte das Haar zurückgekämmt. Der Helm umrahmte ihr Gesicht, bei dem die Wangenknochen stark hervortraten, noch betont durch die flügelartigen Seitenteile des Helms. Ihre Haut leuchtete wie Elfenbein im Schein der winzigen bunten Lichter der Kontrollanzeigen des Helms. Sie wirkte halb wie eine Nonne, halb wie ein Ritter. Ihr Mund stand vor freudiger Erwartung offen. »Jawohl, Mylord«, sagte sie mit strahlenden, furchtlosen Augen. »Danke.«

Dann drückte sie ihm den Arm. »Danke dir, Miles — für die Ehre.« Sie beherrschte noch nicht die Servolenkung, so daß ihr Handschuh ihm fast den Arm zerquetschte. Miles wollte die Schönheit dieses Augenblicks nicht zerstören, selbst wenn sie ihm den Arm abgerissen hätte. Er lächelte zurück, ohne mit der Wimper zu zucken. Mein Gott, was habe ich getan? dachte er. Sie sieht aus wie eine Walküre ...

Dann wechselte er noch schnell ein paar Worte mit Baz.

»Tu mir einen Gefallen, Commander Jesek, und halt dich in Elenas Nähe auf. Paß auf, daß sie den Kopf unten behält. Sie ist — naja — ein bißchen aufgeregt.«

»Aber selbstverständlich, Mylord.« Jesek nickte kräftig. »Ich würde ihr überallhin folgen.«

»Hm«, meinte Miles. *So* hatte er es eigentlich nicht gemeint.

»Mylord«, fuhr Baz leise fort. »Diese Commander-Sache ... äh ... du hast das doch nicht als echte Beförderung gemeint, oder? Das war doch nur Show, richtig?« Er deutete mit dem Kopf zu den Söldnern, die sich um Thorne scharten.

»Das ist so echt wie die Dendarii Söldner«, antwortete Miles. Er schaffte es nicht, seinen Lehnsmann direkt zu belügen.

Baz hob die Brauen. »Und was bedeutet das?«

»Nun ... mein Va ... jemand, den ich gut kannte, sagte einmal: Bedeutung ist das, was du den Dingen verleihst, nicht, was du ihnen entnimmst. Er sprach damals über die Vor.« Miles machte eine Pause. »Weitermachen, Commander Jesek!«

Baz' Augen funkelten vergnügt. Er salutierte stramm vor Miles. »Jawohl, Sir, — Admiral Naismith.«

Miles ging — mit Bothari auf den Fersen — zurück in die Leitzentrale, um mit Auson und dem Kommunikationsoffizier die Kampfkanäle auf dem Monitor zu überwachen. Daum blieb mit dem Ingenieur, der für den toten Piloten eingesprungen war, im Kontrollraum, um sie ins Dock zu bringen. Jetzt kaute Miles wirklich an den Nägeln. Auson klappte nervös die Plastikarmschienen gegen einander, damit war sein Bewegungsspielraum erschöpft.

»Was würdest du dafür geben, da draußen mitmischen zu können, Kleiner?«

Miles hatte nicht gedacht, daß seine Frustration so deutlich erkennbar war. Er ließ sich aber von dem Spitznamen nicht beleidigen. »Ungefähr fünfzehn Zentimeter Körpergröße, Captain Auson«, antwortete er wehmütig.

Auson mußte unfreiwillig laut auflachen. »Ja, ich verstehe.«

Fasziniert sah Miles, wie der Kommunikationsoffizier die Telemetrie aus den Rüstungen der Kampftruppe heranholte. Auf dem Bildschirm waren die Daten von sechzehn Personen simultan abgebildet. Miles fand es so verwirrend wie Konfetti. Vorsichtig formuliert er eine Frage und hoffte, dabei seine Unwissenheit nicht zu enthüllen.

»Ausgezeichnet. Man kann sehen und hören, was jeder der Männer sieht oder hört.« Miles fragte sich, welche Informationen Schlüsselfunktion hatten. Ein Fachmann konnte das bestimmt auf den ersten Blick erkennen. »Wo wurde dieses Modell gebaut. Ich habe so eins noch nie gesehen.«

»Auf Illyrika«, erklärte Auson stolz. »Das System war im Schiff eingebaut. Eines der besten, das man kaufen kann.«

»Aha ... wo ist Commander Elena Bothari?«

»Welche Nummer hat ihr Anzug?«

»Sechs.«

»Sie ist in der oberen rechten Ecke des Bildschirms. Sehen Sie: Hier ist die Anzugnummer, hier die Chiffren für audio und visuell, die Anzug-zu-Anzug-Kampf-Kanäle, unsere Schiff-an-Anzug-Kanäle — wir können von hier aus die Servos in jedem Anzug fernsteuern.«

Miles und Bothari blickten wie gebannt auf den Bildschirm. »Aber verwirrt das nicht, wenn plötzlich von hier aus ferngesteuert wird?« fragte Miles.

»Naja, man tut das nicht oft. Es wird eigentlich nur gemacht, um die medizinische Ausrüstung zu aktivieren oder Verletzte zurückzuziehen ... Ehrlich gesagt, mir behagt diese Einrichtung nicht besonders. Als ich einmal einen Verwundeten per Fernsteuerung herausholen wollte, hatte sich seine Rüstung durch den Schuß so verformt, daß es nur mühsam funktionierte. Ich hatte einen Großteil der Telemetrie verloren. Warum, fand ich heraus, als wir hinterher saubermachten. Sein Kopf war weggepustet worden. Ich hatte zwanzig Minuten lang geschuftet, um eine Leiche durch die Luftschleuse zurückzubringen.«

Miles schluckte und fragte: »Wie oft haben Sie das System schon benutzt?«

Auson räusperte sich. »Naja, eigentlich nur zweimal.« Bothari schnaubte, Miles zog die Brauen hoch. »Wir haben so verflucht lange diesen Blockadedienst geschoben«, erklärte Auson schnell. »Jeder schiebt gern mal 'ne ruhige Kugel; aber ... vielleicht war das zu lange.«

»Den Eindruck hatte ich auch«, meinte Miles trocken. Auson rutschte unruhig hin und her. Dann widmete er seine Aufmerksamkeit wieder dem Bildschirm mit den taktischen Angaben.

Sie waren kurz vor dem Anlegen. Die Sturmtruppe stand einsatzbereit. Die RG 132 lag etwas hinter ihnen. Sie wurde in eine Parallelbucht gelotst. Die Pelier hatten listigerweise Anweisungen gegeben, daß das Kriegsschiff zuerst anlegen sollte. Zweifellos hatten sie vor, den unbewaffneten Frachter später in Ruhe aufzubringen. Miles wünschte, er hätte einen abgesprochenen Code, mit dem er Mayhew hätte warnen können, der immer noch ganz allein an Bord des Frachters war. Aber ohne zerhackte Kommunikationskanäle riskierte er, den lauschenden Peliern seinen Plan zu verraten. Er konnte nur hoffen, daß Thornes Überraschungsangriff alle Truppen, die auf die RG 132 lauerten, wegzog.

Die momentane Stille schien unerträglich lang. Miles las die medizinischen Angaben über Elena. Ihr Puls schlug über achtzigmal die Minute, Jeseks, neben ihr, ungefähr einhundertzehnmal. Miles fragte sich, wie schnell sein Puls war — so, wie er sich anfühlte — astronomisch schnell.

»Hat die Gegenseite ähnliche Geräte?« fragte Miles. In seinem Kopf formte sich eine Idee. Vielleicht konnte er doch mehr sein als nur ein ohnmächtiger Beobachter ...

»Die Pelier nicht. Einige der besser ausgerüsteten Schiffe in unserer — in der oserischen Flotte haben sie. Zum Beispiel das Schlachtschiff Captain Tungs. Gebaut auf Beta.« Auson seufzte neidisch. »Der Kerl hat alles.«

Miles wandte sich an den Kommunikationsoffizier. »Fangen Sie irgend etwas Ähnliches von der anderen Seite auf? Wartet jemand auf dem Dock in Kampfrüstung?«

»Es ist etwas zerhackt«, antwortete der Mann. »Aber ich schätze, daß das Empfangskomitee aus etwa dreißig Personen besteht.« Bothari biß die Zähne zusammen, als er dies hörte.

»Empfängt Thorne dies auch?« fragte Miles.

»Selbstverständlich.«

»Können die anderen uns empfangen?«

»Nur, wenn sie ausdrücklich danach suchen«, antwortete der Kommunikationsoffizier. »Aber das werden sie nicht. Wir sind auf ganz engem Strahl und zerhackt.«

»Zwei gegen einen«, meinte Auson. »Schlechte Aussichten.«

»Dann wollen wir mal versuchen, Chancengleichheit herzustellen«, sagte Miles. »Können Sie die Codes der Gegenseite knacken und in deren Telemetrie eindringen?« fragte er den Kommunikationsoffizier. »Sie haben doch die oserischen Codes oder?«

Der Mann blickte ihn nachdenklich an. »Ganz so funktioniert es nicht ... aber ...« Er widmete sich seinen Apparaten.

Ausons Augen leuchteten auf. »Sie wollen die Steuerung der Anzüge übernehmen? Die Leute gegen Wände laufen lassen sie sich gegenseitig erschießen lassen ...« Dann erlosch das Licht. »Ach, zum Teufel. Die haben alle manuelle Übersteuerung. Sobald sie mitkriegen, was los ist, schalten sie uns ab. Aber es war eine nette Idee.«

Miles grinste. »Dann lassen wir sie eben nichts mitkriegen! Wir gehen ungemein subtil vor. Sie denken immer nur vom Standpunkt brutaler Gewalt aus, Rekrut Auson. Brutale Gewalt hat mir noch nie gelegen ...«

»Ich hab's!« rief der Kommunikationsoffizier. Auf dem Holovid-Schirm war jetzt noch ein zweites Bild zu sehen. »Da drüben sind zehn mit kompletter Feedback-Rüstung. Der Rest scheinen Pelier zu sein — ihre Rüstungen haben nur Kommunikationsverbindungen. Aber da sind die Zehn.«

»Bildschön! Hier Sergeant, übernimm unsere Monitoren.« Miles ging zur anderen Station hinüber und streckte die Finger genüßlich wie ein Konzertpianist. »So, und jetzt werde ich euch zeigen, was ich meine. Wir wollen mal ein bißchen simulieren, winzige Funktionsstörungen in den Anzügen ...« Er nahm einen Soldaten aufs Korn. Medizinische Telemetrie — physiologische Unterstützung — da. »Achtung! Herschauen!«

Miles zielte auf den Urinbeutel des Piloten, der schon halb gefüllt war. »Muß ein nervöser Bursche sein ...« Miles gab den Befehl zum Rückfluß, mit voller Kraft, und schaltete den Audiosender ein. Wildes Fluchen wurde kurz laut, dann befahl eine schnarrende Stimme Funkstille. »Also, damit hätten wir schon einen Soldaten, der abgelenkt ist. Und er kann nichts dagegen machen, bis er den Anzug auszieht.«

Auson erstickte fast, so lachte er. »Du hinterlistiger kleiner Teufel! Ja, ja!« Er trampelte vor Vergnügen mit den Füßen, da er die Hände nicht benutzen konnte und drehte sich im Sessel. Dann rief er die Angaben über einen anderen Soldaten ab. Er mußte ganz langsam mit den Fingerspitzen auf die Tasten drücken.

»Denken Sie dran, subtil!« ermahnte Miles ihn.

»Klar«, antwortete Auson immer noch kichernd. »Da, da ...« Er grinste. »Jeder dritte Servobefehl erfolgt jetzt mit einer zeitlichen Verzögerung von einer halben Sekunde, und die Waffen schießen zehn Grad nach rechts vom Ziel, das er anpeilt.«

»Hervorragend«, lobte Miles. »Den Rest heben wir uns lieber auf, bis sie in kritischer Position sind. Wir wollen ihnen keinen vorzeitigen Tip geben.«

»Richtig.«

Das Schiff flog immer näher und näher an den Anlegeplatz heran. Die feindlichen Truppen bereiteten sich vor, durch die normalen Anschlußröhren an Bord zu kommen.

Da stürmte plötzlich Thornes Truppe aus den Luftschleusen an der Dockseite. Abgefeuerte Magnetminen trafen den Hauptbau der Station, wo sie aufflammten und Löcher brannten, wie Funken in einen Teppich. Thornes Söldner sprangen durch die Bresche. Die Funkstille des Feindes wurde durch Überraschungsschreie gebrochen.

Miles schwirrte über die Anzeigen. Ein weiblicher Offizier drehte den Kopf, um ihrem Zug etwas zuzurufen. Sofort verriegelte Miles den Helm — und den oserischen Kopf darin — in dieser nach hinten verrenkten Stellung. Dann suchte er einen anderen Soldaten aus, der in einem Korridor war, den seine eigenen Leute noch nicht erreicht hatten, und gab dem in den Anzug eingebauten schweren Plasmabogen den Befehl loszuballern. Der überraschte Mann wurde durch den Rückstoß nach hinten geschleudert. Aus seiner Hand kam ein Feuerstrahl, der Boden, Decke und Kameraden erfaßte.

Miles machte eine Pause, um Elenas Anzeigen abzulesen. Auf dem visuellen Kanal sah er einen Korridor mit großer Geschwindigkeit vorbeirasen. Dann drehte sich alles, als Elena die Düsenbremsen ihres Anzugs betätigte. In der Dockstation war jetzt offensichtlich die künstliche Schwerkraft ausgeschaltet. Eine automatische Luftdichtung schloß sich vernehmlich und sperrte den Korridor ab. Elena gewann das Gleichgewicht wieder und schoß mit dem Plasmabogen ein Loch hinein. Dann stürzte sie sich hindurch. Gleichzeitig kam aber ein Gegner von der anderen Seite. Sie balgten sich auf dem Boden. Die Servos kreischten vor Überlastung.

Miles suchte hektisch nach den Angaben über diesen Feind auf den zehn Tafeln; aber er war Pelier. Miles hatte auf seinen Anzug keinen Zugriff. Ihm schlug das Herz im Hals. Auf dem Bildschirm sah er wieder den Kampf zwischen Elena und dem Pelier. Miles hatte das verschwommene Gefühl, an zwei Orten zugleich zu sein, als hätte sein Atman den Körper verlassen. Dann merkte er, daß er durch einen oserischen Anzug das Geschehen beobachtete. Der Oserer hob die Waffe, um zu feuern. Er konnte nicht verfehlen …

Miles aktivierte sofort den Medizinnachschub und schoß dem Mann alle verfügbaren Drogen in die Blutbahn. Die Audioübertragung brachte ein gräßliches Keuchen. Der Herzschlag des Mannes spielte verrückt. Dann wurde Herzstillstand angezeigt. Noch eine Gestalt — Baz? — in *Ariel*-Rüstung sprang durch die Bresche der Luftdichtung und feuerte noch im Sprung. Das Plasma schlug über dem Oserer zusammen und unterbrach die Übertragung.

»Verfluchter Mist!« brüllte Auson plötzlich neben Miles. »Wo, zum Teufel, kommt *der* her?«

Miles dachte erst, Auson meinte den oserischen Soldaten. Dann folgte er Ausons Blick zu einem anderen Bildschirm, der den Raum gegenüber von der Dockstation zeigte.

Hinter ihnen schwebte ein riesiges oserisches Kriegsschiff.

KAPITEL 12

Miles fluchte frustriert. Natürlich bedeutete eine komplette oserische Feedback-Raumrüstung auch, daß ein oserischer Monitor in der Nähe sein mußte! Das hätte ihm sofort klar sein müssen. Er war ein Idiot, weil er angenommen hatte, der Feind wurde aus der Dockstation heraus gesteuert. In der Aufregung des Angriffs und seiner Angst um Elena hatte er die Hauptregel für einen Oberkommandierenden vergessen: Verzettele dich nicht mit Einzelheiten! Es war kein Trost, daß Auson dies offenbar auch vergessen hatte.

Der Kommunikationsoffizier unterbrach hastig sein Spiel, die Anzüge zu sabotieren und ging wieder an seinen Posten. »Sie verlangen die Kapitulation, Sir«, meldete er.

Miles leckte die trockenen Lippen und räusperte sich. »Hm — irgendwelche Vorschläge, Rekrut Auson?«

Auson blickte ihn angewidert an. »Das ist der Angeber Tung. Er kommt von der Erde, und das läßt er immer raushängen. Er hat im Vergleich zu uns die vierfache Panzerung und Feuerkraft, die dreifache Beschleunigung, die dreifache Besatzung und dreißig Jahre Erfahrung. Ich nehme an, Sie erwägen die Kapitulation?«

»Im Augenblick habe ich dazu keine Lust«, antwortete Miles.

Der Angriff auf die Dockstation war beinahe vorüber. Thorne und seine Leute stürmten schon die Nebengebäude, um dort aufzuräumen. Wurde der Sieg so schnell von der Niederlage verschlungen? Nein, nie und nimmer! Miles zerbrach sich verzweifelt den Kopf mit der Suche nach einer besseren Idee.

»Es ist nicht die feine Art«, sagte er, »aber wir sind so nah, daß wir versuchen könnten, das Schiff zu rammen.«

Ausons Lippen formten stumm: Mein Schiff? Dann

fand er die Sprache wieder. »Mein Schiff! Die beste Technologie, die in Illyrica auf dem Markt ist — und das wollen Sie wie einen elenden mittelalterlichen Rammbock einsetzen? Sollen wir auch noch Öl heiß machen und rüberkippen? Oder mit Steinen schmeißen?« Seine Stimme stieg um eine Oktave und kippte dann weg.

»Ich wette, das würde der Gegner nicht erwarten«, meinte Miles etwas eingeschüchtert.

»Ich erwürg' dich mit bloßen Händen ...« Auson bemerkte den beschränkten Handlungsspielraum.

»Sergeant«, rief Miles und wich vor dem keuchenden Kapitän zurück.

Bothari erhob sich langsam aus dem Sessel und musterte Auson mit so eiskalten Augen, wie ein Gerichtsmediziner die Leiche vor dem ersten Schnitt.

»Man muß es zumindest versuchen«, verteidigte Miles sich.

»Nicht mit meinem Schiff, du mickriger ...« Auson benutzte nun Fäkalsprache.

»Mein Gott! Sehen Sie sich das an!« rief der Kommunikationsoffizier.

Die mächtige RG 132 rollte von der Dockstation weg. Die normalen Raumantriebssysteme liefen mit voller Kraft voraus und verliehen dem Schiff die Beschleunigung eines Elefanten, der in Melasse schwimmt.

Miles ließ Auson links liegen. »Die beladene RG 132 hat die vierfache Masse dieses Schlachtschiffchens«, stieß er hervor.

»Deshalb fliegt sie wie ein fettes Schwein und kostet ein Vermögen an Treibstoff!« schrie Auson. »Ihr Pilot muß verrückt sein, wenn er glaubt, schneller als Tung zu sein ...«

»Los, Arde!« brüllte Miles und hüpfte auf und nieder. »Perfekt! Du drückst ihn genau gegen die Schmelzanlage ...«

»Nein, das kann er nicht«, widersprach Auson. »Verdammter Hund! Er macht's!«

Offenbar hatte Tung — wie Auson — die wahre Absicht des Frachters zu spät erkannt. Der Nonius wurde gezückt, um das Kriegsschiff in Position zu bringen, in den offenen Raum zu entweichen. Das Schlachtschiff feuerte einen Schuß ab, der aber in der Ladezone des Frachters kaum sichtbaren Schaden anrichtete.

Und dann schob sich die RG 132, beinahe wie in Zeitlupe, majestätisch ins Schlachtschiff und drängte es in die Schmelzanlage. Herausragende Geräte und Anbauten brachen und flogen in alle Richtungen davon.

Aktion bewirkte Reaktion. Die Schmelzanlage bäumte sich auf. Wie von Riesenhand zusammengeschoben, pflanzte sich die Wellenbewegung fort und ergriff auch die Nebengebäude. Teile des Schlachtschiffs gerieten in die Schmelzerei. Bunte chemische Feuer schoßen an mehreren Stellen ins Vakuum hinaus.

Die RG 132 schwebte langsam davon. Miles stand vor dem Bildschirm und sah mit stummer Bewunderung, wie sich die Hälfte der äußeren Rumpfhaut des Frachters ablöste und ebenfalls im All verschwand.

Die RG 132 hatte die endgültige Eroberung der Veredlungsanlage ermöglicht. Thornes Stoßtrupp räucherte noch die letzten Oserer aus ihrem kaputten Schiff und säuberte auch die umliegenden Gebäude von Flüchtigen. Die Verwundeten wurden von den Toten aussortiert, die Gefangenen unter Bewachung gestellt, Minenfallen aufgespürt und entschärft, die wichtigsten Zonen wieder mit Atmosphäre geflutet. Erst dann konnten Leute und Gleiter eingesetzt werden, um den alten Frachter ins Dock zu holen.

Eine schmutzige Gestalt in Druckanzug taumelte aus der Anschlußröhre auf die Ladezone.

»Sie sind *verbogen!* Sie sind *verbogen!*« schrie Mayhew Miles zu und nahm den Helm ab. Das schweißverklebte Haar stand wirr in alle Richtungen.

Baz und Elena liefen zu ihm. Ohne Helme sahen beide wie Ritter nach einem Turnier aus. Elenas Umarmung riß den Piloten um. Miles schloß aufgrund Mayhews verzerrtem Gesicht, daß Elena immer noch mit den Servos leichte Schwierigkeiten hatte. »Es war phantastisch, Arde!« jubelte sie.

»Gratuliere«, sagte Baz. »Das war das erstaunlichste taktische Manöver, das ich je gesehen habe. Eine phantastisch berechnete Flugbahn — der Aufprallpunkt war perfekt. Sie haben ihn erstklassig erledigt. Kaum Konstruktionsschäden — ich habe es mir gerade angesehen. Ein paar Reparaturen — und wir haben ein funktionierendes Schlachtschiff gekapert!«

»Phantastisch? Berechnet?« fragte Mayhew. »Sie sind ebenso verrückt wie wir!« Er zeigte auf Miles. »Und was den Schaden betrifft — sehen Sie sich *das* an!« Er deutete nach hinten zur RG 132.

»Baz sagt, in der Station gibt es die Möglichkeit, Reparaturen am Rumpf durchzuführen«, beschwichtigte Miles ihn. »Das hält uns hier zwar ein paar Wochen fest, was mir ebensowenig wie dir behagt; aber es ist machbar. Gott behüte, daß uns jemand deshalb zur Kasse bittet. Aber mit etwas Glück müßte ich …«

»Du verstehst mich nicht!« Mayhew wedelte mit den Armen. »Sie sind *verbogen!* Die Necklin-Stangen.«

Bei einem Sprungschiff war der Pilot mit seinen viralen Kreisen das Nervensystem, der Körper aber die beiden Necklin-Feldgeneratorstangen, die von einem Ende des Schiffes zum anderen liefen. Sie waren so angefertigt, daß ihre Toleranzen nicht einmal eins zu einer Million betrugen.

»Bist du sicher?« fragte Baz. »Das Gehäuse …«

»Du kannst dich im Gehäuse hinstellen und sehen, wie die Stangen verbogen sind. Eindeutig sehen! Wie *Skier* sehen sie aus!« klagte Mayhew.

Baz stieß langsam die Luft zwischen den Zähnen aus.

Obwohl Miles die Antwort zu kennen glaubte, fragte er den Ingenieur: »Irgendeine Chance, das zu reparieren?«

Baz und Mayhew warfen Miles den gleichen Blick zu.

»Bei Gott, du würdest das versuchen«, sagte Mayhew. »Ich sehe dich schon da unten, mit dem Vorschlaghammer ...«

Jesek schüttelte bedauernd den Kopf. »Nein, Mylord. Meines Wissens sind die Felicier weder biotechnisch noch technologisch in der Lage, Sprungschiffe zu bauen. Ersatzstangen müßten importiert werden — Beta-Kolonie ist am nächsten —, aber dort wird dieses Modell nicht mehr gebaut. Man müßte sie eigens anfertigen und herschicken — das würde meiner Schätzung nach ein Jahr dauern und ein Vielfaches von dem kosten, was du für die RG 132 bezahlt hast.«

»Aha«, sagte Miles und starrte ausdruckslos durch die Plexiglasbullaugen auf sein kaputtes Schiff.

»Könnten wir nicht die *Ariel* nehmen?« schlug Elena zaghaft vor. »Wir könnten mit ihr die Blockade durchbrechen ...«, und sie brach ab und errötete. »O Entschuldigung.«

Der Geist des ermordeten Piloten lachte eiskalt in Miles' Ohren hinein. »Ein Pilot ohne Schiff«, murmelte Miles vor sich hin. »Ein Schiff ohne Pilot, die Ladung nicht abgeliefert kein Geld, keine Möglichkeit, nach Hause zu fahren ...« Er wandte sich an Mayhew. »Warum hast du es getan, Arde? Du hättest dich doch friedlich ergeben können. Du bist Betaner. Sie hätten dich bestimmt anständig behandelt.«

Mayhew blickte umher und vermied es, Miles anzusehen. »Sieht so aus, als hätte das Schlachtschiff versucht, euch alle in die nächste Dimension zu befördern.«

»Stimmt. Und?«

»Und? Na, ich fand, als richtiger Krieger konnte ich doch nicht nur auf meinem Hintern sitzen und zuschauen. Das Schiff war die einzige Waffe, die ich besaß. Daher zielte ich damit und ...« Er tat so, als hätte er den Finger am Abzug und schoß.

Dann holte er tief Luft. »Aber du hast mich nicht gewarnt, mich völlig ins Messer laufen lassen. Ich schwöre: Wenn du nochmal so einen schmutzigen Trick abziehst, werde ich dich ... werde ich dich ...«

»Willkommen in den Diensten meines Lehnsherrn — Waffenbruder«, sagte Bothari grinsend.

Auson und Thorne tauchten am anderen Ende der Dockanlage auf. »Aha, dort steht er ja mit dem Inneren Freundeskreis«, sagte Auson und blickte auf Miles hinab.

Thorne salutierte. »Ich habe jetzt die Endresultate, Sir.«

»Ja, legen Sie los, Rekrut Thorne.« Miles zwang sich zur Aufmerksamkeit.

»Auf unserer Seite: Zwei tot, fünf verwundet. Keine ernstlichen Verletzungen, mit Ausnahme einer Plasmaverbrennung — die Soldatin braucht eine vollständige Gesichtsplastik, wenn wir eine geeignete medizinische Einrichtung erreichen ...«

Miles' Magen zog sich zusammen. »Namen?«

»Die Toten: Deveraux und Kim. Die Gesichtsverbrennung ist Elli ... äh ... Rekrutin Quinn.«

»Weiter.«

»Der Feind verfügte über sechzig Besatzungsmitglieder von der *Triumph*, Kapitän Tungs Schiff — zwanzig davon Sturmtruppe, der Rest Techniker — und sechsundachtzig Pelier, von denen vierzig Soldaten und der Rest Techniker sind, welche die Veredlungsanlage wieder in Gang setzen sollten. Zwölf tot, sechsundzwanzig mäßig bis schwer verletzt und etwa ein Dutzend leichtere Verletzungen.«

»Verluste von Gerät: Zwei Raumrüstungen irreparabel beschädigt, fünf reparabel. Die Schäden an der RG 132 ... naja ...« Thorne blickte durchs Plexiglasbullauge hinaus. Mayhew stöhnte.

»Außer der Veredlungsanlage und der *Triumph* eroberten wir noch: Zwei pelische Shuttle für Fahrten innerhalb des Systems, zehn Stationsgleiter, acht Zwei-Mann-Flitzer und die beiden leeren Erzschlepper, die hinter den Mannschaftsunterkünften hängen. Ja ... äh ... ein pelisches, bewaffnetes Kurierschiff scheint ... äh ... entkommen zu sein.« Thorne beobachtete besorgt Miles' Gesicht bei diesem letzten Punkt der Meldung.

»Verstehe«, sagte Miles. Er fragte sich, wieviel er noch aufnehmen könnte. Allmählich war er wie betäubt. »Weiter.«

»Nun zur erfreulichen Seite ...«

Es gibt also eine erfreuliche Seite? dachte Miles.

»Wir fanden etwas, das unsere Personalknappheit lindert. Wir befreiten dreiundzwanzig felicianische Gefangene — wenige Soldaten, die meisten Techniker, die bei vorgehaltener Pistole in der Schmelzerei arbeiten mußten, bis Pelier als Ersatz eintreffen würden. Einigen geht es ziemlich dreckig.«

»Wieso?« fragte Miles, doch dann hielt er abwehrend die Hand hoch. »Später. Ich werde alles genau inspizieren.«

»Jawohl, Sir. Der Rest kann helfen. Major Daum ist sehr glücklich.«

»Konnte er schon Kontakt mit seiner Kommandozentrale aufnehmen?«

»Nein, Sir.«

Miles rieb sich die Nasenwurzel und kniff die Augen zusammen, um das schmerzhafte Pochen im Kopf zu lindern.

Eine Patrouille von Thornes müden Kriegern marschierte vorbei und brachte eine Gruppe Gefangene an einen sicheren Ort. Miles Blick fiel auf einen untersetzten Eurasier, um die fünfzig, in zerrissener grauweißer oserischer Uniform. Obwohl sein Gesicht stark angeschlagen war und er hinkte, wirkte er hellwach und knallhart. Der könnte *ohne* Raumrüstung durch Wände gehen, dachte Miles.

Plötzlich blieb der Eurasier stehen. »Auson!« rief er.

»Ich dachte, Sie seien tot!« Er zog seinen Bewacher auf Miles' Gruppe zu. Miles nickte dem Bewacher zustimmend zu.

Auson räusperte sich. »Hallo, Tung.«

»Wie konnten sie Ihr Schiff kapern, ohne ...« Der Gefangene stockte, als er Thornes Rüstung und Ausons Waffe, die in Anbetracht der geschienten Arme lediglich dekorativen Wert hatte, bemerkte, sowie, daß beide ohne Bewachung waren. Sein Gesicht zeigte nicht mehr Staunen, sondern abgrundtiefe Verachtung. Er rang nach Worten. »Ich hätte es mir denken können. Oser hatte recht, euch zwei Clowns möglichst weit vom Kampfgebiet fernzuhalten. Nur das Komikerpaar Auson und Thorne konnten es schaffen, *sich selbst* gefangen zu nehmen.«

Auson öffnete empört den Mund; aber da rief Thorne: »Halt's Maul, Tung!« Leise sagte er zu Miles: »Wenn Sie wüßten, wie lange ich schon darauf warte, ihm *das* zu sagen!«

Tungs Gesicht wurde dunkelbronzepurpurrot. Er brüllte zurück: »Thorne, Sie unfähiger Drückeberger, Sie ...«

Beide Männer stürzten gleichzeitig aufeinander los. Aber Tungs Bewacher versetzte ihm einen Hieb mit dem Schlagstock, daß er in die Knie ging. Auson und Miles packten Thornes Arme. Miles verlor zwar den Boden unter den Füßen; aber sie schafften es, den betanischen Hermaphroditen zurückzuhalten.

»Darf ich Sie darauf aufmerksam machen, Kapitän Tung, daß diese zwei ... äh ... Komiker Sie gerade gefangengenommen haben?« warf Miles ein.

»Wenn nicht die Hälfte meiner Sturmtruppen durch das geplatzte Schott in der Falle gesessen hätten ...«, fing Tung wutschnaubend an.

Auson richtete sich auf und grinste. Thorne hörte auf zu strampeln. Im Angesicht des gemeinsamen Feindes vereint, dachte Miles. Gleichzeitig erkannte er, wie er den ungläubigen und mißtrauischen Auson endgültig dazu bringen konnte, ihm aus der Hand zu fressen.

»Wer, zum Teufel, ist dieser winzige Mutant?« fragte Tung seinen Bewacher.

Miles trat vor. »Rekrut Thorne, Sie haben so hervorragende Arbeit geleistet, daß ich nicht zögere, Ihnen das Brevet-Kommando zu übertragen. Gratuliere, Captain Thorne.«

Thorne schwoll vor Stolz. Auson sank zusammen. In seinen Augen spiegelten sich alte Scham und Empörung. Miles wandte sich an ihn.

»Sie haben sich ebenfalls wacker gehalten, Rekrut Auson.« Miles übersah den Meutereiversuch in der Leitzentrale. »Obwohl sie krank geschrieben waren. Alle, die ihren Dienst erfüllen, sollen belohnt werden.« Er zeigte angeberisch aufs Bullauge. Dahinter sah man eine Mannschaft, die in Schwerelosigkeit mit Schweißbrennern die *Triumph* freimachte. »Dort ist Ihr neues Kommando. Tut mir leid wegen der paar Beulen.« Leise fuhr er fort: »Vielleicht geben Sie das nächste Mal nicht mehr so viel auf Vermutungen.«

Auson blickte ihn verblüfft an. Dann breitete sich Freude auf seinem Gesicht aus. Bothari spitzte aus Anerkennung über Miles' List die Lippen. Hätte Auson das Kommando auf seinem Schiff erhalten, hätte es auch ihm irgendwann gedämmert, daß es ja *sein* Schiff war. Wäre Thorne Ausons Vorgesetzter, hätte dies immer einen möglichen Streitherd bedeutet. Wenn Auson dagegen sein Kommando auf einem Schiff von Miles erhielt, wurde er durch diese Tatsache Miles' Mann. Es spielte auch keine Rolle, daß die Übergabe von Tungs Schiff an einen von beiden technisch gesehen ein ungeheuerlicher Diebstahl war ...

Tung brauchte etwas länger als Auson, um zu merken, in welche Richtung sich das Gespräch bewegte. Er fing an zu fluchen. Miles verstand die Sprache nicht, aber es waren eindeutig Beleidigungen. Noch nie hatte Miles jemand gesehen, der tatsächlich Schaum vorm Mund hatte.

»Sorgen Sie dafür, daß dem Gefangenen eine Beruhigungsspritze verpaßt wird«, befahl Miles, als Tung weggeschleppt wurde. Ein aggressiver Kommandant, dachte Miles neidisch, mit dreißig Jahren Erfahrung — was kann ich bloß mit dem anfangen?

Dann schaute er die anderen an und befahl: »Lassen Sie sich von der Sanitäterin diese Dinger von den Armen nehmen, Captain Auson.«

»Jawohl, Sir.« Auson ersetzte das Salutieren durch ein kräftiges Kopfnicken und marschierte hocherhobenen Hauptes davon. Thorne folgte ihm, um von den Gefangenen und den befreiten Felicianern weitere wichtige Informationen zu holen.

Eine Technikerin kam und holte Jesek, da sie Fragen hatte. Stolz lächelte sie Miles an. »Meinen Sie nicht auch, Sir, daß wir uns heute einen Kampfbonus verdient haben?«

Kampfbonus? Miles überlegte. »Ich glaube schon, Rekrutin Mynova.«

»Sir ...«, sie stockte verlegen. »Einige von uns haben sich gefragt, wie unsere Bezahlung erfolgt. Vierzehntägig oder monatlich?«

Soldplan. Natürlich. Seine Scharade mußte weitergehen — wie lange noch? Er warf einen Blick auf die RG 132. Verbogen, verbogen und voll ungelöschter und unbezahlter Ladung. Irgendwie mußte er weitermachen, bis sie endlich Verbindung mit den Streitkräften der Felicianer hatten. »Monatlich«, erklärte er fest.

»Aha.« Sie klang etwas enttäuscht. »Ich werde es weitersagen, Sir.«

»Und was ist, wenn wir in einem Monat immer noch hier sind?« fragte Bothari, nachdem Jesek mit der Technikerin weggegangen war. »Es könnte ungemütlich werden. Söldner erwarten, bezahlt zu werden.«

Miles fuhr sich mit den Händen durchs Haar und versicherte verzweifelt: »Mir wird schon etwas einfallen!«

»Können wir irgendwo etwas zu essen bekommen?« fragte Mayhew vorwurfsvoll. Er war erschöpft.

Da meldete sich Thorne wieder. »Wegen des Gegenangriffs, Sir ...«

Miles wirbelte herum. »Wo?«

Thorne blickte ihn verblüfft an. »Noch ist es nicht so weit, Sir.«

Erleichtert atmete Miles auf. »Bitte, erschrecken Sie mich nicht wieder so, Captain Thorne. Gegenangriff?«

»Meiner Meinung nach wird es mit Sicherheit einen geben, Sir. Allein schon, weil dieses Kurierschiff entkommen ist. Sollten wir nicht sofort Pläne machen?«

»Absolut. Pläne. Ja. Sie haben doch sicher einen Vorschlag zu unterbreiten, stimmt's?« sagte Miles voll Hoffnung.

»Mehrere, Sir.« Thorne sprudelte die Einzelheiten nur so heraus. Miles merkte, daß er nur ungefähr jeden dritten Satz mitbekam.

»Ausgezeichnet, Captain«, unterbrach er Thorne. »Wir haben eine Besprechung der höheren Offiziere nach ... nach der Inspektion. Dort können Sie Ihre Vorschläge allen unterbreiten.«

Thorne nickte zufrieden und lief hinaus. Dabei sagte er etwas über die Aufstellung eines Telekom-Lauschpostens.

In Miles' Kopf drehte sich alles. Die verzogene Geometrie der Veredlungsanlage, die willkürlich verschobenen Wände, trugen auch nicht dazu bei, sein Gefühl der Orientierungslosigkeit zu beseitigen. Und das alles gehörte ihm: Jeder rostige Bolzen, jede geplatzte Schweißnaht, jede verstopfte Toilette ...

Elena betrachtete ihn besorgt. »Was ist los, Miles? Du siehst unglücklich aus.«

Ein echter Vor birgt sein Gesicht nicht am Busen einer Frau und weint — auch wenn er gerade die richtige Größe dazu hat, ermahnte Miles sich.

KAPITEL 13

Miles' erster Rundgang durch seine neue Domäne war schnell und kraftraubend. Die *Triumph* war der einzige Lichtblick. Bothari war damit beschäftigt, mit den überarbeiteten Bewachern Einzelheiten für die sichere Verwahrung der Horde neuer Gefangener zu besprechen. Nie hatte Miles jemand gesehen, der sich mehr gewünscht hätte, Zwillinge zu sein. Er wartete direkt darauf, daß Bothari im nächsten Moment mit der Zellteilung begann. Murrend überließ der Sergeant Elena die Aufgabe, vorübergehend Miles' Leibwache zu sein. Kaum waren sie seinen Augen entschwunden, setzte Miles Elena als Verwaltungsoffizier ein. Sie mußte alles notieren. Bei der Masse der Details vertraute er seinem guten Gedächtnis nicht mehr.

In der Krankenstation der Veredlungsanlage hatten sie ein kombiniertes Lazarett eingerichtet, da dies der größte Raum war. Die Luft war — wie jede wiederaufbereitete Luft — trocken und abgestanden. Es roch süßlich nach Desinfektionsmitteln. Hinzu kam noch der scharfe Geruch von Schweiß, Exkrementen, verbranntem Fleisch und Angst. Alle medizinisch geschulten Gefangenen wurden angewiesen, ihre eigenen Verwundeten zu versorgen. Miles mußte aber dennoch einige seiner wenigen Soldaten als Wachposten aufstellen. Miles beobachtete Tungs ausgezeichneten Chirurgen samt Mitarbeitern bei der Arbeit, ohne etwas zu bemängeln. Er ermahnte nur die Wachposten an ihre Hauptaufgaben. Solange Tungs Mediziner beschäftigt waren, drohte von ihnen kaum Gefahr.

Der katatonische Colonel Benar und zwei weitere felicianische Offiziere, die lustlos dalagen und auf ihre Befreiung kaum reagierten, gingen Miles auf die Nerven. Er betrachtete die leichten Abschürfungen an Handgelenken und Fußknöcheln und die winzigen Verfärbungen in der Haut, wo die Spritzen eingestochen hatten. So kleine Wunden, dachte er, und damit töten wir Menschen ... Der Geist des ermordeten Piloten hockte wie eine zahme Krähe als stummer Zeuge auf seiner Schulter und plusterte das Gefieder.

Ausons Sanitäterin lieh sich Tungs Chirurgen aus, um die Plastikhaut anzulegen, die Elle Quinn vorläufig als Gesicht dienen mußte, bis sie in eine Klinik eingeliefert werden konnte — wie? wann? —, die über die geeignete regenerative Biotechnik verfügte.

»Du mußt nicht zuschauen«, sagte Miles zu Elena.

Sie schüttelte den Kopf. »Ich will aber.«

»Warum?«

»Und warum schaust du zu?«

»Ich habe so etwas noch nie gesehen. Außerdem hat sie *meine* Rechnung bezahlt. Es ist meine Pflicht als ihr Kommandeur.«

»Dann ist es auch meine Pflicht. Ich habe die ganze Woche mit ihr gearbeitet.«

Die Sanitäterin nahm den Notverband ab. Haut, Nase, Ohren, Lippen — alles verschwunden. Die subkutane Fettschicht war geschmolzen. Die Augen waren glasig und blutunterlaufen, die Haare weggebrannt. Sie versuchte zu sprechen, brachte aber nur ein kehliges Stöhnen heraus. Miles wußte, daß ihre Schmerznerven blockiert waren. Trotzdem drehte er sich um und berührte verstohlen seine Lippen. Dann schluckte er hart.

»Ich glaube, wir brauchen nicht hierzubleiben. Wir können wirklich nicht helfen.« Er musterte Elena von der Seite. Sie war blaß, aber gefaßt. »Wie lang willst du noch zusehen?« fragte er leise. Stumm fuhr er fort: Mein Gott, das hättest du sein können, Elena ...

»Bis sie fertig sind«, flüsterte sie zurück. »Bis ich beim Zusehen ihre Schmerzen nicht mehr spüre. Bis ich abgehärtet bin — wie ein echter Soldat — wie mein Vater. Wenn ich es bei einer Freundin abblocken kann, dann doch erst recht bei einem Feind ...«

Miles schüttelte den Kopf. »Können wir auf dem Korridor weiterreden?«

Sie runzelte die Stirn, folgte ihm aber ohne weiteren Widerspruch. Auf dem Korridor lehnte Miles sich an die Wand und würgte und schluckte.

»Soll ich eine Schüssel holen?«

»Nein. Es geht mir gleich wieder gut.« Ich hoffe ... Die Minute verging, ohne daß er sich danebenbenommen hatte. »Frauen sollten an einem Kampfeinsatz nicht teilnehmen«, sagte er schließlich.

»Warum nicht?« sagte Elena. »Warum ist das ...« — sie deutete mit einem Nicken zum Lazarett hin — »für eine Frau schlimmer als für einen Mann?«

»Ich weiß nicht. Dein Vater sagte einmal: Wenn eine Frau die Uniform anzieht, tut sie das freiwillig — und man sollte nie zögern, auf sie zu schießen. So sieht für ihn Gleichberechtigung aus. Aber alle meine Instinkte drängen mich, meinen Mantel über ihre Rüstung zu werfen, nicht ihr den Kopf wegzupusten. Das geht mir gegen den Strich.«

»Ehre kommt mit dem Risiko«, erwiderte Elena. »Versagst du jemand das Risiko, versagst du ihm auch die Ehre. Ich dachte immer, du seist das einzige barrayarische männliche Wesen, das einer Frau zugesteht, eine Ehre zu haben, die nicht zwischen ihren Beinen geparkt ist.«

Miles wurde aufgeregt. »Die Ehre eines Soldaten besteht darin, daß er seine patriotische Pflicht erfüllt und ...«

»Oder sie die ihre.«

»Oder sie ihre — meinetwegen, aber das nützt doch dem Kaiser nichts! Wir sind hier wegen Tav Calhouns zehn Prozent Gewinnspanne. Jedenfalls waren wir es ...«

Dann riß er sich zusammen und setzte seine Inspektionstour fort. Plötzlich blieb er stehen. »Was du da vorhin gesagt hast — wegen Abhärtung ...«

»Ja?«

»Meine Mutter war auch eine echte Soldatin. Ich glaube aber, daß sie immer die Schmerzen anderer fühlte — auch beim Feind.«

Danach schwiegen beide sehr lange.

Die Offiziersbesprechung mit der Planung im Fall eines Gegenangriffs war nicht so schlimm, wie Miles befürchtet hatte. Sie hielten sie im Konferenzraum der Geschäftsleitung der Veredlungsanlage ab. Durch die Plexifenster konnte man die gesamte Anlage überschauen. Es war ein atemberaubender Anblick. Miles setzte sich mürrisch mit dem Rücken zum Fenster.

Schnell schlüpfte er in die Rolle des Schiedsrichters. Er steuerte den Ideenfluß und verbarg dabei geschickt seinen eigenen Mangel an harten Tatsacheninformationen. Er faltete die Arme und sagte ›Hm‹ oder ›Naja‹, nur ganz selten ›Gott behüte uns‹, weil Elena dann immer fast erstickte. Thorne, Auson, Daum, Jesek und die drei befreiten felicianischen jungen Offiziere, deren Gehirn noch nicht ausgelaugt war, erledigten den Rest. Allerdings mußte Miles sie behutsam von Ideen abbringen, die sich gerade bei den Peliern als nicht durchführbar erwiesen hatten.

»Major Daum, es würde sehr viel helfen, wenn Sie mit Ihrer Kommandozentrale Verbindung aufnehmen könnten.« Damit schloß Miles die Sitzung. Er dachte: Mein Gott, wie kann man ein ganzes Land verschlampen? »Vielleicht könnte — sozusagen als letzte Möglichkeit — ein Freiwilliger mit einem Gleiter zum Planeten hinabfliegen und Bescheid sagen, daß wir hier sind.«

»Wir bemühen uns weiter, Sir«, versprach Daum.

Irgendeine enthusiastische Seele hatte für Miles im luxuriösesten Teil der Veredlungsanlage eine Unterkunft gefunden. Wie der elegante Konferenzraum waren diese Zimmer ebenfalls für die Geschäftsleitung reserviert gewesen. Unglücklicherweise hatte seit Wochen niemand mehr für Ordnung und Sauberkeit gesorgt. Um ins Schlafzimmer zu kommen, mußte Miles über persönliche Sachen des letzten Peliers steigen. Darunter lag noch die Schicht des Felicianers, den der Pelier vertrieben hatte. Überall lag Kleidung herum, leere Schachteln von Nahrungsmitteln, Datendisketten und halbleere Flaschen. Alles war durch die Schwankungen in der künstlichen Schwerkraft beim Angriff gut durchgerührt worden. Als er die Disketten näher betrachtete, boten sie nur seichte Unterhaltung. Keine Geheimdokumente, keine spannenden Spionageberichte.

Miles hätte schwören können, daß sich die bunten, flauschigen Dinger, die auf den Wänden im Badezimmer wuchsen, immer dann bewegten, wenn er nicht hinsah. Vielleicht war es aber nur seine Erschöpfung. Als er duschte, vermied er es, sie zu berühren. Danach stellte er das UV-Licht auf Maximum und schloß die Tür. Er mußte sich am Riemen reißen. Schließlich hatte er den Sergeant nachts wegen irgendwelcher ›Dinger‹ im Schrank nicht mehr zu Hilfe gerufen, seit er vier Jahre alt war. Hundemüde kroch er in die saubere Unterwäsche, die er mitgebracht hatte.

Das Bett war eine Blase mit Null-G. Infrarotlicht machte es so warm wie einen Mutterschoß. Miles hatte gehört, daß Null-G-Sex einer der Höhepunkte von Raumreisen sein sollte. Er hatte nie Gelegenheit gehabt, dies persönlich auszuprobieren. Nachdem er zehn Minuten lang versucht hatte, sich in der Blase zu entspannen, wußte er, daß er es nie ausprobieren würde. Allerdings führten die verschiedenen Gerüche und Flecken in der Kammer zu dem Schluß, daß es mindestens drei Personen hier vor kurzem versucht hatten. Er kroch schnell hinaus und setzte sich auf den Boden, bis sein Magen sich nicht mehr nach außen stülpen wollte. Auf dieses Beutestück legte er keinen Wert.

Durch die Plexischeiben hatte er den gewellten offenen Rumpf der RG 132 direkt im Blickfeld. Ab und zu löste die Spannung eine mißhandelte Metallschuppe, daß sie abplatzte und sich an anderer Stelle wie eine Kopfschuppe aufs Schiff legte. Miles sah eine zeitlang zu. Dann beschloß er nachzusehen, ob Sergeant Bothari noch eine Flasche Scotch hatte.

Der Korridor vor der Prachtsuite endete auf einer Beobachtungsplattform. Eine Muschel aus Kristall und Chrom unter der Wölbung scharf gezeichneter, strahlender Sterne. Dort oben mußten Millionen von Sternen sein. Die Veredlungsanlage war von hier aus nicht zu sehen. Miles fühlte sich angezogen und ging weiter.

Da riß ihn Elenas Schrei mit einem Adrenalinstoß aus dem Schlafwandeln. Der Schrei war von der Plattform gekommen. Miles sprintete los.

Er flitzte die Laufplanke empor. Die schummrige Aussichtsplattform war mit königsblauem Samt ausgelegt, der im Sternenlicht schimmerte. Mit Flüssigkeit gefüllte Sofas und seltsam geschwungene Liegen luden den Besucher ein. Baz Jesek lag auf dem Rücken auf einer Liege, Sergeant Bothari auf ihm drauf.

Die Knie des Sergeants gruben sich in Bauch und Leisten des Ingenieurs, während die großen Hände um Baz' Hals lagen. Jeseks Gesicht war dunkelrot, er keuchte. Elena lief mit offener Tunika um die beiden Männer herum und rang verzweifelt die Hände, weil sie nicht wagte, Bothari anzugreifen. »Nein, Vater, nein!« schrie sie.

Hatte Bothari den Ingenieur dabei erwischt, daß er sie angefaßt hatte? Glühend heiß stieg eifersüchtige Wut in Miles auf, doch dann gewann die kalte Vernunft wieder die Oberhand. Von allen Frauen, die er kannte, konnte Elena sich wirklich allein verteidigen! Dafür hatte schon der Verfolgungswahn des Sergeants gesorgt. Wieder packte ihn Eifersucht. Er könnte Bothari Baz töten lassen …

Da sah Elena ihn. »Miles — Mylord! Halte ihn doch auf!«

Miles ging näher. »Geh von ihm runter, Sergeant!« befahl er. Botharis Gesicht war gelb vor Wut. Er schaute Miles kurz an, dann wieder sein Opfer. Die Hände gaben nicht nach.

Miles kniete nieder und legte die Hand sanft auf die Muskelstränge an Botharis Arm. Er hatte das ungute Gefühl, jetzt die gefährlichste Tat seines Lebens zu begehen. Er flüsterte: »Muß ich meinen Befehl wiederholen, Krieger?«

Bothari ignorierte ihn.

Miles schloß die Hand um das Handgelenk des Sergeants.

»Dir fehlt die Kraft, meinen Griff zu lösen«, zischte Bothari ihn an.

»Ich habe die Kraft, meine Finger beim Versuch zu brechen«, erklärte Miles und zog so gut er konnte. Die Fingernägel wurden weiß. Im nächsten Moment würden seine brüchigen Gelenke knacken …

Der Sergeant hatte die Augen geschlossen. Zischend stieß er den Atem durch die Zähne. Dann sprang er fluchend auf und schüttelte Miles ab. Er drehte sich um und blickte mit wogender Brust hinaus ins Unendliche.

Baz fiel von der Liege auf den Teppich. Er rang nach Luft und spuckte Blut. Elena nahm seinen Kopf in den Schoß.

Miles rang ebenfalls nach Atem. »Also schön«, sagte er schließlich. »Was ist hier los?«

Baz wollte antworten, krächzte aber nur unverständlich. Elena weinte. »Verdammt, Sergeant …«

»Ich hab' sie erwischt, wie sie mit dem Feigling geschmust hat«, erklärte Bothari grollend. Er drehte ihnen immer noch den Rücken zu.

»Er ist kein Feigling!« schrie Elena. »Er ist ein ebensoguter Soldat wie du! Er hat mir heute das Leben gerettet.« Sie wandte sich an Miles. »Du hast es doch auf dem Monitor gesehen, Mylord. Ein Oserer hat mich mit dem Servo-Zielgerät bedroht. Ich dachte: Jetzt ist alles vorbei. Aber Baz hat ihn mit dem Plasmabogen erledigt. Sag's ihm!«

Sie sprach von dem Oserer, den Miles mit dessen eigener medizinischer Ausrüstung erledigt hatte. Baz hatte eine Leiche geschmort, ohne es zu wissen. *Ich habe dich gerettet,* schrie Miles im Innern. *Ich war es; ich.* »Das stimmt, Sergeant«, hörte er sich sagen. »Du verdankst das Leben deiner Tochter deinem Waffenbruder.«

»Der Kerl ist nicht mein Waffenbruder.«

»Ich gebe dir mein Wort darauf: Er ist es.«

»Es ist nicht richtig, ich muß es richtig machen. Es muß perfekt sein.« Botharis Kiefer arbeiteten. Miles hatte ihn noch nie so aufgeregt gesehen. Ich habe ihm in letzter Zeit zu viel zugemutet, dachte er reuig. Zu viel, zu schnell, zu sehr unkontrolliert ...

Baz krächzte: »Keine ... Schande!« Elena gebot ihm zu schweigen. Dann sprang sie auf und baute sich vor Bothari auf.

»Du und deine militärische Ehre! Jetzt war ich unter Beschuß und habe einen Mann getötet. Es war nichts als Abschlachten. Jeder Roboter hätte es tun können. Dazu gehörte nichts. Es ist alles Schwindel, Lüge, eine Riesenscharlatanerie. Deine Uniform macht auf mich keinen Eindruck mehr. Hast du gehört?«

Botharis Gesicht war düster und starr. Miles versuchte Elena zu beschwichtigen. Er hatte nichts gegen ein wachsendes Unabhängigkeitsstreben; aber — du lieber Gott im Himmel — der Zeitpunkt war denkbar ungünstig! Merkte sie das nicht? Nein, sie war zu sehr in ihrem eigenen Schmerz und in Scham verstrickt, und jetzt klammerte sich der neue Geist an ihre Schulter. Sie hatte vorher nicht erwähnt, daß sie einen Mann getötet hatte; aber Miles wußte, daß sie dafür bestimmt gute Gründe hatte.

Er brauchte Baz, er brauchte Bothari, er brauchte Elena. Und alle mußten zusammenarbeiten, damit sie lebendig wieder nach Hause kamen. Daher konnte er nicht seine Wut und seine Qual herausschreien. Er mußte sagen, was ihnen half.

Als erstes mußten Elena und Bothari getrennt werden, bis sie sich wieder etwas beruhigt hatten, damit sie nicht einander das Herz aus dem Leib rissen. Was Baz betraf ... »Elena«, sagte er. »Bring Baz auf die Krankenstation. Sorge dafür, daß er auf innere Verletzungen untersucht wird.«

»Jawohl, Mylord«, antwortete sie und betonte den förmlichen Befehl durch den Titel — wahrscheinlich wegen Bothari. Sie half Baz aufzustehen und er legte dann seinen Arm um ihre Schultern. Dabei schoß sie giftige Blicke auf ihren Vater ab. Botharis Hände zuckten; aber er schwieg und bewegte sich nicht.

Miles begleitete die beiden die Laufplanke hinab. Baz atmete schon etwas regelmäßiger. Miles war erleichtert. »Ich glaube, ich bleibe lieber bei deinem Vater«, sagte er leise zu Elena. »Schafft ihr beide es allein?«

»Ja, dank deiner Hilfe«, antwortete Elena. »Ich wollte ihn aufhalten; aber ich hatte Angst. Ich konnte es nicht.« Sie drängte die Tränen zurück.

»So ist es auch besser. Alle sind gereizt und übermüdet. Er auch, das weißt du doch.« Beinahe hätte er sie nach einer Definition von ›schmusen‹ gefragt, ließ es aber. Sie schleppte Baz mit so zärtlichem Gemurmel ab, daß Miles fast verrückt wurde.

Er verdrängte seine Frustration und stieg wieder zur Plattform hinauf. Bothari stand still und stumm da und starrte mit schmerzerfüllten Augen ins Leere. Miles seufzte.

»Hast du noch den Scotch, Sergeant?«

Bothari wurde aus seinen Träumen gerissen. Schweigend holte er die Flasche aus der Hüfttasche und reichte sie Miles. Der zeigte auf die Liegen. Sie setzten sich. Der Sergeant ließ die Hände zwischen den Knien baumeln und hielt den Kopf gesenkt.

Miles nahm einen Schluck und reichte Bothari die Flasche. »Trink!«

Bothari schüttelte den Kopf, nahm aber dann doch einen Schluck. Nach einiger Zeit sagte er leise: »Du hast mich noch nie Krieger genannt.«

»Ich mußte deine Aufmerksamkeit erregen. Entschuldige bitte.«

Schweigen und noch ein Schluck. »Es ist die richtige Bezeichnung.«

»Warum hast du versucht, ihn umzubringen? Du weißt doch, wie sehr wir Techniker brauchen.«

Eine lange Pause. »Er ist nicht der Richtige. Nicht für sie. Deserteur ...«

»Er wollte sie nicht vergewaltigen.« Das war eine Feststellung.

»Nein, ich schätze nicht. Aber man weiß nie.«

Miles sah sich in dem schummrigen Kristallraum mit den blitzenden Sternen um. Ein idealer Ort zum Schmusen und noch mehr. Aber diese weißen Hände waren jetzt unten in der Krankenstation tätig und legten wahrscheinlich gerade kalte Umschläge auf Baz' Stirn, während er hier saß und sich mit dem häßlichsten Mann des ganzen Systems betrank. Was für eine Verschwendung!

Die Flasche wanderte wieder hin und zurück. »Man weiß nie«, wiederholte Bothari. »Und für sie muß alles richtig und ordentlich sein. Du sorgst doch dafür, Mylord? Verstehst du mich?«

»Selbstverständlich. Aber bitte erwürge meinen Ingenieur nicht. Ich brauche ihn. Alles klar?«

»Diese verdammten Techniker. Immer verhätschelt.«

Miles ging auf diese Bemerkung nicht ein. Das war eine alte Klage bei Soldaten. Bothari hatte für ihn irgendwie immer zur Generation seines Großvaters gehört, obwohl er jünger als Miles' Vater war. Miles entspannte sich, da Bothari nun wieder seine normale — naja, übliche — Verfassung gefunden hatte. Der Sergeant rutschte auf den Teppich und lehnte sich mit den Schultern an die Liege.

»Mylord«, fuhr er nach einer Weile fort, »du sorgst doch dafür, daß sie ordentlich heiratet, wenn ich fallen sollte. Aussteuer — und ein Offizier soll es sein, ein fähiger Offizier — und ein richtiger Hochzeitslader, der alle Vorbereitungen trifft ...«

Der uralte Traum, dachte Miles leicht benommen. »Ich bin durch deinen Dienst ihr Lehnsherr«, erklärte er. »Es wäre meine Pflicht.« Wenn ich doch nur diese Pflicht bei meinem eigenen Traum erfüllen könnte!

»Manche legen auf Pflichterfüllung nicht mehr viel Wert«, meinte Bothari. »Aber ein Vorkosigan ... ein Vorkosigan versagt nie!«

»Verdammt richtig«, murmelte Miles.

»Hm«, sagte Bothari und rutschte noch ein Stückchen weiter nach unten.

Nach langem Schweigen sagte Bothari schließlich. »Wenn ich getötet würde, dann würdest du mich doch nicht da draußen lassen, nicht wahr, Mylord?«

»Was?« Miles versuchte gerade die Lichtpunkte zu neuen Sternbildern zusammenzusetzen. Gerade hatte er einen Kavalleristen im Kopf gezeichnet.

»Manchmal lassen sie die Leichen einfach im All. Kalt wie die Hölle ... Gott kann sie dort draußen nicht finden. Niemand kann das.«

Miles blinzelte. Es war ihm neu, daß der Sergeant eine geheime theologische Ader hatte. »Was soll den das alles plötzlich? Von wegen getötet werden? Du wirst nicht ...«

»Der Graf, dein Vater, hat's mir versprochen«, unterbrach ihn Bothari. »Ich werde zu Füßen deiner Mutter in Vorkosigan Surleau begraben. Das hat er versprochen. Hat er dir das nicht gesagt?«

»Äh ... wir haben dieses Thema nie berührt.«

»Er gab sein Wort als Vorkosigan. Gib mir auch dein Wort!«

»Na schön!« Miles blickte durch die klare Kuppel hinaus. Manche Menschen sahen Sterne und manche die Lücken dazwischen. Kälte … »Glaubst du, daß du in den Himmel kommst, Sergeant?«

»Als Hund meiner Herrin. Blut wäscht die Sünde ab. Sie hat mir geschworen …« Er brach ab. Sein Blick blieb auf die Tiefe des Alls geheftet. Dann entglitt die Flasche seinen Fingern, und er schnarchte. Miles saß mit untergeschlagenen Beinen da und wachte über ihm: Eine kleine Gestalt in Unterwäsche gegen die schwarze Unendlichkeit — und sehr weit von zu Hause entfernt.

Zum Glück erholte Baz sich schnell wieder. Am nächsten Tag war er wieder bei der Arbeit. Er trug nur eine Halskrause, um die malträtierten Halswirbel zu entlasten. Sein Benehmen Elena gegenüber war untadelig, wenn Miles in der Nähe war, so daß dieser keinen Grund zur Eifersucht hatte. Allerdings war natürlich auch Bothari immer da, wo Miles sich aufhielt. Vielleicht war das der wahre Grund.

Miles verwendete alles, was sie hatten, darauf, die *Triumph* wieder flugtüchtig zu machen. Nach außen hin, um gegen die Pelier zu kämpfen. Insgeheim hatte er sich ausgerechnet, daß das Schiff das einzige war, in das alle hineinpaßten und das schnell genug war, um wie der Teufel wegzufliegen. Tung hatte zwei Sprungpiloten. Vielleicht konnte man wenigstens einen überreden, sie aus dem Hoheitsbereich von Tau Verde herauszuspringen. Miles überdachte die Konsequenzen, wenn er in einem gestohlenen Kriegsschiff mit einem gekidnappten Piloten, zwanzig oder mehr arbeitslosen Söldnern, einer Horde verwirrter Techniker auf der Flucht und ohne Geld für Calhoun zur Beta-Kolonie zurückkehrte. Er konnte nicht einmal die Landegebühren für den Raumhafen bezahlen. Die Decke seiner diplomatischen Immunität Klasse III schrumpfte auf die Größe eines Feigenblatts.

Miles wollte sich in die Verteilung und Bereitstellung einiger Waffen aus der RG 132 stürzen; aber sobald er mit den Technikern sprach, wurde er unterbrochen, weil jemand eine Anweisung brauchte oder einen Berechtigungsschein, daß er ein bestimmtes Stück aus der Veredlungsanlage oder den zurückgelassenen Nachschubgütern holen konnte. Miles unterschrieb fröhlich alles, was man ihm unter die Nase hielt, und erwarb sich schnell den Ruf brillanter Entschlußfreudigkeit. Seine Unterschrift — ›Naismith‹ — wurde zu einem bildschönen unleserlichen Schnörkel.

Leider konnte die Personalknappheit nicht mit einem Federstrich behoben werden. Doppelschichten wurden zu Dreifachschichten, was zu verminderter Effizienz aufgrund von Erschöpfung führte. Miles versuchte es mit einer neuen Methode.

Zwei Flaschen felicianischer Wein — Qualität unbekannt. Eine Flasche Tau Ceta-Likör, blaß orange, zum Glück nicht grün. Zwei Plastikfaltstühle, ein wackliger Klapptisch. Ein halbes Dutzend in Silberfolie eingeschweißte felicianische Delikatessen — Miles hoffte, daß es Delikatessen waren — die genaue Zusammensetzung war ein Geheimnis. Die Nachlese des letzten nicht verfaulten Obstes aus der beschädigten Hydroponikabteilung der Anlage. Das sollte reichen. Miles lud das zusammengestohlene Picknick Bothari auf die Arme und marschierte in die Gefängnisabteilung.

Mayhew zog fragend die Augenbrauen hoch, als sie an ihm auf einem Korridor vorbeigingen. »Wohin geht ihr mit dem ganzen Zeug?«

»Auf Brautschau, Arde.« Miles grinste. »Auf Brautschau.«

Die Pelier hatten eine provisorische Brigg hinterlassen: Ein großer Lagerraum war belüftet und mit sanitären Einrichtungen versehen worden. Dann hatte man eine Reihe von kleinen Metallboxen aufgestellt. Miles hätte ein schlechtes Gewissen gehabt, Menschen hier einzusperren; aber schließlich hatten die jetzigen Gefangenen auch keine Skrupel gehabt, die Feinde dort einzulochen.

Sie überraschten Captain Tung, als er mit einer Hand oben am Beleuchtungskörper hing und mit der Gürtelschnalle der Uniform versuchte, die Abdeckung zu lokkern.

»Guten Tag, Captain«, begrüßte Miles ihn fröhlich. Tung schaute die beiden abschätzend von oben herab an. Bei Bothari fiel die Musterung nicht günstig für ihn aus, daher ließ er sich zu Boden fallen. Der Wachposten schloß wieder die Tür.

»Was hätten Sie damit gemacht, wenn sie das Ding abmontiert hätten?« fragte Miles neugierig.

Tung stieß einen Fluch aus, so wie ein anderer auf den Boden gespuckt hätte, und versank dann in trotziges Schweigen. Bothari stellte Tisch und Stühle auf, lud die Flaschen und Delikatessen ab und lehnte sich dann an die Wand neben der Tür. Skeptisch sah er anschließend zu, wie Miles die Weinflasche öffnete. Tung blieb stehen.

»Setzen Sie sich doch zu mir«, forderte Miles ihn herzlich auf. »Ich weiß, daß Sie noch nicht zu Abend gegessen haben. Ich würde gern ein bißchen mit Ihnen plaudern.«

»Ich bin Ky Tung, Captain, Oserische Freie Söldnerhandelsflotte. Ich bin Bürger der Volksdemokratie Groß-Südamerika, Erde. Meine Dienstkennziffer ist T 275-389-42-1535-1742. Damit genug ›geplaudert‹.« Tungs Lippen schlossen sich wie Granitplatten.

»Das ist doch kein Verhör«, erläuterte Miles. »Das würde von den Medizinern weit wirkungsvoller durchgeführt werden. Sehen Sie, ich gebe Ihnen sogar einige Informationen.« Er stand auf und verbeugte sich. »Gestatten Sie, daß ich mich vorstelle: Mein Name ist Miles Naismith.« Er deutete auf den anderen Stuhl. »Bitte, nehmen Sie Platz. Ich verrenke mir schon den ganzen Tag den Hals.«

Tung zögerte, setzte sich dann schließlich doch. Er machte einen Kompromiß, indem er sich nur auf die Stuhlkante setzte.

Miles schenkte Wein ein und nahm einen kleinen Schluck. Wie gern hätte er jetzt als Eröffnung des Gesprächs eine der Weinkennerbemerkungen seines Großvaters benutzt; aber ihm fiel nur eine ein: ›dünn wie Pisse‹. Die klang nicht unbedingt einladend. Er wischte den Rand des Plastikbechers am Ärmel ab und schob ihn Tung hinüber. »Wie Sie sehen: Kein Gift, keine Drogen.«

Tung verschränkte die Arme. »Der älteste Trick der Welt; Man nimmt ein Gegenmittel, ehe man hereinkommt.«

»Hm«, meinte Miles. »Ja, das hätte ich tun können.« Er schüttete ein Paket gummiartiger Proteinwürfel aus. Dann beäugte er sie ebenso mißtrauisch wie Tung. »Aha — Fleisch.« Er warf einen Würfel in den Mund und kaute verbissen. »Na los, fragen Sie mich schon etwas.«

Tung kämpfte kurz mit sich. »Meine Truppen. Wie geht es ihnen?« stieß er hervor.

Miles gab ihm eine vollständige Aufzählung, mit Namen aller Toten und Verwundeten und deren medizinischer Verfassung. »Der Rest ist hinter Schloß und Riegel, wie Sie. Verzeihen Sie mir, wenn ich Ihnen die Örtlichkeit nicht genauer beschreibe — aber vielleicht können Sie bei dem Deckenlicht doch mehr ausrichten als ich denke.«

Tung atmete erleichtert auf und nahm ganz in Gedanken einen Proteinwürfel.

»Es tut mir leid, daß alles so gekommen ist«, entschuldigte sich Miles. »Ich verstehe, daß Sie der Sieg Ihres Gegners wurmt. Wir wäre es lieber gewesen, wir hätten sauber und taktischer vorgehen können — wie bei Komarr; aber ich mußte mit der Situation vorliebnehmen, die ich vorfand.«

»Wer würde das nicht?« schnaubte Tung. »Für wen halten Sie sich eigentlich? Etwa für Lord Vorkosigan?«

Miles verschluckte sich am Wein. Bothari klopfte ihm auf den Rücken und warf dabei Tung finstere Blicke zu. Als Miles wieder Luft bekam, hatte er auch sein inneres Gleichgewicht wiedergefunden. Er wischte sich die Lippen ab.

»Ach, Sie meinen Admiral Aral Vorkosigan aus Barrayar? Sie haben mich etwas verwirrt. Er ist jetzt Graf Vorkosigan.«

»Ach ja? Dann lebt er also noch«, bemerkte Tung interessiert.

»Allerdings.«

»Haben Sie sein Buch über Komarr gelesen?«

»Buch? Ach so, den Komarr-Bericht. Ja, ich hörte, daß mehrere außerplanetarische Militärakademien — ich meine außerhalb Barrayars — ihn als Lektüre aufgenommen haben.«

»Ich habe es elfmal gelesen«, erklärte Tung stolz. »Die prägnantesten Militärmemoiren, die ich je gesehen habe. Die komplizierteste Strategie ist so logisch wie eine Schalttafel dargestellt: Politik, Wirtschaft, alles. Ich schwöre, der Verstand dieses Mannes muß in fünf Dimensionen arbeiten. Trotzdem haben die meisten Leute nie davon gehört. Es sollte Pflichtlektüre sein — ich prüfe alle meine Offizierskandidaten darüber.«

»Nun, ich hörte, wie er sagte, daß Krieg das Versagen der Politik sei. Ich nehme an, das gehörte immer zu seinem strategischen Denken.«

»Sicher, wenn Sie zu dieser Ebene kommen ...« Tung brach ab. »Hörte? Ich dachte, er gäbe keine Interviews. Wissen Sie zufällig noch, wann und wo sie es gelesen haben? Gibt es davon Kopien?«

»Naja ...« Miles ging auf sehr dünnem Seil. »Es war in einem persönlichen Gespräch.«

»Sie haben mit ihm *gesprochen?*«

Miles hatte das ungemütliche Gefühl, plötzlich in Tungs Augen einen halben Meter gewachsen zu sein. »Ja, stimmt«, gab er vorsichtig zu.

»Wissen Sie, ob er etwas Ähnliches wie den Komarr-Bericht auch über Escobar geschrieben hat?« fragte Tung aufgeregt. »Ich finde, es gehört unbedingt ein Ergänzungsband her: Verteidigungsstrategie neben Angriff. Das wäre die andere Hälfte seiner Gedanken. Wie Sri Simkas zwei Bände über Walshea und Skya IV.«

Jetzt konnte Miles Tung einordnen: Ein besessener Militärhistoriker! Diesen Typ kannte er sehr gut. Er unterdrückte ein Grinsen.

»Ich glaube nicht. Escobar war schließlich eine Niederlage. Darüber spricht er nicht gern — habe ich gehört. Vielleicht ein Hauch von Eitelkeit.«

»Hm«, stimmte ihm Tung zu. »Aber es ist ein erstaunliches Buch. Alles, was damals total chaotisch aussah, schildert er wie ein komplettes Skelett. Natürlich erscheint immer alles chaotisch, wenn man verliert.«

Jetzt spitzte Miles die Ohren. »Damals? Waren Sie in Komarr?«

»Ja, ich war ein blutjunger Lieutenant in der Selby-Flotte, die Komarr anheuerte — was für ein Erlebnis! Schon dreiundzwanzig Jahre her. Es war, als ob jede natürliche Schwachstelle in der Söldner-Dienstherr-Beziehung platzte — und das, ehe der erste Schuß gefallen war. Später erfuhren wir, daß dies das Werk von Vorkosigans Geheimdienstpfadfinder war.«

Miles ermutigte Tung, diesen unerwarteten Quell alter Erinnerungen sprudeln zu lassen. Obst wurde zu Planeten und Satelliten. Proteinstückchen fuhren als Kreuzer, Kurierschiffe und Truppentransporter und Bomber hin und her. Besiegte Schiffe wurden gegessen. Die zweite Flasche Wein führte zu anderen weniger bekannten Söldnerschlachten. Miles hing an Tungs Lippen.

Schließlich lehnte Tung sich mit zufriedenem Seufzen zurück. Er war voll von Wein und Delikatessen und leer an Geschichten. Miles, der wußte, wieviel er vertrug, hatte nur höflich genippt. Jetzt schwenkte er den Rest Wein im Becher und wagte einen vorsichtigen Versuch.

»Es ist doch reine Verschwendung, wenn ein Offizier mit Ihrer Erfahrung hier eingesperrt sitzt und einen so guten Krieg verpaßt.«

Tung lächelte. »Ich habe keineswegs vor, in diesem Kasten zu bleiben.«

»Aha, verstehe. Aber es gibt mehr als nur eine Möglichkeit herauszukommen. Die Dendarii Söldner sind eine expandierende Organisation. Für ein Talent ist eine Menge Platz an der Spitze.«

Tung lächelte griesgrämig. »Sie haben mir mein Schiff weggenommen.«

»Ich habe auch Captain Ausons Schiff gekapert. Fragen Sie ihn, ob er darüber unglücklich ist.«

»Netter Versuch ... äh ... Mr. Naismith! Aber ich habe einen Vertrag. Im Gegensatz zu anderen erinnere ich mich an diese Tatsache. Ein Söldner, der seinen Vertrag nicht in guten wie in schlechten Zeiten ehrt, ist ein Verbrecher, kein Soldat.«

Miles war begeistert. »Ich kann es Ihnen nicht übelnehmen, Sir.«

Tung betrachtete ihn mit amüsierter Nachsicht. »Egal, was dieser Idiot Auson denkt, für mich sind Sie ein junger, tollkühner Offizier, dem die Sache über den Kopf gewachsen ist — und der jetzt schnell absäuft. Ich glaube, daß Sie — nicht ich — sich bald einen neuen Arbeitsplatz suchen müssen. Sie haben wenigstens ein durchschnittliches Verständnis von Taktik und Sie haben Vorkosigan über Komarr *gelesen.* Allerdings muß jeder Offizier, der Auson und Thorne zusammenspannen und eine gerade Furche mit den beiden pflügen kann, ein wahres Genie im Umgang mit Leuten sein. Wenn Sie aus dieser Sache lebendig herauskommen, besuchen

Sie mich. Vielleicht kann ich für Sie einen Posten auf höherer Ebene finden.«

Miles schaute seinen Gefangenen mit offenem Mund an. Er bewunderte die Chuzpe dieses Mannes, die seiner gleichkam. Es klang eigentlich recht gut, was Tung ihm vorschlug. Aber ... »Sie erweisen mir eine große Ehre, Captain Tung; aber auch ich habe einen Vertrag.«

»Dummes Gewäsch.«

»Wie bitte?«

»Wenn Sie einen Vertrag mit Felice haben, wüßte ich gern, wo Sie ihn bekommen haben. Ich bezweifle, daß Daum berechtigt ist, einen solchen Vertrag zu schließen. Die Felicianer sind ebenso geizig wie ihre Gegner, die Pelier. Wir hätten diesen Krieg vor sechs Monaten beenden können, wenn die Pelier mit mehr Geld rübergekommen wären. Aber nein — sie zogen es vor ›ökonomisch‹ vorzugehen und nur eine Blockade und ein paar Anlagen, wie diese hier, zu kaufen. Und dann tun sie so, als würden sie uns einen Gefallen erweisen. Pfui!«

»Ich habe nicht gesagt, daß mein Vertrag mit den Felicianern abgeschlossen wurde«, erklärte Miles ruhig. Tungs Augen verengten sich verblüfft. Gut! Die Einschätzungen dieses Mannes waren ungemütlich nahe der Wahrheit.

»Naja, behalt deinen Schwanz unten, Sohn«, ermahnte ihn Tung. »Auf die Dauer bekommen Söldner mehr Schüsse in den Arsch von ihren Auftraggebern als von ihren Feinden.«

Miles verabschiedete sich höflich. Tung geleitete ihn wie die Verkörperung eines liebenswerten Gastgebers zur Tür.

»Brauchen Sie noch irgend etwas?« fragte Miles.

»Einen Schraubenzieher«, antwortete Tung schlagfertig.

Miles schüttelte den Kopf und lächelte bedauernd, als die Tür vor dem Eurasier geschlossen wurde. »Verdammt, am liebsten würde ich ihm einen Schraubenzieher schicken«, sagte Miles zu Bothari. »Ich sterbe vor Neugier, was er mit dem Licht tun will.«

»Und was hast du mit all dem erreicht?« fragte Bothari. »Er hat deine Zeit mit historischen Betrachtungen vergeudet und nichts preisgegeben.«

Miles lächelte. »Nichts Unwichtiges.«

KAPITEL 14

Die Pelier griffen von der Ekliptik aus an, der Sonne gegenüber. Dabei benutzten sie geschickt die herumfliegenden Massen des Asteroidengürtels als Deckung, wenn immer das möglich war. Beim Anflug verlangsamten sie die Geschwindigkeit und signalisierten ihre Absicht, zu erobern, nicht zu zerstören. Und sie kamen allein, ohne ihre oserischen Angestellten.

Miles war entzückt, als er durch das Gewühl von Menschen und Ausrüstung auf den Korridoren der Dockanlage herumhinkte. Die Pelier hielten sich so haargenau an sein Lieblingsdrehbuch, als gäbe er ihnen die Befehle. Es hatte eine Diskussion gegeben, als er darauf bestand, die äußersten Wachposten und Hauptwaffen auf die dem Gürtel zugewendete Seite der Veredlungsanlage zu stationieren und nicht auf die zur Sonne. Dabei lag es doch auf der Hand: Abgesehen von einer List — und diese Taktik war inzwischen ausgeschöpft — bestand die einzige Hoffnung der Pelier darin, überraschend zuzuschlagen. Vor einer Woche hätte ihnen das noch etwas genützt.

Miles wich seinen Leuten aus, die auf ihre Posten stürzten. Gebe Gott, daß er nie zu Fuß einen Rückzug antreten mußte! Am besten er meldete sich freiwillig zur Nachhut, damit er nicht von den eigenen Leuten und vom Feind totgetrampelt würde.

Er eilte durch die Anschlußröhre in die *Triumph*. Ein Soldat wartete schon, um sofort hinter ihm die Schleuse zu schließen und die Röhrenanschlußstutzen zu lösen. Wie vermutet, kam er als letzter an Bord. Er ging zur Leitzentrale, als das Schiff von der Veredlungsanlage abgelegt hatte.

Die Leitzentrale der *Triumph* war sehr viel größer als die der *Ariel* und ebenso gepflegt. Miles verlor fast den

Mut angesichts der vielen gepolsterten Drehsessel. Die knappe Hälfte von Ausons Besatzung plus einige Techniker, die sich freiwillig gemeldet hatten, ergab kaum eine Skelettbesatzung für das neue Schiff.

Holographische Anzeigen leuchteten in bunter verwirrender Vielfalt. Auson blickte erleichtert auf. Er versuchte, zwei Stationen gleichzeitig zu bemannen.

»Ich bin froh, daß Sie es geschafft haben, Mylord.«

Miles rutschte in einen Sessel. »Ich auch. Aber bitte — nur ›Mr. Naismith‹. Nicht ›Mylord‹.«

Auson sah ihn verwundert an. »Die anderen nennen Sie doch auch so.«

»Ja, aber das ist nicht nur aus Höflichkeit. Es kennzeichnet eine ganz besondere rechtliche Beziehung. Sie würden mich auch nicht ›mein Gatte‹ nennen, obwohl sie gehört haben, daß meine Frau so von mir sprach, oder? Also — was haben wir denn da draußen?«

»Sieht aus wie zehn kleine Schiffe — alle pelischer Herkunft.« Ausons breites Gesicht wurde besorgt. »Ich weiß nicht, wo unsere Jungs sind. Diese Sache wäre doch genau ihr Stil.«

Miles war klar, daß Auson mit ›unsere Jungs‹ seine ehemaligen Kameraden, die Oserer, meinte. Der Versprecher bereitete ihm aber kein Kopfzerbrechen. Auson war jetzt fest verpflichtet. Miles betrachtete ihn von der Seite und war sich ziemlich sicher, daß er wußte, warum die Pelier nicht ihre gemieteten Gewehre mitgenommen hatten. Für die Pelier stand fest, daß sich ein oserisches Schiff gegen sie gewendet hatte. Miles Augen blitzten bei dem Gedanken, wie Verzweiflung und Mißtrauen im Oberkommando der Pelier wüteten.

Ihr Schiff kam in hohem Bogen auf die Angreifer zu. Miles rief den Kommunikationsraum.

»Alles in Ordnung, Arde?«

»Nicht übel, wenn man bedenkt, daß ich blind, taub, dumm und gelähmt fliege«, antwortete Mayhew. »Die manuelle Steuerung ist eine echte Qual. Es ist, als würde die Maschine mich bedienen. Ein grauenvolles Gefühl.«

»Halt dich weiterhin senkrecht«, sagte Miles fröhlich. »Denk dran, daß wir mehr daran interessiert sind, sie in die Reichweite unserer fest stationierten Waffen zu scheuchen, als sie selbst abzuschießen.«

Miles lehnte sich zurück und betrachtete die ständig wechselnden Anzeigen. »Ich glaube nicht, daß denen klar ist, wie viele amtliche Verordnungen Daum mitgebracht hat. Sie wiederholen die gleiche Taktik wie beim letzten Mal. Genauso haben es die felicianischen Offiziere geschildert. Natürlich — einmal hat's schon geklappt ...«

Die ersten pelischen Schiffe kamen jetzt in Reichweite der Veredlungsanlage. Miles hielt den Atem an, als könnte er damit seine Leute zwingen, mit dem Schießen zu warten. Sie waren dünn verstreut und nervös. Es gab in der Station mehr Waffen, als Miles bemannen konnte, selbst mit computergesteuertem Feuer. Außerdem hatte das Kontrollsystem noch viele Macken vom Einbau her, die sie nicht alle hatten ausmerzen können. Baz hatte bis zur letzten Minute daran gearbeitet — er plagte sich wohl auch jetzt noch damit — und Elena an seiner Seite. Miles wünschte, er hätte einen Vorwand gefunden, sie jetzt selbst neben sich zu haben.

Der Pelier an der Spitze spuckte eine funkelnde Schnur von Löwenzahnbomben aus, die sich in einem Bogen den Sonnenkollektoren näherten. *Nicht schon wieder,* stöhnte Miles und sah zwei Wochen Reparaturarbeiten vernichtet. Die Bomben zerfielen in Tausende einzelner Nadeln. Plötzlich war alles von Feuerfäden durchzogen, als die Verteidiger sie abschießen wollten. Das Feuer hätte einen Sekundenbruchteil früher kommen müssen! Das pelische Schiff explodierte in unzählige Stücke, als jemand auf Miles' Seite einen direkten, vielleicht glücklichen, Treffer anbrachte. Ein Teil der Bruchstücke flog auf dem vorigen Kurs mit derselben Geschwindigkeit weiter und war durch das blinde Vorwärtsstürmen fast ebenso gefährlich wie die klug geleiteten Waffen.

Die Schiffe dahinter scherten aus dem Verband aus. Sie waren aus ihrer Selbstgefälligkeit gerissen worden. Auson und Thorne schwangen von beiden Seiten mit ihren Schiffen nach innen, wie Hirtenhunde, die den Verstand verloren haben und sich auf die eigene Herde stürzen. Miles schlug vor Begeisterung über die Schönheit der Formation mit der Faust auf das Paneel vor sich. Wenn er doch nur ein drittes Kriegsschiff hätte, um die Flanken des Gegners völlig einzuschnüren. Dann könnte kein Pelier es nach Hause schaffen, um dort Klagelieder abzusingen. Doch auch jetzt waren sie zu einem flachen Kuchen zusammengedrängt, denn so boten sie den Verteidigern in der Veredlungsanlage die größte Zielfläche. Das war sorgfältig vorher kalkuliert worden.

Auson teilte Miles' Begeisterung. »Seh'n Se sich das an! Seh'n Se sich das an! Direkt in den Schlund, wie Sie vorausgesagt haben! Und Gamad hat geschworen, Sie seien verrückt, die Sonnenseite unbedeckt zu lassen. Kleiner, du bist ein verfluchtes Genie!«

Miles wagte nicht sich auszumalen, welche Namen man ihm gegeben hätte, wenn er sich geirrt hätte. Vor Erleichterung wurde ihm schwindlig. Er lehnte sich zurück und holte tief, tief Luft.

Ein zweites pelisches Schiff explodierte und ward nicht mehr gesehen, dann ein drittes. Eine Ziffer in einer Ecke des übervollen Bildschirms vor Miles wechselte still das Vorzeichen: statt eines Minus stand jetzt da ein Plus. »Ha!« rief Miles. »Jetzt haben wir sie! Sie beschleunigen wieder. Sie brechen den Angriff ab.«

Der Vorwärtsschub ließ den Peliern keine andere Wahl, als durch das Veredlungsanlagengelände zu schwirren. Sie waren jetzt ganz darauf konzentriert, so schnell wie möglich wegzufliegen. Thorne und Auson trieben sie von hinten an.

Ein pelisches Schiff schraubte sich an der Anlage vorbei und feuerte — was? Miles' Computer konnten diesen — Strahl? — nicht erklären. Es war kein Plasma, kein Laser, keine beschleunigte Masse, gegen die das Zentrum der Anlage einen Schutzschild aufbauen konnte, während die riesigen Sonnenkollektoren auf sich gestellt waren. Es war nicht sofort ersichtlich, welchen Schaden dieser Strahl angerichtet hatte, nicht einmal, ob es einen Treffer gegeben hatte. Seltsam ...

Miles umschloß das Abbild des pelischen Schiffes im Hologramm mit der Hand, als könne er es mit Magie beeinflussen. »Captain Auson, versuchen Sie, dies Schiff zu kapern.«

»Warum sollen wir uns die Mühe machen? Der schiebt samt Kumpeln ab in Richtung Heimat ...«

Miles senkte die Stimme. »Das ist ein Befehl.«

»Jawohl, Sir.«

Manchmal funktioniert es, dachte Miles.

Der Kommunikationsoffizier fand einen völlig zerhackten Kanal zur *Ariel,* und die neue Marschrichtung wurde übermittelt. Auson war ganz begeistert, zu sehen, wieviel sein neues Schiff hergab. Besonders nützlich erwies sich der Apparat, der Geistesbilder produzierte und damit die feindlichen Zieleinrichtungen durch mannigfaltige Objekte verwirrte. Dadurch konnten sie auch die Reichweite des geheimnisvollen ›Strahls‹ erfassen. Zwischen einzelnen Schüssen kam es immer zu seltsamen Wartezeiten — zum Wiederaufladen? Sie näherten sich den fliehenden Peliern mit großer Geschwindigkeit.

»Wie lautet die Parole, Mr. Naismith?« fragte Auson. »Halt, oder wir jagen euch in die Luft!«

Miles kaute nachdenklich auf der Lippe. »Ich glaube nicht, daß das funktioniert. Wir haben eher das Problem, zu verhindern, daß sich das Schiff selbst zerstört, wenn wir näher kommen. Drohungen sind wirkungslos. Das sind keine Söldner.«

»Hm.« Auson räusperte sich und befaßte sich wieder mit den Abbildungen auf den Bildschirmen.

Miles unterdrückte taktvoll ein zynisches Lächeln und widmete sich wieder seinen Computern. Diese zeigten ihm bereits eine vorausschauende Darstellung, wie die Pelier überholt wurden, und warteten dann geduldig auf seine menschliche Inspiration. Miles versuchte sich in den Kapitän hineinzuversetzen. Dann kalkulierte er Reichweite, zeitliche Verzögerung und die maximale Geschwindigkeit, mit der sie sich den Peliern nähern konnten.

»Es wird knapp«, sagte er. Auf dem Holographen sah er die beängstigende Vision, was geschehen könnte, wenn er die Zeit falsch berechnete.

Auson blickte ihm über die Schulter und betrachtete das Miniaturfeuerwerk. Dann murmelte er etwas wie ›reiner Selbstmord‹. Miles ignorierte die Bemerkung.

»Ich möchte, daß unser gesamtes technisches Personal die Raumanzüge anzieht und sich zum Entern fertig macht«, sagte Miles. »Die Pelier wissen, daß wir schneller sind. Daher vermute ich, daß sie irgendeine Höllenmaschine mit Zeitzünder zusammenbasteln, dann ihren Rettungsgleiter besteigen und ihr Schiff uns ins Gesicht explodieren lassen. Wenn wir keine Zeit mit dem Gleiter verschwenden, sondern durch die Hintertür ins Schiff eindringen, wenn sie vorne hinausgehen, könnten wir diesen Apparat vielleicht entschärfen und das Schiff intakt übernehmen.«

Auson verzog besorgt das Gesicht. »Meine ganzen Ingenieure? Wir könnten den Gleiter aus der Halterung sprengen, wenn wir nahe genug dran sind. Dann sitzen alle an Bord in der Falle.«

»Und dann soll ich mit vier Ingenieuren ein bemanntes Kriegsschiff stürmen?« unterbrach Miles ihn. »Nein, danke! Außerdem könnte es diesen spektakulären Selbstmord auslösen, wenn wir sie in die Enge treiben, und das will ich unter allen Umständen vermeiden.«

»Und was ist, wenn wir ihre Minenfalle nicht rechtzeitig entschärfen?«

»Dann müssen wir improvisieren«, erklärte Miles mit gequältem Lächeln.

Die Pelier waren doch kein Selbstmordkommando. Sie benutzten die geringe Überlebenschance, die der Rettungsgleiter bot. Miles und die Ingenieure benutzten die wenigen Sekunden und schossen sich den Weg durch die mit Code gesicherte Luftschleuse.

Miles verfluchte den Raumanzug, der ihm viel zu groß war. Überall scheuerte er. Außerdem lernte er, daß der Ausdruck ›kalter Schweiß‹ buchstäblich genommen werden konnte. Er blickte in die gewundenen Korridore des dunklen fremden Schiffs. Die Ingenieure liefen sofort in den zugewiesenen Quadranten.

Miles ging in die fünfte Richtung, um einen Blick in den Taktikraum, die Mannschaftsunterkünfte und die Brücke zu werfen. Er suchte nach Zerstörungsmechanismen und Informationen, die ihnen helfen konnten. Überall waren die Kontrollpaneele geplatzt und die Datendisketten geschmolzen. Er blickte auf die Uhr. Kaum fünf Minuten, dann würde der Gleiter der Pelier außerhalb des Strahlenradius eines implodierendem Antriebs …

Ein Triumphschrei gellte im Kopfhörer seines Anzugs. »Ich hab's geschafft! Ich hab's geschafft!« schrie ein Ingenieur. »Sie haben tatsächlich eine Implosion gebastelt! Jetzt ist die Kettenreaktion unterbrochen. Ich schalte aus.«

Jubel wurde aus allen Kommunikationsleitungen laut. Miles ließ sich auf einen Sessel in der Brücke fallen. Plötzlich blieb ihm vor Schreck das Herz fast stehen. Er schaltete das Kommunikationssystem an alle ein und drehte voll auf. »He, wir sollten nicht davon ausgehen, daß nur *eine* Minenfalle vorhanden war. Für wenigstens zehn weitere Minuten *alle* weitersuchen!«.

Sorgenvolles Murmeln zeigte an, daß sein Befehl empfangen worden war. Die nächsten drei Minuten hörte er heftiges Atmen. Miles rannte durch die Kombüse, um die Küche zu untersuchen.

Er holte tief Luft. Ein Mikrowellenherd war herausgerissen und mit Drähten mit einem Hochdrucksauerstoffkanister verbunden worden. Der Zünder tickte. Offenbar war dies der persönliche Beitrag des Nahrungstechnikers für den Krieg. In zwei Minuten wären die Kombüse und die meisten danebenliegenden Kammern in die Luft geflogen. Miles riß die Drähte heraus und lief weiter.

Eine tränenerstickte Stimme kam aus der Sprechverbindung.

»O Scheiße! Scheiße!«

»Wo sind Sie, Kat?«

»Waffenkammer. Das sind zu viele. Ich kann sie nicht alle entschärfen! O Scheiße!«

»Machen Sie weiter. Wir kommen!« Miles befahl der Mannschaft so schnell wie möglich in die Waffenkammer zu kommen. Ein richtiges Licht wies ihm den Weg, das heller war als die Infrarotstirnplatte seines Helms. Die Technikerin kroch an einer Reihe schwach leuchtender schwerer Geschütze vorbei.

»Jede Löwenzahnbombe ist scharf gemacht«, rief sie und warf ihm einen flehenden Blick zu. Ihre Stimme bebte; aber sie verstellte dabei die Codes. Miles blickte ihr konzentriert über die Schulter und ahmte ihre Bewegungen bei der nächsten Reihe nach. Miles mußte feststellen, daß Weinen in einem Raumanzug äußerst ungemütlich war, da man sich weder Gesicht noch Nase abwischen konnte. Allerdings bewahrten die Wischer an der Gesichtsplatte alle lebenswichtigen Kontakte dort vor Niesen. Er schnüffelte pausenlos. Dann schickte ihm der Bauch einen Rülpser, der wie Säure im Hals brannte. Seine Finger fühlten sich wie Würste an. Ich könnte jetzt in der Beta-Kolonie sein — ich könnte zu

Hause im Bett liegen — Ich könnte zu Hause unterm Bett liegen ...

Es kam noch ein Techniker. Für höfliches Plaudern war keine Zeit. Schweigend arbeiteten sie emsig vor sich hin. Nur der regelmäßige Rhythmus der Hyperventilation war zu hören. Miles' Anzug mißgönnte ihm die Sauerstoffmenge, die sein Verstand gebraucht hätte. Bothari hätte ihn niemals bei dieser Sturmpatrouille mitgehen lassen — vielleicht hätte er ihn doch nicht zur Arbeit in der Veredelungsanlage zurücklassen sollen. Weiter zur nächsten Bombe — und dann zur nächsten — und zur nächsten — aber da war keine mehr. Geschafft!

Kat stand auf und zeigte auf die lange Reihe der Bomben. Drei Sekunden und ...« Dann brach sie hemmungslos in Tränen aus und fiel Miles um den Hals. Er streichelte verlegen ihr Schulter.

»Schon gut! Weinen Sie sich nur richtig aus. Das haben Sie sich verdient.« Er unterbrach einen Augenblick lang die Kommunikationsverbindung und holte tief Luft.

Miles verließ sein neu gekapertes Schiff und ging zurück in die Veredelungsanlage. Er hielt einen unerwarteten Preis an sich gepreßt: Eine kleine pelische Raumrüstung, die ihm paßte. Eigentlich war sie für weibliche hygienische Bedürfnisse gestaltet; aber Baz würde das schon ändern. Als er Elena unter dem Begrüßungskomitee sah, hielt er den Anzug triumphierend hoch. »Sieh mal, was ich gefunden habe.«

Sie runzelte die Nase. »Du hast ein ganzes Schiff erobert, nur um einen Raumanzug zu bekommen?«

»Nein, es geht um die Wunderwaffe dieses Schiffs, die eure Abschirmung durchdrungen hat. Welche Schäden hat es angerichtet?«

Einer der felicianischen Offiziere warf Elena einen fast haßerfüllten Blick zu. »Es hat ein Loch geschlagen — naja, eigentlich kein richtiges Loch — direkt durch den Trakt der Gefangenen. Luft strömte aus, und *sie* hat alle freigelassen.«

»Wir haben noch nicht einmal die Hälfte wieder eingefangen«, beschwerte sich der Felicianer weiter. »Sie haben sich überall in der Station versteckt.«

Elena machte ein unglückliches Gesicht. »Es tut mir leid, Mylord.«

Miles rieb sich nervös die Schläfen. »Naja, dann werde ich wohl den Sergeant die nächste Zeit im Rücken haben.«

»Wenn er aufwacht.«

»Was?«

Elena blickte düster auf ihre Stiefel hinab. »Er bewachte während des Angriffs ganz allein die Gefängnisabteilung — und versuchte mich aufzuhalten, die Gefangenen hinauszulassen.«

»Versuchte? Ohne Erfolg?«

»Ich habe ihn mit der Betäubungspistole niedergeschossen. Ich fürchte, er wird ziemlich wütend sein. Kann ich eine Zeitlang in deiner Nähe bleiben?«

Unwillkürlich spitzte Miles die Lippen und pfiff lautlos. »Natürlich. Waren irgendwelche Gefangene … nein, warte!« Er hob die Stimme. »Commander Elena Bothari, ich belobige Sie ihrer Initiative wegen. Sie haben korrekt gehandelt. Wir sind hier, um ein spezielles taktisches Ziel zu erreichen und nicht um ein sinnloses Gemetzel zu veranstalten.« Miles musterte den jungen felicianischen Lieutenant. Er hieß Gamad und schrumpfte unter den strengen Blicken. Dann fragte Miles leise Elena: »Wurden Gefangene getötet?«

»Zwei — ihre Zellen wurden von Streutreffern der Bahnelektronen buchstäblich durchbohrt …«

»Wodurch?«

»Baz nannte es eine Streuwaffe aus Bahnelektronen. Und elf sind erstickt. Ich kam nicht mehr rechtzeitig zu ihnen …« Der Schmerz in Elenas Augen ging ihm durch und durch.

»Wie viele wären gestorben, wenn du sie nicht freigelassen hättest?«

»Wir haben auf dem gesamten Abschnitt Luft verloren.«

»Captain Tung?«

Elena breitete die Hände aus. »Ich nehme an, daß er sich noch irgendwo hier herumtreibt. Er war nicht unter den dreizehn Toten — aber einer seiner Sprungpiloten. Den anderen haben wir auch noch nicht gefunden. Ist das wichtig?«

Miles' Herz versank im aufgebrachten Magen. Dann sagte er zur nächsten Söldnerin: »Geben Sie diesen Befehl sofort weiter: Gefangene sind lebendig und möglichst unverwundet wieder einzufangen.« Die Frau eilte davon. »Wenn Tung frei herumläuft, bleibst du sicherheitshalber dicht bei mir«, sagte Miles zu Elena. »Du lieber Gott, ich sehe mir wohl dieses Loch mal an, das kein richtiges Loch ist. Wo hat Baz nur den zungenbrecherischen Namen her?«

»Er sagte, es sei eine betanische Entwicklung, die schon vor einigen Jahren gemacht wurde. Es war kein Verkaufsschlager, weil man zur Verteidigung dagegen lediglich die Massenabschirmung wieder in die richtige Phase bringen muß. Er sagte mir, daß er sich schon an die Arbeit gemacht habe und die Schutzschilde heute abend wieder reprogrammiert seien.«

»Aha.« Miles war bitter enttäuscht. Zerstoben sein Wunschtraum, den geheimnisvollen Strahl dem Kaiser auf Barrayar zu Füßen zu legen und sich am Erstaunen Captain Illyans und seines Vaters zu weiden. Er hatte es sich als großartiges Geschenk und Beweis seines militärischen Könnens vorgestellt. Jetzt war es wohl so, als würde eine Katze einen toten Hornhüpfer anschleppen und mit dem Besenstiel verjagt werden. Er seufzte. Alles, was ihm jetzt noch blieb, war ein passender Raumanzug.

Miles, Elena, Gamad und ein Ingenieur machten sich

auf den Weg in die Gefängnisabteilung, die einige Gebäude weiter unten lag, die durch Gänge verbunden waren. Elena ging neben Miles.

»Du siehst so müde aus. Hättest du nicht erstmal duschen und dich ausruhen sollen?«

»Ja, der Gestank getrockneter Angst in einem warmen Raumanzug.« Er lächelte sie an. »Der hält sich. Später erzähle ich alles genau. Was sagt Major Daum jetzt über die Verteidigungsverknüpfung? Ich muß mir einen vollständigen Kampfbericht von ihm holen. Er scheint zumindest noch klar zu denken.« Miles warf einen verächtlichen Blick auf Lieutenant Gamads Rücken.

Dieser hörte besser, als Miles geglaubt hatte, denn er drehte sich um und sagte: »Major Daum ist tot, Sir. Er wechselte zusammen mit einem Techniker die Stellung. Dabei wurde ihr Flitzer von dahinrasenden Trümmern getroffen und vollständig zerstört. Nichts mehr übriggeblieben. Hat man Ihnen das noch nicht gemeldet?«

Miles blieb stehen.

»Ich bin jetzt der ranghöchste Offizier«, fügte der Felicianer hinzu.

Es dauerte drei Tage, bis die entflohenen Gefangenen aus den Schlupfwinkeln der Veredlungsanlage herausgeholt waren. Tungs Abteilung war die schlimmste. Miles mußte ganze Sektionen mit Schlafgas ausräuchern. Er ging nicht auf Botharis verärgerten Vorschlag ein, daß Vakuum sehr viel billiger wäre. Der Sergeant stand allerdings unter großer Nervenanspannung, da er die Hauptlast bei dem Zusammentreiben der Gefangenen zu tragen hatte.

Beim Schlußappell zeigte sich, daß Tung mit sieben seiner Männer, darunter der zweite Sprungpilot, und einem Gleiter fehlten.

Miles stöhnte leise. Jetzt blieb keine andere Wahl, als zu warten, bis die bummeligen Felicianer endlich ihre Fracht holen würden. Langsam bezweifelte er, ob der

Gleiter Tau Verde vor dem Gegenangriff noch erreicht hatte. Vielleicht sollte er noch einen zweiten Gleiter schicken. Diesmal nicht mit einem Freiwilligen, sondern einem Kandidaten, den er bestimmte. Miles hatte schon jemanden im Sinn.

Lieutenant Gamad platzte fast vor Stolz über die neu erworbene Führungsrolle und würde Miles' Anspruch auf die Veredelungsanlage in Frage stellen — theoretisch war diese Anlage ja auch felicianisches Eigentum. Nach Daums sachlicher überaus fleißiger Arbeitsweise war Gamad keine willkommene Abwechslung. Allerdings wurde Gamad ganz klein, als er hörte, wie ein Söldner Miles mit ›Admiral Naismith‹ ansprach. Miles war über die Wirkung dieses Ersatztitels auf Gamad so begeistert, daß er den Söldner nicht korrigierte. Unglücklicherweise verbreitete sich der Titel so schnell, daß er später zu dem neutralen ›Mr. Naismith‹ nicht zurückgehen konnte.

Gamad war gerettet, als am achten Tag nach dem Gegenangriff endlich ein felicianischer Raumkreuzer auf dem Monitor erschien. Miles' Söldner waren durch die wiederholten Hinterhalte so mißtrauisch geworden, daß sie am liebsten das Schiff sofort vernichten und dann die Überbleibsel nach eindeutiger Identifikation durchsuchen wollten. Miles gelang es, ihnen so viel Vertrauen einzuflößen, daß die Felicianer andocken konnten.

Als die felicianischen Offiziere den Konferenzraum betraten, brachten sie zwei große Plastikkisten auf Schwebepaletten mit herein, die durchaus an Schatzkisten alter Piraten erinnerten. Miles schwelgte kurz in Phantasien von glitzernden Diademen, Goldmünzen und Perlenketten. Wie schade, daß diese Dinge jetzt keine Schätze mehr waren! Kristallisierte virale Mikroleitungskreise, Datenpakete, DNA-Spleißungen, Blankowechsel auf große planetarische landwirtschaftliche und Bergbauerträge in der Zukunft waren in der jetzigen degenerierten Zeit der Reichtum, nach dem alles strebte. Einige Kunstschätze gab es allerdings noch. Miles berührte den Dolch im Gürtel. Es war, als drücke ihm ein alter Mann die Hand. Dann überlegte er, daß er sich wohl mit einigen dieser Blankowechsel zufrieden geben würde.

Der felicianische Zahlmeister sagte mit sorgenvollem Blick gerade: »... Zuerst brauchen wir natürlich Major Daums Manifest und müssen jeden Posten einzeln überprüfen, ob etwas auf der Fahrt beschädigt wurde.«

Der Kapitän des felicianischen Kreuzers nickte müde. »Sprechen Sie mit meinem Chefingenieur und ziehen Sie so viel Männer ab, wie Sie brauchen; aber beeilen Sie sich gefälligst.« Dann schaute er Gamad an, der unterwürfig hinter Miles stand. »Haben Sie das Manifest schon gefunden? Oder Daums persönliche Papiere?«

»Ich fürchte, er hatte sie bei sich, als er getroffen wurde, Sir.«

Der Kapitän wandte sich an Miles: »Also Sie sind dieser verrückte galaktische Mutant, von dem ich gehört habe.«

»Ich bin kein Mutant, *Captain!*« entgegnete Miles scharf. Er betonte die Anrede so zynisch, wie er es bei seinem Vater gehört hatte. Dann unterdrückte er die Wut. Offenbar hatte der Felicianer in den letzten Tagen wenig geschlafen. »Wenn ich mich nicht irre, haben wir etwas Geschäftliches zu erledigen.«

»Ja, Söldner müssen bezahlt werden, nehme ich an«, antwortete der Kapitän und seufzte.

»Und müssen alles genau überprüfen, ob beim Transport nichts beschädigt wurde oder verlorenging.« Er deutete mit einem Nicken auf die Kisten.

»Erledigen Sie das, Zahlmeister«, befahl der Kapitän und ging zur Tür. »Na schön, Gamad, führen Sie mir mal Ihre großartige Strategie vor.«

Baz' Augen blitzten. »Entschuldigen Sie, Mylord; aber da gehe ich wohl lieber mit.«

»Ich gehe auch mit«, erklärte Mayhew und biß hörbar die Zähne zusammen.

»Fangen Sie an«, sagte Miles zum Zahlmeister. Dieser schob einen Datenträger in den Tischcomputer.

»So, Mr. Naismith? Ist das korrekt? Bitte zeigen Sie mir jetzt Ihre Kopie des Vertrages.«

Miles runzelte besorgt die Stirn. »Major Daum und ich hatte eine mündliche Absprache. Vierzigtausend betanische Dollar bei Lieferung der Ladung nach Felice. Diese Anlage hier ist felicianisches Territorium.«

Der Zahlmeister sah ihn verblüfft an. »Eine mündliche Absprache? Eine mündliche Absprache ist doch kein Vertrag!«

Miles fuhr hoch. »Eine mündliche Absprache ist die verbindlichste Art eines Vertrags! Die Seele ist im Atem und daher auch in der Stimme. Ein Versprechen muß eingehalten werden.«

»Mystizismus ist fehl am Platz ...«

»Das ist kein Mystizismus! Das ist eine anerkannte juristische Theorie!« Auf Barrayar, wurde Miles klar.

»Das höre ich zum ersten Mal!«

»Major Daum verstand das völlig.«

»Major Daum war bei der militärischen Abwehr tätig. Er war Spezialist für galaktische Aufgaben. Ich arbeite nur in der Buchhaltung.«

»Sie weigern sich, das Wort Ihres toten Kameraden einzulösen? Aber Sie sind doch ein echter Soldat und kein Söldner ...«

Der Zahlmeister schüttelte den Kopf. »Ich habe keine Ahnung, was Sie da quatschen; aber wenn die Ladung in Ordnung ist, werden Sie bezahlt. Hier ist nicht Jackson's Whole.«

Miles entspannte sich. »Na gut.« Der Zahlmeister war kein Vor und konnte das Nachzählen nicht als tödliche Beleidigung auffassen. »Dann lassen Sie mal sehen!«

Der Zahlmeister nickte seinem Gehilfen zu, und dieser öffnete die Kombination der Schlösser. Miles hielt den Atem an. Er erwartete eine größere Menge Geld zu sehen, als er je erträumt hatte. Die Kistendeckel klappten auf. Da lagen eng gestapelte bunte Papierbündel. Langes Schweigen.

Miles schwang sich vom Konferenztisch und nahm ein Bündel heraus. Es bestand aus ungefähr hundert Scheinen mit bunten Bildern, Zahlen und seltsam verschlungenen Schriftzeichen. Das Papier war glatt und dünn. Er hielt einen Schein gegen das Licht.

»Was ist das?« fragte er schließlich.

Der Zahlmeister hob erstaunt die Brauen. »Papiergeld. Das wird auf den meisten Planeten als Zahlungsmittel benutzt.«

»Das weiß ich! Aber welche Währung?«

»Felicianische Millifenige.«

»Millifenige«, wiederholte Miles abfällig, als sei es ein Schimpfwort. »Und was ist das in richtigem Geld wert? In betanischen Dollar oder Barrayarischen Kaiserlichen Mark?«

»Wer benutzt denn Barrayarische Mark?« fragte der Gehilfe erstaunt.

Der Zahlmeister räusperte sich. »Laut jährlicher Liste der betanischen Börse stand der Millifenig auf einhundertfünfzig betanischen Dollar«, sagte er schnell.

»Aber das war vor ungefähr einem Jahr. Was ist der gegenwärtige Kurs?«

Der Zahlmeister blickte wie gebannt durchs Fenster. »Die Blockade der Oserer hat verhindert, daß wir den momentanen Kurs kennen.«

»Ach ja? Und was war der letzte bekannte Kurs?«

Der Zahlmeister räusperte sich wieder. »Wegen der Blockade wurden fast alle Informationen über den Krieg von den Peliern geliefert.«

»Den Kurs, bitte!«

»Wir wissen es nicht.«

»Den letzten bekannten Kurs!« zischte Miles.

»Wir kennen ihn wirklich nicht, Sir. Wir hörten nur,

daß ... äh ... die felicianische Währung bei der Börse nicht mehr geführt wurde.« Seine Stimme war kaum hörbar.

Miles griff zum Dolch. »Und wer oder was sichert diese ...« — jetzt mußte er möglichst giftig sprechen — »Millifenige ab?«

Der Zahlmeister hob stolz den Kopf. »Die Regierung von Felice.«

»Und die ist es, die den Krieg verliert, oder?«

»Der Verlust der oberen Orbits war nur eine kleine Schlappe«, erklärte der Zahlmeister verzweifelt. »Wir kontrollieren immer noch unseren eigenen Luftraum.«

»Millifenige! Ich verlange betanische Dollar!« Er funkelte den Zahlmeister wütend an.

Der Zahlmeister nahm sein letztes bißchen Stolz zusammen. »Betanische Dollar gibt es nicht! Major Daum nahm alles bis auf den letzten Cent und sämtliche andere galaktische Währung mit, um diese Fracht zu kaufen ...«

»Für deren Lieferung ich mein Leben riskiert habe und ...«

»Für deren Lieferung er starb!«

Miles seufzte. Er konnte nicht gewinnen. Selbst wenn er sich wie ein Berserker benahm, konnte er aus einer Regierung keine betanischen Dollar herauspressen, welche diese nicht besaß. »Millifenige«, sagte er nur leise.

»Ich muß gehen und die Inventarlisten abzeichnen«, sagte der Zahlmeister.

Miles winkte müde ab. »Ja, schon gut, gehen Sie.«

Dann saß Miles mit den zwei Geldkisten allein im Konferenzraum. Der Zahlmeister hatte sich nicht einmal die Mühe gemacht, eine Wache zurückzulassen. Er hatte auch keine Quittung verlangt oder nachzählen lassen. Das alles war eine klare Bestätigung für die Wertlosigkeit der Scheine.

Miles baute eine Pyramide mit den Geldbündeln und legte den Kopf auf die Arme. Dann überlegte er, welche

Fläche man mit den einzelnen Scheinen bedecken könnte: Sie würden nicht nur für die Tapezierung seines Zimmers, sondern für den Rest des Hauses der Vorkosigans reichen. Aber Mutter hätte bestimmt etwas dagegen.

Aus Langeweile probierte er aus, ob das Geld brannte, und zündete eine Ecke an. Er wollte es bis auf die Fingerspitzen herabbrennen lassen, um zu sehen, ob dieser Schmerz größer wäre als der in seinem Bauch. Der Brand war kaum zu riechen, da schlossen sich die Türen hermetisch, die Alarmanlage machte einen Höllenspektakel, aus der Wand schoß der chemische Feuerlöscher wie eine rote Zunge heraus. Feuer war in einer Weltraumanlage eine schreckliche Bedrohung. Miles wußte, daß als nächstes die Luft aus dem Raum gesaugt werden würde, um das Feuer zu ersticken. Blitzschnell drückte er das Papier aus. Millifenige. Dann schleppte er sich durch den Raum, um den Alarm abzustellen.

Danach änderte er die finanzielle Konstruktion und baute eine Festung mit Türmen. Der Türsturz über dem Eingang fiel beim leisesten Hauch um. Vielleicht konnte er sich auf einem pelischen Handelsschiff als geistig zurückgebliebener Mutant ausgeben und mit Elena als Krankenschwester und Bothari als Wärter in ein Krankenhaus auf einem weit entfernten Planeten fliehen. Vielleicht würden ihn auch reiche Verwandte in einen Zoo stecken. Er konnte Strümpfe und Stiefel ausziehen und bei der Zollinspektion an den Zehennägeln kauen ... Aber welche Rollen gab es für Mayhew und Jesek? Und Elli Quinn — er schuldete ihr ein Gesicht, auch wenn sie ihm gegenüber nicht den Lehnseid geleistet hatte. Hier hatte er nirgends Kredit, und er bezweifelte stark, daß der Wechselkurs zwischen felicianischem Geld und pelischem günstig war.

Die Tür ging auf. Miles stieß schnell seine Festung um und richtete sich kerzengerade auf. Ein Söldner trat ein und salutierte.

Der Mann lächelte, aber in seinen Augen funkelte

Geldgier. »Verzeihung, Sir. Aber ich habe ein Gerücht gehört, daß unser Sold eingetroffen ist.«

Miles lächelte. »Wie Sie sehen — ja.«

Wer kannte eigentlich den Wechselkurs für Millifenige? Wer konnte die Zahl widerlegen, die er sich aus den Fingern saugte? Solange die Söldner im Raum waren und keinen Zugang zu Märkten hatten — niemand! Wenn sie ihm allerdings auf die Schliche kamen, würden sie ihn in mehr Fetzen reißen als damals den Wahnsinnigen Kaiser Yuri.

Der Söldner starrte mit offenem Mund den Geldberg an. »Sollten Sie nicht eine Wache aufstellen, Sir?«

»Selbstverständlich, Rekrut Nout. Sie denken mit! Holen sie doch eine Schwebepalette und schaffen Sie das Geld an den — naja — üblichen Verwahrungsort. Wählen Sie zwei vertrauenswürdige Kameraden, um sie abzulösen. Das Geld muß rund um die Uhr bewacht werden.«

»Ich, Sir?« Der Söldner machte große Augen. »Sie vertrauen mir das an?«

Was kannst du damit anfangen? Es stehlen und einen Laib Brot kaufen? dachte Miles. Laut antwortete er: »Allerdings. Glauben Sie etwa, ich hätte in den letzten Wochen nicht genau beobachtet, wie Sie Ihren Dienst versehen haben?« Er betete, daß er sich nicht beim Namen des Mannes geirrt hatte.

»Jawohl, Sir! Wird sofort erledigt, Sir!« Dann salutierte der Söldner absolut unnötig noch einmal und verließ den Raum wie auf Wolken.

Miles barg in einem Haufen Millifenige das Gesicht und lachte, bis ihm die Tränen in die Augen schossen.

Dann überwachte er noch das Verstauen und den Abtransport der Millifenige, blieb aber noch im Konferenzraum, denn Bothari würde sofort kommen, nachdem der letzte Gefangene den felicianischen Sicherheitskräften übergeben war.

Endlich kümmerte man sich um die RG 132, die draußen schwebte. Der Rumpf sah wie eine halbfertige Flikkendecke aus. Miles fragte sich, ob er es je wagen würde, mit ihr ohne Druckanzug und Helm in Reichweite zu fliegen.

Als Jesek und Mayhew eintraten, blickte er noch immer nachdenklich durch die Plexischeiben auf die Anlage. »Denen haben wir Bescheid gestoßen«, erklärte der Ingenieur und setzte sich neben Miles. Die Wut in den Augen war jetzt einer wilden Zufriedenheit gewichen.

»Hm, was?« Miles riß sich aus den düsteren Gedanken. »Wem Bescheid gestoßen und weswegen?«

»Den Felicianern und diesem schleimigen, karrieregeilen Gamad.«

»Das wurde aber auch Zeit«, meinte Miles. Er überlegte, wieviel die RG 132 einbringen würde, wenn er sie als Innersystemfrachter verkaufte — wenn möglich nicht für Millifenige. Oder als Schrott ... Nein, das konnte er Arde nicht antun.

»Da kommen sie schon.«

»Hm?«

Die Felicianer nahten: Kapitän, Zahlmeister, einige Schiffsoffiziere und eine Art Raummarine-Kommandant, den Miles vorher noch nicht gesehen hatte. Aufgrund der unterwürfigen Haltung des Kapitäns, handelte es wohl um den Offizier mit dem höchsten Rang — vielleicht ein junger General? Gamad fehlte. Thorne und Auson bildeten die Nachhut.

Diesmal nahm der Kapitän Haltung an und salutierte. »Admiral Naismith, ich glaube, ich schulde Ihnen eine Entschuldigung. Ich hatte die Situation hier nicht ganz richtig eingeschätzt.«

Miles nahm Baz' Arm, stellte sich auf Zehenspitzen und fragte ganz leise: »Baz, was hast den Leuten bloß erzählt?«

»Nur die Wahrheit«, antwortete Baz, denn schon trat

der ranghöchste Offizier mit ausgestreckter Hand auf Miles zu.

»Ich freue mich, Ihre Bekanntschaft zu machen, Admiral Naismith. Ich bin General Halify. Ich habe von meinem Oberkommando den Befehl, diese Einrichtung unter allen Umständen zu halten.«

Sie gaben sich die Hände und nahmen Platz. Probeweise setzte Miles sich ans Stirnende des Tisches. Der felicianische General nahm wie selbstverständlich den Sessel rechts von Miles. Um die anderen Plätze gab es ein interessantes Gerängel.

»Da unser zweites Schiff auf dem Weg hierher leider an die Pelier verlorenging, habe ich jetzt die nicht beneidenswerte Aufgabe, diesen Befehl nur mit zweihundert Männern durchzuführen — der Hälfte meiner Besatzung«, erklärte Halify.

»Ich habe es mit vierzig gemacht«, meinte Miles. Worauf wollte dieser Felicianer hinaus?

»Ich habe ferner die Aufgabe, alle betanischen Waffen abzuziehen und mit Captain Sahlin — hier drüben — zurückzusenden, um den Krieg dort weiterzuführen, wo jetzt unglücklicherweise unsere Heimatfront verläuft.«

»Das macht es für Sie komplizierter«, stimmte Miles ihm zu.

»Bis die Pelier Galaktiker hinzuzogen, waren unsere beiden Seiten ziemlich gleich stark. Wir dachten, wir stünden knapp vor einer Einigung durch Verhandlungen. Die Oserer haben dies Gleichgewicht verändert.«

»Verstehe.«

»Den Schaden, den Galaktiker anrichten, können Galaktiker aber auch wieder reparieren. Wir möchten daher die Dendarii Söldner anwerben, um die Blockade der Oserer zu brechen und den Raum von allen Streitkräften anderer Planeten zu säubern. Die Pelier ...« — er schnaubte verächtlich — »können wir selbst erledigen.«

Ich werde Bothari seelenruhig Baz erwürgen lassen ...

»Ein kühner Vorschlag, General. Ich wünschte, ich könnte darauf eingehen. Aber Sie wissen sicher, daß der Großteil meiner Truppen nicht hier ist.«

Der General verschränkte die Hände. »Ich bin sicher, daß wir hier die Stellung halten können, bis Sie sie herbringen.«

Miles blickte Auson und Thorne drohend an. Jetzt war kaum der richtige Augenblick, um zu erklären, wie lange man warten müsse ...

»Wir müßten die Blockade durchbrechen, und im Augenblick sind alle meine Sprungschiffe nicht einsatzfähig.«

»Felice hat drei kommerzielle Sprungschiffe, außer denen, welche außerhalb der Blockade festliegen. Eines ist sehr schnell. Im Verband mit Ihren Kriegsschiffen müßten Sie damit durchkommen.«

Miles wollte schon eine patzige Antwort geben, als ihm klar wurde, daß hier eine Fluchtmöglichkeit auf silbernem Tablett serviert wurde: Alle seine Lehnsleute ins Sprungschiff mit Thorne und Auson die Blockade durchbrechen und danach Tau Verde IV und seinen Bewohnern für immer eine lange Nase drehen. Es war riskant, aber durchführbar. Überhaupt war das die beste Idee des heutigen Tages. Er lächelte freundlich. »Ein interessanter Vorschlag, General ...« Nicht die Begeisterung zu offen zeigen! »Und wie stellen Sie sich die Bezahlung für meine Dienste vor? Die Dendarii sind nicht billig.«

»Ich bin autorisiert, auf jede Ihrer Bedingungen einzugehen innerhalb eines vernünftigen Rahmens natürlich«, fügte der General noch vorsichtig hinzu.

»Ganz offen gesagt, General, das ist ein Riesenhaufen — Millifenige, den Sie mir auftischen. Wenn Major Daum nicht autorisiert war, auswärtige Streitkräfte anzuheuern, dann sind Sie es auch nicht.«

»Man sagte mir, unter allen Umständen, was auch

immer dazu erforderlich ist«. Der General biß die Zähne zusammen. »Ich erhalte jede Rückendeckung.«

»Ich möchte einen schriftlichen Vertrag, unterschrieben von jemand, der später auch die Verantwortung übernehmen kann. Die Bezüge von Generälen außer Dienst sind bekanntermaßen nicht üppig.«

Ein Lächeln huschte um Halifys Mundwinkel. Er nickte. »Den bekommen Sie.«

»Wir müssen in betanischen Dollar bezahlt werden. Ich hörte, daß es die bei Ihnen nicht mehr gibt.«

»Sobald die Blockade gebrochen ist, verfügen wir wieder über außerplanetarisches Geld. Sie bekommen Ihre Dollar.«

Miles hatte Mühe, nicht laut loszulachen. Da saß er nun — ein Mann mit einer Kriegsflotte, die nur in der Phantasie existierte — und verhandelte über Bezahlung mit einem Mann, dessen Etat ebenfalls nur in der Phantasie existierte. Also, der Preis war absolut richtig.

Der General streckte ihm die Hand entgegen. »Admiral Naismith, ich gebe Ihnen persönlich mein Wort darauf. Geben Sie mir auch das Ihre?«

Miles' Fröhlichkeit war wie weggeblasen. Im Bauch spürte er nur einen Eisklumpen. »Mein Wort?«

»Meines Wissens nach hat das bei Ihnen große Bedeutung.«

Der General hatte das nur zu gut verstanden. Miles hatte noch nie sein Wort gebrochen — nicht seit achtzehn Jahren. Aber irgendwann kommt immer das erste Mal. Er schüttelte dem General die Hand. »General Halify, ich werde mein Möglichstes tun. Darauf gebe ich Ihnen mein Wort.«

KAPITEL 15

Die drei Schiffe bewegten sich auf kompliziertem Kurs hinauf und herab. Um sie herum schwirrten weitere zwanzig Schiffe, wie eine Schar Habichte. Dann verloren sich die Leuchtpunkte der drei Schiffe — blau, rot und gelb — in einem strahlenden Regenbogen.

Miles lehnte sich im Sessel der Leitzentrale der *Triumph* zurück und rieb die müden Augen. »Die Idee kannst du vergessen!« Er seufzte. Wenn er kein Soldat werden konnte, stand ihm vielleicht eine Zukunft als Veranstalter von Feuerwerken offen.

Elena kam herein und biß von einem Riegel der Marschverpflegung ab. »Das sah hübsch aus. Was war das?«

Miles hob oberlehrerhaft den Zeigefinger. »Ich habe soeben die dreiundzwanzigste neue Methode in dieser Woche entdeckt, wie man sterben kann.« Er zeigte auf die Abbildung auf dem Holographen. »Das war sie.«

Elena schaute zu ihrem Vater hinüber, der auf der Friktionsmatte schlief. »Wo sind alle?«

»Schlafen. Ich bin auch froh, kein Publikum dabei zu haben, wenn ich versuche, mir die Taktiklektionen des ersten Jahres auf der Akademie beizubringen. Es könnte sein, daß sie dann anfangen, mein Genie zu bezweifeln.«

Sie schaute ihn beunruhigt an. »Miles, wie ernst ist es dir mit dem Durchbrechen der Blockade?«

Er blickte auf die Monitoren, auf denen die langweilige Rückansicht der Veredelungsanlage zu sehen war. Nach dem Gegenangriff lag dort die *Triumph*, welche jetzt Miles' Flaggschiff genannt wurde. Seit die felicianischen Truppen die Mannschaftsunterkünfte der Anlage bezogen hatten, war er, insgeheim erleichtert, aus der

Luxussuite in die weniger prunkvollen Räume umgezogen, in denen Tung vorher gewohnt hatte.

»Ich weiß es nicht. Es ist zwei Wochen her, seit die Felicianer uns den Schnellkurier versprochen haben, und bis jetzt hat sich nichts getan. Wir müssen zumindest die Blockade durchbrechen ...« Dann wollte er die Sorge aus ihrem Gesicht vertreiben und fuhr schnell fort: »Wenigstens kann ich mir hier die Warterei verkürzen. Diese Maschine macht mehr Spaß als Schach oder Strat-O.«

Er zeigte auf den Sessel neben sich. »Komm, ich bringe dir bei, wie man damit umgeht und zeige dir ein paar Spiele. Du bist bestimmt gut darin.«

»Naja ...«

Dann führte er ihr einige elementare Taktikmuster vor. Indem er sie ›Spiele‹ nannte, entmystifizierte er das ganze. »Captain Koudelka und ich haben so etwas oft gespielt.« Elena begriff schnell. Es war eine schreiende Ungerechtigkeit, daß Ivan Vorpatril mitten im Offizierstraining steckte, für das Elena nie in Betracht kommen würde.

Miles führte seine Hälfte der taktischen Manöver ganz automatisch durch. Seine Gedanken kreisten jedoch ständig um das echte militärische Dilemma, in dem sie steckten. Bestimmt hätte man ihm eine Lösung auf der Kaiserlichen Offiziersakademie beigebracht. Wahrscheinlich gab es ein Buch darüber. Er wünschte, er hätte ein Exemplar. Er hatte es mehr als satt, alle fünfzehn Minuten das Rad neu zu erfinden. Es mußte doch irgendeine Möglichkeit geben, selbst wenn sie unwahrscheinlich war, mit drei kleinen Kriegsschiffen und einem angeschlagenen Frachter eine Handelsflotte zu überlisten. Die Felicianer konnten auch nur helfen, indem sie die Veredelungsanlage als Basis zur Verfügung stellten. Zur Abschreckung der Pelier nützte ihnen allerdings seine Anwesenheit ebenso, wie ihm die ihre.

Er schaute Elena an und verscheuchte die quälenden strategischen Überlegungen aus dem Kopf. Mit den neuen Aufgaben war sie an Stärke und Klugheit ständig gewachsen. Offenbar hatte sie nur eine Chance gebraucht. Ganz so leicht wollte er Baz auch nicht das Feld räumen. Er blickte nach hinten, um zu sehen, ob Bothari wirklich schlief. Dann nahm er allen Mut zusammen. Die Leitzentrale war mit den Drehsesseln zwar nicht ideal zum Schmusen geeignet; aber er wollte es versuchen. Unter dem Vorwand, ihr hilfreiche Tips zu geben, beugte er sich ihr über die Schulter.

»Mr. Naismith«, plärrte es aus der Sprechanlage. Es war Auson aus dem Navigations- und Kommunikationsraum. »Schalten Sie die Außenkanäle ein. Ich komme runter.«

Stumm fluchend mußte Miles seine Träume begraben. »Was ist denn los?«

»Tung ist zurück.«

»Oje! Alle Mann schnellstens auf Posten.«

»Klar.«

»Was hat er mitgebracht? Können sie es schon erkennen?«

»Ja, es ist irgendwie komisch. Er hält sich außerhalb unserer Reichweite mit einem Schiff, das vielleicht ein pelisches innersystematisches Passagierschiff oder ein kleines Kriegsschiff ist. Er sagt, er will mit Ihnen reden. Wahrscheinlich ein fauler Trick.«

Miles runzelte verblüfft die Stirn. »Na schön, stellen Sie durch, zerhacken Sie aber weiter.«

Im nächsten Augenblick tauchte das vertraute Gesicht des Eurasiers in Überlebensgröße auf dem Bildschirm auf. Bothari war wach und hatte stumm den gewohnten Posten neben der Tür eingenommen. Seit dem Zwischenfall im Gefängnistrakt sprachen er und Elena noch weniger als früher miteinander.

»Wie geht es Ihnen, Captain Tung? So trifft man sich also wieder.« Die leichten Vibrationen des Schiffes veränderten sich, als es mit verstärkter Kraft in den offenen Raum vorstieß.

»In der Tat.« Tung lächelte. »Ist der Job noch zu haben, Sohn?«

Die beiden Gleiter trafen sich auf halbem Weg zwischen ihren Raumschiffen und klebten Bauch an Bauch wie Schnecken aneinander. Dort konnten sich die beiden Männer ungestört unterhalten, nur begleitet von Bothari, der angespannt und diskret außer Hörweite blieb, und Tungs Pilot, der sich ebenfalls diskret in Tungs Gleiter zurückzog.

»Meine Leute sind mir treu ergeben«, erklärte Tung. »Ich kann sie Ihnen allesamt zur Verfügung stellen.«

»Es ist doch klar«, sagte Miles freundlich, »daß dies ein idealer Trick wäre, falls Sie Ihr Schiff zurückerobern wollten. Sie mischen Ihre Leute unter meine und schlagen irgendwann zu. Können Sie beweisen, daß Sie kein Trojanisches Pferd sind?«

»Nur so, wie Sie bewiesen haben, daß unser denkwürdiges Essen nicht mit Drogen präpariert war, indem Sie davon aßen«, antwortete Tung.

»Hm.« Miles zog sich wieder auf den Sitz des Gleiters in dem Schwerelosigkeit herrschte, als könne er damit Körper und Verstand zur Orientierung zwingen. Er bot Tung einen Kolben mit Limonade an, den dieser ohne Zögern oder eine Bemerkung entgegennahm. Beide tranken. Miles nur wenig, weil sein Magen bereits wieder gegen die Schwerelosigkeit protestierte. »Ihnen ist doch klar, daß ich Ihnen Ihr eigenes Schiff nicht zurückgeben kann? Im Augenblick habe ich lediglich einen gekaperten pelischen Kahn und den Titel eines Stabsoffiziers anzubieten.«

»Ja, das verstehe ich.«

»Sie müssen mit Auson und Thorne zusammenarbeiten, ohne alte Reibereien aufzuwärmen.«

Tung sah keineswegs begeistert aus, antwortete aber:

»Wenn nötig, schaffe ich sogar das.« Er preßte einen Schluck Limonade aus dem Kolben und fing ihn mit dem Mund auf. Übung, dachte Miles neidisch.

»Im Moment besteht meine Soldkasse nur aus felicianischen Millifenigen. Kennen Sie Millifenige?«

»Nein; aber wenn ich an die strategische Situation der Felicianer denke, kann es sich nur um bildhübsches Toilettenpapier handeln.«

»Da haben Sie nicht unrecht.« Miles wurde wieder ernst. »Captain Tung, nachdem Sie unter beträchtlichen Schwierigkeiten vor zwei Wochen geflohen sind, haben Sie anscheinend ebenso große Schwierigkeiten auf sich genommen, um zurückzukehren und sich der offensichtlich verlierenden Seite anzuschließen. Sie wissen, daß Sie Ihr Schiff nicht zurückhaben können. Sie wissen, daß es mit der Bezahlung — vornehm ausgedrückt — hapert. Warum? Ich kann einfach nicht glauben, daß es nur wegen meines persönlichen Charmes ist.«

»Ach, die Flucht war nicht so schwierig. Die entzückende junge Dame — ich muß ihr unbedingt die Hand küssen — ließ mich raus«, erklärte Tung.

»Diese ›entzückende junge Dame‹ ist für Sie Commander Elena Bothari, Sir. Und wenn man bedenkt, was Sie ihr verdanken, können Sie sich absolut auf Salutieren beschränken.« Miles war selbst überrascht, daß er so schroff reagierte. Um die Verlegenheit zu überspielen, nahm er schnell einen Schluck Limonade.

Tung hob die Augenbrauen und lächelte. »Verstehe.«

Miles konzentrierte sich wieder auf die Gegenwart. »Also, warum.«

Tungs Gesicht wurde hart. »Weil Sie die einzige Truppe in diesem Raum haben, um Oser in den Hintern zu treten.«

»Und seit wann hegen Sie diesen Wunsch?«

»Er hat unseren Vertrag gebrochen. Im Fall, daß ich mein Schiff in einer Schlacht verliere, schuldete er mir ein neues Kommando.«

Miles hob das Kinn, um Tung aufzumuntern, weiterzusprechen.

Tung senkte die Stimme. »Er hatte das Recht, mich für meine Fehler zusammenzuscheißen — aber nicht das Recht, mich vor versammelter Mannschaft zu erniedrigen ...« Die Knöchel der Hände, welche die Armlehne des Sitzes umschlossen, waren weiß wie Elfenbein.

Miles konnte sich die Situation ausmalen. Nach einem Jahr leichter Siege war Admiral Oser so über diese plötzliche Niederlage geschockt und wütend, daß er die Beherrschung verlor und Tungs unbändigen Stolz aufs tiefste verletzte. Das war dumm, denn er hätte diesen Stolz mit Leichtigkeit für seine Zwecke einsetzen können. Ja, die Geschichte klang wahr.

»Und nun kommen Sie mir zu Hilfe — und mit allen Offizieren? Ihr Pilot ist auch dabei?« Flucht! Mit Tungs Schiff bestand wieder eine Aussicht auf Flucht. Flucht vor den Peliern und Oserern, ja; aber langsam wird die Flucht vor den Dendarii schwierig, überlegte Miles nüchtern.

»Alle. Nur mein Kommunikationsoffizier natürlich nicht.«

»Warum ›natürlich‹?«

»Ach stimmt, Sie wissen ja nichts von seinem Doppelleben. Er ist ein Militäragent und hat die Aufgabe, für seine Regierung die oserische Flotte zu überwachen. Ich glaube, er wollte mitkommen. Während der letzten sechs Jahre haben wir uns ziemlich gut kennengelernt; aber er mußte seine Befehle ausführen.« Tung lachte kurz. »Er hat sich sogar entschuldigt.«

»Ist so etwas üblich?« fragte er überrascht.

»Ach, es gibt solche Leute in allen Söldnerorganisationen.« Tung musterte Miles scharf. »Hatten Sie denn nie welche? Die meisten Kapitäne werfen sie hinaus, wenn sie ihnen auf die Schliche kommen; aber ich mag sie. Im allgemeinen sind sie hervorragend ausgebildet, und man kann ihnen vertrauen, solange man nicht gegen jemand kämpft, den sie kennen. Hätte ich gegen die Barrayarer — Gott soll mich schützen! — kämpfen müssen, oder gegen einen ihrer Verbündeten, von denen die Barrayarer nicht viele haben, hätte ich ihn sofort vorher abgesetzt.«

Miles schluckte. O ihr Götter! War er entlarvt worden? Mit Sicherheit, wenn es sich um einen von Captain Illyans Agenten handeln würde. Und wie, zum Teufel, hatte der Mann die jüngsten Ereignisse beurteilt — vom Standpunkt der Oserer aus? Dann konnte Miles jede Hoffnung fahren lassen, sein Abenteuer vor dem Vater geheimzuhalten.

Die Fruchtlimonade schien sich in seinem Magen zu verdicken und ekelhaft zu schmecken. Diese verdammte Schwerelosigkeit. Er sollte lieber die Angelegenheit hier abschließen. Ein Söldneradmiral mit offenkundigen Gebrechen mußte sich nicht auch noch durch Raumkrankheit auszeichnen. Miles überlegte kurz, wie viele lebenswichtige Entscheidungen von Kommandanten in der Geschichte durch biologischen Zwang herbeigeführt worden waren.

Er streckte die Hand aus. »Captain Tung, ich nehme Ihre Dienste an.«

Tung ergriff sie. »Admiral Naismith — Sie sind doch jetzt Admiral, oder?«

Miles grinste. »So sieht's aus.«

Auch um Tungs Mundwinkel zuckte es. »Verstehe. Es ist mir eine Freude, unter dir zu dienen, Sohn.«

Nachdem Tung weg war, blieb Miles noch für einen Augenblick sitzen und drückte auf den Kolben. Hellrote Fruchtlimonade ergoß sich über Gesicht und Tunika. Leise fluchend schwebte er davon, um ein Handtuch zu suchen.

Die *Ariel* war überfällig. Thorne, Arde und Baz sollten den Transport der betanischen Waffen durch den von den Felicianern kontrollierten Raum begleiten und dann den schnellen Sprungkurier zurückbringen. Und bis jetzt waren sie noch nicht da. Miles brauchte zwei Tage, um General Halify zu überreden, Tungs alte Besatzung aus den Zellen zu lassen. Danach konnte er nur noch warten und sich Sorgen machen.

Mit fünftägiger Verspätung tauchten beide Schiffe auf den Monitoren auf. Miles bekam Thorne an die Sprechanlage und verlangte ziemlich schroff eine Erklärung für die Verspätung.

Thorne lachte. »Das ist eine Überraschung, die Ihnen gefallen wird. Können Sie uns bei der Dockanlage treffen?«

Eine Überraschung? Gott, was nun? Allmählich verstand Miles, warum Bothari gern einen langweiligen Dienst schob. Auf dem Weg zur Anlegestelle überlegte er sich, welche Vorwürfe er seinen lahmen Untergebenen machen könnte.

Grinsend begrüßte ihn Arde. »Stell dich hier hin, Mylord.« Dann rief er. »Es kann losgehen, Baz!«

Aus der Verbindungsröhre marschierten im Eiltempo eine Kolonne Männer und Frauen. Einige trugen Uniform, andere Zivil. Es war eine Zusammenstellung verschiedenster Planetenmoden. Mayhew dirigierte sie in eine quadratische Formation, wo sie mehr oder weniger stramm standen.

In der vielfarbigen Menge bildete ein gutes Dutzend Kshatrysche Kaiserliche Söldner in schwarzen Uniformen eine eigene kleine Insel. Bei näherem Hinsehen stellte Miles fest, daß die Uniformen zwar sauber und geflickt, aber keineswegs vollständig waren. Verschiedene Knöpfe, glänzende Ellbogen und Hosenböden, schief gelaufene Stiefelabsätze. Offenbar waren sie weit von der Heimat entfernt. Miles' Faszination an ihnen wurde durch das Erscheinen zwei Dutzend cetagandischer Ghemkämpfer unterbrochen. Alle waren verschieden gekleidet. Die Gesichter mit frischer Kriegsbemalung wirkten wie eine Reihe chinesischer Tempeldämonen. Bothari fluchte bei ihrem Anblick und legte sofort die Hand an den Plasmabogen, doch Miles winkte ab.

Technisches Personal von Frachtern und Passagierschiffen in Uniform, ein weißhäutiger und weißhaariger Mann mit gefiedertem Lendenschurz hatte einen glänzenden Patronengurt um die Brust geschlungen und trug ein Plasmagewehr. Bei seinem Anblick verging Miles das Lächeln. Dann kam eine dunkelhaarige Frau, Mitte dreißig, von beinahe überirdischer Schönheit, die vier Techniker energisch dirigierte. Erst streifte sie ihn mit einem flüchtigen Blick, dann starrte sie ihn ganz unverhohlen mit seltsamem Ausdruck an. Er richtete sich noch etwas auf. *Ich bin kein Mutant, Ma'am,* dachte er verärgert. Als die Verbindungsröhre endlich geleert war, standen etwa hundert Menschen vor ihm auf der Dockanlage. Miles schwirrte der Kopf.

Mit ausgesprochen zufriedenen Gesichtern traten Thorne, Baz und Arde neben ihn.

»Baz, was soll das?« fragte Miles hilflos.

Jesek stand stramm. »Dendarii Rekruten, Mylord!«

»Habe ich euch etwa gebeten, Rekruten zu sammeln?« So betrunken war er mit Sicherheit niemals gewesen ...

»Du hast gesagt, wir hätten nicht genug Personal, um unsere Ausrüstung zu bemannen. Da habe ich etwas Dampf gemacht — und so sieht's jetzt aus.«

»Wo, zum Teufel, habt ihr denn die alle aufgetrieben?«

»In Felice. Durch die Blockade sitzen dort etwa zweitausend Galaktiker fest. Besatzungen von Handelsschiffen, Passagiere, Geschäftsleute, Techniker — so von jeder Sorte ein paar. Sogar Soldaten. Natürlich sind dies nicht alles Soldaten — noch nicht.«

»Aha.« Miles räusperte sich. »Also sozusagen handverlesen.«

»Naja ...« Baz rieb eine Stiefelsohle über das Deck

und tat, als suche er nach Spuren. »Ich habe sie Waffen auseinandernehmen und wieder zusammensetzen lassen. Wer nicht versuchte, das Plasmabogenmagazin in eine Nervenschere zu schieben, habe ich genommen.«

Miles wanderte an den Reihen vorbei. »Ich verstehe. Das war genial. Ich hätte es kaum besser machen können.« Dann nickte er in Richtung der Kshatryer. »Wohin wollten die denn?«

»Das ist eine interessante Geschichte«, erklärte Mayhew. »Sie waren eigentlich durch die Blockade nicht behindert. Offenbar hatte irgendein felicianischer Magnat sie vor einigen Jahren als Leibwächter angeheuert. Vor sechs Monaten haben sie bei diesem Job versagt und waren danach arbeitslos. Sie tun alles, wenn sie nur von hier wegkommen. Die habe ich selbst entdeckt«, fügte er stolz hinzu.

»Baz, ich sehe da — Cetagander.« Bothari hatte die grell bemalten wilden Gesichter nicht eine Sekunde aus den Augen gelassen, seit sie aus der Röhre gekommen waren.

Der Ingenieur hielt abwehrend die Hände hoch. »Die sind *ausgebildet!*«

»Ist ihnen klar, daß einige Dendarii Barrayarer sind?«

»Sie wissen, daß ich einer bin, und bei dem Namen Dendarii kann jeder Cetagander die Verbindung herstellen. Dieses Gebirge hat während des Großen Krieges bei ihnen einen tiefen Eindruck hinterlassen. Aber auch sie wollen unbedingt von hier weg. Das war Teil des Vertrages, verstehst du — um den Preis niedrig zu halten: Fast alle wollen außerhalb des felicianischen Hoheitsgebiets entlassen werden.«

»Das kann ich ihnen nachfühlen«, murmelte Miles. Der felicianische Schnellkurier schwebte außerhalb der Dockanlage. Miles wollte sich ihm unbedingt sofort näher ansehen. »Also gut — geht zu Captain Tung und bringt sie in Unterkünfte. Und sorgt auch für Trainingspläne ...« Ja, er mußte sie auf Trab halten, während er — sich aus dem Staub machte?

»Captain Tung?« fragte Thorne.

»Ja, er gehört jetzt auch zu den Dendarii. Ich habe auch ein paar Leute rekrutiert. Für euch ist das doch beinahe wie eine Familienzusammenführung. Und Bel« — er fixierte den Betaner mit strengem Blick —, »ihr seid jetzt Waffenbrüder. Als ein Dendarii erwarte ich, daß Sie das nicht vergessen.«

»Tung.« Thorne klang eher überrascht als eifersüchtig. »Oser wird schäumen vor Wut.«

Miles verbrachte den Abend damit, die Dossiers seiner neuen Rekruten in die Computer der *Triumph* einzugeben. Er tat es mit der Hand und allein, um sich mit dem Inhalt dieser menschlichen Wundertüte vertraut zu machen. In der Tat war die Wahl nicht übel. Die meisten hatten militärische Erfahrung, und der Rest verfügte über irgendwelche verborgenen technischen Spezialkenntnisse.

Einige waren wirklich geheimnisvoll. Er hielt den Monitor an, um das Gesicht der außergewöhnlich schönen Frau zu studieren, die ihn so angestarrt hatte. Welcher Teufel hatte Baz geritten, eine Spezialistin für Sicherheitsvorkehrungen in Banken als Söldnerin anzuheuern? Wahrscheinlich wollte sie unter allen Umständen den Planeten verlassen. Egal. Die Erklärung des Geheimnisses stand in ihrem Lebenslauf. Sie war Fähnrich bei der Weltraumtruppe auf Escobar gewesen. Nach dem Krieg mit Barrayar war sie vor neunzehn Jahren ehrenvoll aus medizinischen Gründen entlassen worden. Entlassungen aus medizinischen Gründen mußten damals sehr in Mode gewesen sein. Miles dachte an Bothari. Plötzlich stellten sich ihm die Haare zu Berg.

Große dunkle Augen, die klare, kantige Kinnpartie — ihr Nachname lautete Visconti, typisch für Escobar. Und ihr Vorname war Elena.

»Nein!« flüsterte Miles entsetzt. »Das ist doch nicht möglich! Jedenfalls, nicht *wahrscheinlich* ...«

Dann las er das Resümee nochmals ganz sorgfältig durch. Die escobarische Frau war vor einem Jahr nach Tau Verde IV gekommen, um eine Kommunikationsverbindung zu installieren, welche ihre Firma einer felicianischen Bank verkauft hatte. Das war gerade einige Tage, ehe der Krieg begonnen hatte. Zur Person hatte sie angegeben: nicht verheiratet, keine Kinder. Miles drehte sich um und saß mit dem Rücken zum Bildschirm. Dann wagte er wieder einen Blick. Sie war ungewöhnlich jung gewesen, um als Offizier im Krieg zwischen Escobar und Barrayar gedient zu haben — vielleicht so eine Art tollkühner Heißsporn. Miles ertappte sich bei der Frage, seit wann er sich wie jemand in mittleren Jahren vorkam.

Aber, wenn sie — rein theoretisch — doch die Mutter seiner Elena war, blieb die Frage offen, wie sie sich mit Sergeant Bothari hatte einlassen können. Bothari ging damals schon auf die vierzig zu und hatte nicht viel anders ausgesehen, als heute. Das wußte Miles durch Vids aus den ersten Ehejahren seiner Eltern. Nun, Geschmäcker sind verschieden.

In seiner Phantasie tauchte unwillkürlich das Bild einer wunderschönen Familienzusammenführung auf, obwohl noch alle Beweise fehlten: Er könnte Elena nicht nur ein Grab präsentieren, sondern eine Mutter in Fleisch und Blut, nach der sie sich so sehnte. Damit würde der Hunger gestillt sein, der sie schärfer als ein Dorn ihr ganzes Leben gepeinigt hatte. Dieses Verlangen entsprach seinem Wunsch, seinem Vater eine Freude zu machen. Ja, das würde eine wahrlich heroische Tat sein und mehr wert als alle materiellen Reichtümer, mit denen er sie überschütten könnte. Bei der Vorstellung ihrer Freude schmolz er förmlich dahin.

Aber ... aber ... es war nur eine Hypothese, die keinesfalls leicht zu überprüfen sein würde. Er hatte gemerkt, daß der Sergeant nicht absolut ehrlich war, wenn er behauptete, sich an Escobar nicht mehr zu erinnern; aber möglich war es trotzdem. Vielleicht war diese Frau auch jemand ganz anderer. Er mußte den Test blind und nur für sich durchführen. Dann konnte kein Schaden entstehen, falls er sich irrte.

Miles hielt am nächsten Tag seine erste Stabsbesprechung mit den höheren Offizieren ab. Er wollte einerseits seine neuen Helfershelfer kennenlernen, hauptsächlich aber Ideen hören, wie man die Blockade durchbrechen könnte. Bei so vielen militärischen und exmilitärischen Talenten mußte doch eines dabei sein, das wußte, was sie tun sollten. Es wurden weitere Exemplare der ›Dendarii Dienstvorschrift‹ verteilt. Dann zog Miles sich in seine Kajüte auf dem Flaggschiff zurück, um die Parameter des felicianischen Kuriers nochmals durch die Computer laufen zu lassen.

Für die zweiwöchige Fahrt zur Beta-Kolonie hatte er die beschränkte Aufnahmemöglichkeit für vier Passagiere durch Weglassen von Gepäck und knappste Proviantberechnung auf fünf heraufgeschraubt. Es mußte eine Möglichkeit geben, auch sieben Leute an Bord unterzubringen. Dabei mußte er ständig den Gedanken an die Söldner zurückdrängen, die mit größter Ungeduld auf seine Rückkehr mit der versprochenen Verstärkung warteten ... warteten ... und warteten ...

Länger konnten sie hier nicht bleiben. Der Taktiksimulator der *Triumph* hatte gezeigt, daß die Vorstellung, die Oserer mit zweihundert Mann zu bezwingen, absoluter Größenwahn war. Trotzdem ... Nein. Er zwang sich, vernünftig zu denken.

Eigentlich war es logisch, Elli Quinn mit dem zerstörten Gesicht zurückzulassen, da er für sie nicht als Lehnsherr verantwortlich war. Dann kam die Entscheidung zwischen Baz und Arde. Nahm er den Ingenieur zurück in die Beta-Kolonie, würde dieser dort mit Sicherheit verhaftet und ausgeliefert. Eigentlich tat er ihm einen Gefallen, wenn er ihn hier zurückließ. Aber der Mann hatte selbstlos in den letzten Wochen geschuftet, um jeden militärischen Einfall Miles' auszuführen. Außerdem durfte er gar nicht daran denken, was die Oserer mit ihren Deserteuren und allen, die mit diesen zusammengearbeitet hatten, tun würden, wenn sie sie irgendwann erwischten. Und das mußte zwangsläufig geschehen. Andererseits würde er auf bequeme Weise die Romanze zwischen Baz und Elena zerstören. War das vielleicht der wahre Grund ...?

Miles stellte fest, daß Logik ihm Magenschmerzen bereitete. Im Augenblick konnte er sich nicht mehr auf die Arbeit konzentrieren. Er schaute auf das Armbandchronometer. Noch ein paar Minuten länger! War es nicht albern gewesen, die Flasche des schrecklichen felicianischen Weins, samt vier Gläsern, in seinem Spind zu verstauen. Er brauchte sie nur herauszuholen, wenn ... wenn ...

Seufzend lehnte er sich zurück und lächelte Elena an. Sie saß auf dem Bett und blätterte in einem Handbuch über Exerzieren mit der Waffe. Sergeant Bothari reinigte und lud an einem kleinen Klapptisch ihre persönlichen Waffen. Elena lächelte zurück und nahm den Audioknopf aus dem Ohr.

»Hast du schon das körperliche Ertüchtigungsprogramm für unsere neuen Rekruten ausgetüftelt?« fragte Miles. »Einige sehen aus, als hätten sie schon längere Zeit nicht mehr ordentlich trainiert.«

»Alles fertig«, versicherte sie ihm. »Ich fange mit einer großen Gruppe gleich beim nächsten Tageszyklus an. General Halify stellt mir die Sporthalle der Anlage zur Verfügung.« Sie machte eine Pause, dann fuhr sie fort. »Da wir gerade von einer längeren Trainingspause sprechen — solltest du nicht auch mitmachen?«

»Naja«, antwortete Miles.

»Gute Idee«, sagte der Sergeant, ohne aufzublicken.

»Mein Magen ...«

»Es wäre für deine Truppen ein gutes Beispiel«, erklärte Elena und blickte ihn mit ihren großen dunklen Augen betont unschuldig an.

»Wer warnt die Leute, mich nicht in der Mitte durchzubrechen?«

Ihre Augen blitzten. »Ich laß dich so tun, als würdest du sie unterrichten.«

»Deine Trainingssachen sind in der untersten Schublade des Wandschranks«, sagte der Sergeant und blies ein Staubkörnchen von der silbrigen glockenförmigen Mündung einer Nervenschere.

Miles stöhnte. »Schon gut, ich gebe auf.« Wieder sah er auf den Chronometer. Es mußte jeden Augenblick so weit sein.

Die Tür der Kajüte glitt auf. Die Frau aus Escobar war auf die Minute pünktlich. »Guten Tag, Technikerin Visconti«, begrüßte Miles sie freundlich. Die nächsten Worte blieben ihm im Hals stecken, als sie eine Nadelpistole hob und mit beiden Händen zielte.

»Keiner bewegt sich!« rief sie.

Diese Anweisung war unnötig. Miles zumindest war vor Schreck wie erstarrt.

»So, du bist es also«, sagte sie. Vor Haß, Schmerz und Erschöpfung zitterte ihre Stimme. »Zuerst war ich nicht sicher. Du ...«

Ihre Worte waren an Bothari gerichtet. Jedenfalls vermutete Miles dies, da sie genau auf die Brust des Sergeants zielte.

Der Sergeant hatte beim Öffnen der Tür sofort nach seinem Plasmabogen gegriffen. Doch jetzt fielen seine Hände seitlich hinab. Miles konnte es nicht fassen.

Da Elena im Schneidersitz gesessen hatte, konnte sie aus dieser Stellung heraus auch nicht so schnell aufspringen. Ihr Handlesegerät fiel aufs Bett. Nur das Audiogerät summte wie ein Insekt in der Stille.

Die Augen der Frau streiften blitzschnell Miles. Dann

richteten sie sich wieder auf ihr Ziel. »Ich finde, Sie sollten wissen, Admiral Naismith, *wen* Sie als Leibwächter angeheuert haben.«

»Hören Sie! Warum geben Sie mir nicht Ihre Nadelpistole, setzen sich, und wir sprechen darüber.« Miles streckte ihr die offene Hand entgegen. Aus der Magengrube stiegen heiße Schauer auf. Seine Hand zitterte. So hatte er sich das Treffen nicht ausgemalt.

»Der da.« Sie deutete mit einem Nicken auf den Sergeant. »Ist ein ehemaliger Barrayarischer Soldat. Es überrascht mich nicht, daß er bei einer obskuren Söldnerflotte gelandet ist. Aber er war Admiral Vorrutyers oberster Folterknecht, als die Barrayarer versuchten Escobar zu erobern. Aber vielleicht wußten Sie das.« Ihre Augen schienen Miles wie mit Messern zu häuten. Es war nur ein Moment; aber ihm kam dieser Moment wie eine Ewigkeit vor in der relativistischen Geschwindigkeit, mit der er fiel.

»Ich … ich«, stammelte er und blickte Elena an. Ihre Augen waren riesig, der Körper zum Sprung bereit.

»Der Admiral vergewaltigte seine Opfer nie selbst — er sah lieber zu. Vorrutyer war Prinz Sergs Lustknabe. Vielleicht war der Prinz eifersüchtig. Allerdings wendete der Prinz selbst die infamsten Foltermethoden an. Seine besondere Freude war es, hochschwangere Frauen zu vergewaltigen. Ich nehme an, Vorrutyers Schergen mußten diese beschaffen.«

Miles' Verstand schrie: Nein, nein, nein … Es gab also doch so etwas wie latentes Wissen! Wie lange schon hatte er vermieden, Fragen zu stellen, weil er die Antworten nicht hören wollte? In Elenas Gesicht stand fassungslose Wut und Unglaube geschrieben. Gebe Gott, daß es so blieb! Seine Betäubungspistole lag auf Botharis Tisch. Hatte er eine Chance, die Schußlinie der Escobarin zu durchkreuzen und hinzuspringen?

»Ich war achtzehn Jahre alt, als ich diesen Ungeheuern in die Hände fiel. Ich hatte gerade die Schule beendet. Ich liebte den Krieg nicht, aber ich wollte meinem Land dienen und mein Heim schützen — dort draußen herrschte aber kein Krieg. Es war die reinste Hölle, die durch die unbeschränkte Macht des Oberkommandos der Barrayarer immer schlimmer wurde.« Ihre Stimme klang fast hysterisch, als würden alte, bisher schlafende Terrorakte übermächtiger aufbrechen, als sie erwartet hatte. Miles mußte sie irgendwie zum Schweigen bringen ...

»Und der da« — ihr Finger krümmte sich um den Abzug der Nadelpistole —, »der war ihr williges Werkzeug, ihr Schoßhündchen, der für die beste Unterhaltung sorgte. Die Barrayarer weigerten sich, ihre Kriegsverbrecher auszuliefern, und meine eigene Regierung verschenkte die Gerechtigkeit, die mir zugestanden hätte, in den Friedensverhandlungen. Und so ist er straffrei davongekommen und seit zwei Jahrzehnten mein Alptraum geworden. Aber in einer Söldnerflotte gilt eine eigene Justiz. Admiral Naismith, ich verlange die Festnahme dieses Mannes.«

»Ich kann nicht ... es ist nicht ...«, begann Miles. Dann blickte er Bothari flehend an, diese ungeheuerlichen Vorwürfe zu entkräften. »Sergeant?«

Die Wortexplosion hatte Bothari wie mit Säure übergossen. Sein Gesicht war von tiefem Schmerz zerfurcht, die Stirn gerunzelt mit unsäglicher Anstrengung — sich zu erinnern? Seine Augen gingen von Elena zu Miles und zu der Escobarin. Ein Seufzer löste sich aus seiner Brust. Ein Mensch, der auf ewig in die Hölle hinabsteigt, aber noch einen flüchtigen Blick ins Paradies tun darf, sah vielleicht ebenso aus. »Lady«, flüsterte er. »Du bist immer noch wunderschön.«

Reize sie nicht, Sergeant! schrie Miles stumm.

Das Gesicht der Frau verzog sich aus Wut und Angst. Dann fing sie sich. Ein Schauer winziger Silbertropfen brach aus der Waffe hervor. Die rasierklingenscharfen, spitzen Nadeln drangen in die Wand um Bothari ein.

Dann klemmte die Waffe. Fluchend drückte die Frau erneut auf den Abzug, doch ohne Erfolg. Bothari lehnte an der Wand und sagte ganz leise: »Ruh dich jetzt aus.« Miles war nicht sicher, wen er damit meinte.

Im nächsten Augenblick war Miles bei seiner Betäubungspistole, doch Elena hatte sich bereits auf die Frau gestürzt, ihr die Nadelwaffe aus der Hand geschlagen und mit einem Fußtritt ans andere Ende des Raums befördert. Als Miles mit schußbereiter Waffe zielte, preßte Elena schon die Arme der Frau außer sich vor Wut nach hinten. Doch die Frau wehrte sich nicht. Miles sah den Grund, als er sich zum Sergeant umdrehte.

Bothari sackte wie eine einstürzende Wand zusammen. Auf dem Hemd sah man nur vier oder fünf winzige Blutstropfen. Doch dann ergoß sich ein Blutstrom aus dem Mund. Er zuckte noch einmal. Miles kniete neben dem Kopf seines Leibwächters hin.

»Bothari!«

Der Sergeant lag still, die immer wachsamen Augen starr und offen. Blut floß aus dem Mund auf den Boden. Er sah aus, wie ein totes Tier, das von einem Auto überrollt worden war. Miles suchte nach den stecknadelgroßen Einschußlöchern in der Brust. Fünf Treffer, die Bothari innerlich völlig zerfetzt hatten.

»Warum hat er nicht geschossen?« schrie Elena. Sie schüttelte die Escobarin. »War die Waffe nicht geladen?«

Miles las die Angaben auf dem Plasmabogen in der steifen Hand des Sergeants. Frisch geladen. Bothari hatte es mit eigener Hand soeben noch getan.

Elena warf einen verzweifelten Blick auf ihren toten Vater, dann packte sie die Frau am Hals und drückte auf die Kehle.

»Nein, Elena! Bring sie nicht um!« rief er.

»Warum nicht? Warum nicht?« Ihr Gesicht war tränenüberströmt.

»Ich glaube, sie ist deine Mutter.« O mein Gott! Das hätte er nicht sagen sollen!

»Du glaubst diese schrecklichen Sachen?« fuhr sie ihn wütend an. »Diese unbeschreiblichen Lügen ...« Aber sie lockerte den Würgegriff. »Miles, ich weiß nicht einmal, was ihre Worte bedeuten ...«

Die Escobarin hustete und starrte verwundert und verzweifelt Elena an. »Stammt sie etwa von dem da?« fragte sie Miles.

»Sie ist seine Tochter.«

Sie betrachtete Elenas Gesichtszüge. Auch Miles wußte jetzt, woher Elena ihr Haar und die feine Knochenstruktur hatte.

»Du siehst wie er aus.« Abscheu spiegelte sich in ihren dunklen Augen. »Ich habe gehört, daß die Barrayarer Föten für militärische Forschungen benutzten.« Dann musterte sie Miles mißtrauisch. »Bist du etwa auch so einer? Nein, das ist nicht möglich ...«

Elena trat zurück. Miles hatte einmal auf dem Sommersitz in Vorkosigan Surleau erlebt, wie ein Pferd in einem brennenden Stall umgekommen war, weil es wegen der Hitze niemand befreien konnte. Er hatte geglaubt, nichts könnte herzzerreißender klingen als die Todesschreie des in den Flammen sterbenden Tieres. Doch Elenas Schweigen jetzt war noch schlimmer. Sie weinte nicht einmal.

Miles wandte sich an die Escobarin. »Nein, Ma'am. Admiral Vorkosigan sorgte dafür, daß alle sicher in ein Waisenhaus gebracht wurden. Alle, bis auf ...«

Elenas Lippen formten das Wort ›Lügen‹. Aber ihre Augen teilten diese Überzeugung nicht mehr, sondern verzehrten die Escobarin mit einer Sehnsucht, die Miles erschreckte.

Die Tür der Kajüte glitt auf. Arde Mayhew trat fröhlich ein und sagte: »Mylord, soll ich diese Arbeiten ... Allmächtiger Gott!« Beinahe wäre er über Botharis Leiche gestolpert. »Ich hole sofort Sanitäter!« er rannte hinaus.

Elena Visconti näherte sich Botharis Leiche mit der

Vorsicht, wie man sie bei einem gerade getöteten giftigen Reptil zeigen würde. Dann blickte sie Miles fest in die Augen. »Admiral Naismith, verzeihen Sie bitte, daß ich Ihnen Unannehmlichkeiten bereitet habe. Aber dies war kein Mord. Es war die gerechte Hinrichtung eines Kriegsverbrechers. Ja, es war gerecht«, wiederholte sie leidenschaftlich. Dann versagte ihr die Stimme.

Es war kein Mord, sondern Selbstmord, dachte Miles. Er hätte dich mit Leichtigkeit erschießen können, so schnell wie er war. »Nein ...«

Ihre Lippen wurden schmal. »Sie nennen mich ebenfalls eine Lügnerin? Oder wollen Sie mir auch sagen, daß es mir wohl Spaß gemacht hat?«

»Nein ...« Miles schaute sie über einen tiefen Abgrund an, der nur einen Meter breit war. »Ich verhöhne Sie nicht. Aber bis ich fünf Jahre alt war, konnte ich nicht gehen, nur kriechen. Ich habe viel Zeit damit verbracht, die Knie der Leute zu betrachten. Doch wenn eine Parade stattfand, hatte ich immer den besten Platz, weil ich alles von der Schulter des Sergeants aus sehen konnte.«

Als Antwort spuckte sie nur auf Botharis Leichnam. Miles' Blick trübte sich vor Wut. Nur die Rückkehr Mayhews und der Sanitäterin bewahrte ihn vor einer schrecklichen Tat.

Die Sanitäterin lief auf ihn zu. »Admiral, wo sind Sie verletzt?«

Verblüfft starrte er sie an. Dann merkte er, daß auch er vom Blut des Sergeants verschmiert war. »Ich nicht, der Sergeant.«

Sie kniete sich neben Bothari hin. »Was ist passiert? War es ein Unfall?«

Miles schaute Elena an. Sie hatte die Arme um sich geschlungen, als wäre ihr kalt. Nur ihre Augen wanderten unablässig ruhelos vom Leichnam zu Elena Visconti.

Miles kamen die Worte nur mühsam über die Lippen.

»Es war ein Unfall. Er hat die Waffen gereinigt. Die Nadelpistole war auf automatisches Schnellfeuer eingestellt.« Zwei der drei Behauptungen stimmten.

Elena Viscontis Mund lächelte in stillem Triumph und vor Erleichterung. Sie glaubt jetzt, daß ich ihrer Rechtsauffassung zustimme. Verzeih mir ...

Die Sanitäterin schüttelte den Kopf und fuhr mit einem Prüfgerät über Botharis Brust. »Nein, wie schrecklich.«

Eine plötzliche Hoffnung packte Miles. »Die Kryokammern — wie sieht's da aus?«

»Seit dem Gegenangriff sind alle belegt.«

»Nach welchen Kriterien gehen Sie bei der Belegung vor?«

»Die am wenigsten Verletzten haben die beste Chance auf Wiederbelebung. Sie sind die erste Wahl. Feinde kommen als letzte dran, es sei denn der militärische Abschirmdienst macht Stunk.«

»Wie würden Sie diese Verletzung beurteilen?«

»Schlimmer als alle, die ich jetzt auf Eis liegen habe, abgesehen von zwei von Tungs Leuten. Soll ich davon einen rausschmeißen?«

Miles blickte Elena fragend an. Sie starrte Botharis Leichnam an, als sei er ein Fremder, der zwar das Gesicht ihres Vaters hatte, aber jetzt plötzlich die Maske abgelegt hatte. Ihre dunklen Augen waren wie tiefe Höhlen — wie Gräber: eines für Bothari und eines für ihn.

»Er haßte die Kälte«, sagte Miles schließlich. »Lassen Sie ihn nur in einen Sarg legen.«

»Jawohl, Sir.« Ohne Eile verließ sie den Raum.

Mayhew trat näher und betrachtete verstört den Toten. »Es tut mir aufrichtig leid, Mylord. Ich hatte gerade angefangen, ihn irgendwie zu mögen.«

»Ja, danke. Geht jetzt alle.« Er blickte die Escobarin an. »Gehen Sie endlich«, flüsterte er.

Elena ging zwischen dem Toten und der Frau wie ein

Tier hin und her, das gerade in einen Käfig gesperrt wurde und feststellt, daß kaltes Eisen auch brennen kann. »Mutter«, sagte sie leise mit einer Stimme, die Miles von ihr noch nie gehört hatte.

»Bleib mir vom Leib«, fuhr Elena Visconti sie an. »Und zwar weit weg!« Der Blick voller Verachtung war wie eine Ohrfeige. Dann ging sie hinaus.

»Vielleicht solltest du mitkommen und dich irgendwo hinsetzen, Elena«, schlug Arde vor. »Ich hole dir einen Schluck Wasser.« Besorgt zupfte er sie am Ärmel. »Nun komm schon, sei ein braves Mädchen.«

Sie ließ sich widerspruchslos wegführen. Nur einmal schaute sie zurück über die Schulter. Ihr Gesicht erinnerte Miles an eine zerbombte Stadt.

Miles wartete noch auf die Sanitäterin. Voll Angst hielt er die Totenwache bei seinem Lehnsmann. Die Angst wurde größer, da sie für ihn ungewohnt war. Bis jetzt hatte immer der Sergeant für ihn Angst gehabt. Er berührte Botharis Gesicht. Das rasierte Kinn fühlte sich rauh an.

»Was soll ich jetzt nur machen, Sergeant?«

KAPITEL 16

Drei Tage dauerte es, bis Miles weinen konnte. Es kam wie ein angsteinflößender, unkontrollierbarer Sturm über ihn, als er allein im Bett lag, und dauerte mehrere Stunden lang. Miles hielt es für eine erlösende Reinigung; aber in folgenden Nächten wiederholte es sich. Er hatte Angst, daß es nie aufhören würde. Ständig hatte er Magenschmerzen, besonders nach den Mahlzeiten. Daher nahm er nur ganz wenig zu sich. Seine scharfen Gesichtszüge wurden noch ausgeprägter. Er war nur noch Haut und Knochen.

Die Tage waren ein grauer Nebel. Vertraute und fremde Gesichter wollten dauernd Anweisungen von ihm. Seine ständige Antwort lautete: »Macht, was ihr wollt.« Elena sprach überhaupt nicht mit ihm. Er litt unter panischer Angst, daß sie in Baz' Armen Trost suchte und fand. Versteckt beobachtete er sie; aber sie schien nirgends Trost zu finden.

Nach einer besonders ergebnislosen Besprechung des Stabs der Dendarii nahm Arde Mayhew ihn beiseite. Miles hatte stumm am Kopfende des Tisches gesessen und seine Handflächen betrachtet, während seine Offiziere wie Frösche sinnlos herumgequakt hatten.

»Gott weiß, daß ich nicht viel davon verstehe, wie ein guter Offizier sich zu verhalten hat«, sagte Arde. »Aber ich weiß, daß du nicht einfach zweihundert Leute mit dir auf einen Ast zerren kannst und dann einfach wie versteinert herumhockst.«

»Du hast recht«, fuhr Miles ihn an. »Du hast keine Ahnung.«

Dann stapfte er davon, war aber innerlich von dem berechtigten Vorwurf Mayhews aufgerüttelt. Gerade noch rechtzeitig kam er in seine Kajüte, um sich ohne Zeugen zum vierten Mal in dieser Woche zu übergeben.

Bothari war jetzt zwei Wochen tot. Miles faßte den festen Entschluß, sich sofort in die Arbeit zu stürzen. Dann fiel er übers Bett und lag die nächsten sechs Stunden reglos da.

Miles zog sich an. Alle Männer, die auf einsamem Posten längere Zeit gearbeitet hatten, waren sich darin einig, daß man unbedingt einen gewissen Lebensstandard aufrechterhalten mußte, sonst ginge man vor die Hunde. Miles war schon drei Stunden wach und hatte erst die Hosen an. In der nächsten Stunde wollte er entweder die Socken anziehen oder sich rasieren — je nachdem, was ihm leichter erschien. Er dachte über die idiotische Gewohnheit der Barrayarer nach, sich täglich zu rasieren, während die zivilisierten Betaner die Haarwurzeln permanent entfernen ließen. Vielleicht nahm er doch erst die Socken.

Jemand drückte auf den Türsummer. Er ignorierte es. Dann ertönte Elenas Stimme aus der Sprechanlage: »Miles, laß mich rein!«

Er setzte sich auf und rief schnell: »Herein!« Damit löste er das Stimmschloß.

Sie bahnte sich einen Weg durch herumliegende Kleidung, Waffen, Verpackung von Nahrungsmitteln und rümpfte mißbilligend die Nase: »Also, wenn du diesen Schweinestall nicht selbst saubermachen willst, solltest du dir wenigstens einen neuen Offiziersburschen suchen.«

Miles schaute sich ebenfalls in der Kajüte um. »Darauf wäre ich nie gekommen«, sagte er beschämt. »Ich hielt mich eigentlich immer für einen ziemlich reinlichen Menschen. Alles war immer wie von selbst aufgeräumt. Würde es dir denn nichts ausmachen?«

»Was sollte mir etwas ausmachen?«

»Wenn ich einen neuen Leibdiener nehme.«

»Was geht mich das an?«

Miles dachte nach. »Vielleicht Arde. Ich muß für ihn

früher oder später eine Beschäftigung finden, wenn er jetzt nicht mehr springen kann.«

»Arde?« wiederholte sie mißtrauisch.

»Er ist längst nicht mehr so schlampig wie früher.«

»Hm.« Elena hob einen Handbetrachter auf und suchte nach einem Platz, um ihn aufzustellen. Aber es gab nur eine ebene Fläche in der Kajüte, auf der keine Gegenstände lagen. »Miles, wie lang willst du den Sarg noch hier drin behalten?«

»Er kann hier ebensogut wie woanders stehen. Die Leichenkammer ist so kalt. Und er mochte die Kälte nicht.«

»Die Leute halten dich allmählich für etwas seltsam.«

»Laß sie denken, was sie wollen. Ich habe ihm mein Wort gegeben, daß ich ihn zurückbringe und auf Barrayar beerdige, falls ... falls ihm hier draußen etwas zustieße.«

Sie schüttelte den Kopf. »Warum solltest du einer Leiche gegenüber dein Wort halten? Ein Toter merkt doch nichts mehr.«

»Aber ich lebe«, erklärte Miles ruhig. »Und ich würde es wissen.«

Mit zusammengekniffenen Lippen lief sie wütend auf und ab. »Ich halte seit zehn Tagen deine Trainingsübungen ohne Waffen ab, und du bist nicht zu einer einzigen Stunde erschienen.«

Miles überlegte, ob er ihr sagen sollte, daß er öfters Blut spuckte. Nein, sie würde ihn sofort in die Krankenstation schleppen. Er wollte nicht, daß die Sanitäter ihn untersuchten. Bei einer genauen medizinischen Untersuchung würde sein wahres Alter und die versteckte Schwäche der Knochen bekannt werden.

Elena fuhr fort: »Baz arbeitet Doppelschichten bei der Reparatur der Ausrüstung. Tung, Thorne und Auson schuften wie die Irren, um die neuen Rekruten einzuteilen — aber alles geht langsam in die Brüche. Pausenlos gibt es Streitereien. Miles, wenn du dich noch eine Woche hier oben verkriechst, sehen die Dendarii Söldner wie deine Kajüte aus.«

»Ich weiß. Ich war bei den Besprechungen. Nur, weil ich nichts sage, heißt das nicht, daß ich nicht zuhöre.«

»Dann höre auch, wenn sie sagen, daß sie deine Führung brauchen!«

»Ich schwöre bei Gott, Elena, ich weiß nicht, wozu.« Er fuhr sich durchs Haar. »Baz repariert alles, Arde arbeitet damit, Tung, Thorne und Auson erledigen mit ihren Leuten das Kämpfen, du sorgst dafür, daß alle körperlich fit sind — ich bin die einzige Person, die im Grunde überhaupt nichts tut.« Er machte eine Pause. »Sie sagen? Was sagst *du?*«

»Was ich sage, ist doch unwichtig.«

»Aber du bist gekommen ...«

»Sie haben mich gebeten, zu dir zu gehen. Du hast ja niemanden sonst hereingelassen, falls du das noch weißt. Seit Tagen sitzen mir alle im Genick. Sie benehmen sich wie ein Haufen dieser alten Christen, welche die Jungfrau Maria anflehen, bei Gott Fürbitte einzulegen.«

Miles lächelte fast wie früher. »Nein, nur bei Jesus. Gott ist auf Barrayar.«

Elena schlug die Hände vors Gesicht, mußte aber laut loslachen. »Verdammt, warum bringst du mich immer zum Lachen!«

Miles stand auf, nahm ihr die Hände vom Gesicht und zog sie neben sich aufs Bett. »Und warum solltest du nicht lachen? Du verdienst es, zu lachen, und überhaupt alles Schöne und Gute.«

Elena antwortete nicht, sondern blickte nur stumm auf den länglichen Silbersarg an der gegenüberliegenden Wand. »Du hast ihre Beschuldigungen nie bezweifelt«, sagte sie schließlich. »Nicht eine Sekunde lang.«

»Ich war viel mehr mit ihm zusammen als du. Er hat praktisch siebzehn Jahre wie eine Klette an mir gehangen.«

»Ja ...« Sie rang die Hände im Schoß. »Ja, ich habe ihn immer nur flüchtig gesehen. Einmal im Monat kam er ins Dorf bei Vorkosigan Surleau und gab Mistress Hysop Geld — er blieb selten länger als eine Stunde. In eurer braun-silbernen Livree sah er drei Meter groß aus. Ich war immer so aufgeregt, daß ich eine Nacht vor und nach seinem Besuch nicht schlafen konnte. Die Sommer waren himmlisch, weil ich ihn den ganzen Tag lang sehen konnte, wenn deine Mutter mich an den See einlud, um mit dir zu spielen.« Sie ballte die Fäuste. »Und alles war *Lüge!* Nach außen Glanz und Ruhm — und die ganze Zeit war darunter eine ... eine Jauchegrube.« Ihr versagt die Stimme.

Miles versuchte so liebevoll zu sprechen, wie er nur konnte. »Ich glaube nicht, daß er gelogen hat, Elena. Ich glaube, er versuchte eine neue Wahrheit zu schmieden.«

Ihr Mund verzerrte sich. »Die *Wahrheit* ist: Ich bin das uneheliche Balg eines wahnsinnigen Vergewaltigers, und meine Mutter ist eine Mörderin, die schon meinen Schatten haßt! Ich glaube nicht, daß ich von diesen beiden mehr geerbt habe als meine Nase und die Augen ...«

Jetzt war es heraus! Die dunkle Angst, dies tiefe Geheimnis. Sobald Miles dies erkannt hatte, stürzte er sich darauf wie ein Ritter bei der Verfolgung eines Drachens in tiefster Höhle. »Nein! Du bist *nicht* wie sie! Du bist du. Eine eigenständige Person — völlig verschieden — unschuldig ...«

»Gerade du sagst das! Du bist doch der größte Heuchler, den ich kenne!«

»Was?«

»Was bist du denn? Du bist die Krönung deiner Ahnen, die Blüte der Vor ...«

»Ich?« Verblüfft schaute er sie an. »Vielleicht die Krönung der Degeneriertheit. Ein verkümmertes Unkraut ...« Er hielt inne. Elenas Gesicht spiegelte sein eigenes Erstaunen. »Stimmt, man kann sie addieren.

Mein Großvater trug neun Generationen auf dem Rükken, mein Vater zehn, und ich elf. Ich schwöre dir, diese letzte wiegt mehr als alle anderen zusammen. Es ist ein Wunder, daß ich nicht noch kleiner zusammengedrückt bin. Im Augenblick komme ich mir kaum einen halben Meter groß vor. Bald bin ich ganz verschwunden.«

Er wußte, daß er einfach drauflos redete. Ein Damm in ihm war gebrochen, und er ließ die Fluten einfach dahinströmen.

»Elena, ich liebe dich. Ich habe dich schon immer geliebt ...« Sie sprang wie ein erschrecktes Reh hoch. Er schlang die Arme um sie. »Nein, hör zu! Ich liebe dich. Ich weiß nicht, was oder wie der Sergeant war, aber ich liebte auch ihn. Und was von ihm in dir steckt, verehre ich aus tiefstem Herzen. Ich kenne die Wahrheit nicht, und es ist mir auch verflucht egal. Wir werden unsere eigene Wahrheit schaffen und leben. Ich kann ohne Bothari nicht leben. Heirate mich!« Die letzten beiden Worte schrie sie heraus.

»Ich kann dich nicht heiraten. Die genetischen Risiken ...«

»Ich bin *kein* Mutant! Sieh her, keine Kiemen!« Er zog mit den Händen die Lippen auseinander. »Kein Geweih!« Er legte die Daumen an die Schläfen und wackelte mit den Fingern.

»Ich dachte nicht an deine genetischen Risiken, sondern meine — *seine*. Dein Vater muß gewußt haben, was er war — nie wird er einwilligen ...«

»Also, hör mal! Wer in direkter Linie von Kaiser Yuri dem Wahnsinnigen abstammt, hat wirklich kein Recht die Gene eines anderen zu kritisieren.«

»Dein Vater ist seiner Klasse loyal, Miles, ebenso dein Großvater und Lady Vorpatril — niemals könnten sie mich als Lady Vorkosigan akzeptieren.«

»Dann stelle ich sie vor eine Alternative: Ich erkläre, daß ich dann Bel Thorne heiraten will! Was meinst du, wie blitzschnell sie ihre Meinung ändern.«

Elena saß hilflos da und drückte das Gesicht ins Kissen. Ihre Schultern bebten. Miles war einen Augenblick lang zu Tode erschrocken, daß er wieder schuld an einem Tränenausbruch war. Hoffentlich kein Nervenzusammenbruch. »*Verdammt!* Ich hasse dich, weil du mich immer zum Lachen bringst, du Scheusal.«

Ermutigt sprach er schnell weiter: »Und wegen des Klassenbewußtseins meines Vaters wäre ich mir auch nicht so sicher. Schließlich hat er selbst eine Frau aus einem anderen Volk geheiratet.« Er wurde ernst. »Und wegen meiner Mutter brauchst du dir nun wirklich keine Sorgen zu machen. Sie hat sich insgeheim immer eine Tochter gewünscht — natürlich hat sie das nie offen gesagt, um Vater nicht wehzutun. Laß sie deine richtige Mutter sein.«

»Oh«, sagte sie, als hätte er ihr einen Schlag versetzt. »Oh!«

»Du wirst sehen, sobald wir erst wieder in Barrayar sind ...«

»Ich bete zu Gott«, unterbrach sie ihn. »daß ich nie wieder einen Fuß dorthin setzen muß.«

»Oh«, sagte er jetzt und dachte nach. »Wir könnten woanders leben. Beta-Kolonie. Wir müßten uns etwas einschränken. Ich könnte mir Arbeit suchen — irgend etwas werde ich schon finden.«

»Und am Tag, an dem der Kaiser dich auffordert, deinen Platz im Rat der Grafen einzunehmen und für deinen Distrikt und die armen Kerle darin zu sprechen? Wohin willst du dann gehen?«

Miles schluckte betreten. »Ivan Vorpatril ist mein Erbe«, meinte er schließlich. »Laß ihn doch die Grafenwürde antreten.«

»Ivan Vorpatril ist ein Mistkerl.«

»Ach, so übel ist er gar nicht.«

»Ach ja? Wenn mein Vater nicht in der Nähe war, ist er mir nachgestiegen und hätte mir gern untern Rock gefaßt.«

»Was! Das hast du nie gesagt.«

»Ich wollte keinen großen Wirbel machen.« Sie runzelte die Stirn. »Ich wünschte, ich könnte die Zeit zurückdrehen, dann würde ich ihm kräftig in die Eier treten.«

Verblüfft musterte Miles sie von der Seite. »Ja«, sagte er langsam. »Du hast dich tatsächlich sehr verändert.«

»Ich weiß nicht mehr genau, wer oder was ich bin. Miles, du mußt mir glauben, daß ich dich liebe wie meinen Atem ...«

Sein Herz schlug höher.

»Aber ich kann nicht als dein Anhängsel leben.«

Und brach. »Ich verstehe nicht.«

»Ich weiß auch nicht, wie ich es erklären soll. Du würdest mich verschlingen wie ein Ozean einen Eimer Wasser verschlingt. Ich würde in dir verschwinden. Ich liebe dich, aber ich habe schreckliche Angst vor dir und vor deiner Zukunft.«

Ihm fiel nur eine einfache Erklärung ein. »Es ist Baz, stimmt's?«

»Wenn es Baz nicht gäbe, wäre meine Antwort dieselbe. Aber — da du schon von ihm sprichst — ja, ich habe ihm mein Wort gegeben.«

»Du ...« Miles blieb die Luft weg. »Brich es!« befahl er.

Elena blickte ihn nur stumm an. Er wurde tiefrot und senkte beschämt die Augen.

»Deine Ehre ist so groß wie der Ozean«, sagte sie leise. »Meine ist nur wie ein Eimer. Ein unfairer Wettkampf, Mylord.«

Besiegt ließ er sich rückwärts aufs Bett fallen.

Elena stand auf. »Kommst du zur Stabsbesprechung?«

»Warum? Ist doch alles hoffnungslos.«

Sie blickte mit schmalen Lippen auf ihn hinab, dann zum Sarg. »Wird es nicht langsam Zeit, daß du lernst, auf eigenen Füßen zu stehen — du Krüppel?«

Sie schaffte es gerade noch rechtzeitig, durch die Tür zu entwischen und so dem Kissen zu entgehen, das Miles nach ihr schleuderte. Auf Elenas Lippen lag ein leises zufriedenes Lächeln über diesen plötzlichen Energieausbruch.

»Du kennst mich zu verdammt gut«, flüsterte Miles. »Ich sollte dich schon aus Sicherheitsgründen in meiner Nähe behalten.«

Dann stand er auf, um sich zu rasieren.

Miles kam in letzter Sekunde zur Besprechung und ließ sich wie üblich in den Sessel am Kopfende sinken. Diesmal waren alle Offiziere erschienen. General Halify und ein Adjutant, Tung, Thorne, Auson, Arde, Baz und die fünf Männer und Frauen, die aus den neuen Rekruten als Offiziere gewählt waren, saßen um den großen Konferenztisch. Der cetagandische Ghem-Captain und der Kshatrysche Lieutenant gifteten sich so an, daß sie es mit der Dreier-Rivalität zwischen Tung, Auson und Thorne aufnehmen konnten. Einig waren sie sich nur gegen die Felicianer, den Profi-Killer aus Jackson's Whole oder den ehemaligen Major von Tau Ceta, welcher seinerseits gegen die Ex-Oserer hetzte. Damit schloß sich der Kreis.

Auf der Tagesordnung dieser Zirkusvorstellung stand die Vorbereitung des endgültigen Schlachtplans der Dendarii, die Blockade der Oserer zu durchbrechen. General Halify war daher besonders interessiert. Seine anfängliche Begeisterung war allerdings in letzter Zeit etwas durch Miles' Verhalten gedämpft worden. Als Miles den Zweifel in Halifys Augen sah, dachte er: General, bei deinen Preisen bekommst du eben keine erstklassige Ware!

Während der ersten halben Stunde wurden nur die Lieblingspläne dreier Teilnehmer verrissen, die schon bei früheren Besprechungen vorgetragen worden waren. Mit Wonne verwies die eine Hälfte von Miles'

Gruppe die andere auf zahlenmäßige Unterlegenheit, weit überzogene Anforderungen von Personal und Ausrüstung und miserable zeitliche Abstimmung hin, wobei auch nicht Anzüglichkeiten auf die Persönlichkeit der Befürworter der Pläne fehlten. In kurzer Zeit fand eine klassische Schlammschlacht übler Beschimpfungen statt. Normalerweise gebot Tung diesen Auswüchsen energisch Einhalt, doch diesmal war er einer der Hauptstreiter.

»Verdammt nochmal, kapiert es doch endlich!« brüllte der Kshatrysche Lieutenant und schlug mit der Faust auf den Tisch. »Wir können das Wurmloch nicht direkt nehmen. Das wissen wir doch! Konzentrieren wir uns lieber auf etwas, das machbar ist. Handelsschiffe — wir könnten sie aufbringen und eine Gegenblockade ...«

»Neutrale galaktische Schiffe angreifen?« kreischte Auson. »Wollen Sie uns etwa alle an den Galgen bringen?«

»Galgen sind nicht mehr in Mode«, korrigierte Thorne ihn, was ihm nur wütende Blicke einbrachte.

»Nein, alles Unsinn«, rief Auson. »Die Pelier haben in diesem gesamten System überall kleine Basen. Sie könnten wir angreifen. Wie Partisanen — blitzschnell zuschlagen und dann im Sand verschwinden.«

»In welchem Sand?« höhnte Tung. »Da draußen ist nichts, wo wir unseren Arsch verstecken können. Außerdem kennen die Pelier unsere Heimatadresse. Es ist ein Wunder, daß sie noch nicht einen riesigen Meteorschauer durch diese Anlage gejagt haben. Jeden Plan, der nicht schnell durchführbar ist, könnt ihr euch sonstwo hinstecken.«

»Wie wäre es mit einem Schlag gegen die Hauptstadt der Pelier?« schlug der Cotagandische Captain vor. »Ein Selbstmordkommando wirft eine Atombombe ab ...«

»Und Sie melden sich als erster freiwillig?« höhnte der Kshatryer. »Das klingt beinahe nicht übel.«

»Die Pelier haben eine Transit-Schiffahrts-Station in

einer Umlaufbahn um den sechsten Planeten«, meinte der Tau Cetaner. »Ein Überfall dort ...«

»... mit der Streuwaffe der Bahnelektronen und ...«

»... Sie sind ein Idiot ...«

»... einzelne Schiffe überfallen ...«

Miles Eingeweide wanden sich wie paarende Schlangen. Er rieb sich das müde Gesicht und meldete sich zum erstenmal zu Wort. Dies kam so unerwartet, daß er sofort die Aufmerksamkeit aller Anwesenden hatte.

»Ich kenne Menschen, die mit ähnlicher Methode Schach spielen. Da sie nicht wissen, wie sie ein Schachmatt erreichen können, verbringen sie die Zeit damit, die unwichtigen Figuren vom Brett zu schaffen, bis zum Schluß das Spiel so überschaubar geworden ist, daß auch sie es kapieren. Dann sind sie glücklich. Der perfekte Krieg ist ein Schachmatt eines Narren.«

Dann stützte er wieder das Gesicht auf die Hände und schwieg. Nach kurzem Schweigen machte sich Enttäuschung breit, und der Kshatryer feindete weiter den Cetagander an. Das Stimmengewirr rauschte über Miles hinweg. Schließlich schob General Halify den Stuhl zurück.

Niemand beachtete Miles, dessen Augen plötzlich sich verengten. »Verdammt nochmal!« flüsterte er. »Es ist *nicht* hoffnungslos!«

Er setzte sich auf. »Ist jemand schon aufgefallen, daß wir das Problem vom falschen Ende aus angehen?«

Seine Worte gingen unter. Nur Elena in der Ecke sah sein Gesicht. Wie eine Sonnenblume wandte sie sich ihm zu.

Keine beschämende Flucht in der Dunkelheit, sondern ein Monument! Das würde er aus diesem Krieg machen. Jawohl ...

Miles zog den Dolch seines Großvaters aus der Scheide und wirbelte ihn durch die Luft. Klirrend blieb er in der Tischmitte stecken. Dann kletterte Miles auf den Tisch, um den Dolch herauszuziehen.

Plötzlich herrschte atemlose Stille. Nur Auson murmelte leise: »Ich dachte, dieses Plastik würde nicht verkratzt.« Vor ihm war der Dolch gelandet.

Miles zog den Dolch heraus, steckte ihn wieder in die Scheide und marschierte auf der Tischplatte auf und ab. Eine Beinschiene quietschte in letzter Zeit ekelhaft. Er mußte sie bald von Baz reparieren lassen. Alle Augen waren auf ihn gerichtet.

»Anscheinend ist es Ihnen, Ladies, Gentlemen und den anderen entgangen, daß die den Dendarii gestellte Aufgabe nicht lautet, die Oserer physisch zu vernichten, sondern sie lediglich als Streitmacht im örtlichen Raum auszuschalten. Wir brauchen daher nicht unsere Kräfte zu schwächen, indem wir ihre Stärken angreifen.«

Die Gesichter der Anwesenden folgten ihm wie Eisenspäne einem Magneten. General Halify ließ sich wieder in seinen Sessel sinken. Die Gesichter von Baz und Arde leuchteten hoffnungsvoll.

»Darf ich Ihre Aufmerksamkeit auf die Schwachstelle der Kette lenken, welche uns fesselt? Es ist die Verbindung zwischen den Oserern und ihren Auftraggebern, den Peliern. Dort müssen wir den Hebel ansetzen, meine Lieben.« Er blickte über die Veredelungsanlage hinaus ins All — ein Seher, dem eine Vision zuteil wird. »Wir werden ihnen den Geldhahn abdrehen!«

Erst kam die weiche, saugfähige Unterwäsche, dann die Anschlüsse für die Hygiene, dann die Stiefel, bei denen die piezoelektrischen Polsterungen sorgfältig auf die Punkte des größten Drucks auf Zehen, Fersen und Ballen abgestimmt waren. Baz hatte aus dem Raumanzug ein wahres Wunder vollbracht. Miles' ungleich lange Beine steckten in Außenskelettschienen, die seine brüchigen Knochen technisch so gut wie normale machten.

Miles wünschte, Baz könnte sein Meisterwerk jetzt betrachten; aber Arde half Miles in die Apparate. Eigentlich wünschte Miles sich noch mehr, an Baz' Stelle zu sein.

Die Aufklärung der Felicianer berichtete, daß an der pelischen Heimatfront alles ruhig sei. Baz und seine ausgewählten Experten, darunter als Startechnikerin Elena Visconti, hatten offenbar die dem Planeten zugewandte Grenze erfolgreich durchbrochen und bewegten sich an ihren Einsatzort. Dort sollte der Todesstreich geführt, der Schlußstein des Triumphbogens von Miles' ehrgeizigen Hoffnungen eingesetzt werden. Es hatte ihm fast das Herz gebrochen, die Leute allein loszuschicken; aber der Verstand hatte gesiegt. Ein derartiges Kommandounternehmen war so kitzlig und erforderte höchstes technisches Können, daß er es nicht mit einem Laien wie ihm belasten konnte, zumal alles ohne Aufmerksamkeit zu erregen durchgeführt werden mußte. Nein, hier konnte er mehr ausrichten.

Miles betrachtete die Waffenkammer seines Flaggschiffs. Man hatte das Gefühl in einer Umkleidekabine, einer Dockanlage und einem Operationssaal zugleich zu sein. Den Gedanken an Operationen schob er schnell weg — sein Magen meldete sich schmerzhaft. Später, nicht jetzt! Benimm dich jetzt ordentlich, dann führe ich dich später der Sanitäterin vor. Ich verspreche es dir.

Der Rest seines Sturmtrupps legte ebenso wie er Raumanzüge an und bewaffnete sich. Techniker überprüften Systeme bei möglichst wenig bunten Lichtern und leisen Audiosignalen. Die leisen Gespräche wurden konzentriert geführt. Es herrschte eine beinahe andächtige Stimmung, wie in einer Kirche, ehe der Gottesdienst beginnt. Alles war in Ordnung. Miles lächelte Elena ermutigend zu. Sie stand zwei Soldaten vor ihm in der Reihe. Er tat, als sei er ein kampferprobter Veteran und nicht sie. Elena lächelte nicht zurück.

Miles überprüfte geistig noch einmal ebenso sorgfältig seine Strategie, wie die Techniker die Ausrüstung.

Die Lohngelder der Oserer kamen in zwei Teilen. Erstens war da eine elektronische Überweisung von pelischen Geldern auf ein oserisches Konto in der pelischen Hauptstadt. Aus diesem Konto bezahlte die oserische Flotte, was sie an Ort und Stelle bezog. Miles hatte dazu einen Spezialplan. Der zweite Teil der Gelder bestand aus diversen galaktischen Währungen, hauptsächlich betanischen Dollar. Dies war der Profit in bar, welcher unter den Kapitän-Eignern Osers verteilt und nach Verlassen von Tau Verde dort ausbezahlt wurde, wo der Vertrag endete. Diese Summe wurde jeden Monat bar zu der Blockadestation von Osers Flaggschiff gebracht. Miles korrigierte sich grinsend — *war gebracht worden.*

Die erste dieser Bargeldlieferungen hatten sie verblüffend leicht im Raum abgefangen. Schließlich bestand die Hälfte von Miles' Truppen aus Oserern. Einige hatten sogar früher bei der Lieferung mitgewirkt. Es hatte nur weniger Änderungen im Code bedurft, um sich dem pelischen Kurier als oserische Abholer glaubhaft zu machen. Als dann die echten Oserer kamen, waren Miles' Leute längst außer Reichweite. Ein wahrer Schatz waren die Abschriften der folgenden Mitteilungen zwischen dem pelischen Kurier und den oserischen Abholern. Er bewahrte sie auf Botharis Sarg in seiner Kajüte, neben dem Dolch des Großvaters auf. Ich werde noch mehr bringen, Sergeant, das schwöre ich.

Die zweite Operation erfolgte vierzehn Tage später und war im Vergleich mit der ersten die reinste Schlägerei zwischen dem neuen, inzwischen schwer bewaffneten, pelischen Kurier und Miles' drei Kriegsschiffen. Miles war so klug und hatte Tung das Kommando übertragen, nur ab und zu ein ›aha‹ oder ›hm‹ eingestreut. Als weitere vier oserische Schiffe nahten, hatte Tung den Plan, an Bord zu *gehen,* aufgegeben. Bei dieser Geldübergabe gingen die Oserer kein Risiko mehr ein.

Die Dendarii hatten den Pelier samt kostbarer Ladung in Atome zerschossen und waren geflohen. Die Pelier hatten tapfer gekämpft. Miles brachte ihnen heimlich nachts in seiner Kajüte ein Brandopfer für die Toten dar.

Arde schloß jetzt die Verbindung von Miles' linkem Schultergelenk. Dann überprüfte er nochmals die Beweglichkeit aller Gelenke. Der Ringfinger war um zwanzig Prozent weniger beweglich. Arde öffnete die Druckplatte unter dem linken Handgelenk und stellte die winzige Kraftkontrolle etwas höher.

Miles Strategie ... Beim dritten Kaperversuch wurde klar, daß der Feind aus Erfahrung gelernt hatte. Oser schickte praktisch einen gesamten Konvoi für die Übergabe zur Atmosphäre des Planeten. Miles' Schiffe mußten außer Schußweite bleiben. Jetzt mußte Miles sein As aus dem Ärmel holen.

Tung hatte die Augenbrauen hochgezogen, als Miles ihn bat, eine einfache Papiernachricht an seinen früheren Kommunikationsoffizier zu schicken. »Erbitte Zusammenarbeit mit allen Forderungen der Dendarii«, stand darauf und war mit dem Siegel der Vorkosigans versehen, das auf dem Dolch des Großvaters war. Für den Eurasier hatte dies seltsame Zeichen keinerlei Bedeutung; aber der Kommunikationsoffizier war seitdem eine wahre Informationsquelle geworden. Es war natürlich schlimm, Captain Illyans Unternehmen so zu gefährden, noch schlimmer, seinen besten Informanten in der oserischen Flotte vielleicht zu enttarnen. Wenn die Oserer je herausfanden, wer das Geld in die Mikrowelle gesteckt hatte, kostete es diesen Mann das Leben. Bis jetzt hatten die Oserer aber nur vier Kisten voll Asche und Geheimnisse.

Miles spürte eine leichte Veränderung in der Schwerkraft und der Vibration. Sie gingen in Angriffsstellung. Zeit, den Helm aufzusetzen und mit Tung und Auson in der Leitzentrale Kontakt aufzunehmen. Elenas Techniker paßte ihr den Helm an. Sie öffnete die Gesichtsplatte und sagte etwas zu ihm, offenbar ging es um eine kleine Änderung.

Wenn Baz seine Mission termingerecht durchführte, war jetzt Miles' letzte Gelegenheit. Ohne den Ingenieur konnte er den Helden spielen und ihr das Leben retten. Er sah sich schon, Pelier rechts und links abknallen und Elena aus irgendeiner schrecklichen Lage befreien — die Einzelheiten waren noch sehr vage. Doch dann mußte sie ihm glauben, daß er sie wahrhaft liebte! Dann würde sich auf magische Weise seine Zunge lösen, und endlich würde er die richtigen Worte finden. Ihre schneeweiße Haut würde bei der Hitze seiner Leidenschaft zu glühen beginnen ...

Jetzt war Elenas Gesicht, umrahmt vom Helm, so ausdruckslos und kalt wie eine Winterlandschaft. Seit Botharis Tod hatte sie der Welt kein anderes gezeigt. Ihre Teilnahmslosigkeit beunruhigte Miles. Sicher, sie war durch den Dienst abgelenkt und konnte sich nicht wie er den Luxus leisten, sich in Selbstmitleid zurückzuziehen. Seit Elena Visconti weg war, blieb sie wenigstens vor den Begegnungen auf Korridoren und Konferenzen verschont, wo beide Frauen sich wie eiskalte Profis benahmen.

Elena reckte sich in ihrer Rüstung und blickte nachdenklich in das schwarze Mündungsloch des Plasmabogens, der im rechten Ärmel eingebaut war. Dann schlüpfte sie in den Handschuh. Ihre Augen erinnerten Miles an Rasierklingen.

Er ging zu ihr und bedeutete dem Techniker wegzugehen. Dann sagte er aber nicht die Worte, die er mindestens ein dutzendmal geprobt hatte. Er flüsterte nur:

»Mit Selbstmord kenne ich mich aus. Glaube nicht, daß du mir etwas vormachen kannst.«

Elena zuckte zusammen und wurde rot. Dann klappte sie wütend die Gesichtsplatte zu.

Verzeih mir, flüsterte er voll Angst kaum hörbar. Aber es war nötig.

Arde stülpte Miles den Helm über den Kopf und befestigte alle Kontrollverbindungen. Während Arde diese nochmals überprüfte, hatte Miles derartige Schmerzen, als brenne ein Feuerwerk in seinen Eingeweiden ab. Verdammt! Er konnte das kaum noch ignorieren.

Dann nahm er Verbindung mit der Leitzentrale auf. »Commodore Tung? Hier Naismith. Rollen Sie die Vids ab!« Auf der Innenseite seiner Gesichtsplatte liefen Kopien der Angaben der Telemetrie der Leitzentrale für den Commander vor Ort ab. Reine Kommunikation diesmal, keine Steuerungsmöglichkeiten, da der erbeutete pelische Anzug dafür nicht eingerichtet war.

»Jetzt ist die letzte Möglichkeit, Ihre Meinung noch zu ändern«, sagte Tung über die Kommunikationsleitung und nahm damit einen alten Streitpunkt wieder auf. »Wollen Sie wirklich die Oserer nicht doch erst nach der Übergabe angreifen, wenn sie von den pelischen Basen weiter entfernt sind?«

»Nein! Wir müssen die Lohngelder entweder in die Hände bekommen oder zerstören, ehe sie übergeben werden. Danach ist es strategisch nutzlos.«

»Nicht unbedingt. Wir könnten das Geld gut gebrauchen.«

Allerdings, dachte Miles besorgt. Langsam wurde es eine mathematische Herausforderung, seine Schulden bei den Dendarii auszurechnen. Eine Söldnerflotte konnte Geld auch nicht schneller aufbrauchen, wenn die Schiffe mit Dampf liefen, und man das Geld direkt in die Öfen schaufelte. Noch nie hatte ein so kleiner Jemand so vielen so viel Geld geschuldet — und die Schulden wuchsen stündlich. Die Magenschmerzen breiteten sich wie die Saugfüße eines Kraken im Bauch aus. Das ist eine psychosomatische Illusion, beruhigte Miles sich.

Die Sturmtruppe formierte sich und marschierte zu den Gleitern. Miles gab sich ruhig und versuchte mit jedem einzelnen ein paar persönliche Worte zu wechseln. Das schien bei den Leuten gut anzukommen. Er zählte sie durch und überlegte, wie viele Lücken es geben würde, wenn diese Mission beendet war. Verzeiht mir ... Ihm fielen keine klugen Ideen mehr ein. Diesmal mußte es auf Biegen und Brechen durchgeführt worden.

Sie bewegten sich durch die Lukenkorridore in die wartenden Gleiter. Dies waren die schlimmsten Augenblicke, wenn alle darauf warteten, daß Tung sie wie Eier in Kartons losschickte. Sie waren so zerbrechlich wie Eier, und es sah auch scheußlich aus, wenn diese ›Eier‹ zerbrachen. Miles holte tief Luft und bereitete sich schon auf die üblichen Probleme in der Schwerelosigkeit vor.

Er war völlig unvorbereitet auf den Schmerzanfall, der ihn so plötzlich überfiel, daß er sich krümmte und totenblaß wurde. So schlimm war es ihm noch nie ergangen! Er konnte sich nicht einmal mehr am Haltegurt festhalten, sondern schwebte frei dahin. Du lieber Gott! Jetzt kam die tiefste Erniedrigung: Er würde sich im Raumanzug übergeben! Im nächsten Moment würden alle seine lächerliche Schwäche sehen. Es war einfach absurd für einen Kaiserlichen Offiziersanwärter, raumkrank zu werden! Absurd! Absurd! Er war immer absurd gewesen! Mit letzter Kraft schaltete er mit dem Kinn den Ventilator auf volle Kraft und den Sender aus. Es war wirklich nicht nötig, daß die Söldner ihren Kommandanten kotzen hörten.

»Admiral Naismith?« Das war die Leitzentrale. »Ihre medizinischen Werte sehen nicht gut aus — eine telemetrische Überprüfung ist notwendig.«

Das Universum schien sich in Miles' Bauch zusammenzuziehen. Würgen, Spucken, Husten. Ein Strom ergoß sich aus seinem Mund. Er hatte an diesem Tag nichts gegessen. Wo kam das alles her?

Ein Söldner packte ihn. »Admiral Naismith? Alles in Ordnung?«

Er öffnete Miles' Gesichtsplatte. »O verdammt!« Der Mann brüllte nur. »Sanitäter!«

Miles wollte sagen: Reg dich nicht auf! Ich mache das

selbst sauber ... Rote Blutstropfen schwebten vor seinen Augen. Ja, es sah aus, wie richtiges Blut! »Nein«, wimmerte er. »Nicht *jetzt* ...«

Dann beförderten ihn Hände zurück in die Gleiterluke. Die Schwerkraft preßte ihn zu Boden — wer, zum Teufel, hatte sie auf drei Ge verstärkt? — Hände nahmen ihm den Helm ab und schälten ihn wie einen Hummer aus seinem Anzug. Dann stülpte sein Magen wieder das Innerste nach außen.

Elenas Gesicht — beinahe so weiß wie seins — war über ihm. Sie zog ihren Servohandschuh aus und nahm seine Hand. »Miles!«

Wahrheit ist, wie du sie vermittelst ... »Commander Elena Bothari!« krächzte er, so laut er konnte. Um ihn herum ein Ring verängstigter Gesichter. Seine Dendarii. Seine Leute. Für sie alle mußte es sein! »Übernehmen Sie!«

»Ich kann nicht!« Ihr Gesicht war blaß vor Entsetzen und Angst. Mein Gott, dachte Miles, ich muß aussehen wie der Sergeant, als er verblutete. Ich muß ihr versichern, daß es nicht so schlimm ist ... silberschwarze Kreise drehten sich vor seinen Augen und verdeckten Elenas Gesicht. Nein! Noch nicht ...

»Lehnslady. Du kannst! Du mußt! Ich bin bei dir!« Dann packte ihn irgendein sadistischer Riese. »Du bist eine echte Vor, ich nicht ... Die müssen uns in den Replikatoren vertauscht haben.« Er zwang sich zu einem Lächeln. »Vorwärts marsch!«

Elena stand auf. Entschlossenheit hatte das blanke Entsetzen aus ihrem Gesicht vertrieben. Das Eis, das wie Wasser zerschmolzen war, hatte sich in Marmor verwandelt.

»Jawohl, Mylord«, sagte sie leise. Dann fuhr sie lautstark fort: »Also gut! Alle zurück auf ihren Posten. Sanitäter übernehmt hier!« Miles' Bewunderer gingen, und er wurde auf eine Schwebebahre gelegt.

Er betrachtete seine Beine, die vor ihm wie in weiter

Ferne schwebten, als man ihn hochhob. Mit den Füßen zuerst, ja, es würde immer mit den Füßen zuerst sein. Er spürte kaum den Einstich der Spritze im Arm. Dann hörte er noch Elenas Stimme hinter sich.

»Also los, ihr Clowns! Jetzt wird's ernst! Wir werden diesen Kampf für Admiral Naismith gewinnen!«

Helden! Sie wuchsen wie Unkraut um ihn herum aus dem Boden. Er war wie der Überträger einer Krankheit, die er selbst nie bekam, aber ständig verbreitete.

»Verdammt!« stöhnte er. »Verdammt, verdammt ...« Wie eine Meditationsformel wiederholte er das Wort, bis die zweite Spritze ihn von Schmerzen, Frustration und Bewußtsein erlöste.

KAPITEL 17

Miles wanderte in die Realität hinein und wieder heraus, so wie er als kleiner Junge durch den Kaiserlichen Palast gewandert war und alle möglichen Türen geöffnet hatte. Manche führten zu Schätzen, andere in Besenkammern, aber keine in einen vertrauten Raum. Einmal saß Tung neben ihm, als er aufwachte. Sollte der Söldner nicht in der Leitzentrale sein?

Tung betrachtete ihn besorgt. »Weißt du, Sohn, wenn du in diesem Geschäft überleben willst, mußt du lernen, deine Kräfte einzuteilen. Wir haben dich beinahe verloren.«

Das klang wie ein guter Rat. Vielleicht sollte er ihn in Schönschrift als Plakat im Schlafzimmer aufhängen.

Ein anderes Mal war es Elena. Wie kam sie ins Lazarett? Er hatte sie doch im Gleiter zurückgelassen. Nichts blieb am richtigen Platz ...

»Verdammt«, murmelte er verlegen. »Vorthalia dem Kühnen ist so etwas nie passiert.«

Sie zog die Brauen hoch. »Und woher weißt du das so genau? Die Geschichten über jene Zeiten wurden alle von fahrenden Sängern und Poeten verfaßt. Und jetzt versuche mal einen Reim auf ›offenes Magengeschwür‹ zu finden.«

Miles versuchte immer noch einen Reim zu finden, als ihn die sanfte Dunkelheit wieder umfing.

Einmal wachte er auf und war allein. Da rief er immer wieder nach Sergeant Bothari; aber der Sergeant kam nicht. Typisch, dachte er. Dauernd stolpert man über ihn, aber wenn man ihn mal wirklich braucht ... Die Beruhigungsspritze beendete diese Phase des Bewußtseins, doch nicht zu Miles' Wohl.

Später erklärte ihm der Chirurg, daß es eine allergische Reaktion auf diese Beruhigungsspritze gewesen sei. Miles' Großvater kam und erstickte ihn mit einem Kissen. Danach versteckte er ihn unterm Bett. Bothari, mit blutüberströmter Brust, und der Söldnerpilot, dessen Implantationsdrähte wie eine wirre Perücke aus dem Kopf hervorstanden, sahen ungerührt zu. Zuletzt kam seine Mutter und verscheuchte die gräßlichen Gespenster, wie eine Bäuerin Hühner. »Miles«, sagte sie, »berechne ganz schnell den Wert von e bis zur letzten Dezimalstelle. Dann ist der böse Bann gebrochen. Du kannst das im Kopf ausrechnen, wenn du genug von einem Betaner in dir hast.«

Den ganzen Tag erwartete Miles sehnsüchtig seinen Vater in dieser Parade halluzinatorischer Personen. Er hatte irgend etwas ungemein Kluges getan, was er dem Grafen unbedingt erzählen wollte. Aber er erinnerte sich nicht mehr genau, was es gewesen war. Doch der Vater erschien nicht. Miles weinte vor Enttäuschung.

Andere Schemen kamen und gingen: Sanitäter, der Chirurg, Elena, Tung, Auson, Thorne und Arde Mayhew; aber sie waren alle nur wie Spiegelbilder. Nachdem er lange Zeit heftig geweint hatte, schlief er endlich ein.

Als er wieder aufwachte, war das kleine private Krankenzimmer auf der *Triumph* hell und ganz deutlich; aber Ivan Vorpatril saß neben seinem Bett.

»O nein!« stöhnte Miles. »Andere Menschen haben Halluzinationen von Orgien oder Riesenzikaden — und ich? Verwandte! Verwandte kann ich auch sehen, wenn ich bei Bewußtsein bin. Es ... Es ist einfach ungerecht ...«

Besorgt wandte Ivan sich an Elena, die auf dem Fußende des Bettes saß. »Der Chirurg hatte doch gesagt, das Antiserum hätte ihn wieder klar gemacht?«

Elena stand auf und strich Miles mit den schönen, langen Fingern über die Stirn. »Miles? Kannst du mich hören?«

»Natürlich kann ich dich hören.« Plötzlich merkte er,

daß ein anderes Gefühl nicht mehr da war. »He! Mein Bauch tut nicht mehr weh!«

»Ja, der Chirurg hat einige Nerven bei der Reparatur blockiert. In ein paar Wochen bist du innerlich wieder vollkommen heil.«

»Operation?« Er wagte einen Blick unter das komische weite Hemd, das er trug; aber es schienen keine entscheidenden Körperteile zu fehlen. »Ich sehe keine gestrichelten Linien.«

»Er hat nicht geschnitten. Alles wurde dir durch den Hals geschoben, bis auf den Biochip am Vagusnerv. Etwas grotesk, aber genial.«

»Wie lange war ich bewußtlos?«

»Drei Tage. Du warst ...«

»Drei Tage! Der Sturmangriff ... die Lohngelder ... Baz ...« Er fuhr wie von der Tarantel gestochen hoch. Elena drückte ihn fest nach unten.

»Wir haben das Geld bekommen. Baz und seine Gruppe sind auch zurück. Alles ist bestens — nur du bist fast zu Tode ausgeblutet.«

»An Magengeschwüren stirbt niemand. Baz ist zurück? Wo sind wir übrigens?«

»Am Dock der Veredelungsanlage. Ich hielt es auch nicht für möglich, daß man an Magengeschwüren sterben kann; aber der Chirurg sagt, daß es ziemlich egal ist, ob das Blut nun aus einem Loch aus dem Körper heraus- oder hineinfließt. Daher ist es offenbar doch möglich. Du bekommst einen genauen Bericht später.« Sie drückte ihn wieder in die Kissen. »Ich hielt es nur für besser, wenn du Ivan zuerst allein sprichst, ohne daß alle Dendarii dabei sind.«

»Hm, stimmt.« Verwundert betrachtete er seinen großen Vetter. Ivan trug immer noch Zivil: Barrayarische Hosen, ein betanisches Hemd und dazu Barrayarische Armeestiefel.

»Willst du mich anfassen, um dich zu überzeugen, daß ich echt bin?« fragte Ivan fröhlich.

»Das würde nichts nützen. Ich kann auch Halluzinationen fühlen, sehen, riechen, hören ...« Miles schüttelte sich. »Ich glaube dir. Aber, Ivan — was machst du hier?«

»Dich suchen.«

»Schickt Vater dich?«

»Keine Ahnung.«

»Wieso weißt du das nicht?«

»Weil er nicht persönlich mit mir gesprochen hat. Aber, hör mal — bist du sicher, daß Captain Dimir hier noch nicht angekommen ist oder dir eine Nachricht zukommen ließ? Er hat alle Marschbefehle und Geheimdokumente und sonstigen Scheiß.«

»Wer?«

»Captain Dimir. Er ist mein vorgesetzter Offizier.«

»Kenne ich nicht. Habe auch nie von ihm gehört.«

»Ich glaube, er arbeitet in Captain Illyans Abteilung«, fügte Ivan hinzu. »Elena dachte, du hättest vielleicht etwas von ihm gehört, aber nicht mehr die Zeit gehabt, es weiterzugeben.«

»Nein ...«

»Das verstehe ich nicht.« Ivan schüttelte den Kopf. »Sie haben Beta-Kolonie einen Tag vor mir verlassen — auf einem Kaiserlichen Schnellkurierschiff. Sie hätten vor einer Woche hier eintreffen müssen.«

»Wieso bist du allein gekommen?«

Ivan räusperte sich verlegen. »Naja, weißt du, da war dieses niedliche Mädchen in der Beta-Kolonie. Sie hat mich zu sich nach Hause eingeladen — du weißt schon, Miles, eine Betanerin! Ich habe sie gleich auf dem Weltraumhafen kennengelernt. Sie trug einen dieser todschicken Sarongs und nichts darunter ...« Ivan beschrieb mit den Händen traumhafte Kurven. Miles unterbrach ihn schnell, denn er kannte die ausführlichen Beschreibungen seines Vetters.

»Wahrscheinlich fischte sie nach Galaktikern. Manche Betaner sammeln sie. So wie manche Barrayarer die

Flaggen aller Provinzen.« Ivan hatte eine derartige Sammlung zu Hause, wie Miles wußte. »Also, was ist mit diesem Captain Dimir?«

»Naja, sie sind ohne mich abgeflogen«, bekannte Ivan bedrückt. »Dabei bin ich nicht einmal zu spät gekommen.«

»Und wie bist du hierher gekommen?«

»Lieutenant Croye hatte gemeldet, daß du nach Tau Verde IV gefahren wärst. Da habe ich mir eine Mitfahrgelegenheit auf einem Handelsschiff gesucht, das in eines der neutralen Länder hier unten fährt. Der Kapitän hat mich hier bei der Veredelungsanlage abgesetzt.«

Miles fiel der Unterkiefer herab. »Mitfahrgelegenheit — abgesetzt — kennst du überhaupt das Risiko?«

Ivan zwinkerte ihm zu. »Der Kapitän war eine Frau und riesig nett. Naja — so mütterlich — du verstehst schon.«

Elena betrachtete betont mißbilligend die Zimmerdecke. »Also, der Klaps auf den Hintern, den sie dir zum Abschied gab, wirkte auf mich nicht gerade mütterlich.«

Ivan grinste. »Wie auch immer — jetzt bin ich da. Und noch vor dem alten Dimir! Vielleicht bekomme ich doch nicht so viel Ärger, wie ich befürchtet hatte.«

Miles fuhr sich durchs Haar. »Ivan — wäre es zu viel verlangt, wenn ich dich bitte, das Ganze nochmal von Anfang an zu berichten — falls es einen Anfang gibt?«

»Klar, gerne. Ich schätze, du hast von dem Riesenwirbel keine Ahnung.«

»Wirbel? Ivan, seit wir die Beta-Kolonie verlassen haben, hatten wir keine Nachricht von daheim. Die Blokkade — obwohl du ja offenbar wie durch einen leichten Nebel hindurchgeglitten bist.«

»Das alte Huhn war großartig, das muß ich zugeben. Ich hätte nie gedacht, daß ältere Frauen ...«

»Der Riesenkrach«, unterbrach ihn Miles ungeduldig.

»Na schön. Als erstes kam die Meldung aus der Beta-

Kolonie, daß irgendein Kerl dich entführt habe — ein Deserteur ...«

»O ihr Götter! Mutter ... was hat Vater ...«

»Sie waren wohl sehr besorgt; aber deine Mutter hat immer wieder gesagt, daß du Bothari bei dir hättest. Schließlich ist auch jemand in der Botschaft auf den klugen Gedanken gekommen, mit deiner Großmutter Naismith zu sprechen. Die erklärte, daß du ihrer Meinung nach keineswegs entführt worden seist. Das hat deine Mutter sehr beruhigt und — sie hat auch deinen Vater wohl entsprechend bearbeitet. Auf alle Fälle wollten sie erst weitere Meldungen abwarten.«

»Gottseidank!«

»Naja, die nächsten Nachrichten kamen von irgendeinem Militäragenten aus dem Raum Tau Verde. Niemand hat mir gesagt, was drinstand — naja, niemand wollte es meiner Mutter sagen, was du ja sicher auch verstehen kannst. Auf alle Fälle lief Captain Illyan wie ein Irrer zwischen eurem Haus, dem Hauptquartier, der Kaiserlichen Residenz und Schloß Vorhartung sechsundzwanzig Stunden am Tag im Kreis herum. Es half auch nichts, daß die erhaltene Information schon drei Wochen alt war.«

»Schloß Vorhartung?« sagte Miles überrascht. »Was hat der Rat der Grafen mit der Sache zu tun?«

»Das habe ich auch nicht herausgefunden. Aber Graf Henri Vorvolk wurde dreimal aus der Unterrichtsstunde auf der Akademie gerufen, um an Geheimbesprechungen der Grafen teilzunehmen. Schließlich habe ich ihn einfach direkt gefragt. Anscheinend war ein wildes Gerücht im Umlauf, daß du im Raum von Tau Verde deine eigene Söldnerflotte aufbauen würdest. Niemand wußte, warum.« Ivan blickte Miles an und dann die Kajüte. »Jedenfalls hielt ich es für ein wildes Gerücht. Schließlich entschlossen sich dein Vater und Captain Illyan, einen Schnellkurier zu schicken, um der Sache auf den Grund zu gehen.«

»Via Beta-Kolonie, nehme ich an«, sagte Miles. »Übrigens, ist dort zufällig ein gewisser Tav Calhoun über den Weg gelaufen?«

»O Mann, ja! Dieser verrückte Betaner. Er belagert die Barrayarische Botschaft und hat einen Haftbefehl gegen dich. Den hält er jedem unter die Nase, der hineingeht oder herauskommt. Die Wachen lassen ihn nicht mehr hinein.«

»Hast du persönlich mit ihm geredet?«

»Kurz. Ich habe ihm erzählt, daß du wahrscheinlich nach Kshatryia gefahren seist.«

»Wirklich?«

»Wer hat das behauptet?«

»Niemand, natürlich. Aber das war der am weitesten entfernte Ort, der mir gerade einfiel. Schließlich muß der Clan doch zusammenhalten.« Ivan lächelte selbstgefällig.

»Danke.« Miles dachte nach. Dann seufzte er. »Ich nehme an, am besten ist es, wenn wir hier auf das Eintreffen deines Captain Dimir warten. Zumindest kann er uns mit zurück nach Hause nehmen. Das würde *ein* Problem lösen.« Er sah Ivan an. »Ich erkläre dir alles später; aber ich muß einige Sachen jetzt wissen — kannst du eine Zeitlang den Mund halten? Hier soll niemand wissen, wer ich wirklich bin.« Miles kam ein grauenvoller Gedanke. »Du bist noch nicht etwa herumgelaufen und hast nach mir namentlich gefragt?«

»Nein, nein, nur nach Miles Naismith«, versicherte ihm Ivan. »Wir wußten, daß du mit deinem betanischen Paß reist. Außerdem bin ich erst gestern abend hier angekommen und habe Elena praktisch als erste getroffen.«

Miles atmete erleichtert auf. Dann wandte er sich an Elena. »Du sagst, daß Baz draußen ist? Ich muß ihn sprechen.«

Sie nickte und ging. Dabei machte sie einen weiten Bogen um Ivan.

»Tut mir leid wegen des alten Bothari«, sagte Ivan, nachdem sie hinausgegangen war. »Wer hätte gedacht, daß er beim Waffenreinigen ums Leben kommt, nachdem er das so viele Jahre gemacht hat. Aber die Sache hat doch auch eine gute Seite. Jetzt kannst du dich endlich an Elena ranmachen, ohne daß er dir dauernd die Hand dazwischen hält.«

Miles atmete tief durch. Wut und Trauer raubten ihm fast die Besinnung. Aber Ivan weiß ja nichts, redete er sich ein. Er kann es nicht wissen ... »Ivan, eines Tages wird dich jemand über den Haufen schießen und du wirst noch im Sterben völlig überrascht fragen: ›Was habe ich denn gesagt?‹«

»Ja und? Was habe ich denn gesagt?« fragte Ivan verärgert.

Ehe Miles in Einzelheiten gehen konnte, trat Baz ein. Tung und Auson begleiteten ihn. Elena bildete den Schluß. Alle grinsten wie Schwachsinnige. Baz wedelte mit irgendwelchen Plastiklappen triumphierend herum. Er platzte fast vor Stolz. Niemand hätte in ihm den Mann wiedererkannt, den Miles vor fünf Monaten in einer Mülldeponie hatte kauern sehen.

»Der Chirurg sagt, daß wir nicht lange bleiben dürfen, Mylord«, sagte Baz. »Aber ich dachte, als Genesungshilfe sollten diese helfen.«

Ivan zuckte bei der Anrede leicht zusammen und musterte den Ingenieur von der Seite.

Miles nahm die bedruckten Blätter. »Dann habt ihr also eure Mission tatsächlich erfüllt?«

»Lief wie ein Uhrwerk — naja, nicht ganz so. Es gab da ein paar schlimme Augenblicke in einem Bahnhof. Du solltest das Eisenbahnsystem sehen, das sie auf Tau Verde IV haben! Maschinentechnisch phantastisch. Barrayar hat einen Fehler gemacht, als es vom Pferdewagen direkt auf den Luftverkehr umstieg.«

»Die *Mission*, Baz!«

Der Ingenieur strahlte. »Sieh dir das an! Das sind die

Abschriften der letzten Meldungen zwischen Admiral Oser und dem pelischen Oberkommando.«

Miles fing an zu lesen. Schon bald lächelte er. »Ja ... ich sehe, Admiral Oser hat einen bemerkenswerten Wortschatz an Schimpfworten, wenn er ... gereizt ist ...« Miles schaute kurz Tung an. Dieser verzog keine Miene, aber seine Augen funkelten vor Zufriedenheit.

Ivan reckte den Hals. »Worum geht's denn da? Elena hat mir von deinen Raubüberfällen auf die Lohngelder berichtet. Ich nehme an, jetzt ist es dir gelungen, auch die elektronischen Überweisungen zu boykottieren. Aber etwas ist mir unklar: Werden die Pelier nicht einfach nochmal zahlen, wenn sie herausfinden, daß die oserische Flotte das Geld nicht bekommen hat?«

Jetzt grinste Miles hinterhältig. »Ja, aber das Geld *wurde* Oser ja gutgeschrieben — achtfach! Und nun hat Gott sie mir in die Hand gegeben! Das hat irgendein Erdengeneral mal gesagt, glaube ich. Nachdem die Pelier viermal hintereinander die Barbeträge nicht abgeliefert haben, verlangten sie jetzt die elektronische Überbezahlung zurück. Und Oser«, Miles warf einen Blick auf die Papiere, »weigert sich nachdrücklich. Das war der schwierigste Teil. Es mußte genau der richtige Betrag berechnet werden, der zu viel bezahlt wurde. War es zu wenig, hätten die Pelier die Sache vielleicht auf sich beruhen lassen. Bei zu viel hätte Oser vielleicht doch etwas zurückgegeben. Aber mit der genau richtigen Summe ...« Er ließ sich zufrieden zurück in die Kissen sinken. Er mußte sich unbedingt einige der kräftigsten Ausdrücke Osers merken; denn die waren einzigartig.

»Das wird Ihnen auch gefallen, Admiral Naismith«, platzte Auson heraus. »Vier von Osers unabhängigen Kapitän-Eignern nahmen ihre Schiffe und sind in den letzten beiden Tagen aus dem Tau Verde-Raum herausgesprungen. Aufgrund der Kommunikation, die wir abfingen, glaube ich sicher nicht, daß sie je wiederkommen.«

»Grandios!« rief Miles. »Hervorragend.«

Dann schaute er Elena an. In ihren Augen war auch so viel Stolz, daß die Trauer dahinter verschwand. »Wie ich dachte — das Abfangen der vierten Lohnzahlung war für den Erfolg der Strategie ungemein wichtig. Hervorragende Arbeit, Commander Elena Bothari.«

Zögernd lächelte sie ihn an. »Du hast uns sehr gefehlt. Wir haben auch — große Verluste.«

»Das hatte ich befürchtet. Die Pelier müssen uns inzwischen ja schon aufgelauert haben.« Er blickte Tung an, der Elena verstohlen ein Zeichen gab zu schweigen. »War es also viel schlimmer, als wir einkalkuliert hatten?«

Tung schüttelte den Kopf. »Nein, aber es gab Momente, da wußte sie nicht, daß sie geschlagen war, das könnte ich schwören. Es gibt einfach Situationen, in denen man Söldner nicht auffordern kann zu folgen ...«

»Ich habe niemanden gebeten, mir zu folgen«, verteidigte sich Elena. »Alle sind freiwillig mitgegangen.« Leise sagte sie zu Miles: »Ich dachte einfach, daß es immer so sei, wenn man ein Schiff stürmt. Ich hatte keine Ahnung, daß es besonders schlimm war.«

Auf Miles' erschrockenen Blick hin, sagte Tung: »Wir hätten einen viel höheren Preis bezahlen müssen, wenn sie nicht darauf bestanden hätte, daß sie von Ihnen das Kommando bekommen hätte, und sich weigerte, zurückzugehen, als ich den Befehl dazu gab. Dann hätten wir viel für nichts bezahlt.« Tung nickte Elena anerkennend zu. Ivan schaute nur verblüfft drein.

Auf dem Korridor hörte man, wie Thorne leise mit dem Chirurgen stritt. »Sie müssen! Es ist lebenswichtig!« sagte Thorne.

Dann betrat Thorne, gefolgt von dem protestierenden Arzt, das Krankenzimmer. »Admiral Naismith! Commodore Tung! Oser ist *hier!*«

»Was?«

»Mit der gesamten Flotte — nun, was davon übrig ist.

Er hält sich außer Reichweite auf und erbittet die Erlaubnis, sein Flaggschiff hier anzudocken.«

»Das ist unmöglich!« sagte Tung. »Wer bewacht das Wurmloch?«

»Genau!« rief Thorne aufgeregt. »Wer?« Alle starrten sich an und ergingen sich in wilden Vermutungen.

Miles stand auf. Er bekämpfte einen leichten Schwindelanfall. Dann hielt er das Operationshemd hinten zusammen und befahl. »Holt meine Kleidung!«

›Habichtartig‹ war die beste Beschreibung Admiral Osers, fand Miles. Ergrauendes Haar, Hakennase, ein klarer, durchdringender Blick, der jetzt auf Miles gerichtet war. Er beherrschte den Blick, bei dem junge Offiziere automatisch ein schlechtes Gewissen bekamen. Miles hielt diesem Blick stand und lächelte seinerseits den echten Admiral einer Söldnerflotte vorsichtig an. Die kalte aufbereitete Luft auf der Dockanlage wirkte in seiner Nase wie ein Stimulanz. Bestimmt konnte man damit high werden.

Oser wurde von drei seiner angestellten Kapitäne und zwei Kapitän-Eignern, sowie den Zweiten Offizieren, begleitet. Miles folgte der gesamte Dendarii-Stab, Elena rechts und Baz links von ihm.

Oser musterte ihn von oben bis unten. »Verdammt«, murmelte er. »Verdammt ...« Er bot ihm nicht die Hand, sondern stand nur da und sprach offensichtlich wohlüberlegte, einstudierte Sätze.

»Seit dem Tag, an dem Sie in den Raum von Tau Verde eindrangen, habe ich Ihre Anwesenheit gespürt. Bei den Felicianern, bei den Veränderungen der taktischen Situation, in den Gesichtern meiner Männer« — sein Blick streifte Tung, der freundlich lächelte —, »sogar bei den Peliern. Wir beide haben lange genug in der Dunkelheit und auf Distanz miteinander gerungen.«

Miles Augen wurden groß. Mein Gott, will Oser mich jetzt etwa zum Zweikampf herausfordern? Sergeant

Bothari, hilf mir! Er reckte nur das Kinn in die Höhe und schwieg.

»Ich halte nichts davon, eine Agonie zu verlängern«, fuhr Oser fort. »Ich habe keine Lust zuzusehen, wie Sie den Rest meiner Flotte, Mann um Mann, verhexen. Noch habe ich eine Flotte anzubieten, und wenn ich recht verstehe — suchen die Dendarii Söldner noch Rekruten.«

Miles brauchte einen Augenblick, bis ihm klar wurde, daß er soeben eine der halsstarrigsten Kapitulationsreden der Geschichte vernommen hatte. *Gnädig sein! O ja, wir werden huldreich wie die Hölle sein ...* Er streckte Oser die Hand entgegen. Dieser nahm sie auch.

»Admiral Oser, Sie haben eine erstaunlich scharfe Beobachtungsgabe. Ich schlage vor, daß wir in meiner privaten Unterkunft über Details weitersprechen ...«

General Halify und einige felicianische Offiziere beobachteten das Treffen von einem Balkon aus einiger Entfernung. Miles wechselte einen Blick mit Halify. *Und nun habe ich doch noch mein gegebenes Wort eingelöst.*

Miles marschierte quer übers Gelände. Die ganze Schar Dendarii hinterher. Wie der Rattenfänger von Hameln, der alle in den Fluß führt, dachte er. Und er führte alle seine Kinder zu einem Berg aus Gold. Was hätte er getan, wenn sich die Kinder und die Ratten miteinander vermischt hätten?

KAPITEL 18

Miles lag gemütlich auf einer mit Flüssigkeit gefüllten Couch in der Beobachtungskammer auf der Dunkelseite der Veredelungsanlage, hatte die Hände hinter dem Kopf verschränkt und starrte hinaus ins All, das nicht mehr leer war. Die Dendarii-Flotte blitzte und leuchtete, während sie im Vakuum herumflitzte. Ein Sternbild aus Schiffen und Menschen.

Im Schlafzimmer des Sommersitzes in Vorkosigan Surleau hatte er ein Mobile aus Raumkriegsschiffen gehabt: Klassische Barrayarische Kriegsmodelle, die durch fast unsichtbare Fäden sorgfältig ausbalanciert dahinschwebten. Unsichtbare Fäden. Er blies gegen die kristallklaren Scheiben, als könne er damit die Dendarii-Schiffe kreisen und tanzen lassen.

Neunzehn Kriegsschiffe und über dreitausend Mann, Soldaten und Technisches Personal. »Mein«, sagte er probeweise. »Alles meins.« Die Worte brachten ihm aber kein richtiges Gefühl von Triumph. Er kam sich eher wie eine Zielscheibe vor.

Erstens war es nicht richtig. Die tatsächliche Besitzverteilung dieser Schiffe, die mit Ausrüstung und Mannschaften, ein Kapital von mehreren Millionen betanischer Dollar darstellten, war ungemein kompliziert. Vier Tage lang hatten die harten Verhandlungen gedauert, um die ›Details‹ auszuarbeiten, die er auf dem Dock so locker erwähnt hatte. Es gab acht unabhängige Kapitän-Eigner, zusätzlich zu den acht Schiffen, die Osers persönlicher Besitz waren. Mindestens zehn Prozent ›seiner‹ Flotte gehörte der First Bank von Jackson's Whole, wie sich herausstellte, und diese Bank war für ihre Nummernkonten und ihre Diskretion berühmt. Wenn Miles sich nicht täuschte, trug er jetzt zum Unterhalt von Spielhöllengangstern, Industriespionage und dem weißen Sklavenhandel von einem Ende des Wurmlochknotens zum anderen bei. Wie es aussah, war er weniger der Besitzer der Dendarii Söldnerflotte als ihr Hauptangestellter.

Durch Miles' Eroberung der *Ariel* und der *Triumph* durch einen Angriff, war es besonders schwierig festzulegen, wem die beiden Schiffe nun eigentlich gehörten. Tung war vorher klarer Besitzer gewesen, aber Auson war mit der *Ariel* bei einer anderen Bank in Jackson's Whole bis über beide Ohren verschuldet. Als Oser noch für die Pelier arbeitete, hatte er nach der Kaperung der Schiffe alle Zahlungen eingestellt und der — wie hieß der Laden? — der Luigi Bharaputra and Sons Household Finance and Holding Company in Jackson's Whole — überlassen, die Versicherung zu kassieren, falls es eine gab. Auson war sehr blaß geworden, als er hörte, daß ein Agent dieser Firma bald kommen würde, um die fraglichen Fälle zu untersuchen.

Allein die Inventarisierung brachte Miles halb um den Verstand. Als es aber um die verschiedenen Anstellungsvorträge des Personals ging, wäre sein Magengeschwür sofort wieder aufgebrochen, wenn das noch möglich gewesen wäre. Ehe Oser dazustieß, hatte den Dendarii aus dem Vertrag mit den Felicianern ein hübscher Profit gewinkt. Jetzt mußte der Gewinn für zweihundert Leute gestreckt werden, um dreitausend zu unterhalten.

Oder mehr als dreitausend. Die Dendarii vermehrten sich wie die Karnickel. Gerade gestern war wieder ein freies Schiff durchs Wurmloch gekommen. Weiß Gott, durch welche Gerüchteküche es die Information bekommen hatte. Außerdem trafen mit jedem Schiff vom Planeten Felice begeisterte neue Rekruten ein. Die Metallveredelungsanlage hatte den regulären Betrieb wieder aufgenommen, als die Felicianer die Kontrolle übernahmen und nun Einrichtungen der Pelier im ganzen System zugrunde richteten.

Man sprach davon, wieder bei den Felicianern anzuheuern, um das Wurmloch jetzt wieder zu blockieren. »Wenn man gewinnt, soll man aufhören!« Dieser Spruch fiel Miles jedesmal ein, wenn dieses Thema zur Sprache kam. Am liebsten würde er sich ganz schnell aus dem Staub machen, ehe hier das ganze Kartenhaus einstürzte. Er sollte Realität und Phantasie in seinem Kopf streng getrennt halten, auch wenn er sie in Gesprächen mit anderen meist vermengte.

Auf der Laufplanke unten flüsterten Stimmen. Durch einen Zufall in der Akustik des Baus konnte er es deutlich hören. Elenas Altstimme riß ihn aus seinen Träumen.

»Du brauchst ihn nicht zu fragen. Wir sind nicht auf Barrayar, und wir kehren nie nach Barrayar zurück!«

»Aber es wäre, als würden wir ein kleines Stück Barrayar mitnehmen«, sagte Baz leise und so sanft, wie Miles ihn noch nie hatte sprechen hören. »Ein Luftzug aus der Heimat in luftlosen Orten. Gott weiß, daß ich dir nicht viel von dem bieten kann, was dein Vater ›richtig und ordentlich‹ für dich wollte; aber das Wenige, das ich besitze, ist dein.«

»Hm.« Elenas Antwort klang nicht gerade begeistert, eher ablehnend. Jede Erwähnung Botharis schien sie wie ein Hammerschlag zu treffen, doch ohne eine Reaktion bei ihr hervorzurufen. Es war, als schlüge man auf totes Fleisch.

Dann erschienen sie oben. Baz dicht hinter Elena. Er lächelte seinen Lehnsherrn mit scheuem Triumph an. Elena lächelte auch, aber nicht mit den Augen.

»Tiefe Meditation?« fragte sie. »Für mich sieht es eher aus, als starrtest du aus dem Fenster und kautest an deinen Fingernägeln.«

Miles richtete sich auf, wodurch die Couch etwas verrutschte. »Eigentlich hatte ich den Wachen befohlen, Touristen fernzuhalten, damit ich ein Nickerchen machen kann.«

Baz lächelte Miles an. »Mylord, da keine anderen Verwandten hier sind, bist du jetzt Elenas gesetzmäßiger Vormund, wenn ich es richtig verstehe.«

»Ach ja? Stimmt. Ehrlich gesagt, habe ich bisher noch keine Zeit gehabt, darüber nachzudenken.« Miles beunruhigte die Wendung dieses Gesprächs. Er war nicht sicher, was als nächstes kommen würde.

»Jawohl. Dann bitte ich dich, als ihren Lehnsherrn und Vormund, offiziell um ihre Hand — vom Rest ganz zu schweigen.« Dabei lächelte er so albern, daß Miles ihm am liebsten alle Zähne eingeschlagen hätte. »Ach ja, und da du auch mein Lehnsherr bist, erbitte ich deine Einwilligung zu heiraten ... hm ..., ›auf daß auch meine Söhne dir stets treu dienen werden, Lord‹.« Baz' leicht verkürzte Version der offiziellen Formel war im Kern korrekt.

Du wirst keine Söhne haben, weil ich dir die Eier abschneide, du hinterlistiger Wolf im Schafspelz, du ... Miles gewann die Kontrolle über sich zurück, ehe seine Gefühle sich durch mehr als nur ein gezwungenes Lächeln zeigten. »Ich verstehe. Da sind aber ein paar Schwierigkeiten.« Er rief logische Argumente als Schutzwall zu Hilfe. Es schmerzte, in die ehrlichen, dunklen Augen dieser beiden Menschen zu blicken.

»Elena ist natürlich noch sehr jung ...« Nein, diese Linie gab er auf, als er sah, wie ihre Augen wütend aufblitzten.

»Das Problem ist, daß ich Sergeant Bothari mein Wort gab, im Fall seines Todes ihm drei Dienste zu erweisen: Ihn auf Barrayar zu beerdigen, dafür zu sorgen, daß Elena unter Wahrung aller Anstandsregeln verlobt wird und — ja, daß sie einen geeigneten Offizier aus der Barrayarischen Kaiserlichen Armee heiratet. Wollt ihr, daß ich mein Wort breche?«

Baz schaute Miles so verblüfft an, als hätte dieser ihn getreten. Er öffnete den Mund, schloß ihn wieder und machte ihn wieder auf. »Aber — ich bin doch durch meinen Eid dein Lehnsmann, ein Krieger? Das ist auf alle Fälle so viel wie ein Kaiserlicher Offizier. Zum Teufel! Der Sergeant war selbst nur ein Krieger! Habe ich dir Grund gegeben, mit meinen Diensten unzufrieden zu sein? Sag mir, wo ich Fehler gemacht habe, damit ich sie abstelle, Mylord!« Die Verblüffung hatte sich in echte Verzweiflung verwandelt.

»Du hast mich nicht enttäuscht.« Miles' Gewissen hatte diese Worte aus ihm herausgepreßt. »Natürlich dienst du mir erst seit ein paar Monaten, obwohl so viel passiert ist, daß es mir viel länger vorkommt ...« Miles fühlte sich schlimmer als ein Krüppel. Elenas wütende Blicke hatten ihm die Beine an den Knien abgetrennt. Wieviel kleiner konnte er in ihren Augen noch werden? »Das kommt alles sehr überraschend ...«

»Wie kannst du es wagen!« Elenas Stimme traf ihn wie ein Steinschlag. »Was schuldest du — was schuldet irgend jemand *diesem?*« fragte sie. Miles wußte, daß sie Sergeant Bothari meinte. »Ich war nicht seine Leibeigene und bin auch nicht deine. Du Hund!«

Baz packte Elenas Arm, um sie daran zu hindern, sich auf Miles zu stürzen. »Elena, vielleicht ist jetzt nicht der richtige Zeitpunkt. Später wäre es vielleicht besser.« Dann sah er Miles' versteinertes Gesicht und wich verwirrt zurück.

»Baz, du nimmst doch diesen Unsinn nicht etwa ernst!«

»Komm, Elena. Laß uns woanders darüber sprechen.«

Sie zwang sich, wieder mit normalem Tonfall zu reden. »Warte unten bei der Laufplanke auf mich. Ich bin in einer Minute dort.«

Miles bedeutete Baz mit einem Nicken, auch zu gehen.

»Naja ...« Der Ingenieur ging langsam und blickte mehrmals besorgt zurück.

In stummer Übereinstimmung warteten Miles und

Elena bis sie seine Schritte nicht mehr hörten. Dann schaute sie Miles an, nicht mehr wütend, sondern flehend.

»Verstehst du denn nicht, Miles? Das ist meine Chance, alles hinter mir zu lassen und woanders neu, frisch und sauber zu beginnen — und so weit weg wie möglich.«

Miles schüttelte den Kopf. Er wäre auf die Knie gefallen, wenn er gedacht hätte, es würde helfen. »Wie kann ich dich aufgeben? Du bist die Berge, der See, die Erinnerungen — du verkörperst sie und hast sie mit mir geteilt. Wenn du bei mir bist, bin ich zu Hause, ganz gleich, wo ich bin.«

»Wäre Barrayar mein rechter Arm, würde ich ihn mit einem Plasmabogen abbrennen. Dein Vater und deine Mutter wußten die ganze Zeit, was er war, und haben ihn doch beschützt. Was sind sie denn dann?«

»Der Sergeant hat nichts Schlechtes getan, bis ... Verstehst du nicht? Du solltest der Beweis seiner Reue sein.«

»Was? Ein Opfer für seine Sünden? Soll ich mich zu einer perfekten Barrayarin verwandeln? Durch einen Zauberspruch die Absolution herbeiführen? Ich könnte mein ganzes Leben an diesem Zauber arbeiten und das Ziel doch nie erreichen, verdammt!«

»Nicht das Opfer, vielleicht der Altar«, versuchte er sie zu überzeugen.

»Pah!« Wie eine Leopardin an kurzer Kette lief sie hin und her. Ihre emotionalen Wunden schienen sich vor seinen Augen zu öffnen und zu bluten. Wie gern hätte er sie verbunden.

»Sieh doch!« Er machte noch einen verzweifelten Versuch, da er selbst von der Richtigkeit seiner Meinung überzeugt war. »Bei mir bist du besser aufgehoben. Wir tragen ihn in uns. Du kannst von ihm ebensowenig davonlaufen wie ich. Wohin du auch fährst, er ist der Kompaß. Er wird immer die Brille sein, durch die du alle neuen Dinge siehst. Ich habe auch einen Vater, der ständig in mir spukt. Ich weiß, wie es ist.«

Sie war tief betroffen und zitterte. »Mir wird ganz schlecht, wenn ich höre, was du sagst«, erklärte sie schließlich.

Als Elena wegging, tauchte Ivan Vorpatril auf der Laufplanke auf. »Ach, hier steckst du, Miles.«

Ivan machte einen großen Bogen um Elena und hielt unbewußt schützend die Hände vor sich. Elena verzog höhnisch den Mund und grüßte höflich von oben herab. Er lächelte nervös zurück. Und ich wollte sie heldenhaft vor Ivans Annäherungsversuchen beschützen, dachte Miles traurig.

Ivan ließ sich seufzend neben Miles nieder. »Hast du schon irgend etwas von Captain Dimir gehört?«

»Kein Wort. Bist du sicher, daß sie nach Tau Verde kommen sollten und nicht plötzlich einen Befehl erhielten, woanders hinzufliegen? Ich verstehe nicht, wie ein Schnellkurier zwei Wochen Verspätung haben kann.«

»Ach Gott«, sagte Ivan. »Hältst du das für möglich? Dann bekomme ich verdammte Schwierigkeiten ...«

»Nun mal langsam«, beruhigte Miles ihn. »Euer ursprünglicher Befehl lautete doch, mich zu finden. Und bis jetzt scheinst du der einzige zu sein, dem es gelungen ist, diesen Befehl auszuführen. Erwähne das, wenn du Vater bittest, dir aus der Patsche zu helfen.«

»Ha!« meinte sein Vetter. »Was nützt es, in einem System mit erblicher Macht zu leben, wenn man nicht ab und zu einmal ein bißchen Vetternwirtschaft benutzt? Miles, dein Vater würde das aber für *niemanden* tun.« Er betrachtete die Dendarii-Flotte und fügte hinzu: »Wirklich beeindruckend, weißt du das?«

Aber Miles wurde dadurch auch nicht fröhlicher. »Findest du?« Dann sagte er boshaft: »Willst du nicht eintreten? Zur Zeit scheint das hier doch absolut Mode zu sein.«

Ivan lachte. »Nein, danke. Ich habe keine Lust, wegen des Kaisers eine Diät zu machen. Du weißt doch — Vorloupulous' Gesetz.«

Auf einen Schlag war Miles todernst. Auch Ivan war das Lachen vergangen. Stumm blickten sie sich an.

»O Mist!« sagte Miles schließlich. »Vorloupulous' Gesetz! Daran habe ich überhaupt nie gedacht!«

»Aber niemand kann das hier als das Aufstellen einer Privatarmee auslegen«, versicherte ihm Ivan lahm. »Du bist doch nicht für Kost und Logis verantwortlich. Und es hat doch keiner dir einen Lehnseid geschworen — oder?«

»Nur Baz und Arde«, antwortete Miles. »Ich weiß nicht, wie das Barrayarische Gesetz einen Vertrag mit Söldnern auslegt. Der gilt schließlich nicht lebenslänglich — es sei denn, der Mann stirbt ...«

»Wer ist dieser Baz überhaupt?« fragte Ivan. »Er scheint deine rechte Hand zu sein.«

»Ohne ihn hätte ich es nicht geschafft. Er war Ingenieur in der Kaiserlichen Armee, ehe er ...« — Miles schluckte kurz — »den Dienst quittierte.« Miles versuchte zu erahnen, welche Gesetze es gab, wenn man einem Deserteur Unterschlupf bot. Ursprünglich hatte er sich ja auch nicht dabei erwischen lassen wollen. Jetzt kam ihm der nebulöse Plan, mit Baz nach Hause zurückzukehren und seinen Vater zu bitten, für Baz irgendeine Art Pardon zu erreichen, ebenso töricht vor, wie wenn ein Mann, der aus einem Flugzeug fällt, Pläne macht, auf der flauschigen Wolke zu landen, die unter ihm dahinhuscht.

Miles schaute Ivan an. Dann starrte er Ivan an. Dieser blickte ganz unschuldig und offen zurück. Miles beschlich ein ungutes Gefühl.

»Weißt du«, sagte Miles schließlich, »Je länger ich darüber nachdenke, daß du hier bist, desto komischer kommt es mir vor.«

»Glaube ja nicht, daß ich für die Fahrt nicht hart arbeiten mußte«, antwortete Ivan. »Die alte Krähe war unersättlich ...«

»Quatsch, ich meine nicht deine Fahrt. Ich meine, daß du überhaupt hierher geschickt worden bist. Seit wann holt man einen Kadetten im ersten Jahr von der Akademie weg und schickt ihn auf eine geheime Mission?«

»Keine Ahnung. Ich nehme an, sie wollten jemanden, der deine Leiche identifizieren konnte oder so.«

»Sie haben über mich so viele medizinische Daten, daß sie mir einen neuen Körper bauen können. Diese Idee verliert an Wahrscheinlichkeit, wenn man länger darüber nachdenkt.«

»Also, hör zu! Wenn ein Admiral vom Generalsstab einen Kadetten mitten in der Nacht zu sich ruft und sagt: Sie gehen jetzt los! Dann geht der Kadett los. Dann fängst du keine längere Debatte an. Das würde er nämlich nicht besonders schätzen.«

»Gut — und wie lauteten deine schriftlichen Befehle?«

»Wenn ich jetzt darüber nachdenke — ich habe meine schriftlichen Befehle nie gesehen. Ich nahm an, Admiral Hessman hat sie Captain Dimir persönlich übergeben.«

Miles fand, daß er ein so ungutes Gefühl hatte, weil zu oft von Annahmen gesprochen wurde. Aber da war noch etwas ... »Hessman? Hessman gab dir deine Befehle?«

»Höchstpersönlich«, antwortete Ivan stolz.

»Hessman hat weder mit dem Geheimdienst noch mit der Abwehr zu tun. Er ist im Beschaffungsamt. Ivan, die Sache wird immer undurchsichtiger.«

»Ein Admiral ist ein Admiral.«

»Aber dieser Admiral steht auf der schwarzen Liste meines Vaters. Erstens ist er Graf Vordrozdas Verbindungsrohr ins Kaiserliche Hauptquartier, und Vater haßt Offiziere, die in Parteipolitik mitmischen wollen. Außerdem verdächtigt Vater ihn, Armeegelder unterschlagen zu haben, irgendeine Schmiergeldaffäre bei der Vergabe von Schiffsbauverträgen. Als ich von zu Hause fortging, hätte er am liebsten Captain Illyan persönlich darauf angesetzt, und du weißt, daß er Illyans Talente nicht mit Unwichtigem belastet.«

»Das ist mir alles viel zu hoch. Ich habe schon mit Mathe bei der Navigation Probleme.«

»Es sollte dich aber interessieren, nicht nur als Kadett, sondern auch als Lord Vorpatril. Wenn mir etwas zustößt, erbst du nämlich die Grafenwürde für unseren Distrikt von meinem Vater.«

»Gott soll mich schützen«, sagte Ivan. »Ich will Offizier werden, herumreisen und hübsche Mädchen aufreißen. Ich habe keine Lust, durch diese Berge zu rennen und von mordlüsternen Analphabeten Steuern einzutreiben oder zu verhindern, daß Hühnerdiebstähle sich zu Partisanenkriegen ausweiten. Ich will dich ja nicht beleidigen; aber euer Distrikt ist der widerspenstigste von ganz Barrayar. Miles, hinter der Dendarii Schlucht leben Menschen noch in *Höhlen.*« Ivan schüttelte sich. »Und es *gefällt* ihnen!«

»Dort gibt es phantastische Höhlen, stimmt. Wenn das Licht auf die Steinformationen fällt, sind die Farben einfach überwältigend.« Heimweh überkam Miles.

»Also, falls ich je eine Grafenwürde erben sollte, bete ich, daß es eine in einer Stadt ist«, erklärte Ivan.

»Ich glaube kaum, daß du dafür auf irgendeiner Liste stehst«, meinte Miles grinsend. Er versuchte, den Gesprächsfaden wiederzufinden; aber Ivans Bemerkung ließ ihn wieder an seine Ahnenreihe denken. Über seine Großmutter Vorkosigan stammte er über Prinz Xav direkt vom Kaiser Dorca Vorbarra ab. Hatte dieser große Herrscher vorhergesehen, welche Probleme sein Gesetz, das die Privatarmeen und Privatkriege der Grafen auf immer beendete, seinem Ur-Ur-Enkel einmal bereiten würde?

»Wer erbt eigentlich nach dir, Ivan?« fragte Miles ganz nebenbei. Er schaute hinaus auf die Dendarii-

Schiffe und träumte dabei aber von den Dendarii-Bergen. »Ist das nicht Lord Vortaine?«

»Ja, aber ich beabsichtige, den alten Knaben auf alle Fälle zu überleben. Um seine Gesundheit soll es nicht allzu gut bestellt sein, habe ich neulich gehört. Schade, daß diese Erberei nicht auch rückwärts läuft. Dann bekäme ich einen dicken Brocken.«

»Und wer bekommt diesen dicken Brocken?«

»Seine Tochter, schätze ich. Sein Titel geht an ... — laß mich nachdenken — ja, an Lord Vordrozda, der ihn überhaupt nicht nötig hat. Der hätte lieber das Geld, erzählt man sich. Vielleicht geht er sogar so weit und heiratet die Tochter. Allerdings ist sie schon um die fünfzig.«

Beide blickten hinaus ins All.

Nach einer Weile sagte Ivan: »Gott, ich hoffe, daß Dimir nicht den Befehl bekam, nach Hause zurückzukehren oder an einen anderen Zielort zu fahren, als ich mich verdrückt hatte. Dann wäre ich drei Wochen schon unerlaubt von der Truppe entfernt. So viel Platz ist gar nicht auf meiner Personalakte, um alle Minuspunkte einzutragen. Zum Glück haben sie die alten Bestrafungsparaden abgeschafft.«

»Du warst dabei, als Dimir seine Befehle erhielt und bist nicht geblieben, um zu erfahren, wie sie lauteten?« fragte Miles erstaunt.

»Es war schlimmer als Zähneziehen, von ihm den Paß zu bekommen. Da wollte ich nichts riskieren. Und da war doch dieses Mädchen ... jetzt wünschte ich, daß ich meinen Piepser eingesteckt hätte.«

»Du hast deine Kommunikationsverbindung zurückgelassen?«

»Na, ich habe dir doch von diesem Mädchen erzählt. Ich wollte den Piepser ja noch holen; aber da hat er gerade die Sachen aufgemacht, und ich wollte nicht riskieren, daß er mich zurückpfeift.«

Miles schüttelte nur den Kopf. »Kannst du dich an irgend etwas erinnern, das bei den Befehlen ungewöhnlich war?«

»Na klar. Es war ein verdammt dickes Paket. Außerdem wurde es von einem Kurier des Kaiserlichen Haushalts in voller Livree gebracht. Mal sehen: Da waren vier Datendisketten. Eine grün für die Abwehr, zwei rote für den Geheimdienst und eine blaue für den Leiter der Operation. Und noch ein Pergament.«

Zum Glück hatte Ivan das gute Gedächtnis der Familie. Wie mußte es sein, wenn man sich an fast alles erinnerte; aber sich nie die Mühe machte, es irgendwie einzuordnen? Ja, es mußte so sein, wie wenn man in Ivans Zimmer wohnte. »Pergament?« fragte er. *»Pergament?«*

»Ja, ich fand das auch irgendwie ungewöhnlich.«

»Hast du eine Ahnung, wie verdammt ...« Miles preßte die Handballen gegen die Schläfen, um Ruhe und Ordnung in seine Gedanken zu bringen. Ivan war nicht nur selbst ein Idiot, er verbreitete auch eine telepathische Müllhalde, durch die in seiner Umgebung alle zu Idioten wurden. Das mußte er unbedingt dem Geheimdienst Barrayars melden. Man würde seinen Vetter zur neuesten Geheimwaffe machen — falls jemand noch einen klaren Gedanken fassen konnte, der ihm zu nahe gekommen war ... »Ivan, es werden heutzutage nur noch drei Dinge auf Pergament geschrieben: Kaiserliche Erlasse, die Originale des offiziellen Erlasses des Rats der Grafen und des Rats der Minister und gewisse Befehle des Rats der Grafen an ihre eigenen Mitglieder.«

»Das weiß ich auch.«

»Als Erbe meines Vaters bin ich ein Kadettenmitglied dieses Rats.«

»Herzliches Beileid«, sagte Ivan und schaute wieder aus dem Fenster. »Was meinst du? Welches Schiff da draußen ist schneller: der Illyricanische Kreuzer oder ...«

»Ivan, ich verfüge über telepathische Fähigkeiten«, erklärte Miles plötzlich. »Ich kann dir sogar sagen, welche Farbe das Band an dem Pergament hatte, ohne daß ich es gesehen habe.«

»Ich weiß, welche Farbe es war«, erklärte Ivan ärgerlich. »Es war ...«

»Schwarz«, unterbrach Miles ihn. »Schwarz! Du Idiot! Und da ist dir nie die Idee gekommen, mir das zu sagen?«

»Hör mal, ich muß mir schon genug von meiner Mutter und deinem Vater anhören, wie schwachsinnig ich bin. Von dir muß ich mir das nicht auch noch gefallen lassen.« Ivan machte eine Pause. »Und wieso hast du das gewußt?«

»Ich kenne die Farbe, weil ich den Inhalt kenne«, antwortete Miles. Er stand auf und lief auf und ab. »Und du würdest ihn auch kennen, wenn du nur einmal deinen Verstand benutzt hättest. Ich habe einen Witz für dich: Was ist weiß, stammt vom Rücken eines Schafs, wird mit einer schwarzen Schleife zugebunden, tausend Lichtjahre weit weggeschickt und kommt nie wieder?«

»Wenn du das für einen Witz hältst, bist du auch nicht ganz dicht.«

»Der Tod«, flüsterte Miles. Ivan zuckte zusammen. »Verrat. Bürgerkrieg. Sabotage. Sicher auch Mord. Böses ...«

»Du hast nicht noch etwas von dem Beruhigungsmittel bekommen, auf das du allergisch reagierst, oder?« fragte Ivan.

Miles lief jetzt hektisch auf und ab. Der Wunsch, Ivan zu packen und zu schütteln, damit vielleicht doch alles, was an Information in diesem Kopf herumschwirrte, sich sammeln und zu einem vernünftigen Gedankengang führen könnte, wurde fast übermächtig.

»Wenn die Necklin-Stangen an Dimirs Kurierschiff während des Aufenthalts in der Beta-Kolonie durch Sabotage unbrauchbar gemacht wurden, würde es Wochen dauern, bis das Schiff vermißt wurde. Die Barrayarische Botschaft wußte ja nur, daß es auf einer Mission war und einen Sprung machen sollte. Niemand in der Beta-Kolonie konnte feststellen, ob es auf der anderen Seite herauskam oder nicht. Was für eine *absolut sichere* Art, Beweise zu vernichten!« Miles stellte sich das Entsetzen und die Angst der Menschen an Bord vor, als sie bemerkten, daß der Sprung mißglückte — wie sich ihre Körper langsam auflösten und wie Wasserfarben im Regen zerflossen ... — Er zwang sich, wieder abstrakt zu denken.

»Ich kapiere das nicht. Wo meinst du denn, daß Dimir ist?« fragte Ivan.

»Tot. Gründlich und endgültig tot. Und du solltest auch tot sein, hast aber das Schiff verpaßt.« Miles mußte laut lachen. »Ich nehme an, als sie sich so viel Mühe machten, das Pergament zu vernichten, fanden sie, daß sie dich gleich miterledigen könnten. Der Plan zeugt von gewisser Sparsamkeit — er könnte durchaus von jemand stammen, der im Beschaffungsamt tätig ist.«

»Nun mal langsam«, fuhr Ivan ihn an. »Was stand denn deiner Meinung in dem Pergament — und wer, zum Teufel, sind ›sie‹? Du leidest offenbar schon ebenso an Verfolgungswahn wie der alte Bothari.«

»Das schwarze Band. Es mußte sich um ein Kapitalverbrechen handeln. Ein Kaiserlicher Befehl, mich zu verhaften, aufgrund einer Anklage wegen eines Kapitalverbrechens durch den Rat der Grafen. Die Anklage? Du hast sie eben selbst genannt: Vergehen gegen Vorloupulous' Gesetz. Verrat, Ivan! Und nun frage dich mal: Wer würde von meiner Verurteilung wegen Verrats profitieren?«

»Keiner«, antwortete Ivan prompt.

»Na schön.« Miles verdrehte die Augen. »Versuchen wir es mal so: Wer würde unter meiner Verurteilung wegen Verrats leiden?«

»Na, das würde deinen Vater natürlich zerstören. Ich meine, sein Büro führt direkt auf den Großen Platz hinaus. Von dort aus kann er dich an jedem Arbeitstag sehen, wie du unten langsam verhungerst.« Ivan lächelte verlegen. »Das würde ihn bestimmt in den Wahnsinn treiben, oder?«

Miles lief ruhelos hin und her. »Nimm ihm den Erben — durch Verurteilung zum Tode oder Verbannung, zerstöre seinen Kampfgeist, wirf ihn und seine Zentrumskoalition aus dem Sattel — oder — zwing ihn, daß die falschen Anklagen doch noch wahr werden, indem er versucht, mich zu befreien. Dann kannst du ihn auch gleich wegen Verrat beseitigen. Was für ein dämonischer Schachzug!« Miles' Intellekt bewunderte die Perfektion dieses Plans, auch wenn ihm die Wut und Grausamkeit den Atem verschlug.

Ivan schüttelte den Kopf. »Wie könnte eine Sache so weit vorangetrieben werden, ohne von deinem Vater entdeckt und zerstört zu werden? Er ist zwar für seine Unparteilichkeit bekannt; aber auch für ihn gibt es Grenzen.«

»Du hast das Pergament gesehen. Wenn man Gregor mit Mißtrauen vergiftet hat …« Miles sprach langsam weiter. »Ein Gerichtsverfahren kann sowohl freisprechen als auch verurteilen. Wenn ich freiwillig zurückkäme, fiele es mir sehr viel leichter zu beweisen, daß ich niemals Verrat im Sinn hatte. Das funktioniert auch in die andere Richtung: Erscheine ich nicht, sieht das sehr nach meiner Schuld aus. Ich kann aber kaum vor Gericht erscheinen, wenn ich nicht informiert bin, daß die Verhandlung überhaupt stattfindet, oder?«

»Der Rat der Grafen ist doch ein Haufen mürrischer alter Fossilien«, widersprach Ivan. »Deine Ränkeschmiede gingen ein ziemlich großes Risiko ein, die Mehrheit auf ihre Seite zu ziehen. Bei einer so wichtigen Angelegenheit will keiner für die Seite des Verlierers stimmen. Wie die Sache auch ausgeht — am Ende fließt Blut.«

»Vielleicht wurden sie gezwungen. Vielleicht sind mein Vater und Illyan doch gegen Hessman vorgegangen, und er hielt einen eiskalten Angriff für die beste Verteidigung.«

»Und was springt für Vordrozda dabei raus? Warum wirft er Hessman nicht einfach den Wölfen vor?«

»Ja, ja«, meinte Miles. »Da bin ich nicht sicher, ob ich auf der richtigen Fährte bin — aber bedenke diese Reihenfolge: Graf Vordrozda, Lord Vortaine, du, ich, mein Vater — wessen Erbe ist mein Vater?«

»Deines Großvaters. Aber er ist tot, wenn du dich recht erinnerst. Miles, du kannst mich nicht davon überzeugen, daß Graf Vordrozda fünf Menschen umbringt, nur um die Dendarii-Provinz zu erben! Er ist doch Graf von Lorimel und ein reicher Mann! Dendarii würde seinen Geldbeutel leeren, nicht auffüllen.«

»Ich denke nicht an meinen Großvater. Wir sprechen von einem ganz anderen Titel. Ivan, es gibt in Barrayar eine Menge Leute, die sehr historisch ausgerichtet sind und die den festen Standpunkt vertreten, daß die salische Ausschließung bei der kaiserlichen Erbfolge weder durch Gesetz noch durch Gewohnheitsrecht auf Barrayar begründet ist. Schließlich hat Dorca selbst durch seine Mutter das Erbe angetreten.«

»Ja, und dein Vater würde am liebsten jeden, der dafür stimmt, in — in Urlaub schicken.«

»Wer ist Gregors Erbe?«

»Im Augenblick niemand. Deshalb bedrängen ihn auch alle, endlich zu heiraten und sich zu vermehren.«

»Wenn die salische Nachfolge erlaubt wäre — *wer* käme dann in Frage?«

Ivan wehrte sich gegen eine Überrumpelung. »Dein Vater! Das weiß jeder. Aber jeder weiß auch, daß er das Imperium nicht mit der Kohlenzange anfassen würde. Miles, das ist doch völlig verrückt!«

»Kannst du eine bessere Theorie aufstellen, welche die Tatsachen erklärt?«

»Na klar.« Ivan spielte mit Wonne die Rolle des Advocatus diaboli. »Vielleicht war das Pergament an jemand anderen adressiert. Dimir hat es dorthin gebracht. Deshalb ist er hier nicht aufgetaucht. Schon mal von Occams Skalpell gehört, Miles?«

»Klingt auf Anhieb einfacher als meine Theorie. Aber, Ivan, jetzt denke mal an die genauen Umstände deiner mitternächtlichen Abreise aus der Kaiserlichen Akademie! Der Abflug im Morgengrauen. Wer hat dich ausgetragen? Wer hat dich weggehen sehen? Wer weiß wirklich, wo du dich jetzt, in diesem Augenblick, befindest? Warum hat mein Vater dir keine persönliche Nachricht an mich mitgegeben — oder meine Mutter oder Captain Illyan?« Miles Stimme klang eindringlich. »Wenn Admiral Hessman dich jetzt mit an einen stillen, abgelegenen Ort nehmen und dir ein Glas Wein anbieten würde, würdest du trinken?«

Ivan betrachtete stumm längere Zeit die Dendarii Freie Söldnerflotte. Als er Miles wieder anschaute, war sein Gesicht todernst. »Nein.«

KAPITEL 19

Miles fand die beiden nach langem Suchen in der Mannschaftsmesse der *Triumph,* die in der Andockbucht neun lag. Es war keine Essenszeit, daher war die Messe ziemlich leer. Nur einige hartgesottene Koffeinsüchtige schlürften irgendein Gebräu.

Sie saßen sich gegenüber, die dunklen Köpfe nahe beieinander. Baz' Hand lag mit der Handfläche nach oben auf dem Tisch. Elena hatte die Schultern eingezogen und zerzupfte nervös eine Serviette im Schoß. Keiner der beiden sah glücklich aus.

Miles holte tief Luft, übte stumm einen freundlich-fröhlichen Tonfall und schlenderte zu den beiden. Der Chirurg hatte ihm versichert, daß er keine inneren Blutungen mehr haben könne. Jetzt kam der Beweis. »Hallo.«

Beide erschraken. Elena schaute ihn nur ablehnend an, Baz erwiderte zögernd: »Mylord?« Miles kam sich in der Tat sehr klein und häßlich vor. Am liebsten wäre er umgedreht und unter der Tür weggekrochen.

»Ich habe darüber nachgedacht, was ihr gesagt habt.« Miles stützte sich betont lässig auf den Nebentisch. »Eure Gründe klingen wirklich plausibel, wenn ich es recht bedenke. Ich habe daher meine Meinung geändert und gebe euch meinen Segen.«

Baz strahlte ihn ehrlich erleichtert an. Elenas Gesicht öffnete sich kurz, wie eine Tageslilie gegen Mittag, und verschloß sich sogleich wieder. Dann schaute sie ihm tief in die Augen — wie seit Wochen nicht mehr. »Wirklich?«

Er grinste fröhlich. »Wirklich! Und wir werden auch alle Formen der Etikette wahren. Man braucht dazu nur einen Funken Genialität!«

Er holte ein buntes Tuch aus der Tasche, das er eigens

zu diesem Zweck eingesteckt hatte, und ging zu Baz. »Diesmal fangen wir es richtig an. Stell dir diesen banalen Plastiktisch als Balkon vor. Die Sterne funkeln über dir. An einem dieser uralten Gitterfenster ranken sich diese wunderschönen Blumen mit den Dornen empor, die scheußlich wehtun, wenn man sich daran sticht —, und hinter diesem Fenster, keusch verborgen, harrt die, welche dein Herz so sehnlichst begehrt. Kapiert? Nun, Krieger Jesek — jetzt spreche ich als dein Lehnsherr — gehe ich recht in der Annahme, daß du eine Frage an mich stellen willst?«

Bei Miles' blumiger Ausschmückung und Pantomime mußte Baz grinsen. Er nahm das Stichwort auf.

»Mylord, ich bitte Euch untertänigst um die Erlaubnis und um Unterstützung, die erstgeborene Tochter des Kriegers Konstantine Bothari zu ehelichen, auf daß meine Söhne Euch ebenfalls dienen werden.«

Miles legte den Kopf schief und grinste. »Hervorragend. Wir haben offensichtlich alle dieselben Vid-Dramen gesehen. O gewiß, Krieger. Mögen sie mir alle so treu dienen wie du. Ich werde die Heiratsvermittlerin eilends rufen.«

Dann band er sich das Tuch um, stützte sich auf einen nicht vorhandenen Stock und humpelte zu Elena hinüber. Mit Falsettstimme wisperte er mit ihr. Dann nahm er das Tuch ab und wurde wieder zum Lehnsherrn und Vormund Elenas. Er befragte die Kupplerin eingehend nach der Eignung des Bräutigams, den sie vertrat. Ihn interessierte vor allem, ob sie persönlich dafür garantieren könne, daß der Bräutigam Aussichten auf weitere feste Anstellung bei seinem Lehnsherrn habe und wie es mit der Körperhygiene bestellt sei, vor allem ob er Läuse habe.

Endlich humpelte die Heiratsvermittlerin ein letztes Mal zu Elena und besiegelte den Handel. Baz lachte so, daß ihm die Tränen in den Augen standen, und auch Elenas Lächeln war bis in die Augen gedrungen.

Nach Abschluß dieser Clownsvorstellung holte sich Miles einen Stuhl und setzte sich.

»Uff! Kein Wunder, daß dieser Brauch ausstirbt. Das ist verdammt anstrengend.«

Elena lächelte. »Ich hatte immer schon den Eindruck, daß du versucht hast, drei Personen zu sein. Vielleicht hast du jetzt deine wahre Berufung entdeckt.«

»Was? Ein-Mann-Shows? Davon hatte ich in letzter Zeit genügend.« Miles wurde wieder ernst. »Wie dem auch sei — ihr seid jetzt offiziell und ordnungsgemäß verlobt. Wann wollt ihr eure Heirat registrieren lassen?«

»Bald«, antwortete Baz.

»Ich weiß nicht«, sagte Elena.

»Was haltet ihr von heute abend?«

»Ja — aber ...«, stammelte Baz und schaute Elena an. »Elena, geht das denn?«

»Ich ...« Sie blickte Miles an. »Warum, Mylord?«

»Weil ich auf eurer Hochzeit tanzen und euer Bett mit Hafergrütze füllen möchte, falls es so etwas in dieser hinterwäldlerischen Raumstation gibt. Sonst müßt ihr mit Kies zufrieden sein. Davon gibt es jede Menge. Ich fahre morgen ab.«

»Was?« rief Baz.

»Warum?« fragte Elena leise erschrocken.

»Ich habe einige dringende Verpflichtungen.« Miles hob die Schultern. »Ich muß Tav Calhoun bezahlen und ... und den Sergeant beerdigen.« Vielleicht ist meine eigene Beerdigung die nächste ...

»Das mußt du doch aber nicht persönlich erledigen«, protestierte Elena. »Kannst du nicht Calhoun einen Scheck schicken und den Sarg dem nächsten Schiff mitgeben? Warum gehst du zurück? Was erwartet dich dort?«

»Die Dendarii Söldner können ohne dich unmöglich auskommen«, erklärte Baz.

»Ich erwarte, daß alles hervorragend klappen wird, da ich dich, Baz, zu ihrem Kommandanten ernenne und dich, Elena, zum Verwaltungsoffizier — und Kadetten. Commodore Tung wird Stabschef. Das verstehst du doch, Baz, oder? Ich vertraue dir und Tung Elenas Ausbildung an und erwarte, daß sie die bestmögliche bekommt.«

»Ich … ich …« Der Ingenieur konnte es gar nicht fassen. »Mylord, die Ehre … ich kann nicht …«

»Du wirst feststellen, daß du es kannst, weil du mußt! Außerdem sollte eine Lady eine ihr angemessene Aussteuer haben. Schließlich mußt du sie standesgemäß unterhalten. Und außerdem arbeitest du ja im Prinzip immer noch für mich.«

Baz sah erleichtert aus. »Ach so, du kommst wieder. Ich dachte schon — alles klar. Und wann kommst du zurück, Mylord?«

»Ich erwische euch schon irgendwo«, antwortete Miles ausweichend. Vielleicht nie … »Da ist noch ein Punkt: Ich möchte, daß ihr den Raum Tau Verde verlaßt. Fahrt irgendwohin, aber entgegengesetzt zu Barrayar. Such dir dort Arbeit; aber reise bald ab. Die Dendarii Söldner hatten genug von diesem Dideldum-Dideldei-Krieg. Es ist schlecht für die Moral der Truppe, wenn sie kaum noch weiß, für welche Seite sie diese Woche gerade kämpft. Dein nächster Vertrag sollte klare Ziele haben, damit du aus diesem bunten Haufen eine einheitliche Truppe schmieden kannst, die unter deinem Kommando steht. Bloß nicht länger diese Komitee-Kriegsführung! Die Schwächen haben wir klar gesehen. Ich bin sicher …«

Miles erteilte noch so viele Anweisungen und Ratschläge, daß er sich selbst wie ein Bonsai-Polonius vorkam. Er konnte unmöglich alles voraussehen. Wenn der Zeitpunkt des Sprungs da war, mußte man springen. Es spielte auch keine Rolle, ob man die Augen offen oder geschlossen hatte oder ob man die ganze Zeit über brüllte. Man kam unten an.

Vor dem nächsten Gespräch hatte er noch mehr Herzklopfen als vor dem letzten. Aber es mußte sein. Er fand Elena Visconti bei der Arbeit am elektronischen Mikroskoptisch in der Werkstatt der *Triumph*. Sie runzelte die Stirn, als Miles ihr bedeutete, daß er mit ihr sprechen wolle. Doch dann überließ sie die Arbeit ihrem Assistenten und kam langsam zu ihm.

»Sir?«

»Rekrutin Visconti, Ma'am. Können wir einen kleinen Spaziergang machen?«

»Wozu?«

»Nur um zu reden.«

»Ich glaube, ich weiß, worum es geht. Sie können sich Ihren Atem sparen. Ich kann nicht zu ihr gehen.«

»Mir ist es ebenso unangenehm, darüber zu sprechen, wie Ihnen; aber es geht um eine Verpflichtung, der ich mich nicht entziehen kann.«

»Ich habe achtzehn Jahre lang versucht, zu verarbeiten, was damals auf Escobar geschah. Muß ich jetzt alles noch einmal durchmachen?«

»Es ist das letzte Mal. Ich verspreche es. Morgen reise ich ab. Die Dendarii Flotte wird bald folgen. Alle Leute, die Kurzzeitverträge, wie Sie, haben, werden an der Dalton Station abgesetzt. Von dort aus können Sie ein Schiff nach Tau Ceti oder wohin auch immer bekommen. Ich nehme an, Sie möchten nach Hause.«

Zögernd ging sie neben ihm her. »Ja, mein Arbeitgeber wird zweifellos erstaunt sein, wieviel Lohn er mir noch schuldet.«

»Auch ich schulde Ihnen etwas. Baz hat mir berichtet, wie hervorragend Sie bei der Mission gearbeitet haben.«

Sie zuckte die Achseln. »Reine Routinearbeit.«

»Er meinte nicht, Ihre technische Arbeit. Auf keinen Fall wollte ich Elena — meine Elena — einfach so in der Luft hängen lassen. Verstehen Sie? Sie sollte etwas haben, um das zu ersetzen, was ihr genommen wurde. Ein kleines Trostpflaster.«

»Sie hat doch nur eine Illusion verloren. Und glauben Sie mir, Admiral Naismith, oder wer immer Sie sind, das einzige, was ich ihr geben könnte, wäre nur wieder eine Illusion. Vielleicht, wenn sie ihm nicht so ähnlich sähe ... Wie dem auch sei! Ich will auf keinen Fall, daß sie mir dauernd nachläuft oder vor meiner Tür steht.«

»Was immer Sergeant Bothari auch verbrochen hat — sie ist ganz und gar unschuldig.«

Elena Visconti rieb sich müde die Stirn. »Ich bestreite gar nicht, daß sie recht haben; aber ich *kann* nicht! Für mich strahlt sie einen Alptraum aus.«

Miles kaute nachdenklich auf der Lippe. Sie verließen die *Triumph* durch die Anschlußröhre und gingen über die verlassene Dockanlage. Nur einige Techniker arbeiteten dort.

»Eine Illusion ...«, murmelte er. »Mit einer Illusion kann man sehr lang leben, vielleicht sogar ein ganzes Leben lang, wenn man Glück hat. Wäre es so schwierig, nur ein paar Tage vielleicht nur ein paar Minuten — ihr etwas vorzuspielen? Ich muß sowieso einen tiefen Griff in die Kasse der Dendarii tun, um für ein totes Schiff und ein neues Gesicht für eine junge Frau zu bezahlen. Ich würde Ihnen eine großzügige Entschädigung bieten.«

Er bedauerte seine Worte sofort; denn sie blickte ihn voll Verachtung an. Doch dann wurde ihr Blick nachdenklich.

»Das Mädchen liegt Ihnen wirklich sehr am Herzen, ja?«

»Ja.«

»Ich dachte, sie hätte etwas mit dem Chefingenieur.«

»Das ist mir recht.«

»Verzeihung, aber das kapiere ich nicht.«

»Sie könnte in Todesgefahr geraten, wenn sie bei mir bliebe, wenn ich zurückkehre. Daher ist es mir lieber, wenn sie in die entgegengesetzte Richtung abreist.«

Beim nächsten Dock herrschte reger Betrieb. Ein felicianischer Frachter wurde mit veredeltem Metall beladen, das für die felicianische Kriegsindustrie wichtig war. Miles und Elena Visconti suchten sich einen stilleren Ort. Miles preßte das bunte Tuch in seiner Tasche.

»Wissen Sie eigentlich, daß er von Ihnen auch achtzehn Jahre lang geträumt hat«, sagte er plötzlich. Eigentlich hatte er das nicht sagen wollen. »Er hatte diese Phantasievorstellung, daß Sie seine Frau seien, immer in allen Ehren gehalten. Er hielt daran so fest, daß er zum Schluß wirklich glaubte, dies sei die Wahrheit. Daher war es auch für Elena so wahr. Halluzinationen kann man nicht berühren; aber Halluzinationen können einen berühren.«

Elena Visconti wurde blaß und lehnte sich an die Wand. Miles holte das Tuch aus der Tasche und drehte es zwischen den Fingern. Er hatte die verrückte Idee, es ihr zu schenken, aber wofür — für ein Becken?

»Es tut mir leid«, sagte sie schließlich, »aber der Gedanke, daß er mich in seiner verdrehten Phantasie die ganzen Jahre über betatscht hat, macht mich krank.«

»Er war immer etwas schwierig ...«, begann Miles, schwieg aber wieder. Frustriert lief er zwei Schritte vor und zwei zurück. Plötzlich kniete er sich vor Elena hin.

»Ma'am, Konstantine Bothari schickt mich, um Sie um Verzeihung zu bitten, für alles, was er Ihnen angetan hat. Beharren Sie auf Ihrer Rache, wenn Sie wollen — das ist Ihr gutes Recht — aber geben Sie mir wenigstens ein kleines Pfand, das ich bei seinem Totenopfer für ihn verbrennen kann. Ich tue dies als Vermittler mit dem Recht seines Lehnsherrn und seines Freundes, da er wie ein Vater mein ganzes Leben lang stets eine schützende Hand über mich hielt.«

Elena Visconti stand wie in die Enge getrieben an der Wand. Miles kniete immer noch.

»Verdammt! Langsam halte ich Sie auch für verrückt — Sie sind kein Betaner«, sagte sie. »Stehen Sie doch endlich auf! Was ist, wenn jemand vorbeikommt.«

»Nicht, bevor Sie mir nicht ein Totenpfand gegeben haben«, erklärte Miles entschieden.

»Was wollen Sie von mir? Was ist ein Totenpfand?«

»Etwas von Ihnen, das man verbrennt, damit die Seele des Toten Frieden findet. Manchmal verbrennt man es für Verwandte oder auch für die Seelen getöteter Feinde, damit sie nicht zurückkommen und einen verfolgen. Eine Haarlocke reicht aus.« Er strich sich über eine kurz geschorene Stelle auf dem Kopf. »Das war für zweiundzwanzig tote Pelier letzten Monat.«

»Das ist so ein Aberglauben, nicht wahr?«

Er zuckte die Achseln. »Aberglauben, Brauch — ich hielt mich immer für einen Agnostiker. Erst seit kurzem bin ich zu der Überzeugung gelangt, daß Menschen Seelen brauchen. Bitte, danach werde ich Sie nie mehr belästigen.«

Sie seufzte. »Na schön … geben Sie mir schon den Dolch da. Aber stehen Sie endlich auf!«

Miles stand auf und gab ihr den Dolch seines Großvaters. Sie schnitt eine kurze Locke ab. »Reicht das?«

»Ja, sehr gut.« Das Haar fühlte sich kühl und seidenweich an. Er schloß die Finger darum. »Ich danke Ihnen.«

Sie schüttelte den Kopf. »Verrückt …« Dann lächelte sie. »Und es beschwichtigt die Geister?«

»Man sagt es jedenfalls«, antwortete Miles. »Ich werde es ordnungsgemäß opfern. Darauf gebe ich Ihnen mein Wort.« Er atmete tief durch. »Nun, da ich Ihnen mein Wort gegeben habe, werde ich Sie nicht mehr belästigen. Entschuldigen Sie mich, bitte, Ma'am. Wir haben beide viel Arbeit.«

»Sir.«

Sie gingen zurück auf die *Triumph*. Dann trennten sich ihre Wege. Die Escobarin blickte noch einmal über die Schulter zurück.

»Du irrst dich, kleiner Mann«, sagte sie leise. »Ich glaube, du wirst mich noch ziemlich lange belästigen.«

Als nächstes suchte Miles Arde Mayhew auf.

»Ich fürchte, ich konnte dir nie so helfen, wie ich eigentlich vorhatte«, entschuldigte sich Miles. »Ich habe einen felicianischen Schiffseigner gefunden, der die RG 132 als innersystemaren Frachter kaufen will. Er bietet etwa zehn Cents für einen Dollar; aber es wäre bar auf die Hand. Ich dachte, wir könnten uns das Geld teilen.«

»Zumindest könnte ich mich damit in Ehre zur Ruhe setzen«, meinte Mayhew. »Besser, als wenn Calhoun das Schiff ausschlachtet.«

»Ich fahre morgen zurück nach Hause — via Beta-Kolonie. Wenn du willst, kann ich dich absetzen.«

Mayhew zuckte die Achseln. »Was soll ich auf Beta tun?« Dann blickte er Miles scharf an. »Was ist eigentlich mit diesem ganzen Lehnsmann-Getue? Ich dachte, ich arbeite für dich.«

»Ich ... ich glaube nicht, daß du dich auf Barrayar wohlfühlen würdest«, antwortete Miles vorsichtig. Der Pilot durfte ihn auf keinen Fall nach Hause begleiten. Auch wenn er Betaner war, würde die barrayarische Politik ihn erbarmungslos mit in den tödlichen Strudel hineinziehen, der seinem Lehnsherrn drohte. »Aber bei den Dendarii Söldnern könntest du eine prima Stellung haben. Welchen Rang hättest du gern?«

»Ich bin kein Soldat.«

»Du könntest dich umschulen lassen, etwa in Richtung Technik. Und sie brauchen mit Sicherheit Reservepiloten für Unterlichtflüge und die Gleiter.«

Mayhew runzelte die Stirn. »Ich weiß nicht. Einen Gleiter zu fliegen war immer so ein Notbehelf. Man mußte es machen, um springen zu können. Ich weiß nicht, ob ich so eng mit Schiffen verbunden bleiben will. Das wäre, als stünde man hungrig vor einer Bäckerei und hätte keine Kreditkarte, um etwas zu kaufen.« Er wirkte sehr deprimiert.

»Da wäre noch eine Möglichkeit.«

Mayhew zog höflich fragend die Brauen hoch.

»Die Dendarii Söldner gehen fort und suchen sich an den Enden des Wurmlochknotens Arbeit. Die RG-Schiffe wurden nie alle genau erfaßt. Durchaus möglich, daß da draußen noch irgendwo welche herumliegen. Der Felicianer würde die RG 132 vermieten. Vielleicht könntest du irgendwo RG-Necklinstangen auftreiben ...«

Mayhew richtete sich sofort kerzengerade auf.

»Ich habe keine Zeit, überall in der Galaxis nach Ersatzteilen zu suchen«, fuhr Miles fort. »Aber wenn du das als mein Agent für mich tun willst, weise ich Baz an, dir aus den Dendarii-Geldern soviel zu geben, daß du sie kaufen und herbringen kannst. Es ist eine abenteuerliche Suche, so wie Vorthalia der Kühne nach dem verlorenen Zepter des Kaisers Xian Vorbarra suchte.« In der Sage fand allerdings Vorthalia das Zepter *nie* ...

»Ja?« Mayhews Gesicht strahlte hoffnungsvoll. »Es ist zwar nur eine winzige Chance — aber ...«

»Jawohl! Das ist die richtige Einstellung! Vorwärts marsch!«

Mayhew verzog das Gesicht. »Dein Vorwärtstrieb wird eines Tages alle deine Anhänger über eine Klippe stürzen lassen.« Er grinste. »Und auf dem Weg nach unten überzeugst du sie, daß sie alle fliegen können.« Er steckte die Fäuste in die Achselhöhlen und wackelte mit den Ellbogen. »Führ mich, Mylord. Ich schlage mit den Flügeln, so gut ich kann.«

Wenn in der Dockanlage jede zweite Lichtröhre ausgeschaltet war, hatte man die Illusion von Nacht in der durch keine äußeren Faktoren beeinflußte Zeit im All. Diese Lichter warfen Lichtflecken, die wie Quecksilber schimmerten, in denen man aber keine Farben unterscheiden konnte. In der Stille hörte man leises Klirren oder Klappern, als das Schiff beladen wurde, und gedämpfte Stimmen.

Der Pilot des schnellen felicianischen Kurierschiffes verzog das Gesicht, als Botharis Sarg an ihm vorbeigetragen wurde und in der Anschlußröhre verschwand. »Ich finde es leicht übertrieben, das Ding an Bord zu nehmen, wenn wir unser persönliches Gepäck praktisch auf die Unterhosen beschränken mußten.«

»Zu jeder Parade gehört ein Festwagen«, meinte Miles. Ihm war egal, was der Pilot dachte. Er war, wie auch das Schiff, eine Leihgabe von General Halify. Der General war erst sehr ablehnend gewesen, die Geldmittel bereitzustellen; aber Miles hatte angedeutet, daß die Dendarii Söldner sich nach einem besseren Angebot im Raum von Tau Verde umsehen müßten, falls er diese unbedingt notwendige Fahrt nach der Beta-Kolonie nicht machen könne. Halify hatte nur wenig Bedenkzeit gebraucht, ehe er alle Hebel in Bewegung setzte, um Miles möglichst schnell loszuschicken.

Miles trat unruhig von einem Fuß auf den anderen. Er wollte ablegen, ehe die Aktivitäten begannen, die den hellen Tageszyklus einleiteten. Ivan Vorpatril kam mit einer prallen Reisetasche, die aber bestimmt nicht mit Kleidung gefüllt war. Auf dem Dock waren Streifenmarkierungen, um das Laden und Löschen schwieriger Frachten zu erleichtern. Ivan blinzelte und schritt dann genau auf einer dieser Linien würdevoll zum Schiff. Allerdings mit einer Schlagseite, als müsse er gegen einen Herbststurm ankämpfen.

»Was für eine Hochzeitsparty«, sagte er fröhlich, als er Miles erreicht hatte. »Für eine improvisierte Feier irgendwo im Niemandsland haben deine Dendarii sich wirklich verdammt angestrengt. Captain Auson ist ein feiner Kerl.«

Miles lächelte gezwungen. »Ich dachte mir, daß ihr beide euch gut verstehen würdet.«

»Du bist so auf halber Strecke plötzlich verschwunden. Wir mußten leider ohne dich anfangen zu trinken.«

»Ich wollte nochmal kommen«, antwortete Miles, »aber es gab noch so viele Dinge, die ich in letzter Minute mit Commodore Tung besprechen mußte.«

»Wirklich schade.« Ivan unterdrückte einen Rülpser und blickte auf die Dockanlage. »Ich verstehe ja, daß du eine Frau mitnehmen willst. Zwei Wochen in einer Kiste; aber mußtest du ausgerechnet eine auswählen, die mir Alpträume verursacht.«

Miles folgte seinem Blick. Elli Quinn wurde von Tungs Chirurgen behutsam herangeführt. Die schicke grauweiße Uniform betonte den Körper der athletischen jungen Frau; aber über dem Kragen trug sie einen Kopf, der wie der eines grauenvollen Aliens aussah: Ein haarloser rosa Kolben, mit einem schwarzen Loch als Mund, Nasenschlitzen und zwei kleinen Löcher für die Ohrkanalöffnungen. Nur durch den rechten drangen Geräusche in ihre Dunkelheit. Ivan blickte blitzschnell weg.

Der Arzt nahm Miles beiseite, um ihm noch einige letzte Anweisungen für die Pflege während der Fahrt zu geben. Außerdem ermahnte er Miles, auf den noch nicht vollständig ausgeheilten Magen zu achten. Miles klopfte auf den Flachmann, in dem jetzt Medizin war, und schwor, alle zwei Stunden dreißig Kubikzentimeter davon einzunehmen. Dann nahm er behutsam die Hand der Verletzten und legte sie auf seinen Arm. Auf Zehenspitzen konnte er ihr Ohr erreichen. »Es kann losgehen. Der nächste Halt ist die Beta-Kolonie.«

Sie fuhr mit der anderen Hand durch die Luft, bis sie sein Gesicht fand. Sie versuchte mit der verstümmelten Zunge Worte zu formen. Beim zweiten Mal verstand Miles sie. »Danke, Admiral Naismith.« Er hätte weinen können.

»Nun denn«, sagte Miles. »Laßt uns ablegen, ehe das Bon-Voyage-Komitee aufwacht und uns noch zwei Stunden aufhält!« Aber es war schon zu spät. Aus dem Augenwinkel sah er eine schlanke Gestalt herbeieilen. Baz folgte etwas langsamer.

Elena kam ganz atemlos an. »Miles! Du wolltest abreisen, ohne dich zu verabschieden!«

Er seufzte und zwang sich ein Lächeln ab. »Wieder mal Pech gehabt!« Ihre Wangen waren gerötet, die Augen blitzten. Wie ungemein begehrenswert sie doch war ... Er hatte das Herz doch schon gegen diesen Abschied abgehärtet. Warum schmerzte es so?

Baz traf ein. Miles verbeugte sich vor beiden. »Commander Jesek, Commodore Jesek. Weißt du, Baz, vielleicht hätte ich dich zum Admiral machen sollen. Die Namen könnten bei einer schlechten Verbindung verwechselt werden ...«

Baz schüttelte lächelnd den Kopf. »Du hast mich schon mit genug Ehre überschüttet, Mylord. Ehre und noch viel mehr ...« Seine Augen suchten Elena. »Ich dachte einmal, es würde eines Wunders bedürfen, aus einem Niemand wieder einen Jemand zu machen.« Er lächelte. »Ich hatte recht. Und ich danke dir.«

»Und ich danke dir auch«, sagte Elena leise. »Für ein Geschenk, das ich nie erwartet hätte.«

Miles legte neugierig den Kopf schief. Meinte sie Baz? Ihren Rang? Flucht aus Barrayar?

»Mich selbst«, erklärte sie.

Irgendwie schien ihm ein Trugschluß in ihrem Gedankengang zu sein; aber es war nicht genug Zeit, um diesen zu suchen. Dendarii strömten jetzt durch mehrere Eingänge auf die Dockanlage. Sie kamen zu zweit, zu dritt und in größeren Gruppen. Die Lichter wurden auf volle Tageszyklusstärke geschaltet. Miles' Plan, sich heimlich davonzumachen, war fehlgeschlagen.

»Also jetzt aber wirklich ›Lebt wohl!‹« sagte er verzweifelt. Dann schüttelte er schnell Baz die Hand. Elena umarmte ihn mit nassen Augen. Zu spät ...

Als sie ihn losließ, streckten sich ihm unzählige Hände entgegen. Einige konnte er schütteln, andere wollten ihn nur noch berühren. Bothari hätte einen Herzinfarkt bekommen. In Gedanken entschuldigte sich Miles beim Sergeant.

Die Dockanlage war jetzt eine wogende Menschenmenge. Bald erklang wie aus einem Mund der Ruf: »Naismith! Naismith! ...«

Hilflos hob Miles die Hände, um die Menge zu beschwichtigen. Dabei fluchte er leise vor sich hin. In jeder Menge gab es einen Idioten, der so etwas anfing. Jetzt hoben Elena und Baz ihn auf die Schultern. Nun mußte er auch noch eine verdammte Abschiedsrede halten. Er senkte die Hände, und zu seiner Überraschung trat Ruhe ein. Er hob die Hände wieder, und schon ging auch das Gebrüll weiter. Wie ein Dirigent senkte er die Arme langsam. Absolute Stille. Es war einfach beängstigend.

»Wie ihr sehen könnt, bin ich so groß, weil ihr alle mich so hochgehoben habt«, fing er an. Dankbares Lachen vom Publikum. »Ihr habt mich hochgehoben durch eure Tapferkeit, Waghalsigkeit, Gehorsam und die anderen Soldatentugenden.« Das war gut! Streichle sie! Das geht runter wie Öl. Dabei verdankte er mindestens ebensoviel ihrer Verwirrung, Rivalität, Ehrgeiz, Faulheit, Frechheit ... »Als Dank kann ich nur eines tun: Ich muß auch euch alle hochheben. Hiermit ziehe ich den provisorischen Status zurück und erkläre euch für immer und ewig zu einem Teil der Dendarii Söldner!«

Der Jubel, das Pfeifen und Stampfen ließen das Dock erbeben. Einige Oserer waren nur aus Neugier oder zu spät gekommen; aber Ausons ursprüngliche Besatzung war fast vollzählig vertreten. Miles entdeckte Auson, der strahlte, und Thorne, dem Tränen über die Wangen strömten.

Wieder hob er die Arme und gebot Schweigen. »Ich werde durch dringende Aufgaben auf unbestimmte Zeit abberufen. Daher bitte und befehle ich, daß ihr Commodore Jesek den gleichen Gehorsam entgegenbringt wie mir.« Er schaute auf Baz hinab. »Er wird euch nie verlassen!«

Miles spürte, wie die Schulter des Ingenieurs unter ihm zitterte. Es war absurd, denn Jesek wußte am besten, daß Miles ein Hochstapler war ... »Ich danke euch allen und sage euch, lebt wohl!«

Dann ließen sie ihn zu Boden. Er kam ziemlich hart auf. »Und möge Gott mir gnädig sein. Amen«, murmelte er leise. Winkend und lächelnd ging er rücklings zur Anschlußröhre.

Jesek flüsterte ihm noch schnell ins Ohr: »Mylord, ehe du gehst, würdest du mir verraten, welchem Haus ich diene?«

»Das hast du noch nicht herausgebracht?« Miles schaute Elena verblüfft an.

Botharis Tochter zuckte nur die Achseln. »Sicherheitsgründe.«

»Also, ich will es nicht in die Menge schreien — aber solltest du je eine Livree kaufen — was bestimmt nicht geschehen wird — dann kaufe dir eine braun-silberne.«

»Aber ...« Baz wurde blaß. »Aber das ist ...«

Miles grinste. »Bring's ihm vorsichtig bei, Elena.«

Dann bot ihm die Anschlußröhre Zuflucht und Stille. Draußen riefen die Dendarii wieder im Chor. »Naismith! Naismith!« Der felicianische Pilot geleitete Elli Quinn an Bord, Ivan folgte. Als letzte Person sah Miles noch Elena. Und durch die Menge bahnte sich eine Frau mit ernstem und nachdenklichem Gesicht einen Weg zu ihr: Elena Visconti.

Der felicianische Pilot verriegelte die Luke, ließ Luft in die Versiegelung und ging voraus in den Navigations- und Kommunikationsraum.

»O Mann«, bemerkte Ivan respektvoll. »Das war ein Auftritt! Die fressen dir aus der Hand. Du mußt dich doch jetzt noch schwindliger als ich fühlen — auf psychischen Wogen oder so.«

»Eigentlich nicht«, antwortete Miles.

»Wieso nicht? Also ich würde ausflippen.« Eine Spur Neid war nicht zu überhören.

»Ich heiße ja nicht Naismith.«

Ivan machte den Mund auf und gleich wieder zu und musterte seinen Vetter von der Seite. Die Monitore waren eingeschaltet, und man sah die Veredelungsanlage. Das Schiff legte ab. Miles versuchte, das Dock im Auge zu behalten; aber bald wußte er nicht mehr, war es das vierte oder das fünfte von links.

»Verdammt!« Ivan steckte die Daumen in den Gürtel und wiegte sich auf den Fersen. »Ich bin immer noch geplättet. Du kommst hier mit nichts an, und innerhalb von vier Monaten hast du nicht nur deren Krieg völlig umgekrempelt, sondern auch noch sämtliche Murmeln eingesackt.«

»Ich will keine Murmeln«, widersprach Miles ungeduldig. »Wenn man mich mit Murmeln in der Tasche erwischt, bedeutet das meinen Tod. Hast du das schon vergessen?«

»Ich verstehe dich nicht«, beschwerte sich Ivan. »Ich dachte, du wolltest immer unbedingt Soldat werden. Hier hast du in richtigen Schlachten gekämpft, eine ganze Flotte befehligt, mit phantastisch wenig Verlusten jede Taktik über den Haufen geworfen ...«

»Denkst du etwa das von mir? Daß ich hier Soldat gespielt habe?« Miles fing wieder an, ruhelos auf und ab zu gehen. Dann blieb er stehen und senkte beschämt den Kopf. »Vielleicht hast du recht. Vielleicht habe ich es getan und einen Riesenfehler begangen. Ich habe Tag um Tag damit vergeudet, mein Ego zu stärken, während zu Hause Vordrozdas Meute meinen Vater erbarmungslos hetzte. Und jetzt fünf Tage aus dem verdammten *Fenster* starren — während sie ihn *töten* ...«

»Ach, deshalb bist du so nervös«, sagte Ivan. »Keine Angst! Wir schaffen es schon nach Hause.« Dann fuhr er in einem weit weniger überzeugten Ton fort: »Miles, angenommen, du hast recht mit dieser ganzen Sache — was *machen* wir, wenn wir wieder zu Hause sind?«

Miles lächelte gezwungen, wie schon so oft in letzter Zeit. »Mir wird schon etwas einfallen.«

Dann drehte er sich um und betrachtete die Bildschirme. Dabei dachte er stumm nach. In bezug auf die Verluste irrst du dich, Ivan. Sie waren enorm hoch.

Die Veredelungsanlage und die Schiffe darum wurden zu winzigen Punkten, Fünkchen. Wasser in den Augen. Dann waren sie verschwunden.

KAPITEL 20

Die betanische Nacht war heiß, selbst unter der Schutzkuppel, welche die Vorstadt Silica abschirmte. Miles berührte die Silberkreise auf Stirn und Schläfen und betete, daß der Schweiß nicht den Klebstoff löste. Er hatte den betanischen Zoll mit der frisierten Identifikationskarte des felicianischen Piloten passiert. Aber es wäre übel, wenn die angeblichen Implantate ihm plötzlich über die Nase rutschten.

Kunstvoll gezogene Bonsai-Akazien und Mesquitebäumchen, durch bunte Lampen noch mehr herausgehoben, zierten die niedrige Kuppel, welche der Fußgängereingang zum Appartementhaus seiner Großmutter war. Das alte Gebäude stammte noch aus der Zeit vor dem Gemeindeschutzschild und war daher vollkommen unterirdisch. Miles legte Elli Quinns Hand auf seinen Arm und tätschelte sie beruhigend.

»Wir sind gleich da. Jetzt zwei Stufen nach unten. Meine Großmutter wird Ihnen gefallen. Sie überwacht die Instandhaltung der lebenserhaltenden Geräte in der Silica Universitätsklinik. Sie weiß, wen wir für die beste Behandlung aufsuchen müssen. Jetzt kommt eine Tür ...«

Ivan trat als erster ein. Er hielt immer noch die Reisetasche an sich gepreßt. Die kühle Luft im Innern des Gebäudes umschmeichelte Miles' Gesicht und nahm ihm die Sorge um die aufgeklebten Implantate. Es hatte ihn wahnsinnige Nervenkraft gekostet, mit dem gefälschten Ausweis durch die Paßkontrolle zu gehen; aber mit seinem echten wäre er garantiert sofort in die Mühlen betanischer Justiz geraten, was Gott weiß wie lang dauern konnte. Die Zeit dröhnte in seinem Kopf.

»Es kommt eine kleine Liftröhre«, sagte Miles gerade zu Elli, dann zog er sie fluchend zurück. Aus dem Lift trat der Mann in die Eingangshalle, den er am allerwenigsten bei diesem kurzen Zwischenaufenthalt sehen wollte.

Tav Calhouns Augen quollen heraus, als er Miles erblickte. Sein Gesicht nahm die Farbe roter Ziegel an. »Sie!« brüllte er. »Sie … Sie … Sie …« Stammelnd ging er auf Miles zu.

Miles probierte es mit einem verbindlichen Lächeln. »Ja was! Guten Abend, Mr. Calhoun. Sie sind der Mann, mit dem ich unbedingt sprechen …«

Calhoun packte Miles Jacke. »Wo ist mein Schiff?«

Als Miles rücklings gegen die Wand gedrückt wurde, bekam er plötzlich große Sehnsucht nach Sergeant Bothari. »Nun ja, wir hatten da ein kleines Problem mit dem Schiff«, begann er besänftigend.

Calhoun schüttelte ihn. »Wo ist es? Was habt ihr Ganoven damit gemacht?«

»Es sitzt auf Tau Verde fest, fürchte ich. Schaden an den Necklin-Stangen. Aber ich habe Ihr Geld.« Er versuchte es mit einem freundlichen Nicken.

Calhouns Griff wurde nicht schwächer. »Ich würde Ihr Geld nicht mit einer Zange anfassen!« schimpfte er. »Man hat mich wie einen Idioten im Kreis herumgeschickt, belogen, verfolgt, meine Comkonsole angezapft. Barrayarische Agenten haben meine Angestellten verhört, meine Freundin und ihre Freundin — ich habe übrigens auch herausgefunden, wie wertlos dies verdammte, glühende Stück Land ist, du mieser, kleiner Mutant! Ich will Blut! Und du gehst in die *Therapie,* denn ich werde sofort den Sicherheitsdienst rufen!«

Elli Quinn stieß einen klagenden Laut aus, den Miles mit seinem inzwischen geschulten Gehör verstand. »Was ist los?«

Jetzt erst bemerkte Calhoun sie im Schatten. Er zuckte zurück, machte auf dem Absatz kehrt und rief Miles über die Schulter zu: »Rühr dich ja nicht von der Stelle! Dies ist eine Bürgerfestnahme!« Dann lief er zur öffentlichen Comkonsole.

»Pack ihn, Ivan!« rief Miles.

Calhoun konnte sich aus Ivans Griff befreien. Seine Reflexe waren schneller, als Miles sie dem Fettkloß zugetraut hätte. Da glitt Elli Quinn mit schief gelegtem Kopf mit zwei blitzschnellen seitlichen Schritten auf ihn zu. Sie ertastete sein Hemd. Einen Augenblick lang wirbelten die beiden wie ein Tanzpaar herum. Dann führte Calhoun plötzlich einen erstaunlich hohen Salto aus und landete mit dem Rücken auf dem Steinboden der Halle. Lautstark zischte die Luft aus seinem Brustkasten. Im Nu saß Elli neben ihm, ein Bein über seinem Hals, und hatte die Arme nach hinten gedreht.

Nun konnte Ivan übernehmen, da das Opfer sich nicht mehr bewegen konnte. »Wie haben Sie das bloß gemacht?« fragte er verblüfft und bewunderte Elli.

Sie zuckte die Achseln. »Training mit verbundenen Augen«, antwortete sie. »Das verstärkt das Gleichgewicht. Es funktioniert, wie Sie sehen.«

»Was machen wir jetzt mit ihm, Miles?« fragte Ivan. »Kann er dich wirklich verhaften lassen, auch wenn du ihn bezahlst?«

»Tätlicher Angriff und schwere Körperverletzung«, krächzte Calhoun.

Miles strich sich die Jacke glatt. »Ich fürchte — ja. Da war noch etwas Kleingedrucktes im Vertrag. Aber im ersten Stock gibt es eine Besenkammer. Dort schaffen wir ihn schnell hin, ehe hier noch jemand kommt.«

»Kidnapping«, krächzte Calhoun, als Ivan ihn zum Lift schleppte.

In der Besenkammer des Hausmeisters fanden sie eine Rolle Draht. »Mörder!« schrie Calhoun, als sie sich ihm damit näherten. Miles knebelte ihn, dann rollten sie den Draht um ihn herum, bis der Verschrotter einer orangefarbenen Mumie glich.

»Die Reisetasche, Ivan«, sagte Miles.

Ivan öffnete sie. Miles stopfte Calhoun in Hemd und Sarong bündelweise betanische Dollar.

»... achtunddreißig, neununddreißig, vierzigtausend«, zählte Miles.

Ivan kratzte sich am Kopf. »Weißt du, irgendwie ist das altmodisch ...«

Calhoun rollte mit den Augen und stöhnte. Miles nahm ihm den Knebel aus dem Mund.

»... plus zehn Prozent!« keuchte Calhoun.

Miles knebelte ihn wieder und zählte nochmals viertausend Dollar ab. Die Reisetasche war jetzt viel leichter. Dann schlossen sie die Kammer ab.

»Miles!« Seine Großmutter umarmte ihn und wollte ihn gar nicht mehr loslassen. »Gottseidank, daß Captain Dimir dich gefunden hat! Die Leute von der Botschaft haben sich schon schreckliche Sorgen gemacht. Cordelia sagt, dein Vater glaubt nicht, daß er das Datum für die Anhörung im Rat der Grafen ein drittes Mal verschieben kann.«

Dann sah sie Elli Quinn und verstummte. »Ach du liebe Güte!«

Miles stellte ihr Ivan vor und sagte, daß Elli eine Freundin von einem anderen Planeten sei, die hier niemand kenne und auch nicht wisse, wo sie wohnen solle. Mrs. Naismith verstand sofort seine unausgesprochene Bitte, die verletzte Söldnerin ihrer Obhut zu übergeben. Sie meinte nur: »Ja, ja, wieder mal eines deiner lahmen Hündchen.« Miles schickte ein stummes Dankgebet für sie hinauf.

Dann bat seine Großmutter alle ins Wohnzimmer. Miles setzte sich auf die Couch und mußte dabei an Bothari denken. Die Erinnerung schmerzte. Er fragte sich, ob der Tod des Sergeants zu einer alten Kriegsverletzung werden würde, die bei jedem Wetterwechsel wieder weh tat.

Als hätte Mrs. Naismith seine Gedanken gelesen, fragte sie: »Wo ist der Sergeant und wo ist Elena? Berichten sie in der Botschaft? Ich bin überrascht, daß sie dich mich besuchen lassen. Lieutenant Croyes Äußerungen zufolge, dachte ich, sie würden dich an Bord des nächsten Schnellkuriers nach Barrayar schaffen, sobald sie dich in die Hände bekämen.«

»Wir waren noch nicht in der Botschaft«, gestand Miles. »Wir sind direkt hierher gekommen.«

»Ich habe dir gesagt, wir hätten uns erst dort melden sollen«, sagte Ivan. Miles winkte ab.

Seine Großmutter blickte ihn durchdringend an. »Was ist passiert, Miles? Wo ist Elena?«

»Sie ist in Sicherheit«, antwortete Miles. »Aber sie ist nicht mitgekommen. Der Sergeant ist vor fast drei Monaten ums Leben gekommen. Es war ein Unfall.«

»Oh«, sagte Mrs. Naismith und saß eine Zeitlang stumm da. »Ich muß gestehen, ich habe nie verstanden, was deine Mutter an diesem Mann gut fand; aber ich weiß, daß man ihn schmerzlich vermissen wird. Willst du Lieutenant Croye von hier aus anrufen?« Dann musterte sie Miles mit schief gelegtem Kopf. »Hast du etwa während der letzten fünf Monate irgendwo das Training für einen Sprungpiloten absolviert? Das hättest du meiner Meinung nach nicht so geheim halten müssen. Ich bin ganz sicher, daß Cordelia dich unterstützt hätte und ...«

Miles berührte verlegen einen Silberkreis. »Das ist eine Attrappe. Ich habe mir die Identifikation eines Sprungpiloten ausgeborgt, um durch den Zoll zu kommen.«

»Miles!« Vor Ungeduld wurden ihre Lippen schmal. Sorgenfalten standen zwischen den schön geschwungenen Brauen. »Was ist eigentlich los? Hat das alles mit dieser abscheulichen barrayarischen Politik zu tun?«

»Ich fürchte, ja. Aber erzähle mir schnell, was du von zu Hause gehört hast, seit Dimir hier abgereist ist.«

»Laut deiner Mutter sollst du dich vor dem Rat der Grafen wegen irgendeiner erlogenen Anklage wegen Verrats verantworten — und zwar sehr bald.«

Miles schenkte Ivan ein Hab-ich-dir's-nicht-gleich-gesagt-Nicken. Ivan fing an, am Daumennagel zu kauen.

»Offenbar hat es jede Menge übelster Machenschaften hinter der Szene gegeben. Ich habe nicht einmal die Hälfte von dem verstanden, was auf ihren Disketten steht. Ich bin überzeugt, nur ein Barrayarer kann verstehen, wie diese Regierung dort funktioniert. Für jeden, der klar denken kann, hätte sie schon vor Jahren zusammenbrechen müssen. Aber, was soll's! Auf alle Fälle scheint es sich hauptsächlich darum zu drehen, daß die Anklage wegen Verrats geändert werden soll, von einem Verstoß gegen etwas, das Vorloupulous' Gesetz oder so ähnlich heißt, zu Hochverrat mit der Absicht sich des kaiserlichen Thrones zu bemächtigen.«

»*Was?*« Miles fuhr hoch. Jetzt packte ihn heißes Entsetzen. »Das ist doch absoluter Wahnsinn! Ich will doch nicht Gregors Job! Denken die denn, ich habe den Verstand verloren? Außerdem müßte ich dazu die gesamten Kaiserlichen Streitkräfte befehligen und nicht eine mickrige Söldnerflotte.«

»Willst du damit sagen, daß es *tatsächlich* eine Söldnerflotte gab?« fragte seine Großmutter mit großen Augen. »Ich hielt das nur für ein wildes Gerücht. Jetzt verstehe ich etwas besser, was Cordelia wegen der Anklage meinte.«

»Was hat Mutter gesagt?«

»Daß dein Vater große Schwierigkeiten hatte, diesen Grafen Vor-wie-immer-er-heißt — ich kann diese ganzen Vor-Menschen nie auseinander halten ...«

»Vordrozda?«

»Ja, das war der Name.«

Miles und Ivan blickten sich nur an.

»... diesen Vordrozda zu veranlassen, die Anklage von der geringeren zur schwerwiegenderen zu ändern, obwohl er in der Öffentlichkeit so tat, als wollte er das Gegenteil. Mir ist nicht klar, welcher Unterschied besteht, da die Strafe dieselbe ist.«

»Hatte Vater Erfolg?«

»Offenbar. Zumindest vor zwei Wochen, als der letzte Kurier Barrayar verließ, der gestern hier ankam.«

»Aha.« Miles lief wieder hin und her. »Aha. Geschickt. Geschickt — vielleicht ...«

»Ich verstehe das auch nicht«, beschwerte sich Ivan. »Usurpation ist doch eine viel schwerwiegendere Anklage.«

»Aber da bin ich unschuldig! Außerdem geht es darin um den *Vorsatz* — die verbrecherische Absicht. Ich muß nur erscheinen, um das zu entkräften. Die Verletzung von Vorloupulous' Gesetz hingegen ist die Anklage wegen eines Tatbestands — und dieses Tatbestands bin ich — wenn auch nicht vorsätzlich, so doch zu Recht — schuldig. Wenn ich bei der Gerichtsverhandlung erscheine und die Wahrheit sage — wozu ich durch Eid verpflichtet bin —, ist es viel schwieriger, diese Anklage zu widerlegen.«

Ivan hatte inzwischen den zweiten Daumennagel abgebissen. »Und wie kommst du auf die Idee, daß das Resultat irgend etwas mit deiner Schuld oder Unschuld zu tun hat?«

»Wie bitte?« fragte Mrs. Naismith.

»Deshalb habe ich auch einen Wenn-Satz benutzt«, antwortete Miles. »Die Sache ist so verdammt politisch — wie viele Stimmen hat deiner Meinung nach Vordrozda schon im Sack, ehe irgendein Beweis oder eine Aussage präsentiert wird? Er *muß* Rückhalt haben, sonst hätte er nie gewagt, die Sache in Gang zu setzen.«

»Was fragst du mich?« beschwerte sich Ivan.

»Du ...« Miles schaute seinen Vetter nachdenklich an. »Du bist der Schlüssel zu allem, ich weiß bloß noch nicht, wie du ins Schloß paßt.«

Ivan blickte ihn verständnislos an. »Ich? Weshalb?«

»Vor allem deshalb: Bis wir uns irgendwo melden, denken Hessman und Vordrozda, daß du tot bist.«

»*Was?*« fragte Mrs. Naismith.

Miles erklärte ihr den Fehlschlag von Captain Dimirs Mission und dessen Verschwinden. Dann tippte er sich an die Stirn und fügte hinzu: »Und das ist der Hauptgrund für alle diese Dinge — außer Calhoun natürlich.«

»Da du gerade von Calhoun sprichst«, unterbrach ihn seine Großmutter. »Der Kerl kommt dauernd her und fragt nach dir. Du solltest dich vor ihm in acht nehmen, wenn du wirklich unentdeckt bleiben willst.«

»Ja, danke«, sagte Miles. »Also, Ivan, wenn Dimirs Schiff sabotiert wurde, kann das nur jemand getan haben, der dazu gehört. Und warum sollte der, der unbedingt verhindern will, daß ich bei der Verhandlung erscheine, es nicht noch einmal versuchen, wenn wir uns ihm in die Hand geben, indem wir in der Botschaft auftauchen?«

»Miles, du denkst wirklich um sieben Ecken. Bist du sicher, daß du nicht Botharis Krankheit erwischt hast?« fragte Ivan. »Du gibst mir das Gefühl, als sei eine Zielscheibe auf meinen Rücken gemalt.«

Miles grinste. Er fühlte sich seltsam großartig. »Langsam wachst du auf, was?« Es kam ihm vor, als könne er die Räder in seinem Verstand hören, wie sie sich immer schneller drehten. »Weißt du, Ivan, wenn du einen Raum voller Menschen überraschend stürmen willst, ist es sehr viel leichter, die Ziele zu treffen, wenn du nicht laut brüllend die Tür eintrittst«, sagte er und dachte zurück.

Der Besuch blieb so kurz, wie Miles gehofft hatte. Sie leerten die Reisetasche auf den Fußboden im Wohnzimmer. Dann machte Miles Häufchen, um seine verschiedenen Schulden auf Beta zu begleichen, darunter auch die ›Investition‹ seiner Großmutter. Leicht verwirrt erklärte sie sich bereit, die anderen Beträge zu verteilen.

Der größte Haufen war für Elli Quinns neues Gesicht. Miles schluckte, als er von seiner Großmutter den Preis für den besten Chirurgen hörte. Zum Schluß hatte er nur noch ein mageres Bündel in der Hand.

Ivan lachte. »Bei Gott, Miles, du hast wirklich einen Riesenprofit gemacht. Ich glaube, du bist seit fünf Generationen der erste Vorkosigan, der das geschafft hat. Muß das schlechte betanische Blut sein.«

Miles betrachtete wehmütig die Dollar. »Es wird anscheinend tatsächlich zur Familientradition. Mein Vater gab zweihundertfünfundsiebzigtausend Mark an dem Tag aus, an dem er die Regentschaft niederlegte, nur damit in der Kasse derselbe Betrag war, wie an dem Tag, an dem er sie sechzehn Jahren zuvor übernommen hatte.«

Ivan zog die Brauen hoch. »Das habe ich nicht gewußt.«

»Ja, deshalb hat das Haus der Vorkosigans voriges Jahr kein neues Dach bekommen. Ich glaube, das war das einzige, was meine Mutter bedauerte. Ansonsten war es fast lustig zu überlegen, wo man das Zeug am besten unterbrachte. Das Kaiserliche Waisenhaus hat ein ordentliches Paket abbekommen.«

Aus reiner Neugier fragte Miles schnell die Börsenkurse auf der Comkonsole ab. Felicianische Millifenige waren wieder dabei, mit einer Rate von 1,206 Millifenige zu einem betanischen Dollar; aber wenigstens wurden sie wieder gehandelt. In der vorigen Woche hatte die Rate 1,459 zum Dollar betragen.

Doch dann gab es kein Halten mehr. Miles trieb zur Eile an.

»Wenn wir mit dem felicianischen Schnellkurier einen Tag Vorsprung herausholen«, erklärte er seiner Großmutter, »müßte, das reichen. Danach kannst du die Botschaft anrufen und sie aus ihrem Elend erlösen.«

»Ja.« Sie lächelte. »Der arme Lieutenant Croye war überzeugt, er müsse den Rest seiner Karriere als einfacher Soldat an einem gottverlassenen Ort Wache stehen.«

An der Tür blieb Miles noch einmal stehen. »Ach ja — wegen Tav Calhoun ...«

»Ja?«

»Du kennst doch die Besenkammer des Hausmeisters im ersten Stock?«

»Vage.« Sie blickte ihn beunruhigt an.

»Bitte doch jemand, dort morgen früh mal nachzusehen — aber keinesfalls früher.«

»Das würde mir nicht im Traum einfallen«, versicherte sie ihm.

»Nun komm schon, Miles«, rief Ivan.

»Nur noch eine Sekunde.«

Miles lief schnell zurück zu Elli Quinn, die immer noch gehorsam im Wohnzimmer saß. Er drückte ihr das Bündel Banknoten, das er noch übrig hatte, in die Hand.

»Kampfbonus«, flüsterte er ihr zu. »Für oben. Sie haben ihn verdient.«

Dann küßte er ihr die Hand und lief hinter Ivan her.

KAPITEL 21

Miles drehte mit dem Leichtflieger eine sanfte Runde um Schloß Vorhartung. Am liebsten wäre er im Sturzflug direkt im Schloßhof gelandet. Das Eis war gebrochen, und der Fluß schlängelte sich durch die Hauptstadt Vorbarr Sultana. Die Schneeschmelze auf den Dendarii Bergen weit im Süden färbte sein eiskaltes Wasser grünlich. Das uralte Schloß stand auf einer Klippe, so daß die Thermik den Flieger vom Fluß emportrug.

Dahinter breitete sich die moderne Stadt kilometerweit aus. Man hörte den Lärm und sah die Lichter des morgendlichen Verkehrs. Auf den Parkplätzen vor dem Schloß standen alle möglichen Fahrzeuge und Gruppen von Männern in fast fünfzig verschiedenen Livrees. Ivan saß neben Miles und zählte die Banner, die im kalten Frühlingswind auf den Zinnen knatterten.

»Das ist eine Vollversammlung des Rats«, sagte Ivan. »Ich glaube kaum, daß ein Banner fehlt — sogar das von Graf Vortala ist da, und er war seit Jahren nicht mehr dabei. Die müssen ihn reingetragen haben! Meine Güte, Miles! Da ist auch das Kaiserliche Banner — Gregor persönlich ist anwesend.«

»Das konntest du schon daran erkennen, daß auf dem Dach die Kerle in kaiserlicher Livree mit Flugabwehrplasmagewehren standen«, bemerkte Miles. Innerlich zitterte er. Die Mündung einer dieser Waffen folgte ihnen wie ein mißtrauisches Auge.

Langsam und vorsichtig setzte er den Flieger innerhalb des aufgemalten Kreises vor den Schloßmauern auf.

»Weißt du, Miles, daß wir wie komplette Idioten aussehen, wenn wir da hineinstürmen und es nur um eine Debatte über Wasserrechte oder Ähnliches geht«, meinte Ivan.

»Der Gedanke ist mir auch schon gekommen«, gab Miles zu. »Es war ein kalkuliertes Risiko, ohne Voranmeldung zu landen. Aber schließlich haben wir schon früher öfters wie Idioten ausgesehen. Das wird niemand von den Sitzen, reißen.«

Er blickte auf das Chronometer, blieb mit gesenktem Kopf einen Moment lang sitzen und atmete tief durch.

»Ist dir schlecht?« fragte Ivan beunruhigt. »Du siehst nicht besonders gut aus.«

Miles schüttelte den Kopf. Eine Lüge. Er bat Baz Jesek innerlich um Verzeihung, weil er ihn oft so hart verurteilt hatte. Er war keineswegs tapferer als Baz — er war nur noch nie in einer Situation gewesen, wo er vor Angst wie gelähmt war. Er wünschte, er wäre wieder bei den Dendarii Söldnern und könnte so einfache Dinge erledigen wie Löwenzahnbomben zu entschärfen. »Gebe Gott, daß alles gut ausgeht«, betete er leise.

Ivan sah ihn ganz verstört an. »Seit zwei Wochen bedrängst du mich mit diesem Überraschungstrick — gut, du hast mich überzeugt; aber *jetzt ist es zu spät*, um deine Meinung zu ändern!«

»Ich habe meine Meinung nicht geändert.« Miles zog die Silberkreise von Stirn und Schläfen und starrte die große, graue Schloßmauer an.

»Die Wachen werden uns bemerken, wenn wir hier sitzenbleiben«, meinte Ivan. »Ganz zu schweigen von der Hölle, die auf dem Gleiterflughafen inzwischen losgebrochen sein dürfte.«

»Stimmt«, sagte Miles. Er hing jetzt an einer langen, langen Gedankenkette und schwang im Wind des Zweifels hin und her. Es wurde Zeit, festen Boden unter die Füße zu bekommen.

»Nach dir«, sagte Ivan höflich.

»Danke.«

Miles öffnete die Klappen und kletterte aufs Pflaster.

Sie gingen zu den vier schwer bewaffneten Posten in Kaiserlichen Farben, die am Tor Wache standen. Der eine drückte sofort mit dem Finger in ein Teufelshorn in der Mauer. Er hatte das biedere Gesicht eines Bauern. Miles seufzte insgeheim. Willkommen daheim! Er entschloß sich, zum Gruß nur leicht mit dem Kopf zu nikken.

»Guten Morgen, Krieger. Ich bin Lord Vorkosigan. Man hat mich davon unterrichtet, daß der Kaiser mich herbefohlen hat.«

»Witzbold«, sagte ein Posten und griff nach dem Gummiknüppel. Aber sein Nebenmann packte ihn am Arm und starrte Miles verblüfft an.

»Nein, Dub — er *ist* es!«

In der Säulenhalle vor dem großen Ratssaal wurden sie nochmals auf Waffen durchsucht. Stimmen drangen aus dem Saal an Miles' Ohr. Er erkannte die des Grafen Vordrozda am Näseln. Es klang nach einer offiziellen Debatte.

»Wie lange geht das schon?« fragte Miles leise einen Posten.

»Eine Woche. Heute soll der letzte Tag sein. Sie sind gerade bei der Zusammenfassung. Sie kommen gerade noch rechtzeitig, Mylord.« Er nickte Miles aufmunternd zu.

»Bist du sicher, daß du nicht lieber eine Therapie in der Beta-Kolonie machen willst?« flüsterte Ivan.

Miles grinste verbissen. »Jetzt ist es zu spät. Wäre es nicht komisch, wenn wir gerade zur Urteilsverkündung reinplatzten?«

»Absolut hysterisch komisch. Du würdest sterben vor Lachen«, antwortete Ivan wütend.

Ivan wollte zur Tür; aber Miles hielt ihn zurück. »Pscht! Warte und hör zu!«

Auch diese Stimme konnten sie identifizieren: Admiral Hessman.

»Was macht er hier?« flüsterte Ivan. »Ich dachte, diese Versammlung ist einzig und allein den Grafen vorbehalten.«

»Als Zeuge, wie du! Pscht!«

»... Wenn unser erlauchter Premierminister von diesem Komplott nichts wußte, soll er doch diesen ›vermißten‹ Neffen hier vorführen.« Vordrozdas Stimme triefte vor Zynismus. »Er sagt, er könne dies nicht. Und warum nicht? Ich behaupte, daß Lord Vorpatril mit einer geheimen Botschaft fortgeschickt wurde. Und wie lautete diese Botschaft? Nun, zweifellos so ähnlich wie: ›Alles entdeckt! Flieh und rette dein Leben!‹ Ich frage sie alle: Ist es wahrscheinlich, daß ein Komplott solchen Ausmaßes so weit von einem Sohn vorangetrieben werden konnte, ohne daß sein Vater etwas davon wußte? Wohin sind diese zweihundertfünfundsiebzigtausend Mark geflossen, über die er sich so hartnäckig ausschweigt — wenn nicht in die geheime Finanzierung dieser Operation? Diese wiederholten Bitten um Aufschub sind nichts als eine Vernebelungstaktik. Wenn Lord Vorkosigan unschuldig ist — warum ist er dann nicht hier?« Vordrozda legte eine dramatische Pause ein.

Ivan zupfte Miles am Ärmel. »Los! Ein besseres Stichwort bekommst du nie mehr!«

»Du hast recht. Gehen wir!«

Durch die hohen bunten Glasfenster in der Ostwand malte das Licht farbige Flecken auf den schweren Eichenboden des Saals. Vordrozda stand im Kreis des Redners. Auf der Zeugenbank dahinter saß Admiral Hossman. Die Galerie mit der reich geschnitzten Balustrade war leer, aber die Holzbänke und Pulte um den Rednerkreis waren dicht besetzt.

Unter den offiziellen Roben in Scharlachrot und Silber blitzten alle möglichen Hautfarben. Nur wenige Männer trugen keine Robe, sondern die rotblaue Paradeuniform der aktiven Kaiserlichen Streitkräfte. Kaiser Gregor saß auf einem erhöhten Podest links im Raum. Auch er trug nur die Uniform. Miles kämpfte gegen den Anfall von Lampenfieber. Er wünschte, er hätte sich noch schnell zu Hause umgezogen. Er trug immer noch das einfache dunkle Hemd, Hosen und Stiefel, wie beim Verlassen von Tau Verde. Die Entfernung bis in die Saalmitte kam ihm wie ein Lichtjahr vor.

Sein Vater saß hinter einem Pult in der ersten Reihe, nicht weit entfernt von Vordrozda. Wie immer trug er die Uniform. Graf Vorkosigan hatte sich zurückgelehnt, die Beine an den Knöcheln gekreuzt und die Arme auf die Lehnen gestützt. Trotz dieser lässigen Haltung wirkte er wie ein Tiger kurz vor dem Sprung. Die Augen in dem finsteren Gesicht fixierten Vordrozda mordlüstern. Miles fragte sich in diesem Augenblick, ob der Titel ›Schlächter von Komarr‹, den böse Zungen seinem Vater angehängt hatten, vielleicht doch nicht so ganz unbegründet war.

Vordrozda, im Rednerkreis, war der einzige, der direkt auf den Eingangsbogen blickte. Daher sah er Miles und Ivan auch als erster. Er hatte gerade den Mund aufgemacht, um weiterzusprechen. Jetzt fiel ihm der Unterkiefer herab.

»Auf eben diese Frage, Graf Vordrozda, möchte ich gern antworten — und Ihnen auch, Admiral Hessman«, rief Miles. Zwei Lichtjahre, dachte er, und humpelte weiter.

Im Saal erhob sich lautes Stimmengewirr. Doch Miles interessierte nur die Reaktion eines einzigen Mannes.

Graf Vorkosigan drehte den Kopf, sah Miles an und atmete tief ein. Dann zog er Arme und Beine ein. Einen Augenblick lang barg er das Gesicht in den Händen. Dann rieb er sich die Augen. Sie funkelten feucht, als er seinen Sohn wieder ansah.

Wann ist er so alt geworden? überlegte Miles. War das Haar schon immer so grau gewesen? Hat er sich so verändert oder ich? Oder wir beide?

Graf Vorkosigans Blick fiel jetzt auf Ivan. Verzweifelt runzelte er die Stirn. »Ivan, du Idiot! Wo hast du gesteckt?«

Ivan zwinkerte Miles zu und schritt hocherhobenen

Hauptes zur Zeugenbank. Dort verneigte er sich kurz. »Admiral Hessman schickte mich aus, um Miles zu finden, Sir!«

»Das stimmt!« antwortete der Admiral. »Aber ich glaube nicht, daß dies der wahre Grund des Befehls war.«

Vordrozda funkelte wütend Hessman an. »Sie ...«, zischte Vordrozda in Richtung Admiral. Dann hatte er sich wieder in der Gewalt.

Miles verbeugte sich vor der ganzen Versammlung und verharrte schließlich mit gebeugtem Knie vor dem Podest des Kaisers. »Mein Gebieter, Mylords. Ich wäre schon früher gekommen. Doch leider ging die Einladung an mich mit der Post verloren. Um dies zu beweisen, würde ich gern Lord Ivan Vorpatril zu meinem Zeugen aufrufen.«

Der junge Kaiser Gregor blickte ihn aus seinen dunklen Augen beunruhigt an. Dann sah er verwirrt zu seinem neuen Ratgeber im Rednerkreis hin. Sein ehemaliger Ratgeber, Graf Vorkosigan, strahlte. Er hatte die Lippen zu einem fast raubtierhaften Lächeln gefletscht. Auch Miles sah aus dem Augenwinkel zu Vordrozda hin. Instinktiv wußte er, daß jetzt der richtige Zeitpunkt war, um Druck zu machen. Bis der Lord Hüter der Ordnung Ivan gemäß Protokoll als Zeugen zuläßt, sagte er sich, haben die anderen sich vom Schock erholt. Gib ihnen sechzig Sekunden Beratung, und sie brüten neue Lügen aus, die so überzeugend klingen, daß ihr Wort gegen unseres steht. Da mit Sicherheit mehrere Mitglieder des Rats geschmiert sind, ist die Abstimmung ein teuflisch gefährliches Spiel. Hessman, ja, Hessman, dem mußte man jetzt zusetzen. Vordrozda war zu aalglatt. Der würde sich irgendwie herauswinden. Zuschlagen und die Verschwörung spalten!

Miles räusperte sich und stand auf. »Hiermit klage ich vor Euch, Ihr Lords, Admiral Hessman der Sabotage, des Mordes und des versuchten Mordes an. Ich kann beweisen, daß er die Sabotage des Kaiserlichen Schnellkurierschiffes von Captain Dimir befahl, was zum grauenvollen Tod aller an Bord führte. Ferner kann ich beweisen, daß er damit auch meinen Vetter Ivan töten wollte.«

»Das ist gegen das Protokoll«, rief Vordrozda. »Derartig absurde Anklagen gehören nicht vor den Rat der Grafen. Wenn Sie so etwas vorbringen wollen, dann vor einen Militärgericht, Sie Verräter!«

»Wo Admiral Hessman sich allein verteidigen muß, da Sie, Graf Vordrozda, dort nicht angeklagt werden können, was ausgesprochen günstig für Sie ist«, erklärte Miles prompt.

Graf Vorkosigan legte die Faust aufs Pult und beugte sich zu Miles vor. Seine Lippen formten stumm die Aufforderung: Ja, weiter, weiter ...

Ermutigt sprach Miles jetzt lauter: »Er wird dort allein stehen und auch allein sterben, da er keine Zeugen dafür hat, daß Sie ihm den Befehl gaben, diese Verbrechen auszuführen. Es gab doch keine Zeugen, oder Admiral? — Glauben Sie wirklich, daß Graf Vordrozda so treu zu einem Kameraden hält, daß er diesen Befehl zugibt, um ihn zu retten?«

Hessman war totenblaß. Er atmete schwer. Sein Blick flackerte zwischen Vordrozda und Ivan hin und her. Miles sah die aufsteigende Panik in seinen Augen.

Vordrozda fuchtelte wild mit den Armen und zeigte auf Miles. »Mylords, das ist keine Verteidigung. Er hofft nur, durch diese wilden Gegenbeschuldigungen seine eigene Schuld zu verschleiern. Es ist ein unerhörter Verstoß gegen die Ordnung! Mylord Hüter der Ordnung, ich wende mich an Sie, die Ordnung wiederherzustellen!«

Der Lord Hüter der Ordnung wollte aufstehen, setzte sich aber wieder, als ihn ein Blick des Grafen Vorkosigan durchbohrte. »Es ist zwar höchst ungebührlich ...« Dann schwieg er. Graf Vorkosigan lächelte beifällig.

»Sie haben meine Frage noch nicht beantwortet, Vordrozda«, rief Miles. »Werden Sie für Admiral Hessman sprechen?«

»Untergebene haben immer wieder Ausschreitungen begangen, ohne dazu autorisiert zu sein, wie uns die Geschichte lehrt«, begann Vordrozda.

Er windet und schlängelt sich doch noch raus! Nein! Ich kann auch wendig sein. »Ach, dann geben Sie also zu, daß er Ihr Untergebener ist?«

»Aber keineswegs«, protestierte Vordrozda. »Unsere einzige Verbindung besteht im gemeinsamen Interesse für das Wohl des Imperiums!«

»Keine Verbindung, Admiral Hessman! Haben Sie das gehört? Wie fühlt man sich, wenn man so aalglatt ein Messer in den Rücken bekommt? Ich wette, Sie spüren kaum, wie die Klinge immer tiefer gleitet. So wird es bis zum Ende sein, das ist Ihnen doch klar, oder?«

Hessmans Augen quollen hervor. Er sprang auf. »O nein!« rief er. »Sie haben die Sache ausgeheckt, Vordrozda! Und wenn ich untergehe, nehme ich Sie mit!« Er zeigte auf Vordrozda. »Er kam zu mir nach Winterfair und wollte die neuesten militärischen Geheimdienstmeldungen über Vorkosigans Sohn ...«

»Halten Sie den Mund, Mann!« rief Vordrozda verzweifelt. »Kein Wort mehr!« Blitzschnell faßte er unter die scharlachrote Robe und holte eine blitzende Nadelpistole hervor. Die Mündung zielte direkt auf den Admiral. Plötzlich erstarrte Vordrozda und betrachtete die Waffe in seiner Hand, als sei diese ein giftiger Skorpion.

»Und wer verstößt jetzt gegen die Ordnung dieser hohen Versammlung?« fragte Miles spöttisch.

Die barrayarische Aristokratie wahrte immer noch militärische Haltung. Das Ziehen einer tödlichen Waffe in Gegenwart des Kaisers, löste einen sofortigen Reflex aus. Zwanzig oder dreißig Männer sprangen auf.

Nur auf Barrayar konnte die Bedrohung mit einer geladenen Nadelpistole dazu führen, daß die Leute *darauf-*

zu liefen, anstatt davon. Andere sprangen zwischen Vordrozda und den Hochsitz des Kaisers. Vordrozda wirbelte herum und zielte jetzt nicht mehr auf Hessman, sondern seinen Peiniger. Miles stand stockstill, gebannt von dem winzigen schwarzen Auge der Waffe. War es nicht faszinierend, daß die Hölle einen so kleinen Eingang haben konnte …

Vordrozda wurde von einer Menschenlawine in flatternden Roben niedergewalzt, Ivan hatte die Ehre, ihm als erster einen Schlag zu versetzen, der ihn in die Knie zwang.

Miles stand vor seinem Kaiser. Es herrschte wieder Ruhe im Saal. Die, welche ihn gerade noch beschuldigt hatten, waren abgeführt worden. Jetzt kam erst das richtige Tribunal.

Gregor seufzte und winkte den Lord Hüter der Ordnung zu sich. Sie berieten sich kurz.

»Der Kaiser wünscht und braucht eine Vertagung um eine Stunde, um die neuen Aussagen zu überprüfen, dazu als Zeugen Graf Vorvolk und Graf Vorhalas.«

In dem Privatgemach hinter dem Podest versammelten sich außer Gregor noch Graf Vorkosigan, Miles und Ivan, und die beiden Zeugen, welche Gregor nach merkwürdigen Gesichtspunkten gewählt hatte. Henri Vorvolk war einer von Gregors Altersgenossen unter den Grafen und ein persönlicher Freund. Kern einer neuen Clique, vermutete Miles. Kein Wunder, daß Gregor ihn zur Unterstützung herbeizog. Graf Vorhalas …

Vorhalas war der älteste und unversöhnlichste Feind von Miles' Vater, seit Vorhalas beide Söhne vor achtzehn Jahren auf der falschen Seite ums Leben kamen, als Vordarian sich des Thrones bemächtigen wollte. Miles betrachtete ihn mit ungutem Gefühl. Der Sohn und Erbe des Grafen war der Mann gewesen, der die Soltoxingasgranate eines Nachts durchs Fenster des Hauses der Vorkosigans geworfen hatte, um den Tod seines jüngeren Bruders zu rächen. Wegen dieses Verrats war er hingerichtet worden. Hatte Graf Vorhalas in Vordrozbas Komplott eine Gelegenheit zur Rache gesehen — dein Sohn für meinen Sohn?

Allerdings war Vorhalas als gerechter und ehrlicher Mann bekannt — Miles konnte sich durchaus vorstellen, daß er in der Verurteilung von Vordrozdas Komplott mit seinem Vater einer Meinung sein könnte. Die beiden waren schon so lange Feinde und hatten so viele Feinde und Gegner überlebt, daß ihre Feindschaft beinahe eine Art Harmonie erreicht hatte. Dennoch würde niemand es wagen, Vorhalas zu verdächtigen, ein für den früheren Regenten parteiischer Zeuge zu sein. Die beiden Männer nickten sich zu, wie Fechter en garde, und nahmen gegenüberliegende Sitze ein.

Graf Vorkosigan schaute seinen Sohn sehr ernst und durchdringend an. »Also, Miles, was ist wirklich dort draußen passiert? Ich hatte Illyans Berichte — jedenfalls bis vor kurzem noch. Aber anstatt Antworten zu geben, warfen diese mehr Fragen auf.«

Miles war einen Augenblick lang abgelenkt. »Sendet sein Agent denn nicht mehr? Ich schwöre, ich habe mich in seine Aufgaben nicht eingemischt.«

»Captain Illyan ist im Gefängnis.«

»Was?«

»Er wartet auf seine Gerichtsverhandlung. Ihm wurde Teilnahme an deiner Verschwörung angelastet.«

»Das ist doch absurd!«

»Keineswegs, sondern nur logisch. Wenn jemand etwas gegen mich unternehmen will, ergreift er als erstes die Vorsichtsmaßnahme, meine Augen und Ohren zu entfernen, wenn er dies kann.«

Graf Vorhalas nickte als alter Taktiker zustimmend, als wolle er sagen: So hätte ich es auch gemacht.

Die Augen von Miles Vater verengten sich spöttisch. »Es ist für ihn eine ganz neue Erfahrung, bei einem Justizprozeß auf der anderen Seite der Tische zu sitzen.

Aber das schadet nicht. Im Augenblick ist er allerdings etwas verärgert über dich.«

»Die Frage ist«, mischte sich Gregor ein, »ob der Captain mir oder meinem Premierminister gedient hat.« In seinen Augen stand immer noch Unsicherheit zu lesen.

»Alle, die mir dienen, dienen durch mich Euch«, erklärte Graf Vorkosigan. »So funktioniert es im Vor-System. Viele Ströme der Erfahrung fließen zusammen und bilden einen Strom großer Macht. Ihr seid dieser letzte Zusammenfluß.« Miles hatte seinen Vater noch nie so weit an den Rand einer Schmeichelei gehen sehen. Es war ein Zeichen seiner Besorgnis. »Ihr tut Simon Illyan Unrecht, wenn Ihr ihn verdächtigt. Er hat Euch Euer ganzes Leben lang gedient, und vorher Eurem Großvater.«

Miles fragte sich, welchen Nebenfluß er selbst darstellte — die Dendarii Söldner kamen aus sehr merkwürdigen Quellen. Jetzt mußte er seinem Vater antworten. »Was passiert ist? Nun, Sir ...« Eigentlich hatte alles vor einer Mauer keine hundert Kilometer von Vorbarra Sultana entfernt begonnen. Aber er setzte als Anfang seine erste Begegnung mit Arde Mayhew in der Beta-Kolonie. Er berichtete zögernd und nicht ganz ohne Angst. Ehe er zu Baz Jesek kam, holte er tief Luft. Sein Vater zuckte bei der Erwähnung des Namens zusammen. Doch Miles lieferte einen genauen und ehrlichen Bericht über die darauffolgenden Abläufe: Die Blockade, das Entern der Schiffe, die Kämpfe. Dabei geriet er direkt ins Schwärmen. Plötzlich merkte er, daß er den Kaiser die Rolle der oserischen Flotte spielen ließ, Henri Vorvolk Captain Tung und seinen Vater das Oberkommando der Pelier. Bei Botharis Tod verdüsterte sich das Gesicht seines Vaters. Nach einiger Zeit sagte er: »Nun, er ist von einer großen Last befreit, möge er doch noch Frieden finden.«

Miles warf einen Blick auf den Kaiser und ließ die Beschuldigungen Elena Viscontis über Prinz Sergs

Schandtaten auf Escobar aus, was ihm von seinem Vater einen kurzen dankbaren Blick einbrachte. Miles hielt diese Auslassung für gerechtfertigt. Manche Wahrheiten können so reißend werden, daß auch starke Bauten ihnen nicht standhalten können. Er wollte nicht noch so eine Zerstörung wie die Elena Botharis erleben.

Als Miles zu dem Punkt gekommen war, wie er die Blockade endgültig gebrochen hatte, hörte Gregor mit offenem Mund fasziniert zu, und Graf Vorkosigans Augen strahlten anerkennend. Ivans Ankunft, Miles Schlüsse daraus — das erinnerte ihn, daß es Zeit war, wieder die Medizin einzunehmen, und er griff nach dem Flachmann.

»Was ist das?« fragte sein Vater überrascht.

»Ein Mittel gegen Magensäure. Möchtest du einen Schluck?«

»Ja, danke«, sagte Graf Vorkosigan und nahm einen kräftigen Schluck. Er verzog keine Miene; aber Miles war nicht sicher, ob sein Vater nicht doch innerlich lachte.

Miles gab dann noch einen kurzen und knappen Bericht über die Gründe, die ihn dazu geführt hatten, heimlich zurückzufliegen, um Vordrozda und Hessman zu überraschen. Ivan bestätigte alles, was er als Augenzeuge miterlebt hatte, und entlarvte Hessman als Lügner. Gregor wirkte verstört über die Feststellung, daß seine neuen Freunde ihn so hinters Licht geführt hatten. Wach auf, Gregor! dachte Miles. Du von allen Menschen kannst dir den Luxus angenehmer Illusionen nicht leisten. Nein! Mit dir möchte ich wirklich nicht den Platz tauschen.

Als Miles seinen Bericht abgeschlossen hatte, war Gregor ganz niedergeschlagen. Graf Vorkosigan saß rechts von Gregor, wie immer zurückgelehnt, und betrachtete seinen Sohn nachdenklich.

Schließlich ergriff Gregor das Wort. »Als du eine solche Streitmacht auf die Beine gestellt hast — was wolltest du werden? Wenn nicht Herrscher von Barrayar, dann vielleicht woanders?«

»Mein Gebieter.« Miles senkte die Stimme. »Als wir im Winter immer in der Kaiserlichen Residenz spielten, habe ich da jemals eine andere Rolle spielen wollen, als die Vorthalias des Getreuen? Du kennst mich — wie konntest du an mir zweifeln! Die Dendarii Söldner sind rein zufällig entstanden. Ich hatte nie vor, eine Streitmacht zu sammeln. Irgendwie haben sie sich gebildet, während ich von einer Krise in die nächste stolperte. Ich wollte nur Barrayar dienen, so wie mein Vater vor mir. Als ich aber nicht Soldat werden konnte, wollte ich — irgend etwas Nützliches tun, um ...« — er blickte seinen Vater an und konnte die schmerzliche Wahrheit nicht länger zurückhalten —, »um aus meinem Leben ein würdiges Geschenk zu machen, das ich zu seinen Füßen niederlegen konnte.« Er zuckte Achseln. »Aber ich habe mal wieder versagt.«

»Ton, mein Junge.« Die Stimme Graf Vorkosigans klang belegt. »Nur ein tönernes Standbild, das nicht wert ist, eine so goldene Opfergabe zu empfangen.« Dann versagte ihm die Stimme.

In diesem Augenblick dachte Miles nicht mehr an die bevorstehende Gerichtsverhandlung. Er senkte die Augen und barg dieses köstliche Gefühl der Ruhe und Zufriedenheit im Herzen, um daraus in einer zukünftigen dunklen oder verzweifelten Stunde Trost zu holen. Der vaterlose Gregor schluckte und blickte — wie beschämt — beiseite. Graf Vorhalas schaute zu Boden, wie jemand, dem es peinlich ist, in eine sehr private, intime Szene gestolpert zu sein.

Dann legte Gregor die rechte Hand zögernd auf die Schulter seines ersten und treuesten Beraters und Beschützers. »Ich diene Barrayar«, sagte er. »Das Recht darin ist meine Pflicht. Ich wollte niemals ungerecht sein.«

»Man hat dich an der Nase herumgeführt, mein Junge«, sagte Graf Vorkosigan so leise, daß nur Gregor ihn verstand. »Schon gut. Aber lerne daraus.«

Gregor wandte sich wieder an Miles. »Als wir zusammen gespielt haben, Miles, hast du mich bei Strat-0 immer geschlagen. Weil ich wußte, wie gut du in diesem Strategiespiel bist, daß ich an dir zweifelte.«

Miles kniete nieder, senkte den Kopf und breitete die Arme aus. »Ich beuge mich Eurem Urteil, Gebieter.«

Gregor schüttelte den Kopf. »Einen derartigen Hochverrat kann ich immer ertragen.« Dann erhob er die Stimme und fragte die Zeugen: »Nun, Mylords? Seid Ihr überzeugt, daß Vordrozdas Anschuldigung, daß Miles sich des Imperiums bemächtigen wollte, falsch und böswillig ist? Und werdet Ihr dies auch Euren Standesgenossen gegenüber bezeugen?«

»Absolut«, erklärte Henri Vorvolk begeistert. Miles vermutete, daß der Kadett im zweiten Jahr auf der Akademie, sich bei seiner Schilderung der Abenteuer mit den Dendarii Söldnern rettungslos in ihn verliebt hatte.

Graf Vorhalas blieb kühl und nachdenklich. »Der Vorwurf der Usurpation scheint in der Tat falsch zu sein«, meinte der alte Mann. »Und das werde ich bei meiner Ehre auch bezeugen. Aber es gibt hier noch einen Punkt des Verrats. Lord Vorkosigan hat selbst zugegeben, daß er Verrat beging, indem er gegen Vorloupulous' Gesetz verstieß.«

»Eine derartige Anklage wurde jedoch im Rat der Grafen nie vorgebracht«, erklärte Graf Vorkosigan.

Henri Vorvolk grinste. »Wer würde das jetzt noch wagen?«

»Ein Mann, dessen Loyalität dem Imperium gegenüber bewiesen ist, der aber ein akademisches Interesse an perfekter Justiz hat, könnte es wagen«, sagte Graf Vorkosigan sehr ruhig. »Ein Mann, der nichts zu verlieren hat, könnte auch — viel wagen. Habe ich nicht recht?«

»Bitte darum, Vorkosigan«, flüsterte Vorhalas erregt.

»Bitte um Vergebung, wie ich es tat.« Er schloß die Augen und zitterte.

Graf Vorkosigan sah ihn stumm an. »Wie Sie wollen«, sagte er, stand auf und beugte ein Knie vor seinem Feind. »Lassen Sie die Sache auf sich beruhen, und ich werde dafür sorgen, daß der Junge keinen Ärger mehr macht.«

»Das ist noch zu hochmütig.«

»Also gut. Ich bitte Sie.«

»Sagen Sie: ›Ich flehe Sie an!‹«

»Ich flehe Sie an«, wiederholte Graf Vorkosigan gehorsam. Miles suchte nach Anzeichen eines Wutausbruchs im Gesicht seines Vaters, sah aber keine. Hier ging es um eine alte Sache, die älter als er war, welche nur die beiden alten Männer kannten. Es war wie ein Labyrinth, in dem er sich nicht zurechtfand. Gregor war blaß, Henri Vorvolk verblüfft und Ivan entsetzt.

Vorhalas stumme Härte schien einer gewissen Erregung zu weichen. Er beugte sich zu Miles' Vater hinab und flüsterte ihm ins Ohr: »Geschenkt, Vorkosigan.« Graf Vorkosigan hielt den Kopf gesenkt.

Er sieht in mir nur ein Werkzeug gegen meinen Vater, dachte Miles. »Graf Vorhalas!« Miles Stimme durchschnitt die Stille wie eine Klinge. »Geben Sie sich damit zufrieden; denn — falls Sie die Sache weiterbetreiben —, müßten Sie meiner Mutter in die Augen sehen und alles wiederholen. Wagen Sie das?«

Vorhalas blickte Miles an. »Kann Ihre Mutter Sie ansehen, ohne Rachegelüste zu verstehen?« Er deutete auf Miles' mißgestalteten Körper.

»Mutter nennt mich ihr großes Geschenk«, erklärte Miles. »Prüfungen sind ein Geschenk — und große Prüfungen sind ein großes Geschenk. Allerdings halten viele meine Mutter für etwas seltsam ...« Er schaute Vorhalas direkt in die Augen. »Was wollen Sie nun mit Ihrem Geschenk anfangen, Graf Vorhalas?«

»Verdammt«, murmelte Vorhalas nach kurzem

Schweigen. »Er hat die Augen seiner Mutter.« Nur Graf Vorkosigan hatte diese Worte verstanden.

»Es ist mir auch aufgefallen«, flüsterte Miles' Vater zurück.

»Ich bin kein Heiliger«, erklärte Vorhalas.

»Das verlangt auch niemand von Ihnen«, sagte Gregor beschwichtigend. »Aber Sie sind mein Untertan. Und es hilft mir wirklich nicht, wenn sich meine Männer gegenseitig zerfleischen, anstatt meine Feinde zu vernichten.«

Vorhalas atmete tief ein. »Das ist wahr, mein Gebieter.« Langsam lösten sich seine verkrampften Finger, als gäbe er einen unsichtbaren Gegenstand frei. »Nun, steht schon auf!« sagte er ungeduldig zu Graf Vorkosigan. Ganz ruhig erhob sich der ehemalige Regent.

Vorhalas funkelte Miles an. »Sagt mir noch eins, Aral, wie wollen Sie diesen begabten jungen Wahnsinnigen und seine Zufallsarmee unter Kontrolle halten?«

Graf Vorkosigan sprach langsam und gemessen. Jedes Wort kam wie ein Tropfen. »Die Dendarii Söldner sind ein echtes Puzzle.« Er schaute Gregor an. »Was ist Euer Wille, Gebieter?«

Gregor blickte hilfesuchend Miles an, da er so plötzlich aus seiner Zuschauerrolle gerissen worden war. »Organisationen wachsen und verschwinden wieder. Besteht die Chance, daß die Dendarii einfach wieder verschwinden?«

Miles kaute auf der Lippe. »Diese Hoffnung hatte ich selbst auch schon, aber — sie sahen ungemein gesund aus, als ich sie verließ. Sie nehmen eher zu als ab.«

Gregor verzog das Gesicht. »Ich kann nicht wie der alte Dorca mit meiner Armee gegen sie marschieren — dazu ist der Weg eindeutig zu weit.«

»Die Leute sind an allem völlig unschuldig«, erklärte Miles schnell. »Sie wußten nie, wer ich war — die meisten sind nicht einmal Barrayarer.«

Gregor blickte Graf Vorkosigan unsicher an. Doch

dieser betrachtete seine Stiefel, als wolle er sagen: *Du wolltest doch unbedingt deine eigenen Entscheidungen fällen. Jetzt tu's auch, mein Junge.* Aber laut sagte er: »Gregor, Ihr seid ein ebenso großer Kaiser, wie Dorca es war. Tut, was Ihr wollt!«

Gregor blickte wieder Miles an. »Du konntest die Blockade nicht in diesem militärischen Zusammenhang brechen. Daher hast du den Zusammenhang verändert.«

»Jawohl, Sir.«

»Ich kann Dorcas Gesetz nicht ändern ...«, sagte Gregor langsam. Graf Vorkosigan entspannte sich. Er hatte schon Zeichen von Unruhe zu erkennen gegeben. »Es hat schließlich Barrayar gerettet.«

Der Kaiser schwieg und dachte angestrengt nach. Miles konnte ihm nachfühlen, was in ihm vorging. Miles ließ ihn aber noch eine Zeitlang schmoren, bis Gregor den verzweifelten Blick hatte, den Miles aus den mündlichen Examen her kannte, wenn jemand die Antwort nicht wußte. Jetzt!

»Die Dendarii Söldner des Kaisers«, schlug Miles vor.

»Was?«

»Warum nicht?« Miles drehte die Hände nach außen. »Ich wäre entzückt, sie dir zu übergeben. Mach sie zu deiner Kronen-Truppe. Ein Wort — und es ist geschehen.«

»Mit Pferden und Kavallerie!« sagte Graf Vorkosigan, aber sein Gesicht war viel heller geworden.

»Was er mit ihnen macht, ist sowieso nur eine juristische Fiktion, da sie außerhalb seiner Reichweite sind«, sagte Miles. »Er kann alles so arrangieren, wie es ihm am besten paßt.«

»Wem am besten paßt?« fragte Graf Vorhalas.

»Du hast an eine private Deklaration gedacht, vermute ich«, sagte Graf Vorkosigan.

»Naja — ich fürchte, die meisten Söldner wären etwas verstört, wenn sie erführen, daß sie zur Barrayarischen Kaiserlichen Armee eingezogen wurden. Unterstellt sie doch Captain Illyans Abteilung! Dann müßte ihr Status geheim bleiben. Ihm wird schon etwas einfallen, wo und wie er sie sinnvoll einsetzen kann. Eine freie Söldnerflotte, insgeheim im Besitz des Barrayarischen Kaiserlichen Geheimdienstes.«

Gregor schaute plötzlich beinahe begeistert drein. »Das könnte funktionieren ...«

Graf Vorkosigan lächelte ganz kurz. »Simon wird mehr als erfreut sein.«

»Wirklich?« fragte Gregor zweifelnd.

»Dafür garantiere ich persönlich.« Graf Vorkosigan verbeugte sich im Sitzen.

Vorhalas schnaubte und schaute Miles an. »Du bist ausgekochter, als es dir gut tun wird, Junge.«

»So ist es, Sir.« Miles war fast hysterisch erleichtert. Er war dreitausend Soldaten und weiß Gott wie viele Tonnen Ausrüstung los! Er hatte es geschafft: Jetzt lag auch das letzte Stückchen an seinem Platz im Puzzle.

»... wage nicht, mich hinters Licht zu führen«, sagte Vorhalas. Dann wandte er sich an Graf Vorkosigan. »Damit ist meine Frage nur halb beantwortet, Aral.«

Graf Vorkosigan betrachtete seine Fingernägel mit blitzenden Augen. »Stimmt! Wir können den Jungen nicht frei herumlaufen lassen. Auch mir graut, in welche Zufälle er wieder hineingeraten könnte. Man sollte ihn in eine Anstalt stecken, wo er hart arbeiten muß und ständig überwacht wird.« Er machte eine Pause. »Dürfte ich die Kaiserliche Offiziersakademie vorschlagen?«

Miles verschlug es den Atem. Diese Hoffnung war doch reiner Schwachsinn. Alle seine Kalkulationen hatten sich nur darum bewegt, wie er straffrei dem Vorgehen gegen Vorloupulous' Gesetz entkommen könne. Von einem Leben danach hatte er nie zu träumen gewagt, von einer derartigen Belohnung ganz zu schweigen ...

Sein Vater neigte sich zu ihm und flüsterte: »Natürlich nur, wenn es nicht unter Ihrer Würde ist — Admiral Naismith. Ich habe dir noch gar nicht zu deiner steilen Karriere gratuliert.«

Miles wurde rot. »Es war doch nur Hochstapelei. Das weißt du doch!«

»Alles?«

»Naja, das meiste.«

»Hm, du bist vorsichtiger geworden. Aber schließlich hast du einen Geschmack davon bekommen, wie es ist, zu befehlen. Kannst du wieder lernen, dich unterzuordnen? Degradierungen sind bittere Pillen.«

»Du wurdest nach Komarr degradiert, Sir...«

»Ja, zurückgestuft zum Captain.«

Miles lächelte verschmitzt. »Ich habe jetzt einen bionischen Magen, der alles verdaut. Ich werde es schaffen.«

Graf Vorhalas zog fragend die Brauen hoch. »Welche Art von Fähnrich soll er werden, Admiral Vorkosigan?«

»Ich glaube, daß er einen grauenvollen Fähnrich abgeben wird«, antwortete Graf Vorkosigan ehrlich. »Aber wenn er es schafft, daß ihn seine erbosten Vorgesetzten nicht erwürgen — wegen übergroßer Initiative, wird aus ihm eines Tages vielleicht ein hervorragender Stabsoffizier.«

Vorhalas nickte zögernd. Miles Augen strahlten. Es war der Widerschein des Glanzes in den Augen seines Vaters.

Nach zwei Tagen Anhörung der Zeugen und aller möglichen Manöver hinter der Bühne, stimmte der Rat einstimmig auf Freispruch. Es half natürlich, daß Gregor sein Recht als Graf Vorbarra wahrnahm und laut ›unschuldig‹ sagte, als die Reihe an ihn kam. Für gewöhnlich enthielt sich der Kaiser der Stimme. Der Rest der Grafen schwenkte danach sogleich ein.

Einige ältere politische Gegner des Grafen Vorkosigan schauten drein, als würden sie lieber spucken, doch nur Graf Vorhalas enthielt sich der Stimme. Aber Vorhalas war nie ein Parteigänger Vordrozdas gewesen und mußte sich daher auch nicht reinwaschen.

»Ein mutiger Hund.« Graf Vorkosigan grüßte seinen engsten Feind quer durch den Saal. »Ich wünschte, alle hätten sein Rückgrat, wenn auch nicht seine politische Überzeugung.«

Miles saß ganz still da und nahm diesen Triumph in sich auf. Elena hätte doch gefahrlos mitkommen können ...

Aber sie wäre nicht glücklich gewesen. Jagdfalken gehören nicht in Käfige — ganz gleich, wie man sie verwöhnt oder wie golden die Stäbe auch sind. Am schönsten sind diese Raubvögel, wenn sie sich frei in die Lüfte schwingen können. Herzzerreißend schön.

Er seufzte und stand auf, um sich seinem Schicksal zu stellen.

Die Weinberge, die den großen See oberhalb von Vorkosigan Surleou umgaben, schimmerten in frischem Grün. Die Seeoberfläche glitzerte in der Sonne wie ein Schatz Silbermünzen. Miles hatte auf dem Weg hierher gelesen, daß es früher einmal irgendwo Sitte war, den Toten Münzen auf die Augen zu legen, für die Überfahrt. Die Idee gefiel ihm. Er stellte sich vor, wie die Sonnenmünzen auf den Grund des Sees sanken, sich dort auftürmten, bis sie als neue Insel wieder an der Oberfläche auftauchten.

Die Erdklumpen waren kalt und naß. Unter der Oberfläche hatte der Winter sich noch gehalten. Er warf eine Schaufel des schweren Bodens aus der Grube.

»Deine Hände bluten«, sagte seine Mutter. »Du könntest die Arbeit in fünf Minuten mit einem Plasmabogen erledigen.«

»Blut wäscht die Sünde ab«, erklärte Miles. »Das sagte der Sergeant.«

»Verstehe.« Dann saß sie, mit dem Rücken an einen

Baumstamm gelehnt, und blickte stumm auf den See hinaus. Es war wohl die betanische Herkunft, dachte Miles, daß sie nie müde wurde, sich am Wasser unter dem Himmel zu erfreuen.

Endlich war er fertig. Gräfin Vorkosigan half ihm aus der Grube heraus. Er nahm die Kontrolleitung der Schwebepalette und ließ den länglichen Sarg, der die ganze Zeit über geduldig dagestanden hatte, vorsichtig hinab in die Grube. Bothari hatte immer geduldig auf ihn gewartet.

Das Zuschütten ging schneller. Noch war der handgeschnittene Grabstein nicht fertig, den sein Vater bestellt hatte. Er glich den anderen auf dem Familiengrab. Miles Großvater lag nicht weit entfernt neben der Großmutter, die Miles nie kennengelernt hatte, da sie schon vor Jahrzehnten in den Wirren des barrayarischen Bürgerkriegs ums Leben gekommen war. Mit gemischten Gefühlen betrachtete er den Platz für ein Doppelgrab, der rechtwinklig zum Grab Botharis, etwas oberhalb davon, reserviert war. Doch diese Bürde stand ihm noch bevor.

Dann stellte er eine flache Kupferschale auf einen Dreifuß unten am Grab auf. Darin legte er Wacholderzweige aus den Bergen und eine Haarlocke von sich. Danach holte er ein buntes Tuch aus der Tasche. Er entfaltete es vorsichtig und legte eine Locke aus feinem dunklen Haar zwischen die Zweige. Seine Mutter fügte eine kurze graue Strähne und einen dicken Strang ihres rötlichgrauen Haares hinzu. Dann entfernte sie sich ein Stück.

Nach kurzer Pause legte Miles das Tuch neben die Haare. »Ich fürchte, ich war eine ziemlich schlechte Heiratsvermittlerin«, flüsterte er. »Ich wollte dich nie verspotten. Und Baz liebt sie. Er wird gut für sie sorgen ... Es war leicht, dir mein Wort zu geben, aber schwer, es zu halten.« Dann streute er noch kleine Stücke wohlriechender Baumrinde in die Schale und entzündete den

Inhalt. »Hier liegst du warm und kannst beobachten, wie der See sein Gesicht verändert — vom Winter in den Frühling und dann vom Sommer in den Herbst. Hier marschieren keine Armeen, und selbst um Mitternacht ist es hier nie ganz dunkel. Ich bin sicher, daß Gott einen Ort wie diesen nicht übersehen wird. Gnade und Vergebung wirst auch du finden, du alter Hund. Ich bete, daß du mir einen Schluck aus dem Becher aufhebst, wenn er dir überfließt.«

EPILOG

Die Übung für einen Notfall an der Dockanlage fand natürlich mitten im Nachtzyklus statt. Hätte ich aber auch gemacht, dachte Miles, als er mit den anderen Kadetten durch die Korridore der Plattform für Orbitalwaffen hetzte. Morgen war für seine Gruppe das harte, vierwöchige Training im orbitalen freien Fall zu Ende. Die Ausbilder hatten in den letzten Tagen auch keine häßlichen Tricks mehr angewendet. Er hatte sich an den erwartungsvollen Gesprächen über den bevorstehenden Urlaub auf dem Heimatplaneten in der Offiziersmesse nicht beteiligt, sondern nur still dagesessen und über großartige Möglichkeiten für das Große Finale nachgedacht.

Miles erreichte den ihm zugeteilten Lukenkorridor gleichzeitig mit einem Kameraden und dem Ausbilder. Das Gesicht des Offiziers war eine neutrale Maske. Kadett Kostolitz musterte Miles verstimmt.

»Schleppst du immer noch diesen altmodischen Saustecher mit dir herum?« fragte Kostolitz und deutete mit einem Nicken in Miles' Gürtel.

»Ich habe die Erlaubnis«, antwortete Miles ruhig.

»Schläfst du auch mit dem Ding?«

Ein nichtssagendes Lächeln. »Ja.«

Miles überdachte das auf ihn zukommende Problem Kostolitz. Die Geschichte Barrayars garantierte, daß er während seiner gesamten Dienstzeit in der Kaiserlichen Armee Schwierigkeiten mit Klassenbewußtsein haben würde. Diese konnten aggressiv sein, wie bei Kostolitz, oder unterschwelliger. Er mußte lernen, nicht nur damit umzugehen, sondern es kreativ ausnutzen, wenn seine Offiziere ihr bestes für ihn geben sollten.

Miles hatte das unheimliche Gefühl, wie ein Arzt mittels eines Diagnoseschirms Kostolitz zu durchschauen. Jede Windung, jede emotionale Abschürfung, die beginnenden Krebszellen der Abneigung schienen vor seinem geistigen Auge rot markiert. Geduld. Das Problem wurde ständig deutlicher. Mit der Zeit und bei der richtigen Gelegenheit würde die Lösung kommen. Kostolitz konnte ihm viel beibringen. Vielleicht wurde diese Übung doch noch recht interessant.

Kostolitz hatte ein dünnes, grünes Armband erworben, seit Miles zum letzten Mal mit ihm zusammen war. Er fragte sich, von welchem Schwachkopf von Ausbilder die Idee stammte. Diese Armbänder waren gleichsam umgekehrte Goldsterne: Grün bedeutete eine Verletzung bei einer Übung, gelb Tod, nach Einschätzung des Ausbilders, der die nachgestellte Katastrophe beurteilte. Nur wenige Kadetten schafften die Trainingslehrgänge ohne eine Sammlung von Armbändern. Miles war tags zuvor Ivan Vorpatril begegnet. Er trug zwei grüne und ein gelbes Band — nicht so schlimm, wie der arme Kerl in der Messe am vorigen Abend, der fünf gelbe hatte.

Miles Ärmel war noch unverziert und erweckte dadurch mehr Aufmerksamkeit bei den Ausbildern, als ihm lieb war. Dieser Bekanntheitsgrad hatte auch eine angenehme Seite: Aufgeweckte Kameraden bemühten sich nämlich, Miles in ihre Gruppe zu bekommen — sozusagen als Armbandabschreckungsmittel. Die wirklich Aufgeweckten wollten allerdings jetzt nichts mehr mit ihm zu tun haben, da ihnen klar war, daß er langsam in die Schußlinie geraten mußte. Miles grinste still vor sich hin. Er freute sich schon auf etwas besonders Hinterhältiges. Jede Zelle seines Körpers schien wach zu sein und zu singen.

Kostolitz gähnte, warf noch einen angewiderten Blick auf Miles' aristokratischen Dolch und nahm sich die Steuerbordseite des Gleiters vor, um alles laut Liste zu überprüfen. Miles tat das gleiche an der Backbordseite, Zwischen ihnen schwebte der Ausbilder und beobachtete sie scharf über die Schultern. Ein Gutes hatte das Abenteuer mit den Dendarii Söldnern gehabt: Miles wurde in der Schwerelosigkeit nicht mehr schlecht. Es war ein unerwarteter Bonus der Operation, die Tungs Chirurg an seinem Magen vorgenommen hatte. Man muß auch für Kleinigkeiten dankbar sein!

Kostolitz arbeitete sehr schnell, wie Miles aus dem Augenwinkel mitbekam. Es wurde ja auch ihre Zeit gestoppt. Kostolitz zählte Atemmasken für den Notfall durch die Plexischeiben der Kisten und lief schnell weiter. Miles wollte ihm schon einen Tip zurufen, hielt aber dann den Mund. Er würde keinen Dank ernten. Geduld. Weiter. Weiter. Weiter. Erste-Hilfe-Kasten — korrekt in der Wandhalterung. Automatisch mißtrauisch öffnete Miles den Kasten und überprüfte, ob alles vorhanden und funktionsfähig war. Pflaster, Druckverband, Plastikbinden, Intravenöse Schläuche, Sauerstoff für den Notfall — hier waren keine Überraschungen versteckt. Dann fuhr er mit der Hand über den Boden des Kastens. Ihm stockte der Atem: Plastiksprengstoff? Nein, nur alter Kaugummi. Verdammt.

Kostolitz war fertig und wartete ungeduldig, als Miles vorn ankam. »Du bist langsam, Vorkosigan«, beschwerte er sich und stopfte sein Reportpaneel ins Ablesegerät. Dann glitt er auf den Pilotensitz.

Miles bemerkte eine interessante Ausbeulung in der Brusttasche des Ausbilders. Er faßte sich an die eigenen Taschen und lächelte hilflos. »Verzeihung, Sir, ich scheine meinen Lichtschreiber verloren zu haben. Dürfte ich Ihren ausborgen?«

Unwillig tat ihm der Ausbilder den Gefallen. Miles schaute unter gesenkten Lidern genau hin. Außer dem Lichtschreiber steckten noch drei zusammengefaltete Atemmasken für den Notfall in der Tasche des Ausbilders. Drei war eine interessante Zahl. Jeder auf der Raumstation konnte natürlich eine Reservemaske bei sich haben — aber drei? Es war aber doch ein Dutzend Atemmasken an Bord. Kostolitz hatte das doch gerade überprüft — nein! Kostolitz hatte sie nur *gezählt!*

»Ihre Lichtschreiber sind Eigentum der Armee«, sagte der Ausbilder. »Sie müssen sorgfältig damit umgehen, sonst steigt uns noch eines Tages der Rechnungshof aufs Dach.«

»Jawohl, Sir. Vielen Dank, Sir.« Miles unterschrieb schwungvoll. Als er den Schreiber wieder einsteckte, fand er natürlich den eigenen. »Oh, da ist meiner. Tut mir leid, Sir.«

Er steckte seinen Report in den Schlitz und schnallte sich auf dem Copilotensitz fest. Wenn er den Sitz ganz nach vorn stellte, konnte er gerade die Fußkontrollen erreichen. Kaiserliche Ausrüstung war nicht so flexibel wie die der Söldner. Egal. Er zwang sich zu größter Aufmerksamkeit, denn im Umgang mit einem Gleiter war er immer noch ziemlich ungeschickt. Doch bei etwas mehr Übung würde er bald nicht mehr von der Gnade irgendeines Gleiterpiloten abhängen, um herumzukommen.

Aber jetzt war Kostolitz an der Reihe. Miles wurde bei der Beschleunigung, als der Gleiter sich aus den Halterungen löste, in den Sitz gepreßt. Atemmasken. Checklisten. Annahmen. Kostolitz ... Vermutungen. Miles Nerven dehnten sich. Geduldig wie eine Spinne saß er da. Die Minuten krochen dahin.

Ein Befehl, dann Zischen — hinten aus der Kabine. Miles Herz machte einen Sprung und klopfte wie wahnsinnig, obwohl er eigentlich darauf gewartet hatte. Er drehte sich um und erfaßte die Situation. Es war, als enthülle ein Blitzlicht die Geheimnisse der Finsternis. Kostolitz fluchte. Miles sagte nur. »Ha!«

Aus einem Loch auf der Steuerbordseite des Gleiters drangen dicke grüne Gasschwaden. Eine Kühlleitung war geplatzt, wie es bei einem Meteoreinschlag passieren könnte. Der ›Meteor‹ war zweifellos Plastiksprengstoff, da das Zeug in die Kabine herein- und nicht hinausströmte. Außerdem saß der Ausbilder ruhig da und beobachtete sie. Kostolitz sprang zu der Kiste mit den Atemmasken.

Miles übernahm inzwischen blitzschnell die Kontrollen. Er schaltete den Atmosphärenkreislauf von Wiederaufbereiten auf Abzug und stellte fast gleichzeitig die Lagepeilung des Gleiters auf volle Kraft voraus. Der Gleiter heulte kurz auf, dann drehte er sich, schneller und immer schneller um die Mittelachse der Kabine. Miles, der Ausbilder und Kostolitz wurden vorwärtsgeschleudert. Da das Kühlgas schwerer als die Luftmischung war, wurde sie durch diese einfache Zentrifugalkraft gegen die Außenwände gepreßt und bildete dort dicke Schwaden.

»Bist du wahnsinnig, du dummes Schwein!« brüllte Kostolitz und griff nach einer Atemmaske. »Was machst du?«

Der Gesichtsausdruck des Ausbilders ähnelte zuerst dem von Kostolitz, doch dann begriff er plötzlich. Er legte sich gemütlich zurück in seinen Sitz und sah interessiert zu.

Miles hatte keine Zeit, um Kostolitz zu antworten. Der würde selbst bald kapieren, was los war. Kostolitz setzte die Atemmaske auf und wollte einatmen. Dann riß er sie ab und holte die nächste. Miles kletterte inzwischen die Wand hoch zum Erste-Hilfe-Kasten.

Die zweite Maske sauste an ihm vorbei. Leerer Behälter. Kein Zweifel. Kostolitz hatte die Masken gezählt, ohne die Funktionstüchtigkeit zu überprüfen. Miles machte den Erste-Hilfe-Kasten auf und holte die intravenösen Schläuche heraus, dazu zwei Y-Anschlüsse. Kostolitz warf die dritte Maske weg und wollte nach Steuerbord zum Kasten mit den anderen Masken. Das Gas des Kühlsystems brannte unangenehm in Miles' Nase, aber das Hauptgift hing konzentriert am anderen Ende der Kabine.

Kostolitz fluchte und hustete, während er die Kiste mit den Masken durchwühlte und die Angaben ablas. Miles grinste boshaft. Er nahm den Dolch seines Großvaters, schnitt den Venenschlauch in vier Teile, steckte die Y-Anschlüsse darauf, versiegelte alles mit Pflasterstreifen und stopfte diesen Apparat, der ähnlich wie eine Wasserpfeife aussah, in den einzigen Anschluß des Kanisters mit dem Sauerstoff für den Notfall. Dann rutschte er zum Ausbilder.

»Sir?« Er bot ihm ein zischendes Ende des Schlauches an. »Ich schlage vor, Sie atmen durch den Mund ein und durch die Nase aus.«

»Danke, Kadett Vorkosigan«, sagte der Ausbilder und betrachtete fasziniert den Apparat. Kostolitz kam keuchend zurück. Miles konnte ihm gerade noch rechtzeitig einen Schlauch in den Mund stecken, ehe er das Bewußtsein verloren hätte. Kostolitz' Augen waren riesig und tränten — das war nicht nur die Wirkung des Gases, dachte Miles.

Miles hielt den Luftschlauch zwischen den Zähnen und kletterte zur Steuerbordwand. Kostolitz wollte hinterher; aber er mußte feststellen, daß er und der Ausbilder kurze Schlauchabschnitte bekommen hatten, so daß sie Miles nur hilflos zuschauen konnten, während sie im langsamen Yogarhythmus atmeten.

Miles wechselte den Halt, als er den Mittelpunkt der Kabine überschritten hatte, da ihn die Zentrifugalkraft auf das grüne Gas hinzog, das langsam von der hinteren Wand her den Gleiter füllte. Er zählte die Paneele in der Wand: 4a, 4b, 4c — das mußte es sein! Er riß es auf und fand die Abschaltventile, die mit Handbetrieb betätigt werden konnten. Dies? Nein, das! Er drehte, rutschte aber mit der schweißnassen Hand ab.

Die Paneeltür, auf der sein Gewicht ruhte, brach plötzlich ab, und er wurde über die dicken Gasschwaden getrieben. Der Sauerstoffschlauch glitt ihm aus dem Mund und schlug umher. Er schrie nicht, weil er den Atem anhalten mußte. Der Ausbilder wollte helfen, war aber durch den Luftschlauch gebunden. Bis er endlich die Tasche aufgeknöpft hatte, um die Reservemaske zu holen, hatte Miles schon wieder festen Halt gefunden und seinen Schlauch im Mund. Der nächste Versuch. Miles drehte am Ventil, und dann wurde das Zischen achtern schwächer und hörte schließlich auf.

Das grüne Gas wurde dünner und verschwand, nachdem die Ventilatoren es vertrieben hatten. Miles kletterte zurück und schnallte sich kommentarlos wieder auf dem Sitz des Copiloten an. Außerdem wäre es ihm schwer gefallen, um den Sauerstoffschlauch herum eine längere Rede zu halten.

Kadett Kostolitz, als Pilot, übernahm wieder die Kontrollen. Dann war die Atmosphäre wieder rein. Er beendete die Drehungen und lenkte den beschädigten Gleiter zurück aufs Dock, wobei er genauestens auf die Anzeigen für die Temperatur der Raketen achtete. Der Ausbilder sah sehr nachdenklich und etwas blaß aus.

Am Lukenkorridor der Orbitalstation wartete bereits der Chefausbilder mit Technikern für die Reparatur. Er lächelte fröhlich und drehte zwei gelbe Armbänder zwischen den Fingern.

Ihr eigener Ausbilder seufzte und schüttelte nur den Kopf, als er die Armbänder sah. »Nein.«

»Nein?« fragte der Chefausbilder. Miles war nicht sicher, ob aus Erstaunen oder Enttäuschung.

»Nein.«

»Das muß ich mir ansehen.« Die beiden Ausbilder verschwanden im Gleiter und ließen Miles und Kostolitz einen Moment lang allein.

Kostolitz räusperte sich. »Diese ... äh ... diese Klinge da, hat sich doch als verdammt praktisch erwiesen.«

»Ja, es gibt Augenblicke, wo ein Plasmabogenstrahl längst nicht so gut schneidet«, stimmte Miles ihm zu. »Zum Beispiel, wenn man in einem Raum voll leicht entflammbarem Gas ist.«

»Ach, Hölle auch.« Kostolitz schien wie vom Blitz gestreift zu sein. »Das Zeug *geht hoch*, wenn es sich mit Sauerstoff mischt. Beinahe hätte ich ...« Er sprach nicht weiter, sondern räusperte sich nochmals. »Dir entgeht wohl nicht viel, oder?« Plötzlich blickte er Miles mißtrauisch an. »Oder hast du vorhin von dieser geplanten Panne gewußt?«

»Nein. Aber ich habe etwas geahnt, als ich die drei Atemmasken in der Tasche des Ausbilders sah.«

»Du ...?« Kostolitz holte Luft. »Hattest du wirklich deinen Schreiber verlegt?«

»Nein.«

»Verdammt«, murmelte Kostolitz. Dann wurde er rot und ging stinksauer weg.

Jetzt! dachte Miles. »He, Kostolitz, ich kenne in Vorbarr Sultana einen Laden, wo du gute Dolche kaufen kannst«, rief er. »Besser als die Armeeausgabe. Manchmal haben die sogar Sonderangebote.«

»Ach, ja?« Kostolitz blieb stehen und richtete sich auf, als sei eine Last von seinen Schultern genommen. »Meinst du, du könntest vielleicht ...«

»Es ist eine miese kleine Bude, aber ich kann gern mal mit dir hingehen, wenn wir Urlaub haben — falls du Interesse hast.«

»Na klar, habe ich Interesse.« Kostolitz wirkte jetzt viel fröhlicher als vorher.

Miles lächelte.